Diogenes Taschenbuch 23796

de
te
be

W. Somerset Maugham

Die Winterkreuzfahrt

und andere Erzählungen

Diogenes

Die vorliegenden Erzählungen
sind eine Auswahl aus W. Somerset Maugham,
›Gesammelte Erzählungen in zwei Bänden‹ in Kassette,
Band II: *Der Rest der Welt,* Diogenes Verlag, Zürich 2005
Titel der 1952 bei Doubleday, New York,
in zwei Bänden erschienenen Originalausgabe:
›The Complete Short Stories of W. Somerset Maugham‹
Diese vereinte erstmals die vom Autor selbst
zusammengestellten Bände *East and West* (1934)
und *The World Over* (1952)

Die Übersetzungen wurden für die
2005 erschienene Ausgabe überarbeitet
Umschlagillustration: A. M. Cassandre,
›Normandie – Transatlantique French Line‹,
um 1935 (Ausschnitt)

Veröffentlicht als Diogenes Taschenbuch, 2008

www.diogenes.ch
30/08/36/1
ISBN 978 3 257 23796 2

Inhalt

Schein und Wirklichkeit

Ich möchte mich nicht für die Wahrheit dieser Geschichte verbürgen, aber ein Professor für französische Literatur an einer englischen Universität hat sie mir erzählt, und er war, glaube ich, ein Mann von zu lauterer Gesinnung, als daß er sie mir erzählt hätte, wenn sie nicht wahr gewesen wäre. Er hatte die Gewohnheit, die Aufmerksamkeit seiner Studenten auf drei französische Schriftsteller zu lenken, die seiner Meinung nach alle Eigenschaften vereinigten, die als Hauptzüge des französischen Charakters gelten können. Er sagte, durch ihre Lektüre könne man so viel über das französische Volk erfahren, daß er, wenn er die Macht dazu hätte, den Mitgliedern unserer Regierung, die mit der französischen Nation zu tun haben, nicht gestatten würde, ihre Ämter anzutreten, bevor sie nicht eine recht strenge Prüfung über die Werke dieser Schriftsteller bestanden hätten. Er meinte Rabelais mit seiner *gauloiserie,* eine Art von Derbheit, die die Dinge gern beim rechten Namen nennt; La Fontaine mit seinem *bon sens,* der einfach gesunder Menschenverstand ist; und schließlich Corneille mit seinem *panache.* Dies wird in den Wörterbüchern mit Federbusch übersetzt – der Federbusch, den der gewappnete Ritter auf dem Helm trug; bildlich gesprochen bedeutet es anscheinend Würde und Prahlerei, Pomp und Heldentum, Hoffart und Stolz. Es war *panache,* der die französischen Herren in

Fontenoy zu den Offizieren von König George II. sagen ließ: »Schießen Sie zuerst, meine Herren«; es war *panache,* der den zynischen Lippen Cambronnes bei Waterloo den Ausspruch entlockte: »Die Garde stirbt, aber sie ergibt sich nicht«, und es ist *panache,* der einen bedürftigen französischen Dichter dazu treibt, den ihm zuerkannten Nobelpreis mit einer großartigen Geste zu verschenken. Der Professor, von dem ich sprach, war kein frivoler Mensch, und seiner Meinung nach zeigte die Geschichte, die ich jetzt erzählen will, so deutlich die drei Haupteigenschaften der Franzosen, daß sie einen hohen Bildungswert besitzt.

Ich habe ihr den Titel ›Schein und Wirklichkeit‹ gegeben. Das ist der Titel des, wie ich wohl annehmen darf, bedeutendsten philosophischen Werkes, das mein Land (mit Recht oder Unrecht) im neunzehnten Jahrhundert hervorgebracht hat. Es ist schwer, aber anregend zu lesen. Es ist in ausgezeichnetem Englisch geschrieben, mit einem beträchtlichen Maß an Humor, und wenn der Laie auch vielen seiner sehr spitzfindigen Behauptungen kaum mit Verständnis folgen kann, hat er immerhin das erregende Gefühl, auf einem geistigen Seil über einem metaphysischen Abgrund zu balancieren, und er beendet die Lektüre des Buches mit dem beruhigenden Eindruck, daß im Grunde alles gleichgültig ist. Es gibt keine andere Entschuldigung dafür, daß ich von dem Titel eines so berühmten Buches Gebrauch mache, als daß er so hervorragend zu meiner Geschichte paßt. Obwohl Lisette nur eine Philosophin in dem Sinn war, wie wir alle Philosophen sind, und sie ihren Verstand dazu benützte, mit den Problemen des Daseins fertig zu werden, so war ihr Sinn für die Wirklichkeit doch so stark und ihre Sympathie für den Schein so ursprünglich, daß sie beinahe beanspruchen konnte, den Ausgleich von Unvereinbarkeiten erreicht zu haben, den die Philosophen so viele Jahrhunderte hindurch angestrebt haben. Lisette war Französin, und sie verbrachte mehrere Stunden jedes Arbeitstages damit, sich in einem der teuersten und feinsten Modehäuser von Paris an- und auszukleiden. Eine angenehme Beschäftigung für eine junge Frau, die sich ihrer entzückenden Figur wohl bewußt ist. Sie war, kurz gesagt, ein Mannequin. Sie war hochgewachsen genug, um eine Schleppe mit Eleganz vorzuführen, und ihre Hüften waren so schmal, daß sie in Sportkleidung den Duft von Heidekraut hervorzuzaubern vermochte. Ihre langen Beine gestatteten ihr, Pyjamas mit Vornehmheit zu tragen, und ihre schlanke Taille, ihre kleinen Brüste ließen den einfachsten Badeanzug hinreißend erscheinen. Sie konnte alles tragen. Sie konnte sich so in einen Chinchillamantel hüllen, daß die vernünftigsten Leute zugeben mußten, Chinchilla sei doch den Preis wert, der dafür verlangt wurde. Dicke Frauen, plumpe Frauen, untersetzte Frauen, knochige Frauen, alte Frauen, unattraktive Frauen saßen in den breiten Sesseln, und weil Lisette so süß aussah, kauften sie die Kleider, die ihr so glänzend standen. Sie hatte große braune Augen, einen großen roten Mund und eine sehr klare Haut, trotz einiger Sommersprossen. Es fiel ihr schwer, diese hochmütige, verdrossene und kühl gleichgültige Haltung zu bewahren, die anscheinend eine Voraussetzung für das Mannequin ist, wenn es gelassenen Schrittes hereinschwebt, sich langsam dreht und mit einem Ausdruck der Verachtung für das Universum, wie er sonst nur vom Kamel erreicht wird, wieder hinausschwebt. Es lag ein verstecktes Funkeln in Lisettes großen braunen Augen, und ihre roten Lippen schienen zu beben, als könnte sich bei der geringsten Veranlassung ein Lächeln auf ihnen ausbreiten. Es war dieses Funkeln, das die Aufmerksamkeit von Monsieur Raymond Le Sueur erregte.

Er saß auf einem unechten Louis-XVI.-Stuhl neben seiner Gattin (auf einem ebensolchen), die ihn überredet hatte, sie zu begleiten, um die Privatvorführung der Frühjahrsmoden anzusehen. Dies war ein Beweis für Monsieur Le Sueurs liebenswürdige Veranlagung, denn er war ein äußerst beschäftigter Mann, der vermutlich weit wichtigere Dinge zu erledigen hatte, als eine Stunde lang dazusitzen und einem Dutzend schöner junger Frauen zuzusehen, wie sie verwirrend verschiedenartige Kleider vorführten. Er konnte nicht erwartet haben, daß irgendeines von ihnen aus seiner Frau etwas anderes machen würde als das, was sie war: eine große, knochige Frau von fünfzig Jahren, mit übergroßen Gesichtszügen. Er hatte sie wirklich nicht ihres Aussehens wegen geheiratet, und sie hatte das nicht einmal in den ersten berauschenden Tagen ihrer Flitterwochen angenommen. Er hatte sie geheiratet, um die blühenden Stahlwerke, deren Erbin sie war, mit seiner ebenso blühenden Lokomotivfabrik zu vereinigen. Die Ehe war gut ausgefallen. Sie hatte ihm einen Sohn geschenkt, der fast so gut Tennis spielte wie ein Berufsspieler, genauso gut tanzte wie ein Gigolo und sich beim Bridge mit allen Experten messen konnte; und eine Tochter, die er mit einer genügend großen Mitgift hatte ausstatten können, um sie mit einem beinahe verbürgt echten Prinzen zu verheiraten. Er hatte Grund, auf seine Kinder stolz zu sein. Durch Beharrlichkeit und angemessene Seriosität war es ihm gelungen, die Aktienmehrheit in einer

Zuckerraffinerie, einer Filmgesellschaft, einer Firma, die Autos herstellte, und einer Zeitung zu erwerben; und schließlich hatte er genug Geld auszugeben vermocht, um die freie und unabhängige Wählerschaft eines bestimmten Bezirkes dazu zu bewegen, ihn in den Senat zu entsenden. Er war ein Mann von würdevoller Erscheinung, von sympathischer Wohlbeleibtheit und frischer Gesichtsfarbe, mit einem gepflegten, eckig geschnittenen Bart, einer Glatze und einem Fettwulst im Nacken. Man brauchte nicht auf die rote Rosette, die seinen schwarzen Rock schmückte, zu sehen, um sicher zu sein, daß man eine Persönlichkeit von Bedeutung vor sich hatte. Er war ein Mann von raschen Entschlüssen, und als seine Frau den Damenschneider verließ, um Bridge zu spielen, trennte er sich von ihr und sagte, er wolle sich etwas Bewegung verschaffen und zu Fuß zum Senat gehen, wohin ihn seine Vaterlandspflicht rief. Er ging jedoch nicht so weit, sondern begnügte sich damit, sich in einer Seitenstraße die Füße zu vertreten, in der, wie er richtig vermutete, die jungen Damen des Modehauses bei Geschäftsschluß auftauchen würden. Er hatte kaum eine Viertelstunde gewartet, als das Erscheinen einer Anzahl von Frauen in Gruppen, einige jung und hübsch, andere nicht so jung und durchaus nicht hübsch, ihm anzeigte, daß der Moment gekommen war, und in zwei oder drei Minuten trippelte Lisette auf die Straße. Der Senator war sich wohl bewußt, daß sein Aussehen und sein Alter nicht von vornherein anziehend auf junge Frauen wirken mochte, aber er hatte die Erfahrung gemacht, daß sein Reichtum und seine Stellung diese Nachteile ausglichen. Lisette hatte eine Begleiterin bei sich, was einen Mann von geringerer Bedeutung vielleicht abgehalten hätte, den Senator aber keinen Augenblick zögern ließ; er ging auf sie zu, nahm seinen Hut höflich ab, jedoch nicht so weit, daß man sehen konnte, wie kahlköpfig er war, und wünschte ihr einen guten Abend.

»Bonsoir, Mademoiselle«, sagte er mit einem verbindlichen Lächeln.

Sie warf ihm einen flüchtigen Blick zu, und ihre vollen roten Lippen, auf denen ein leichtes Lächeln lag, erstarrten; sie wandte den Kopf ab, fing ein lebhaftes Gespräch mit ihrer Freundin an und ging weiter, indem sie sich den sehr gelungenen Anschein höchster Gleichgültigkeit gab. Keineswegs dadurch aus der Fassung gebracht, kehrte der Senator um und folgte den beiden Mädchen in einer Entfernung von einigen Metern. Sie gingen die kleine Seitengasse entlang, kamen dann auf den Boulevard und nahmen an der Place de la Madeleine einen Bus. Der Senator war sehr zufrieden. Er hatte eine Anzahl korrekter Schlüsse gezogen. Die Tatsache, daß sie augenscheinlich mit einer Freundin nach Hause ging, bewies, daß sie keinen offiziellen Verehrer hatte. Die Tatsache, daß sie sich abgewandt hatte, als er sie anredete, zeigte, daß sie besonnen und bescheiden und gut erzogen war, was er bei hübschen jungen Frauen schätzte; und ihr Kostüm, der einfache schwarze Hut und ihre kunstseidenen Strümpfe deuteten an, daß sie arm und darum tugendhaft war. In dieser Kleidung sah sie genauso reizvoll aus wie in den prächtigen Gewändern, in denen er sie vorher gesehen hatte. Er hatte ein seltsames kleines Gefühl in seinem Herzen. Er hatte diese merkwürdige Empfindung, die erfreulich und doch auch schmerzlich war, seit mehreren Jahren nicht mehr gehabt, aber er erkannte sie sofort.

»Das ist Liebe, weiß der Himmel«, murmelte er.

Er hatte solche Gefühle nicht mehr erwartet, und mit gestrafften Schultern schritt er zuversichtlich aus. Er ging zum Büro eines Privatdetektivs und hinterließ dort den Auftrag, daß Auskünfte eingeholt werden sollten über eine junge Person mit Namen Lisette, die als Mannequin in der und der Firma angestellt sei; und dann erinnerte er sich, daß im Senat die amerikanische Staatsverschuldung auf der Tagesordnung stand, worauf er sich von einem Taxi zu dem imponierenden Gebäude fahren ließ, dort in die Bibliothek ging, wo ein Lehnstuhl stand, den er sehr gern hatte, und wo er ein angenehmes Schläfchen hielt. Die Auskunft, die er verlangt hatte, erreichte ihn drei Tage später. Sie war ihr Geld wert. Mademoiselle Lisette Larion lebte bei einer verwitweten Tante in einer Zweizimmerwohnung im Pariser Viertel Batignolles. Ihr Vater, ein verwundeter Held des Weltkrieges, besaß ein *bureau de tabac* in einem Städtchen im Südwesten Frankreichs. Die Miete für die Wohnung betrug zweitausend Francs. Sie führte ein regelmäßiges Leben, ging aber gern ins Kino, hatte anscheinend keinen Liebhaber und war neunzehn Jahre alt. Die Concierge des Mietshauses äußerte sich günstig über sie, und ihre Kolleginnen im Geschäft hatten sie gern. Offenbar war sie ein sehr anständiges junges Mädchen, und der Senator konnte nicht umhin zu finden, daß sie hervorragend geeignet war, die freien Stunden eines Mannes angenehm auszufüllen, der eine Entspannung von den Staatsgeschäften und dem harten Druck der großen Finanztransaktionen suchte.

Es erübrigt sich, im einzelnen zu erzählen, welche Schritte Monsieur Le Sueur unternahm, um das ihm vorschwebende Ziel zu erreichen. Er war zu bedeutend und zu beschäftigt, um sich selber mit der Sache zu befassen; aber er hatte einen Privatsekretär, der sehr geschickt mit noch unentschlossenen Wählern umzugehen wußte und der es unbedingt verstand, einem jungen Mädchen, das anständig, aber arm war, die möglichen Vorteile einer solchen Freundschaft auszumalen. Der Privatsekretär machte einen Besuch bei der verwitweten Tante, Madame Saladin, und setzte ihr auseinander, daß Monsieur Le Sueur, immer seiner Zeit voraus, sich neuerdings für Filme interessiere und tatsächlich im Begriff sei, einen solchen zu produzieren. (Dies zeigt, wie ein kluger Kopf eine Sache verwerten kann, die ein gewöhnlicher Mensch als unbedeutend übergangen hätte.) Mademoiselle Lisettes Erscheinung in jenem Modehaus und ihre blendende Art, die Kleider zu tragen, seien Monsieur Le Sueur aufgefallen, und es sei ihm der Gedanke gekommen, daß sie für eine Rolle, die er ihr zugedacht hatte, sehr geeignet sein müßte. (Wie alle intelligenten Leute blieb der Senator immer möglichst nahe an der Wahrheit.) Der Privatsekretär lud dann Madame Saladin und ihre Nichte zu einem Diner ein, bei dem sie sich näher kennenlernen würden und der Senator beurteilen könnte, ob Mademoiselle Lisette die von ihm vermutete Eignung für die Leinwand wirklich besitze. Madame Saladin sagte, sie wolle ihre Nichte fragen, schien aber den Vorschlag durchaus annehmbar zu finden.

Als Madame Saladin die Einladung übermittelte und den Rang, die Würde und Bedeutung ihres großzügigen Gastgebers hervorhob, zuckte diese junge Person verächtlich ihre hübschen Schultern. »*Cette vieille carpe*«, sagte sie, was mit ›So ein alter Karpfen‹ zu übersetzen wäre.

»Was macht das, wenn er ›ein alter Karpfen‹ ist, sofern er dir eine Rolle verschafft?« sagte Madame Saladin.

»*Et ta sœur*«, sagte Lisette.

Diese Redensart, die natürlich heißt: ›Und deine Schwester‹ und harmlos genug und sogar sinnlos klingt, ist ein wenig ordinär und wird, glaube ich, von guterzogenen jungen Mädchen nur gebraucht, wenn sie Ärgernis erregen wollen. Sie drückt den äußersten Unglauben aus, und die einzig richtige Übersetzung in die volkstümliche Sprache ist zu gemein für meine keusche Feder.

»Auf alle Fälle bekämen wir ein fabelhaftes Essen«, sagte Madame Saladin. »Du bist immerhin kein Kind mehr.«

»Hat er gesagt, wo wir soupieren würden?«

»Im Château de Madrid. Jedermann weiß, daß es das teuerste Lokal der Welt ist.«

»Dagegen ist nichts einzuwenden. Das Essen ist sehr gut, der Keller berühmt, und seine Lage macht es an einem schönen Abend im Frühsommer zu einem bezaubernden Ort.« Ein reizendes Grübchen erschien in Lisettes Wange und ein Lächeln auf ihrem großen roten Mund. Sie hatte tadellose Zähne.

»Ich könnte ein Kleid vom Geschäft leihen«, murmelte sie.

Einige Tage später holte der Privatsekretär des Senators sie mit einem Taxi ab und brachte Madame Saladin und ihre anziehende Nichte zum Bois de Boulogne. Lisette sah entzückend aus in einem der erfolgreichsten Modelle der Firma, und Madame Saladin äußerst achtbar in ihrem eigenen Schwarzseidenen und einem Hut, den Lisette für diese Gelegenheit gemacht hatte. Der Sekretär stellte die Damen

Monsieur Le Sueur vor; er empfing sie mit der milden Würde eines Politikers, der die Gattin und Tochter eines geschätzten Wählers liebenswürdig begrüßt: in seiner schlauen Art nahm er an, daß die Leute an den Nachbartischen, die ihn kannten, genau dies über seine Gäste denken würden. Das Diner verlief sehr angenehm, und kaum einen Monat später zog Lisette in eine reizende kleine Wohnung, die in praktischer Entfernung sowohl von ihrer Arbeitsstätte wie auch vom Senat lag und von einem modernen Innenarchitekten eingerichtet worden war. Monsieur Le Sueur wünschte, daß Lisette weiterarbeiten sollte. Es paßte ihm sehr gut, daß sie während der Stunden, die er den Geschäften widmen mußte, etwas zu tun hatte, denn das bewahrte sie vor Torheiten, und er wußte sehr wohl, daß eine Frau, die den ganzen Tag nichts zu tun hat, viel mehr Geld ausgibt als eine, die beschäftigt ist. Ein kluger Mann denkt an solche Dinge.

Verschwendungssucht war jedoch ein Laster, das Lisette fernlag. Der Senator war zärtlich und freigebig. Es war ihm eine Quelle der Befriedigung, daß Lisette sehr bald anfing, Geld zu sparen. Sie führte ihren Haushalt wirtschaftlich und kaufte ihre Kleider zum Nettopreis, und jeden Monat schickte sie eine gewisse Summe nach Hause an ihren Heldenvater, der damit kleine Grundstücke erwarb. Sie fuhr fort, ein ruhiges und bescheidenes Leben zu führen, und Monsieur Le Sueur freute sich, von der Concierge, die ihren Sohn gern in einem Regierungsbüro untergebracht hätte, zu erfahren, daß Lisettes einzige Besucher ihre Tante und ein oder zwei Mädchen aus dem Geschäft waren.

Der Senator war in seinem ganzen Leben noch nie so glücklich gewesen. Es befriedigte ihn sehr zu denken, daß selbst in dieser Welt eine gute Tat belohnt wurde, denn hatte er nicht aus reiner Güte an jenem Nachmittag, da sie im Senat die amerikanische Staatsverschuldung behandelten, seine Frau zum Damenschneider begleitet und auf diese Weise zum erstenmal die reizende Lisette gesehen? Je näher er sie kennenlernte, desto vertrauter war er mit ihr. Sie war eine höchst angenehme Gefährtin. Sie war heiter und gutmütig. Ihre Intelligenz war beachtlich, und sie konnte klug zuhören, wenn er geschäftliche Dinge oder Staatsangelegenheiten mit ihr besprach. Sie schenkte ihm Erholung, wenn er müde war, und munterte ihn auf, wenn er niedergedrückt war. Sie freute sich, wenn er kam – und er kam oft, meistens von fünf bis sieben –, und war betrübt, wenn er wegging. Sie erweckte den Eindruck in ihm, daß er nicht nur ihr Geliebter, sondern auch ihr Freund war. Manchmal aßen sie zusammen in ihrer Wohnung zu Abend, und die gut zusammengestellte Mahlzeit, die freundliche Behaglichkeit ließ ihn den Reiz der Häuslichkeit lebhaft schätzen. Seine Freunde erklärten dem Senator, er sähe zwanzig Jahre jünger aus. Er fühlte sich auch so. Er war sich seines Glückes bewußt. Er konnte aber auch nicht umhin zu finden, daß ihm das nach einem Leben ehrlicher Anstrengungen und öffentlicher Dienstleistung durchaus zustand.

So bedeutete es für ihn, nachdem sich alles fast zwei Jahre lang so angenehm entwickelt hatte, einen Schlag, als er in der Frühe eines Sonntagmorgens von einem Besuch in seinem Wahlkreis, der über das Wochenende hätte dauern sollen, unerwartet nach Paris zurückkam. Er öffnete die Wohnungstür mit seinem Schlüssel, in der Erwartung, an diesem Ruhetag Lisette im Bett vorzufinden, und überraschte sie beim Frühstück in ihrem Schlafzimmer, im *tête-à-tête* mit einem jungen Herrn, den er nie zuvor gesehen hatte und der seinen (des Senators) nagelneuen Schlafanzug trug. Lisette war überrascht, ihn zu sehen. Sie fuhr sogar merklich zusammen.

»*Tiens*«, sagte sie. »Wo kommst du denn her? Ich habe dich nicht vor morgen erwartet.«

»Das Ministerium ist gestürzt«, erwiderte er automatisch. »Man hat nach mir geschickt. Man will mir das Innenministerium anbieten.« Aber das war gar nicht das, was er sagen wollte. Er warf dem Herrn, der seinen Schlafanzug trug, einen wütenden Blick zu.

»Wer ist dieser junge Mann?« rief er.

Lisettes großer roter Mund öffnete sich zu einem höchst verführerischen Lächeln.

»Mein Liebhaber«, antwortete sie.

»Hältst du mich für einen Idioten?« schrie der Senator. »Das sehe ich, daß es dein Liebhaber ist.«

»Warum fragst du dann?«

Monsieur Le Sueur war ein Mann der Tat. Er ging geradewegs zu Lisette hin und schlug sie mit seiner linken Hand kräftig auf ihre rechte Wange, und dann schlug er sie mit seiner rechten Hand kräftig auf ihre linke Wange.

»Scheusal!« rief Lisette.

Er wandte sich dann zu dem jungen Mann, der diesem Akt der Gewalt mit einiger Verlegenheit zugesehen hatte, und indem er sich zu seiner vollen Größe aufrichtete, schleuderte er seinen Arm nach vorn und deutete mit einem dramatischen Finger auf die Tür.

»Hinaus«, rief er, »hinaus!«

Man hätte annehmen können – so gebieterisch war der Anblick dieses Mannes, der gewohnt war, eine Versammlung ärgerlicher Steuerzahler zu zähmen und mit einem Stirnrunzeln die jährliche Hauptversammlung enttäuschter Aktionäre zu leiten –, daß der junge Mann zur Tür gestürzt wäre; aber er blieb an seinem Platz, unentschlossen zwar, aber er blieb; er warf Lisette einen beschwörenden Blick zu und zuckte leicht mit den Schultern.

»Worauf warten Sie noch?« schrie der Senator. »Wollen Sie, daß ich Gewalt anwende?«

»Er kann nicht in seinem Schlafanzug weggehen«, sagte Lisette.

»Das ist nicht sein Schlafanzug, sondern mein Schlafanzug.«

»Er wartet auf seine Kleider.«

Monsieur Le Sueur sah sich im Zimmer um und entdeckte auf dem Stuhl hinter ihm, unordentlich hingeworfen, eine Auswahl männlicher Kleidungsstücke. Der Senator heftete einen verächtlichen Blick auf den jungen Mann.

»Nehmen Sie Ihre Kleider, Monsieur«, sagte er mit kalter Geringschätzung.

Der junge Mann raffte sie in seinen Armen zusammen, hob die Schuhe auf, die auf dem Boden lagen, und verließ rasch das Zimmer. Monsieur Le Sueur hatte eine bedeutende Redebegabung. Noch nie hatte er sie zu einem besseren Zweck angewandt. Er erklärte Lisette, was er von ihr hielt. Es war nicht schmeichelhaft. Er schilderte ihre Undankbarkeit in den schwärzesten Farben. Er durchforstete ein umfangreiches Vokabular nach schimpflichen Bezeichnungen für sie. Er rief alle himmlischen Mächte als Zeugen an, daß noch nie eine Frau mit so grobem Betrug das in sie gesetzte Vertrauen eines ehrlichen Mannes vergolten hatte. Kurzum, er sagte alles, was Ärger, verletzte Eitelkeit und Enttäuschung ihm eingaben. Lisette machte keine Verteidigungsversuche. Sie hörte schweigend, mit gesenkten Augen zu, während sie das Brötchen, das sie durch das Erscheinen des Senators nicht hatte fertig essen können, mechanisch zerkrümelte. Er warf einen gereizten Blick auf ihren Teller.

»Ich war so darauf bedacht, daß du zuallererst meine große Neuigkeit hören solltest. Darum bin ich gleich vom Bahnhof hierhergekommen. Ich hatte damit gerechnet, mein *petit déjeuner* am Fußende deines Bettes einzunehmen.«

»Mein armer Liebling, hast du noch nicht gefrühstückt? Ich bestelle sofort frischen Kaffee für dich.«

»Ich will keinen.«

»Unsinn. Bei der großen Verantwortung, die du auf dich nehmen sollst, mußt du bei Kräften bleiben.«

Sie klingelte, und als das Mädchen erschien, bestellte sie heißen Kaffee. Er wurde gebracht, und Lisette schenkte ihn ein. Er rührte ihn nicht an. Sie bestrich ein Brötchen mit Butter. Er zuckte mit den Schultern und begann zu essen. Dazwischen machte er einige Bemerkungen über die Falschheit der Frauen. Sie blieb stumm.

»Immerhin ist es schon etwas«, sagte er, »daß du nicht die Unverschämtheit hast, einen Versuch zu deiner Verteidigung zu machen. Du weißt, daß ich nicht der Mann bin, den man ungestraft schlecht behandelt. Ich bin der Inbegriff von Großzügigkeit, wenn Leute sich mir gegenüber gut benehmen, aber wenn sie sich schlecht benehmen, bin ich unerbittlich. Sobald ich meinen Kaffee getrunken habe, werde ich diese Wohnung für immer verlassen.«

Lisette seufzte.

»Ich will dir jetzt sagen, daß ich eine Überraschung für dich vorbereitet hatte. Ich hatte beschlossen, den zweiten Jahrestag unserer Freundschaft damit zu feiern, daß ich eine Geldsumme für dich aussetze, um dir eine bescheidene Unabhängigkeit zu sichern, für den Fall, daß mir etwas zustoßen sollte.«

»Wieviel?« fragte Lisette düster.

»Eine Million Francs.«

Sie seufzte wieder. Plötzlich traf den Senator etwas Weiches am Hinterkopf, und er zuckte zusammen.

»Was ist das?« rief er.

»Er gibt dir deinen Schlafanzug zurück.«

Der junge Mann hatte die Tür aufgemacht, den Schlafanzug dem Senator rasch an den Kopf geworfen und sie gleich wieder geschlossen. Der Senator befreite sich von den seidenen Beinkleidern, die ihm um den Hals hingen.

»Was für eine Art, ihn zurückzugeben! Dein Freund hat kein Benehmen.«

»Natürlich hat er nicht deine Vornehmheit«, murmelte Lisette.

»Und vielleicht meine Intelligenz?«

»Oh, nein.«

»Ist er reich?«

»Er hat keinen Sou.«

»Was in aller Welt siehst du dann in ihm?«

»Er ist jung«, sagte Lisette lächelnd.

Der Senator schaute auf seinen Teller, und eine Träne stieg

ihm ins Auge und rollte die Wange hinunter in den Kaffee. Lisette sah ihn freundlich an.

»Mein armer Freund, man kann nicht alles im Leben haben«, sagte sie.

»Ich wußte, daß ich nicht jung bin. Aber meine Stellung, mein Vermögen, meine Vitalität! Ich dachte, das sei ein Ausgleich. Es gibt Frauen, die nur Männer in einem gewissen Alter mögen. Es gibt berühmte Schauspielerinnen, die es als Ehre betrachten, die kleine Freundin eines Ministers zu sein. Ich bin zu wohlerzogen, um dir deine Herkunft vorzuwerfen, aber die Tatsache bleibt bestehen, daß du ein Mannequin bist und daß ich dich aus einer Wohnung herausgeholt habe, deren Miete nur zweitausend Francs im Jahr beträgt. Es war für dich ein Aufstieg.«

»Als Tochter armer, aber ehrlicher Eltern habe ich keinen Grund, mich meiner Herkunft zu schämen, und du darfst mir keine Vorwürfe machen, weil ich meinen Unterhalt auf bescheidene Art verdient habe.«

»Liebst du diesen Jungen?«

»Ja.«

»Und mich nicht?«

»Dich auch. Ich liebe euch beide, aber auf verschiedene Weise. Ich liebe dich, weil du so vornehm bist und weil deine Konversation lehrreich und interessant ist. Ich liebe dich, weil du gütig und großzügig bist. Ich liebe ihn, weil seine Augen so groß sind und sein Haar gewellt ist, und weil er himmlisch tanzt. Das ist ganz natürlich.«

»Du weißt, daß ich dich meiner Stellung wegen nicht in Tanzlokale führen kann, und vermutlich wird er, wenn er in meinem Alter ist, auch nicht mehr Haare haben als ich.«

»Das mag wohl stimmen«, gab Lisette zu, aber sie fand das belanglos.

»Was wird deine Tante dazu sagen, wenn sie erfährt, was du getan hast?«

»Es wird nicht gerade eine Überraschung für sie sein.«

»Willst du damit sagen, daß diese ehrenwerte Frau dein Verhalten billigt? *O tempora, o mores!* Wie lange dauert das denn schon?«

»Seitdem ich ins Geschäft gehe. Er reist für ein großes Seidenhaus in Lyon. Er kam eines Tages mit seinen Mustern herein. Wir gefielen einander.«

»Aber deine Tante war doch da, um dich von den Versuchungen, denen ein junges Mädchen in Paris ausgesetzt ist, zu bewahren. Sie hätte dir nie erlauben dürfen, etwas mit dem jungen Mann zu tun zu haben.«

»Ich habe sie nicht um Erlaubnis gefragt.«

»Es genügt, um deinen armen alten Vater ins Grab zu bringen. Hast du gar nicht an die Wunden dieses Helden gedacht, dessen Verdienste um das Vaterland mit der Lizenz für Tabakverkauf belohnt wurden? Denkst du nicht daran, daß diese Abteilung mir als Innenminister untersteht? Ich befände mich im Recht, wenn ich die Lizenz wegen deiner offenbaren Unmoral aufheben würde.«

»Ich weiß, daß du viel zu sehr Gentleman bist, um etwas so Heimtückisches zu tun.«

Er machte eine eindrucksvolle, wenn auch vielleicht etwas zu dramatische Geste. »Befürchte nichts. Ich werde mich nie so weit erniedrigen, mich an einem Mann, dem das Vaterland Dank schuldet, für die Missetaten eines Geschöpfes zu rächen, das zu verachten meine Würde mir gebietet.«

Er widmete sich wieder seinem unterbrochenen Frühstück. Lisette sagte nichts, und es lag ein Schweigen zwischen ihnen. Aber nach Befriedigung seines Appetits schlug seine Stimmung um: Er begann, eher sich selbst zu bedauern, als böse auf sie zu sein, und mit einer merkwürdigen Ahnungslosigkeit in bezug auf das weibliche Herz glaubte er Lisettes Reue dadurch zu erwecken, daß er sich als ein Objekt des Mitleids hinstellte.

»Es ist schwer, eine vertraut gewordene Gewohnheit aufzugeben. Es war eine Entspannung und ein Trost für mich hierherzukommen, wenn ich bei meinen vielen Beschäftigungen einen Augenblick erübrigen konnte. Wirst du mich ein wenig vermissen, Lisette?«

»Natürlich.«

Er seufzte tief auf.

»Ich hätte dir nie zugetraut, daß du mich so hintergehst.«

»Es ist das Hintergangensein, das nagt«, murmelte sie nachdenklich. »Männer sind in dieser Hinsicht komisch. Sie können es nicht verzeihen, zum Narren gehalten zu werden. Das kommt daher, daß sie so eitel sind. Sie messen Dingen Bedeutung zu, die ganz unwichtig sind.«

»Nennst du es ganz unwichtig, daß ich dich beim Frühstück mit einem jungen Mann überrasche, der meinen Schlafanzug trägt?«

»Wenn er mein Mann wäre und du mein Liebhaber, würdest du es für ganz selbstverständlich halten.«

»Allerdings. Denn dann würde ich ihn hintergehen, und meine Ehre wäre gewahrt.«

»Kurz gesagt, ich brauche ihn nur zu heiraten, um die Situation ganz in Ordnung zu bringen.«

Einen Augenblick lang verstand er nicht. Dann schoß der Sinn ihrer Bemerkung durch seinen klugen Kopf, und er warf ihr einen raschen Blick zu. Ihre schönen Augen hatten das Funkeln, das er immer so verführerisch fand, und auf ihrem großen roten Mund lag die Andeutung eines schelmischen Lächelns.

»Vergiß nicht, daß ich als Mitglied des Senats nach allen Traditionen der Republik die autorisierte Hauptstütze der Moral und der guten Sitten bin.«

»Wiegt das schwer für dich?«

Er strich sich mit einer beherrschten und würdevollen Bewegung über seinen schönen eckigen Bart.

»Nicht die Bohne«, erwiderte er, aber der Ausdruck, den er gebrauchte, hatte eine gallische Derbheit, die vielleicht seine eher konservativen Anhänger peinlich berührt hätte.

»Würde er dich heiraten?« fragte er.

»Er betet mich an. Natürlich würde er mich heiraten. Wenn ich ihm sage, daß ich eine Million Francs Mitgift habe, würde er sich nichts Besseres wünschen.«

Monsieur Le Sueur warf ihr wieder einen Blick zu. Als er ihr in einem Moment der Wut gesagt hatte, daß es seine Absicht gewesen sei, ihr eine Million Francs auszusetzen, hatte er ziemlich stark übertrieben, weil er ihr zeigen wollte, wieviel ihr Verrat sie kostete. Aber er war nicht der Mann, der zurückruderte, wenn es um seine Würde ging.

»Es ist viel mehr, als ein junger Mann in seiner Lebensstellung beanspruchen könnte. Aber wenn er dich anbetet, würde er dauernd an deiner Seite sein.«

»Habe ich dir nicht gesagt, daß er Geschäftsreisender ist? Er kann nur über das Wochenende nach Paris kommen.«

»Das ist natürlich eine ganz andere Sache«, sagte der Senator. »Es würde ihm selbstverständlich eine Befriedigung bedeuten zu wissen, daß ich während seiner Abwesenheit da wäre, um dich im Auge zu behalten.«

»Eine beträchtliche Befriedigung«, sagte Lisette.

Um das Gespräch zu erleichtern, erhob sie sich von ihrem Sitz und machte es sich auf den Knien des Senators bequem. Er drückte ihre Hand zärtlich.

»Ich habe dich sehr gern, Lisette«, sagte er. »Ich möchte nicht, daß dir ein Fehler unterläuft. Bist du sicher, daß er dich glücklich machen wird?«

»Ich glaube es.«

»Ich werde sorgfältige Erkundigungen einziehen. Ich würde dir nie gestatten, jemanden zu heiraten, der nicht von musterhaftem Charakter und einwandfreier Moral wäre. In unser aller Interesse müssen wir über diesen jungen Mann, den wir in unser Leben bringen, genau Bescheid wissen.«

Lisette erhob keinen Einspruch. Sie war sich klar darüber, daß der Senator alles gerne ordentlich und methodisch in Angriff nahm. Er schickte sich jetzt an zu gehen. Er wollte seine wichtige Neuigkeit Madame Le Sueur mitteilen, und er mußte sich mit verschiedenen Mitgliedern seiner Fraktion in Verbindung setzen.

»Es ist nur noch eins«, sagte er, als er sich von Lisette liebevoll verabschiedete, »wenn du dich verheiratest, muß ich darauf bestehen, daß du deine Arbeit aufgibst. Der Platz für die Frau ist das Heim, und es verstößt gegen alle meine Prinzipien, daß eine verheiratete Frau einem Mann die Arbeit wegnimmt.«

Lisette überlegte, daß ein kräftiger junger Mann ziemlich

komisch aussehen würde, wenn er mit wiegenden Hüften über den Steg schritte, um die letzten Modelle vorzuführen, aber sie respektierte die Prinzipien des Senators.

»Es soll so geschehen, wie du es wünschst, Liebling«, sagte sie.

Die Erkundigungen, die er einholte, waren zufriedenstellend, und die Heirat fand an einem Samstagvormittag statt, sobald die gesetzlichen Formalitäten erledigt waren. Monsieur Le Sueur, Innenminister, und Madame Saladin waren Zeugen. Der Bräutigam war ein schlanker junger Mann mit einer geraden Nase, schönen Augen und schwarzem welligem Haar, das von der Stirn zurückgebürstet war. Er sah eher aus wie ein Tennisspieler als wie ein Reisender in Seide. Der Bürgermeister, durch die erhabene Anwesenheit des Innenministers beeindruckt, hielt nach französischer Gepflogenheit eine Rede. Er begann damit, dem jungen Paar zu sagen, was sie vermutlich schon wußten. Er teilte dem Bräutigam mit, daß er der Sohn ehrenwerter Eltern sei und einen geachteten Beruf ausübe. Er beglückwünschte ihn, daß er den Bund der Ehe in einem Alter schließe, in dem viele junge Männer nur an ihr Vergnügen dächten. Er erinnerte die Braut daran, daß ihr Vater ein Held des großen Krieges sei, dessen glorreiche Wunden durch die Lizenz für einen Tabakladen belohnt worden seien, und er sagte ihr, daß sie auf anständige Weise ihren Unterhalt verdient habe, seit sie nach Paris gekommen sei, in einer Firma, die ein Ruhmesblatt für französischen Geschmack und Luxus darstelle. Der Bürgermeister hatte eine literarische Ader, und er erwähnte kurz verschiedene berühmte Liebespaare der Dichtung: Romeo und Julia, deren kurze, aber legitime Verbindung durch ein bedauerliches Mißverständnis unterbrochen wurde, Paul und Virginie, welch letztere lieber ihren Tod in den Wellen fand, als durch Abwerfen der Kleider ihre Sittsamkeit zu verletzen, und schließlich Daphnis und Chloë, die ihre Heirat nicht vollzogen hatten, bevor sie von der legitimen Behörde sanktioniert worden war. Er sprach so rührend, daß Lisette ein paar Tränen vergoß. Er machte Madame Saladin ein Kompliment, daß sie durch ihr Beispiel und ihre Vorschriften ihre junge und schöne Nichte vor den Gefahren, die einem jungen Mädchen in einer großen Stadt drohten, bewahrt habe, und endlich gratulierte er dem glücklichen Paar zu der Ehre, die der Herr Innenminister ihnen erwiesen habe, indem er als Trauzeuge erschienen sei. Es sei ein Beweis für ihre eigene Redlichkeit, daß dieser Industriekapitän und bedeutende Staatsmann Zeit gefunden habe, Leuten in ihrer einfachen Lebenslage einen solchen Dienst anzubieten, und es beweise nicht nur die Vortrefflichkeit seines Herzens, sondern auch sein lebhaftes Pflichtgefühl. Seine Handlungsweise zeige, daß er den Wert früher Eheschließung schätze, die Sicherheit der Familie bekräftige und die wichtige Bedeutung von Nachwuchs betone, um die Macht, den Einfluß und die Bedeutung des schönen Landes Frankreich zu erhöhen. Es war in der Tat eine sehr gute Rede.

Das Hochzeitsfrühstück fand im Château de Madrid statt, das für Monsieur Le Sueur eine sentimentale Bedeutung besaß. Es ist schon erwähnt worden, daß sich unter den vielen Beteiligungen des Ministers (wie wir ihn jetzt nennen müssen) unter anderem auch eine Autofabrik befand. Sein Hochzeitsgeschenk für den Bräutigam war ein sehr hübscher Zweisitzer eigenen Fabrikats, und in diesem begab sich das junge Paar nach dem Essen auf die Hochzeitsreise. Diese konnte sich nur über das Wochenende erstrecken, da der junge Mann an seine Arbeit zurückkehren mußte, die ihn nach Marseille, Toulon und Nizza führte. Lisette küßte ihre Tante, und sie küßte Monsieur Le Sueur.

»Montag um fünf Uhr«, flüsterte sie ihm zu.

»Ich werde kommen«, erwiderte er.

Sie fuhren davon, und einen Augenblick schauten Monsieur Le Sueur und Madame Saladin dem flotten gelben Wagen nach.

»Wenn er sie nur glücklich macht«, seufzte Madame Saladin, die an Champagner mittags nicht gewöhnt war und sich unvernünftig melancholisch fühlte.

»Wenn er sie nicht glücklich macht, wird er mit mir zu rechnen haben«, sagte Monsieur Le Sueur eindrucksvoll.

Sein Wagen fuhr vor.

»*Au revoir, chère Madame.* Sie werden an der Avenue de Neuilly einen Bus bekommen.«

Er stieg in seinen Wagen, und als er an die Staatsangelegenheiten dachte, die auf ihn warteten, seufzte er zufrieden. Es war entschieden seiner Stellung viel angemessener, daß seine Mätresse nicht ein kleines Mannequin in einem Modehaus war, sondern eine anständige verheiratete Frau.

Der Lunch

Ich entdeckte sie während der Vorstellung, und da sie mir zuwinkte, ging ich in der Pause hinüber und setzte mich neben sie. Es war lange her, daß ich sie zuletzt gesehen hatte, und hätte nicht jemand ihren Namen erwähnt, so glaube ich kaum, daß ich sie erkannt hätte. Lebhaft sprach sie mich an.

»Ja – das ist viele Jahre her, daß wir uns kennengelernt haben. Wie doch die Zeit vergeht! Jünger werden wir alle nicht. Wissen Sie noch, als ich Sie zum erstenmal sah? Sie haben mich zum Lunch eingeladen.«

Und ob ich das noch wußte!

Es war vor zwanzig Jahren, und ich lebte in Paris. Ich hatte im Quartier Latin ein winziges Appartement, von wo man auf einen Friedhof hinaussah, und ich verdiente kaum genug Geld, um Leib und Seele zusammenzuhalten. Sie hatte ein Buch von mir gelesen und mir darüber geschrieben. Ich antwortete und dankte ihr, und sogleich bekam ich einen weiteren Brief von ihr, der ankündigte, daß sie in Paris auf der Durchreise sei und sich gern mit mir unterhalten wollte; sie habe aber wenig Zeit, und nur am kommenden Donnerstag sei sie ein Weilchen frei; den Vormittag über sei sie im Jardin du Luxembourg, und ob ich ihr anschließend einen kleinen Imbiß bei Foyot spendieren wolle? Foyot ist ein Restaurant, wo die französischen Senatoren speisen, und ich konnte es mir so wenig leisten, daß es mir noch nicht einmal im Traum eingefallen wäre, dorthin zu gehen. Aber ich fühlte mich geschmeichelt, und ich war zu jung, um schon gelernt zu haben, daß man einer Frau etwas abschlagen kann. (Wenige Männer, darf ich hinzufügen, lernen das rechtzeitig, bis sie zu alt sind, als daß ihre Antwort noch irgendeine Bedeutung für die Frau hätte.) Ich hatte achtzig Francs (Goldfranken), die mir bis zum Ende des Monats reichen mußten, und ein bescheidener Lunch konnte nicht mehr als fünfzehn kosten. Wenn ich die nächsten beiden Wochen auf den Kaffee verzichtete, würde ich ganz gut auskommen.

Ich antwortete, daß ich meine Brieffreundin am Donnerstag um halb eins bei Foyot erwarten werde. Sie war nicht so jung, wie ich gedacht hatte, und eher eine imposante als eine anziehende Erscheinung. Sie war nämlich eine Frau von vierzig Jahren (ein bezauberndes Alter, das jedoch kaum eine plötzliche, verheerende Liebe auf den ersten Blick erweckt), und ich hatte den Eindruck, daß sie mehr Zähne – weiße, große, regelmäßige Zahne – besaß als für irgendeinen praktischen Zweck nötig. Sie war etwas geschwätzig, aber da sie über mich zu sprechen geneigt schien, war ich willens, ein aufmerksamer Zuhörer zu sein.

Ich erschrak, als die Speisekarte gebracht wurde, denn die Preise waren bei weitem höher, als ich angenommen hatte. Aber sie beruhigte mich.

»Ich esse mittags nie etwas«, sagte sie.

»Oh, sagen Sie doch das nicht!« antwortete ich großzügig.

»Ich esse nie mehr als nur ein Gericht. Ich finde, die Leute essen heutzutage viel zuviel. Ein bißchen Fisch vielleicht. Ob sie wohl Lachs haben?«

Nun war es früh im Jahr für Lachs, und auf der Speisekarte stand er nicht, aber ich fragte den Kellner, ob sie welchen hätten. Ja, ein wunderbarer Lachs sei gerade eingetroffen, der erste, den sie hereinbekommen hätten. Ich bestellte ihn für meinen Gast. Der Kellner fragte sie, ob sie etwas zu sich nehmen wolle, während der Lachs zubereitet wurde.

»Nein«, antwortete sie, »ich esse nie mehr als ein Gericht. Wenn Sie nicht ein wenig Kaviar haben. Gegen Kaviar habe ich nie etwas.«

Mir wurde etwas mulmig. Ich wußte, daß ich mir Kaviar nicht leisten konnte, aber ich konnte es ihr nicht gut sagen. Ich trug dem Kellner auf, selbstverständlich Kaviar zu bringen. Für mich selbst wählte ich das billigste Gericht aus der Karte, und das war ein Hammelkotelett.

»Ich finde es unklug von Ihnen, Fleisch zu essen«, sagte sie. »Wie wollen Sie denn arbeiten, nachdem Sie so schwere Sachen wie Koteletts gegessen haben? Ich halte nichts davon, mir den Magen zu überladen.«

Dann kam die Getränkefrage.

»Ich trinke zu Mittag nie etwas«, sagte sie.

»Ich auch nicht«, antwortete ich prompt.

»Außer Weißwein«, fuhr sie fort, als ob ich nichts gesagt hätte. »Diese französischen Weißweine sind so leicht. Sie sind vorzüglich für die Verdauung.«

»Was möchten Sie?« fragte ich, immer noch gastfreundlich, aber nicht in übertriebenem Maße.

Mit ihren weißen Zähnen blitzte sie mich fröhlich und freundschaftlich an.

»Mein Arzt erlaubt mir nichts als Champagner.«

Ich glaube, ich wurde etwas blaß. Ich bestellte eine halbe

Flasche. Beiläufig bemerkte ich, daß mein Arzt mir Champagner strikt verboten habe.

»Was werden Sie denn trinken?«

»Wasser.«

Sie aß den Kaviar, und sie aß den Lachs. Sie plauderte vergnügt über Kunst und Literatur und Musik. Aber ich überlegte, wie hoch die Rechnung sein würde. Als mein Hammelrippchen kam, machte sie mir recht ernste Vorhaltungen.

»Ich sehe, Sie sind gewöhnt, einen schweren Lunch zu essen. Ich bin überzeugt, daß das verkehrt ist. Warum folgen Sie nicht meinem Beispiel und essen nur ein Gericht? Sie würden sich sicherlich dabei viel wohler fühlen.«

»Aber ich esse nicht mehr als ein Gericht«, sagte ich, als der Kellner wieder mit der Karte kam.

Sie winkte ihm mit leichter Geste ab.

»Nein, nein, ich esse nie was zum Lunch. Nur einen Happen, mehr will ich nie, und den esse ich mehr zur Gesellschaft als aus sonst einem Grunde. Ich könnte unmöglich noch etwas essen – es sei denn, sie hätten ein paar von diesen Riesenspargeln. Es täte mir leid, Paris zu verlassen, ohne ein paar davon gegessen zu haben.«

Mir fiel das Herz in die Hose. Ich hatte sie in den Läden gesehen und wußte, daß sie furchtbar teuer waren. Oft war mir bei ihrem Anblick das Wasser im Munde zusammengelaufen.

»Madame möchte wissen, ob Sie diese Riesenspargel haben«, fragte ich den Kellner.

Mit ganzer Willenskraft versuchte ich, ihm zu suggerieren, daß er nein sagte. Ein glückliches Lächeln zerfloß auf seinem breiten, priesterlichen Gesicht, und er versicherte mir, sie hätten welche, so riesengroß, so herrlich, so zart, daß es ein wahres Wunder sei.

»Ich bin überhaupt nicht hungrig«, seufzte mein Gast, »aber wenn Sie darauf bestehen, dann meinetwegen ein paar Spargel.«

Ich bestellte sie.

»Essen Sie keine?«

»Nein, ich esse nie Spargel.«

»Ich weiß, es gibt Leute, die sie nicht mögen. Es liegt daran, daß Sie sich den Gaumen ruinieren mit all dem Fleisch, das Sie essen.«

Wir warteten, während der Spargel zubereitet wurden. Panik ergriff mich. Jetzt war es nicht mehr die Frage, wieviel Geld mir für den Rest des Monats übrigblieb, sondern ob ich genug hatte, um die Rechnung zu bezahlen. Es würde eine fürchterliche Blamage sein, wenn sich herausstellte, daß ich zehn Francs zu wenig hatte und meinen Gast anpumpen mußte. Das konnte ich nicht über mich bringen. Ich wußte genau, wieviel ich hatte, und wenn die Rechnung höher war, so war ich entschlossen, die Hand in die Tasche zu stecken, mit einem dramatischen Aufschrei hochzufahren und zu behaupten, ein Taschendieb habe mein Geld gestohlen. Natürlich wäre es dumm, wenn auch sie nicht genug hätte, die Rechnung zu bezahlen. Dann gäbe es nur die eine Möglichkeit, meine Uhr dazulassen und zu sagen, daß ich später wiederkommen und zahlen würde.

Der Spargel kam. Es waren riesige, saftige und verlokkende Stangen. Der Duft der geschmolzenen Butter kitzelte meine Nasenlöcher, wie das Brandopfer der frommen Semiten die Nasenlöcher Jehovas kitzelte. Ich sah zu, wie das liederliche Weib sie in großen, gierigen Bissen die Kehle hinunterschlang, und auf meine höfliche Art plauderte ich über die Entwicklungsstufe des Dramas bei den Balkanvölkern. Endlich war sie fertig.

»Kaffee?« fragte ich.

»Ja, nur ein Eis und Kaffee«, antwortete sie.

Jetzt war mir schon alles egal, also bestellte ich Kaffee für mich und ein Eis und Kaffee für sie.

»Wissen Sie, an eine Regel halte ich mich eisern«, sagte sie, während sie das Eis aß. »Man sollte immer von einer Mahlzeit aufstehen, wenn man spürt, daß man noch ein bißchen mehr essen könnte.«

»Sind Sie noch hungrig?« fragte ich schwach.

»O nein, ich bin nicht hungrig; sehen Sie, ich esse nie zu Mittag. Morgens eine Tasse Kaffee und dann abends Dinner, aber zum Lunch esse ich nie mehr als ein Gericht. Ich sprach von Ihnen.«

»Ah, ich verstehe!«

Dann passierte etwas Schreckliches. Während wir auf den Kaffee warteten, kam der Oberkellner mit einem einladenden Lächeln auf seinem scheinheiligen Gesicht zu uns heran und trug einen großen Korb voll ungeheurer Pfirsiche. Sie waren so rosig wie ein unschuldiges Mädchen; sie hatten den warmen Farbton einer italienischen Landschaft. Aber sicherlich war es doch für Pfirsiche noch nicht die Jahreszeit? Der Himmel wußte, was sie kosteten. Ich wußte es auch – nur etwas später, denn mein Gast nahm mitten im Weiterplaudern zerstreut einen aus dem Korb.

»Sehen Sie, Sie haben sich den Magen mit einem Haufen Fleisch überladen« – mein eines, elendes, kleines Kotelett! –

»und können nichts mehr essen. Aber ich habe nur eine Kleinigkeit gegessen und lasse mir einen Pfirsich schmecken.«

Die Rechnung kam, und als ich bezahlte, stellte ich fest, daß ich nur für ein ganz unzureichendes Trinkgeld noch genug hatte. Sie warf einen Blick auf die drei Francs, die ich für den Kellner hingelegt hatte, und ich wußte, daß sie mich für geizig hielt. Aber als ich das Restaurant verließ, hatte ich den ganzen Monat vor mir und nicht einen Sou in der Tasche.

»Folgen Sie meinem Beispiel«, sagte sie, als wir uns die Hand gaben, »und essen Sie nie mehr als nur ein Gericht zum Lunch.«

»Ich werde es übertreffen«, gab ich zurück. »Ich werde heute abend nicht dinieren.«

»Humorist!« rief sie fröhlich und hopste in ein Taxi. »Sie sind ein echter Humorist!«

Aber nun hatte ich endlich meine Rache. Ich glaube nicht, daß ich ein rachsüchtiger Mensch bin, aber wenn die unsterblichen Götter selbst sich einmischen, so ist es verzeihlich, wenn man sich mit Behagen das Resultat ansieht. Heute wiegt sie hundertdreißig Kilo.

Unbesiegt

Er kam in die Küche zurück. Der Mann lag noch immer auf dem Boden, dort, wo er ihn niedergeschlagen hatte, sein Gesicht war blutig, und er stöhnte. Die Frau stand gegen die Wand gelehnt, ihren vor Schreck geweiteten Blick auf Willi gerichtet. Als Hans eintrat, riß sie den Mund auf und begann laut zu schluchzen. Willi saß am Tisch, den Revolver in der Hand, ein noch halbvolles Weinglas vor sich. Hans trat hinzu, goß sich ein Glas voll und leerte es in einem Zug.

»Sieht aus, als hättest du Ärger gehabt, mein Junge«, sagte Willi grinsend.

Auf Hans' blutverschmiertem Gesicht waren deutlich die Spuren scharfer Fingernägel zu sehen. Vorsichtig betastete er seine Wange.

»Die hätte mir die Augen ausgekratzt, wenn sie gekonnt hätte, das Luder. Ich werde mir etwas Jod drauftun müssen. Aber jetzt wird sie keine Schwierigkeiten mehr machen. Geh nur hinein zu ihr. Du bist dran.«

»Soll ich? Ich weiß nicht recht. Es wird spät.«

»Red nicht so dumm daher. Dann wird's eben spät. Wir haben uns verirrt. Bist du ein Mann oder nicht?«

Die Strahlen der untergehenden Sonne fielen schräg in die Küche des Bauernhauses. Willi zögerte. Er war von kleinem Wuchs, dunkelhaarig, eine dürftige Erscheinung, Modezeichner von Beruf. Er wollte nicht, daß Hans ihn für einen Schlappschwanz hielt. Er erhob sich und ging auf die Tür zu, durch die Hans hereingekommen war.

Die Frau schien zu ahnen, was er vorhatte. Sie stieß einen Schrei aus und sprang ihm in den Weg.

»*Non, non!*« rief sie.

Mit einem Satz war Hans bei ihr, packte sie an den Schultern und schleuderte sie zurück. Sie strauchelte und fiel hin. Hans nahm Willis Revolver.

»Immer mit der Ruhe!« Sein Französisch hatte einen schweren deutschen Akzent. »Geh jetzt.« Er nickte in Richtung Tür. »Ich paß auf die beiden hier auf.«

Willi verließ den Raum, kam aber sofort wieder.

»Sie ist bewußtlos.«

»Na wenn schon.«

»Ich kann nicht. Es hat keinen Sinn.«

»Ein Idiot bist du. Ein Weibsbild.«

Willi errötete.

»Wir sollten uns besser auf den Weg machen.«

Hans zuckte geringschätzig die Achseln.

»Ich trink noch die Flasche aus. Dann gehen wir.«

Er fühlte sich entspannt und wäre gerne noch ein wenig geblieben. Wenn man seit dem frühen Morgen im Einsatz ist und viele Stunden auf dem Motorrad hinter sich hat, spürt man seine Gliedmaßen. Zum Glück war's nicht mehr weit nach Soissons, höchstens fünfzehn Kilometer. Ob es ihm heute endlich gelingen würde, in einem anständigen Bett zu schlafen?

Natürlich wäre das alles nicht passiert, wenn das Mädchen vernünftig gewesen wäre. Sie hatten sich verirrt, er und Willi, und hatten einen Feldarbeiter nach dem Weg gefragt. Der gab ihnen mit Absicht eine falsche Richtung an, so daß sie auf eine Nebenstraße gerieten. An diesem Bauernhaus hier hatten sie haltgemacht und abermals um Auskunft gebeten, sehr höflich, denn laut Armeebefehl war die französische Bevölkerung höflich zu behandeln, solange sie keinen Widerstand leistete. Das Mädchen hatte die Tür geöffnet und behauptet, den Weg nach Soissons nicht zu wissen. Sie drangen ins Haus ein, und die Mutter des Mädchens erklärte ihnen den Weg. Die Familie – der Bauer, seine Frau und seine Tochter – schien gerade das Abendessen beendet zu haben. Die Weinflasche, die auf dem Tisch stand, erinnerte Hans daran, daß er seit dem Mittag dieses sehr heißen Tages nichts mehr getrunken hatte. Er wollte seinen Durst stillen. Als er um eine Flasche Wein bat, fügte Willi sofort hinzu, daß man selbstverständlich dafür bezahlen würde. Willi war ein guter Junge, nur leider etwas schlapp. Man hatte ja schließlich den Krieg gewonnen, oder? Wo war denn die französische Armee? Geflohen war sie, Hals über Kopf geflohen. Und die Engländer? Die hatten sich gar nicht schnell genug auf ihre Insel zurückziehen können. Also durfte man sich als Sieger doch wohl nehmen, was man brauchte? Klar, daß man das durfte. Aber dieser Willi – er hatte zwei Jahre in einem Pariser Modesalon gearbeitet, sprach fließend Französisch und wurde eben darum als Kundschafter verwendet –, nun ja: der lange Aufenthalt in Frankreich war an Willi nicht spurlos vorübergegangen. Ein dekadentes Volk, die Franzosen. Es tut einem Deutschen nicht gut, unter ihnen zu leben.

Die Bauersfrau stellte zwei Flaschen Wein auf den Tisch. Willi gab ihr zwanzig Francs. Sie bedankte sich nicht einmal.

Hans sprach nicht so gut Französisch wie Willi, aber er konnte sich verständlich machen. Er zog Willi möglichst oft zu Sprachübungen heran und ließ sich von ihm die Fehler verbessern. Weil Willi ihm so nützlich war, hatte er Freundschaft mit ihm geschlossen. Er wußte, daß Willi ihn bewunderte, alles an ihm: seine hohe breitschultrige Gestalt, sein blondes lockiges Haar, seine blauen Augen.

Auch jetzt versuchte Hans, die Gelegenheit auszunutzen, um sich in französischer Konversation zu üben, aber die drei Bauersleute zeigten keinerlei Entgegenkommen. Er erzählte ihnen, daß er selbst ein Bauernsohn sei und nach dem Krieg wieder auf den väterlichen Hof zurückkehren würde; daß seine Mutter ihn nach München auf die Handelsschule geschickt habe, weil sie einen Geschäftsmann aus ihm machen wollte, und daß er statt dessen eine landwirtschaftliche Lehranstalt besucht habe.

Das Mädchen unterbrach ihn:

»Sie sind hergekommen, um nach dem Weg zu fragen. Jetzt wissen Sie ihn. Trinken Sie Ihren Wein aus, und gehen Sie.«

Hans hatte sie davor kaum angesehen. Sie war nicht hübsch, aber die dunklen Augen in ihrem blassen Gesicht und ihre bei aller Einfachheit geschmackvolle Kleidung gaben ihr ein Aussehen, das nicht in diese Umgebung zu passen schien, fast eine gewisse Vornehmheit. Hans hatte seit Kriegsbeginn alles mögliche über die französischen Mädchen gehört. Angeblich besaßen sie etwas, das den deutschen Mädchen fehlte. Willi nannte es ›Chic‹, aber auf die Frage, was das nun eigentlich bedeute, wußte er nichts Klügeres zu sagen, als daß man das nur spüren könne. Natürlich hatte Hans auch schon andere Urteile über die Französinnen zu hören bekommen, und weit weniger schmeichelhafte. Nun, das würde er ja bald genug selbst herausfinden. Spätestens in einer Woche, wenn man nach Paris käme. Das Oberkommando, so hieß es, hatte diesbezüglich schon Vorsorge für seine tapferen Soldaten getroffen und entsprechende Häuser eingerichtet.

»Trink den Wein aus«, sagte Willi. »Wir gehen.«

Aber Hans wollte sich nicht drängen lassen. Er wandte sich an das Mädchen:

»Sie sehen nicht aus wie eine Bauerntochter.«

»Möglich«, antwortete sie.

»Sie ist Lehrerin«, sagte ihre Mutter.

»Also ein Mädchen mit guter Erziehung«, fuhr Hans in seinem schlechten Französisch unbekümmert fort. »Dann werden Sie ja begreifen, daß das französische Volk soeben eine der größten Stunden seiner Geschichte erlebt. Wir haben diesen Krieg nicht gewollt. Ihr habt uns den Krieg erklärt. Jetzt haben wir gewonnen, und jetzt werden wir aus Frankreich ein anständiges Land machen. Wir werden Ordnung in euer Durcheinander bringen. Wir werden euch beibringen, wie man arbeitet. Ihr werdet Gehorsam und Disziplin lernen.«

Sie ballte ihre Fäuste und sah ihn an, die Augen schwarz vor Haß. Aber sie blieb stumm.

»Du bist betrunken, Hans«, sagte Willi.

»Ich bin stocknüchtern. Ich sage ihnen nur die Wahrheit. So etwas schadet nie.«

»Ihr Freund hat recht!« Das Mädchen konnte nicht länger an sich halten. »Sie sind betrunken. Gehen Sie endlich. Gehen Sie!«

»Ach, Sie verstehen Deutsch? Schön, ich gehe. Und zum Abschied bekomme ich einen Kuß von Ihnen.«

Sie wollte zurückweichen, aber er hielt sie am Handgelenk fest.

»Vater!« rief sie. »Vater!«

Als der Bauer sich auf ihn warf, ließ Hans das Mädchen los und schlug ihn mit solcher Kraft ins Gesicht, daß der Mann zu Boden stürzte. Dann packte Hans das Mädchen aufs neue. Sie versetzte ihm eine schallende Ohrfeige, die er lachend einsteckte.

»Ist das ein Benehmen, wenn ein deutscher Soldat einen Kuß haben will? Na warte!«

Er war stark genug, mit dem einen Arm das Mädchen festzuhalten und mit dem andern die Mutter, die ihn wegzerren wollte, gegen die Wand zu stoßen.

»Hans!« rief Willi. »Hans!«

»Halt's Maul, zum Teufel!«

Er hielt dem Mädchen den Mund zu, damit sie nicht schreien konnte, und zerrte sie hinüber ins Nebenzimmer.

So kam's, und so hatte es kommen müssen. War sie nicht selber schuld daran? Sie hätte ihn nicht ins Gesicht schlagen dürfen. Wenn sie ihm den verlangten Abschiedskuß gegeben hätte, wäre er friedlich gegangen. Er blickte zu dem Bauer, der immer noch auf dem Boden lag, und fast mußte er über seine komische Miene lachen. Belustigt sah er die Frau an, die sich zitternd gegen die Wand drückte. Fürchtete sie, daß sie als nächste drankam? Wohl kaum. Er erinnerte sich an ein französisches Sprichwort.

»*C'est le premier pas qui coûte*. Nur keine Angst, alte Hexe.« Er zog seine Brieftasche hervor. »Hier sind hundert

Francs, damit sich Mademoiselle ein neues Kleid kaufen kann. Das alte taugt nichts mehr.« Er legte die Banknote auf den Tisch und stülpte den Helm über seinen Kopf. »Gehen wir.«

Sie knallten die Tür zu und bestiegen ihre Motorräder.

Die Bäuerin ging ins Nebenzimmer. Ihre Tochter lag auf dem Sofa. Sie lag noch genauso da, wie er sie zurückgelassen hatte, und wurde von wildem Schluchzen geschüttelt.

Drei Monate später kam Hans wieder nach Soissons. Er war mit der siegreichen deutschen Armee in Paris eingezogen, war auf seinem Motorrad unter dem Arc de Triomphe durchgefahren und dann weiter mit der Armee nach Tours und bis nach Bordeaux, ohne an irgendwelchen Kampfhandlungen teilzunehmen. Die einzigen französischen Soldaten, die er gesehen hatte, waren Gefangene. Es war ein Feldzug, wie er ihn sich grandioser nicht hätte vorstellen können.

Nach Abschluß des Waffenstillstands verbrachte er einen Monat in Paris, schrieb Ansichtskarten an seine Familie nach Bayern und kaufte Geschenke. Willi blieb, weil er die Stadt wie seine Westentasche kannte, noch in Paris, doch er selbst und der Rest seiner Einheit wurden nach Soissons verlegt, um die Armee dort zu unterstützen. Es war eine nette kleine Stadt, und er war recht annehmbar untergebracht. Es gab viel und gut zu essen, und eine Flasche echten Champagners kostete weniger als eine deutsche Mark.

Ihm fiel ein, daß es doch eigentlich ein großer Spaß sein müßte, dieses Mädchen wiederzusehen. Er würde ihr ein Paar Seidenstrümpfe mitbringen, um ihr seine Versöhnlichkeit zu beweisen. Er besaß einen guten Orientierungssinn und meinte, er müßte den Bauernhof ohne Schwierigkeiten wiederfinden können. Also steckte er eines Nachmittags, als er nichts zu tun hatte, die Seidenstrümpfe in seine Tasche und bestieg seine Maschine. Es war ein herrlicher Herbsttag mit kaum einer Wolke am Himmel, und er fuhr durch die hübsche hügelige Landschaft. Das Wetter war so lange trokken und schön gewesen, daß selbst die rastlosen Pappeln, obwohl es September war, nicht erkennen ließen, daß der Sommer seinem Ende zuneigte. Er nahm eine falsche Abzweigung, was ihn etwas aufhielt, dennoch erreichte er den Ort, den er suchte, in weniger als einer halben Stunde. Ein Köter kläffte ihn an, als er auf das Tor zuging. Er trat ein, ohne zu klopfen.

In der Küche saß das Mädchen und schälte Kartoffeln. Beim Anblick der Uniform sprang sie auf.

»Was wollen Sie?« Dann erkannte sie ihn und wich zurück, das Messer in der Hand. »Sie sind es! *Cochon.*«

»Kein Grund zur Aufregung. Es geschieht Ihnen nichts. Hier – ich habe Ihnen ein Paar Seidenstrümpfe mitgebracht.«

»Nehmen Sie sie, und machen Sie, daß Sie hinauskommen.«

»Seien Sie nicht kindisch, und tun Sie das Messer weg! Sie könnten sich verletzen. Vor mir brauchen Sie keine Angst zu haben.«

»Ich habe keine Angst.«

Sie ließ das Messer zu Boden fallen. Er nahm den Helm ab, setzte sich und zog das Messer mit dem Fuß zu sich heran.

»Soll ich Ihnen beim Kartoffelschälen helfen?«

Sie antwortete nicht. Er bückte sich nach dem Messer, entnahm der Schüssel eine Kartoffel und begann zu schälen.

Das Mädchen stand noch immer an der Wand und beobachtete ihn aus feindseligen Augen. Er lächelte ihr entwaffnend zu.

»Warum schauen Sie so bös? War's denn gar so schlimm, was ich Ihnen getan habe? Ich war so aufgeregt, das waren wir alle in jenen Tagen, man hatte von der unbesiegbaren französischen Armee gesprochen und der Maginot-Linie...«, er mußte lachen. »Und der Wein war mir zu Kopf gestiegen. Sie hätten es schlechter treffen können. Manche Frauen finden, daß ich nicht übel aussehe.«

Sie musterte ihn verächtlich von oben bis unten.

»Gehen Sie.«

»Ich gehe, wenn es mir paßt.«

»Wenn Sie nicht sofort verschwinden, wird sich mein Vater bei Ihrem kommandierenden General in Soissons beschweren.«

»Das wird den nicht beeindrucken. Schließlich haben wir Befehl, freundschaftliche Beziehung zu den Einwohnern zu suchen. Wie heißen Sie?«

»Das geht Sie nichts an.«

Zornröte stieg in ihre Wangen, ihre Augen funkelten. Sie war hübscher, als er sie in Erinnerung hatte. Kein schlechter Fang, wenn man's recht besah. Sie wirkte auf eine Weise kultiviert, die eher an eine Städterin als an eine Landbewohnerin denken ließ. Er erinnerte sich, daß ihre Mutter gesagt hatte, sie sei Lehrerin. Das machte sie ja beinahe zu einer Dame. Und er fand es um so reizvoller, sie ein wenig zu quälen. Er fühlte sich stark und gesund, strich sich das wellige

Blondhaar zurecht und kicherte bei dem Gedanken, daß viele Mädchen nur auf eine Chance warten würden, wie sie sich ihr geboten hatte. Sein Gesicht war vom Sommer so tief gebräunt, daß seine Augen verblüffend blau darin wirkten.

»Wo sind Ihre Eltern?«

»Auf dem Feld.«

»Ich habe Hunger. Geben Sie mir etwas Brot und Käse. Und ein Glas Wein. Ich zahle.«

Sie lachte hart auf. »Käse? Wir haben seit drei Monaten keinen Käse gesehen. Und wir haben nicht genug Brot für unseren eigenen Hunger. Vor einem Jahr hat die französische Armee unsere Pferde requiriert, und jetzt habt ihr uns die Kühe und Schweine und Hühner weggenommen.«

»Wir haben für alles gezahlt.«

»Können wir euer Papiergeld essen?« Mit einemmal begann sie zu weinen.

»Hungern Sie?«

»Ach nein. Keine Spur. Wir nähren uns königlich von Kartoffeln und Rüben und grünem Salat. Morgen fährt mein Vater in die Stadt, um vielleicht ein Stück Pferdefleisch zu erwischen.«

»Hören Sie, Fräulein. Ich bin kein so übler Bursche, wie Sie glauben. Wenn ich nächstens komme, bringe ich Ihnen Käse und Schinken mit.«

»Behalten Sie Ihre Geschenke. Ich will lieber krepieren, als etwas von dem zu essen, was ihr Schweine uns gestohlen habt.«

»Wir werden sehen«, sagte er gutmütig. Er zog seinen Helm auf, erhob sich und verabschiedete sich mit einem höflichen »*Au revoir, Mademoiselle*«.

Da er auf eigene Faust keine Vergnügungsfahrten unternehmen durfte, mußte er einen dienstlichen Auftrag abwarten. Die Gelegenheit ergab sich zehn Tage später. Er trat so formlos ein wie beim erstenmal. Diesmal fand er das Elternpaar in der Küche vor. Die Frau stand am Herd und rührte in einem Topf, der Mann saß am Tisch. In dem kurzen Blick, mit dem sie ihn ansahen, lag keine Überraschung. Offenbar hatte ihre Tochter ihnen von seinem vorigen Besuch erzählt.

Eine Begrüßung erfolgte nicht. Die Bäuerin beschäftigte sich weiter mit ihrem Kochtopf, der Bauer starrte mit grimmiger Miene vor sich auf die Wachsdecke. Aber so leicht war Hans nicht aus der Fassung zu bringen.

»*Bonjour, la compagnie*«, rief er wohlgelaunt. »Ich habe etwas mitgebracht.«

Er legte das Paket auf den Tisch und öffnete es. Zum Vorschein kamen ein ansehnliches Stück Gruyère, ein Stück Schweinefleisch und zwei Büchsen Sardinen.

Die Bäuerin drehte sich um, und Hans sah mit Vergnügen das gierige Blinzeln in ihren Augen. Der Bauer tat nichts dergleichen.

Hans ließ sich nicht beirren:

»Es tut mir leid, daß es damals bei meinem ersten Besuch zu einer Meinungsverschiedenheit gekommen ist. Aber Sie hätten sich nicht einmischen dürfen.«

In diesem Augenblick trat das Mädchen ein.

»Was machen Sie hier?« Ihre Stimme bebte vor Zorn. Als sie das Paket mit den Nahrungsmitteln sah, fegte sie es mit einer jähen Handbewegung vom Tisch. »Das brauchen wir nicht. Nehmen Sie's wieder mit.«

Schon war ihre Mutter zur Stelle:

»Du bist verrückt, Annette.«

»Ich will seine Geschenke nicht.«

»Aber es ist ja unser Eigentum. Sie haben's nur gestohlen. Schau doch selbst. Die Sardinen kommen aus Bordeaux.«

Und sie klaubte die Sachen wieder auf.

Hans sah das Mädchen an, mit einem spöttischen Lächeln in seinen blauen Augen.

»Also Annette heißen Sie? Ein hübscher Name. Warum wollen Sie Ihren Eltern das bißchen Essen nicht gönnen? Wo Sie doch schon seit drei Monaten keinen Käse gesehen haben. Schinken konnte ich leider nicht bekommen. Ich hab mein Bestes getan.«

Unterdessen hatte die Bäuerin das Fleisch an sich genommen und preßte es mit verzücktem Gesichtsausdruck an ihren Busen. Man hatte den Eindruck, sie würde es am liebsten küssen. Über Annettes Wangen liefen Tränen.

»Es ist eine Schande«, flüsterte sie.

»Na, na, na. Ein bißchen Gruyère und ein Stück Fleisch haben nichts Ehrenrühriges an sich.«

Hans setzte sich hin, zündete sich eine Zigarette an und schob dem Bauern das Päckchen hin. Der zögerte einen Augenblick, aber dann konnte er der Versuchung nicht widerstehen. Er nahm eine Zigarette und schob das Päckchen wieder zurück.

»Behalten Sie's«, sagte Hans. »Ich kann mir andere verschaffen.« Er blies den Rauch durch die Nase. »Wollen wir nicht Freunde sein? Was geschehen ist, ist geschehen, und Krieg ist nun mal Krieg. Ich weiß, daß Annette ein gebildetes Mädchen ist, und es liegt mir daran, daß sie nicht schlecht von mir denkt. Wie es scheint, werden wir längere Zeit in Soissons bleiben. Ich kann Ihnen immer wieder mit ein paar Kleinigkeiten aushelfen. Wir möchten mit der Bevölkerung auf gutem Fuß stehen, wissen Sie. Aber die Leute lassen uns ja nicht. Sie sehen uns nicht einmal an, wenn wir auf der Straße an ihnen vorbeigehen. Das damals, als ich mit Willi zum erstenmal hier war, war ja sozusagen nur ein Betriebsunfall. Sie brauchen sich nicht mehr vor mir zu fürchten. Ich werde Annette so respektvoll behandeln wie meine eigene Schwester.«

»Lassen Sie uns in Ruhe«, sagte Annette. »Warum sind Sie überhaupt hergekommen?«

Er wußte es nicht. Er wollte sich nicht eingestehen, daß er ein wenig menschliche Wärme brauchte. Die stumme Feindseligkeit, die von der Bevölkerung in Soissons ausging, wurde ihm manchmal so unerträglich, daß er am liebsten auf den nächstbesten Franzosen, der kühl durch ihn hindurchsah, mit Fäusten eingeschlagen hätte. Und manchmal hätte er vor Trauer und Einsamkeit weinen mögen. Es wäre schön, einen Platz zu finden, wo man ihn gerne sah. Nein, er begehrte Annette nicht, wirklich nicht. Sie war nicht sein Typ. Ihn lockten hochgewachsene, vollbusige Frauen, blond und blauäugig wie er selbst. Er mochte es, wenn sie stramm und kräftig und gut gepolstert waren. Das undefinierbare Etwas, das um Annette lag, die feingeschnittene Nase, die dunklen Augen und das längliche, blasse Gesicht – das alles hatte eher etwas Einschüchterndes an sich als etwas Lockendes. Wäre er damals nicht in dieser sonderbaren Stimmung gewesen, gemischt aus Müdigkeit und Siegestaumel, aus Macht- und Weinrausch – er wäre nie auf den Gedanken verfallen, sich ihr zu nähern.

Während der nächsten zwei Wochen konnte Hans nicht von seiner Einheit loskommen. Das Proviantpaket hatte er im Bauernhaus zurückgelassen. Er zweifelte nicht, daß es den beiden Alten hochwillkommen war. Er fragte sich, ob auch Annette davon gegessen hatte. Es hätte ihn nicht gewundert, wenn sie sich, sobald er ihnen den Rücken gekehrt hatte, zusammen mit den anderen darangemacht hätte. Diese Franzosen. Wenn sie etwas umsonst bekamen, wurden sie schwach. So waren sie nun einmal. Schwach und genußsüchtig. Annette haßte ihn, weiß Gott, wie sie ihn haßte – aber Schweinefleisch war Schweinefleisch, und Käse war Käse.

Er dachte oft an sie. Es ärgerte ihn, daß sie ihm nichts als Abscheu entgegenbrachte. Er war gewohnt, Erfolg bei Frauen zu haben. Wäre es nicht komisch, wenn Annette sich eines Tages in ihn verlieben würde? Schließlich war er ihr erster Liebhaber gewesen. In München hatte er die Studenten beim Bier sagen hören, daß es meistens der erste Liebhaber ist, an dem ein Mädchen hängenbleibt. Bisher hatte er noch jede bekommen, die er wollte. Hans lachte und bekam einen verschlagenen Blick.

Endlich fand er Gelegenheit, den Bauernhof zu besuchen. Er hatte Butter, Käse, Zucker, eine Wurstkonserve und etwas Kaffee ergattert und sich mit seinem Motorrad auf den Weg gemacht.

Annette war nicht zu Hause. Sie arbeitete mit ihrem Vater auf dem Feld. Aber die alte Bäuerin stand auf dem Hof, und beim Anblick des Pakets, das er mitbrachte, hellte sich ihr Gesicht auf. Sie führte ihn in die Küche. Mit zitternden Fingern löste sie die Schnur. Ihre Augen füllten sich mit Tränen, als sie den Inhalt sah.

»Sie sind ein guter Mensch«, sagte sie.

»Darf ich mich setzen?« fragte Hans höflich.

»Aber natürlich.« Sie blickte zum Fenster hinaus, wie um sich zu vergewissern, daß niemand käme. »Möchten Sie ein Glas Wein?«

»Gerne.«

Es war nicht schwer zu sehen, daß ihre Gier nach Essen sie dazu bewog, wenn nicht freundlich, so doch zumindest nicht abweisend zu sein. Der Blick aus dem Fenster machte ihn beinahe zu ihrem Mitverschworenen.

»Hat Ihnen das Fleisch geschmeckt?« fragte er.

»O ja. Sehr.«

»Demnächst bringe ich wieder welches mit. Hat auch Annette davon gegessen?«

»Keinen Bissen. Sie wollte nichts davon anrühren, und dabei blieb sie.«

»Das ist doch kindisch.«

»Hab ich ihr auch gesagt. Da diese guten Sachen schon auf dem Tisch stehen, hab ich gesagt, ist niemandem geholfen, wenn wir sie nicht essen.«

Im Lauf des gemütlich dahinplätschernden Gesprächs erfuhr Hans, daß der Name seiner Gastgeberin Madame Périer war. Er fragte, ob es noch andere Familienmitglieder gebe. Sie seufzte. Nein, leider nicht mehr, ihr einziger Sohn sei zu Kriegsbeginn eingezogen worden und bald darauf gestorben. Nicht gefallen. An Lungenentzündung gestorben, im Hospital von Nancy.

»Das tut mir leid«, sagte Hans.

»Vielleicht war's für ihn besser so. Er hätte die Schmach unserer Niederlage nie ertragen. Er war ein ganz ähnlicher

Charakter wie Annette.« Abermals seufzte sie auf. »Ach, mein armer Freund. Wir alle wurden betrogen.«

»Warum mußtet ihr auch für die Polen in den Krieg gehen? Bedeuten Ihnen die Polen etwas?«

»Wie recht Sie haben. Wenn wir den Polen nicht zu Hilfe gekommen wären gegen euern Hitler, hätte er uns in Frieden gelassen.«

Hans verabschiedete sich und versprach, bald wiederzukommen. »Ich werde das Fleisch nicht vergessen.«

Hans hatte Glück: Kurz darauf wurde ihm ein Kurierdienst übertragen, der ihn zweimal wöchentlich in die Umgebung führte, so daß er das Bauernhaus regelmäßig besuchen konnte. Er kam niemals mit leeren Händen. Aber bei Annette machte er keine Fortschritte. Wie sehr er sich auch um sie bemühte, mit all den kleinen Tricks, die bei Frauen immer Anklang fanden – er erntete nur ihren Hohn. Schmallippig und hart blickte sie durch ihn hindurch, als wäre er nicht vorhanden. Mehr als einmal machte sie ihn so wütend, daß er sie am liebsten bei den Schultern gepackt und kräftig durchgeschüttelt hätte.

Als er sie einmal allein antraf, stand sie brüsk auf und wollte den Raum verlassen. Er versperrte ihr den Weg.

»Bleiben Sie. Ich möchte mit Ihnen sprechen.«

»Daran kann ich Sie leider nicht hindern. Also?«

»Sie müssen sich endlich damit abfinden, daß Ihr Land noch auf lange Zeit hinaus besetzt bleibt. Es wird nicht leichter werden für euch Franzosen, sondern schwerer, viel schwerer. Ich kann Ihnen nützlich sein. Warum nehmen Sie nicht Vernunft an wie Ihr Vater und Ihre Mutter?«

Denn mittlerweile hatte auch der alte Périer seinen Privatfrieden mit Hans geschlossen. Er war zwar nicht gerade herzlich, eher kühl und schroff, aber er verhielt sich höflich. Sogar um Tabak hatte er ihn schon gebeten und es dankbar hingenommen, daß Hans jede Bezahlung zurückwies. Er ließ sich Neuigkeiten aus Soissons von ihm erzählen, freute sich über die Zeitungen, die Hans gelegentlich mitbrachte, und schätzte die bäuerlichen Fachgespräche, die er mit ihm, dem Bauernsohn und gelernten Landwirt, führen konnte. Es war ein guter Bauernhof, nicht zu groß und nicht zu klein, ausreichend mit Wasser versorgt, da ein rauschender Bach durch das Grundstück floß, schön bewaldet, mit Ackerland und Weiden. Hans hörte mit verständiger Anteilnahme zu, wenn der alte Mann darüber jammerte, daß er ohne Arbeitskräfte und Dünger, seines Viehs beraubt, völlig vor die Hunde gehe.

»Sie wollen wissen, warum ich keine Vernunft annehme wie mein Vater und meine Mutter?«

Annette zog ihr Kleid straff und drehte sich zur Seite.

Hans sah sie an. Er wollte seinen Augen nicht trauen. Eine heiße, nie gekannte Erschütterung durchwogte ihn und trieb ihm das Blut in die Wangen.

»Sie sind schwanger!«

Annette ließ sich in einen Stuhl fallen, barg das Gesicht in ihren Händen und begann haltlos zu schluchzen.

»Diese Schande. Diese Schande.«

Er wollte auf sie zustürzen und sie in die Arme nehmen.

»Liebling«, rief er. »Liebling!«

Aber sie sprang auf die Füße und stieß ihn weg.

»Rühren Sie mich nicht an. Gehen Sie. Haben Sie mir nicht schon genug angetan? Gehen Sie!«

Sie stürzte aus dem Zimmer.

Ein paar Minuten stand er nur da. Er war verwirrt. Seine Gedanken wirbelten durcheinander, als er langsam nach Soissons zurückfuhr. Er konnte in dieser Nacht keinen Schlaf finden. Immer wieder sah er Annette und ihren angeschwollenen Leib vor sich. Es war unerträglich mitleiderregend gewesen, wie sie dort an dem Tisch saß und sich die Augen ausweinte. Es war sein Kind, das sie in ihrem Bauch trug. Er wurde schläfriger, dann war er plötzlich wieder hellwach. Mit einemmal, mit einem Schlag wurde ihm das Unwahrscheinliche klar: Er liebte sie. Es war eine solche Überraschung, ein solcher Schock, daß er es kaum verkraftete. Natürlich hatte er oft an sie gedacht, aber nicht auf diese Weise; er hatte es sich als großen Spaß vorgestellt, wenn er sie dazu bringen könnte, sich in ihn zu verlieben; es wäre ein Triumph gewesen, wenn sie ihm freiwillig gäbe, was er sich einst mit Gewalt genommen hatte. Aber keinen Moment wäre ihm eingefallen, daß sie ihm etwas anderes bedeuten könnte als jede andere Frau sonst. Sie war nicht sein Typ. Sie war nicht hübsch. Sie reizte ihn nicht. Wie kam es, daß er dennoch plötzlich dieses komische Gefühl für sie empfand? Es war nicht einmal ein angenehmes Gefühl, es war schmerzhaft. Aber er wußte sehr wohl, was es war: Es war Liebe, und es machte ihn glücklicher, als er jemals gewesen war. Er wollte sie in seine Arme nehmen, er wollte sie streicheln, er wollte ihr die Tränen von den Augen küssen. Noch immer begehrte er sie nicht so, wie ein Mann eine Frau begehrt, er wollte sie trösten, wollte sie zum Lächeln bringen. Ihm fiel ein, daß er sie noch niemals lächeln gesehen hatte. Er wollte das Lächeln in ihren dunklen Augen sehen, in ihren schönen Augen, die noch viel schöner sein mußten, wenn Sanftmut und Zärtlichkeit aus ihnen sprächen.

Während der folgenden drei Tage, in denen er Soissons nicht verlassen konnte, dachte er an nichts als an Annette und an das Kind, drei Tage und drei Nächte lang. Dann konnte er wieder zum Bauernhof fahren.

Er hoffte, Madame Périer allein anzutreffen. Er begegnete ihr schon auf dem Weg. Sie hatte im Wald Brennholz gesammelt und schleppte jetzt das Bündel auf ihrem Rücken nach Hause. Hans hielt sein Motorrad an. Er wußte, daß ihre Freundlichkeit sich nur seinen Mitbringseln verdankte, doch das machte ihm nichts aus. Hauptsache, sie war umgänglich und bereit, es zu bleiben, solange sie von ihm profitieren konnte. Er sagte ihr, daß er sie sprechen wolle, und bat sie, ihr Bündel abzusetzen. Sie tat es. Es war ein wolkig verhangener Tag, aber die Luft war warm.

»Ich weiß, was mit Annette los ist«, begann er.

Die Bäuerin sah ihn verblüfft an.

»Wie haben Sie das entdeckt? Annette wollte um keinen Preis, daß Sie davon erfahren.«

»Ich weiß es von ihr selbst.«

»Da haben Sie ja was Schönes angestellt an dem Abend.«

»Ich wußte es nicht. Warum haben Sie mir nicht früher etwas davon gesagt?«

Jetzt begann Madame Périer zu sprechen, ohne Bitterkeit, ohne Vorwurf, so als wäre es eben ein Unglück, wie die Natur es manchmal verursacht, nicht anders als der Tod einer Kuh beim Kalben oder ein scharfer Frost im Frühling, der plötzlich die ganze Obsternte vernichtet, ein Unglück, gegen das man nichts tun konnte, das man einfach hinnehmen mußte. Nach jener Schreckensnacht damals war Annette noch tagelang von Fieberschauern geschüttelt worden, sie lag im Bett und schrie und weinte, sie gebärdete sich wie eine Irre, man bekam Angst um sie. Weit und breit gab's keinen Arzt, der vom Dorf war eingerückt, und die beiden in Soissons verbliebenen Ärzte waren so alt, daß man ihnen den weiten Weg nicht zumuten konnte. Außerdem durften sie sich ohne besondere Erlaubnis nicht aus der Stadt entfernen. Selbst nachdem sich das Fieber gelegt hatte, war Annette zu schwach, um das Bett zu verlassen, schwach und blaß und zittrig, ein jammervoller Anblick. Es war ein schrecklicher Schock gewesen, und als erst ein, dann zwei Monate vorübergingen, ohne daß sie sich unpäßlich fühlte, achtete sie nicht weiter darauf. Ihre Tage waren immer unregelmäßig gekommen. Es war Madame Périer, die zuerst Verdacht schöpfte. Sie fragte Annette aus. Darauf bekamen sie es beide mit der Angst zu tun, sie waren sich aber nicht sicher und sagten Périer nichts. Im dritten Monat bestand kein Zweifel mehr. Annette war schwanger.

Sie holten den alten Citroën hervor, mit dem sie in Friedenszeiten zweimal die Woche ihr Gemüse und ihr Obst auf den Markt nach Soissons gefahren hatten. Seit die Deutschen das Land besetzt hielten, stand er in der Garage. Benzin war nur schwer zu bekommen. Doch jetzt fuhren sie mit dem Wagen nach Soissons.

Unterwegs und in der Stadt sah man nur deutsche Militärautos, deutsche Soldaten, deutsche Aufschriften in den Straßen und zweisprachige Proklamationen an den öffentlichen Gebäuden. Viele Läden waren geschlossen.

Sie gingen zu dem alten Arzt, den sie kannten. Nach kurzer Untersuchung bestätigte er Madame Périers Verdacht, wollte aber als strenggläubiger Katholik keinen Eingriff vornehmen. Als sie zu weinen anfingen, zuckte er mit den Schultern. »Sie sind nicht die einzige«, sagte er. »*Il faut souffrir.*«

Sie hatten noch von dem anderen Arzt gehört und suchten ihn auf. Sie klingelten, und lange regte sich nichts. Schließlich wurde die Tür von einer schwarzgekleideten Dame mit trauriger Miene geöffnet. Auf die Frage, ob der Herr Doktor zu sprechen sei, begann sie zu weinen: Ihr Mann sei vor wenigen Stunden von den Deutschen verhaftet worden, weil er Freimaurer sei, und er werde als Geisel gehalten. In einem Café, das den deutschen Offizieren als Treffpunkt diente, sei eine Bombe explodiert und habe zwei Deutsche getötet und mehrere verwundet. Wenn die Franzosen nicht innerhalb einer bestimmten Frist den Schuldigen auslieferten, würden die Geiseln erschossen.

Die Frau wirkte jedoch freundlich, und Madame Périer erzählte ihr von ihren Sorgen.

»Diese Rohlinge«, sagte sie. Sie sah Annette mitfühlend an. »Armes Kind.«

Sie gab ihnen die Adresse einer Hebamme in der Stadt, die ihnen vielleicht helfen könnte. Sie sollten ihr sagen, sie kämen von ihr. Die Hebamme gab ihnen ein Medikament mit nach Hause. Annette wurde davon so krank, daß sie glaubte, sterben zu müssen. Eine andere Wirkung hatte es nicht. Annette war immer noch schwanger.

Madame Périer war mit ihrem Bericht zu Ende und schwieg.

»Morgen ist Sonntag«, sagte Hans nach einer kleinen

Weile. »Ich komme zu Ihnen, und wir sprechen uns aus. Natürlich bringe ich wieder etwas mit.«

»Wir haben keine Nadeln im Haus«, sagte die Bäuerin. »Können Sie uns welche verschaffen?«

»Ich will's versuchen.«

Sie trennten sich. Madame Périer nahm ihr Bündel auf den Rücken, Hans fuhr nach Soissons zurück.

Am nächsten Tag wagte er nicht, sein Motorrad zu nehmen, deshalb mietete er ein Fahrrad. Das Lebensmittelpaket band er auf den Gepäckträger. Es war größer als gewöhnlich, denn es enthielt auch eine Flasche Champagner. Für seinen Besuch wartete er den Einbruch der Dunkelheit ab. Er wollte sicher sein, die ganze Familie zu Hause anzutreffen.

Die freundliche Nestwärme der Küche nahm ihn auf. Madame Périer stand am Herd, ihr Mann las die Zeitung, Annette war mit Strümpfestopfen beschäftigt.

»Hier sind die gewünschten Nadeln«, sagte Hans, während er den Inhalt des Pakets verteilte. »Und hier ist etwas Leinen für Sie, Annette.«

»Ich brauche nichts.«

»Aber das Baby wird's brauchen.«

»Das stimmt, Annette«, unterstützte ihn Madame Périer. »Wir haben nichts da.« Annette sah nicht von ihrer Arbeit auf. Madame Périers Blicke glitten erwartungsvoll über den restlichen Inhalt des Pakets. »Ah! Champagner!«

Hans lachte auf. »Den habe ich in einer ganz bestimmten Absicht mitgebracht.« Er zögerte, dann zog er einen Stuhl heran und setzte sich Annette gegenüber. »Ich weiß nicht recht, wie ich beginnen soll. Was damals in der Nacht geschehen ist, tut mir aufrichtig leid, Annette. Es war nicht mein Fehler, es lag an den Umständen. Können Sie mir nicht verzeihen?«

Annette warf ihm einen haßerfüllten Blick zu.

»Niemals. Und Sie sollten mich endlich in Ruhe lassen. Genügt es Ihnen nicht, daß Sie mein Leben ruiniert haben?«

»Das ist es ja gerade. Vielleicht hab ich's gar nicht ruiniert. Seit ich weiß, daß Sie ein Kind von mir tragen, ist alles ganz anders. Ich bin stolz darauf.«

»Stolz?« zischte sie.

»Ich möchte, daß Sie das Baby bekommen, Annette. Ich bin froh, daß Sie es nicht loswerden konnten.«

»Wie wagen Sie das zu sagen?«

»Sie müssen mich anhören, Annette. Ich habe seither an nichts anderes mehr gedacht. Der Krieg wird in ein paar Monaten zu Ende sein. Im Frühling werden wir die Engländer in die Knie zwingen. Dann werde ich aus dem Dienst entlassen und heirate Sie.«

»Sie? Mich heiraten? Sind Sie verrückt?«

Hans wurde rot unter seiner Bräune. Er brachte es nicht fertig, französisch zu antworten. Er sagte es auf deutsch. Er wußte, daß sie ihn verstand.

»Ich liebe dich.«

»Was hat er gesagt?« fragte Madame Périer.

»Daß er mich liebt.« Annette warf ihren Kopf zurück und brach in ein gellendes, brutales Gelächter aus, das immer lauter wurde. Sie konnte nicht aufhören damit, und Tränen strömten ihr aus den Augen.

Zwei kräftige Ohrfeigen ihrer Mutter brachten sie zur Besinnung.

»Kümmern Sie sich nicht darum«, sagte Madame Périer zu Hans. »Ein hysterischer Anfall. Kein Wunder bei ihrem Zustand.«

Hans deutete auf die Champagnerflasche: »Ich habe den Champagner mitgebracht, um unsere Verlobung zu feiern.«

»Das ist das schlimmste von allem«, sagte Annette, »daß solche Idioten den Krieg gegen uns gewonnen haben.«

Hans sprach weiter auf deutsch:

»Ich wußte nicht, daß ich dich liebe, bis zu dem Tag, als ich erfuhr, daß du ein Kind erwartest. Es kam wie ein Donnerschlag, aber ich glaube, daß ich dich schon vorher geliebt habe.«

»Was sagt er?« fragte abermals Madame Périer.

»Nichts von Bedeutung.«

Hans wechselte ins Französische. Er wollte auch von Annettes Eltern verstanden werden.

»Ich würde dich sofort heiraten, aber das ist unter den Kriegsgesetzen nicht möglich. Und glaub nur ja nicht, daß ich eine schlechte Partie bin. Wir sind eine angesehene Familie, und mein Vater ist ein wohlhabender Mann. Ich bin der älteste Sohn, und es wird dir an nichts fehlen.«

»Sind Sie katholisch?« fragte Madame Périer.

»Ja.«

»Immerhin etwas.«

»Es ist eine schöne Gegend, in der unsere Familie lebt. Gutes Ackerland. Nirgendwo läßt sich besser Landwirtschaft betreiben als zwischen München und Innsbruck. Und es ist unser eigenes Land. Es gehört uns seit drei Generationen. Wir haben ein Auto und ein Radio und einen Telefonanschluß.«

Annette wandte sich mit süffisantem Lächeln an ihren Vater:

»Ist er nicht ein taktvoller junger Mann? Ein wirklicher Gentleman? Hätte ich da nicht eine hervorragende Position? Als fremde Frau aus einem besiegten Land, mit einem Wechselbalg dazu? Das bietet mir wohl eine Aussicht auf Glückseligkeit.«

Jetzt endlich mischte der schweigsame Bauer Périer sich ins Gespräch.

»Das alles kommt nicht in Frage. Es ist sicherlich ein gutgemeinter Vorschlag, den Sie meiner Tochter machen, das bestreite ich nicht. Auch ich war Soldat, im Ersten Weltkrieg. Und wir alle haben Dinge getan, die wir im Frieden niemals getan hätten. Das liegt in der menschlichen Natur. Aber seit unser Sohn tot ist, haben wir nur noch Annette. Wir können sie nicht fortlassen.«

»Ich habe geahnt, daß Sie das sagen würden«, entgegnete Hans, »und auch darauf habe ich eine Antwort: Dann bleibe ich hier.«

»Was heißt das?« fragte Madame Périer.

»Das heißt, daß ich einen Bruder habe, der bei meinem Vater bleiben und ihm helfen kann. Wissen Sie – mir gefällt es hier sehr gut. Und mir gefällt Ihr Hof. Da kann man mit etwas Energie und Fleiß eine ganze Menge herausholen. Wenn der Krieg zu Ende ist, werden sich viele Deutsche hier niederlassen. Bekanntlich gibt es in Frankreich nicht genug Männer, um den Boden richtig zu bearbeiten. Vor ein paar Tagen war ein landwirtschaftlicher Experte in Soissons und hat uns einen Vortrag darüber gehalten. Ein Drittel eurer Bauernhöfe sind verwahrlost, weil ihr zuwenig Arbeitskräfte habt.«

Die beiden Eheleute tauschten Blicke, und Annette merkte, daß sie unsicher wurden. Seit dem Tod ihres Bruders, das wußte sie, warteten ihre Eltern nur darauf, daß sich ein gesunder, kräftiger Schwiegersohn fände, der später einmal das Gehöft übernehmen könnte.

»Wenn Sie wirklich hierbleiben wollen«, ergriff Madame Périer das Wort, »dann ist das natürlich etwas andres. Das muß man sich überlegen.«

»Kein Wort weiter!« fuhr Annette grob dazwischen. Sie lehnte sich vor und heftete ihre brennenden Augen auf den Deutschen. »Ich bin mit einem Lehrer verlobt. Er hat vor dem Krieg an der Knabenschule unterrichtet, in demselben Ort, wo ich Lehrerin an der Mädchenschule war. Wir wollten nach dem Krieg heiraten. Er ist vielleicht nicht so stark wie Sie und hat kein so hübsches Gesicht. Er ist klein und schwächlich. Seine einzige Schönheit ist die Intelligenz, die aus seinem Gesicht strahlt, seine einzige Stärke ist seine Seelengröße. Er ist kein Barbar. Er ist kultiviert, er hat tausend Jahre Zivilisation hinter sich. Ich liebe ihn. Ich liebe ihn von ganzem Herzen.«

Hans erbleichte. Es war ihm niemals der Gedanke gekommen, daß es in Annettes Leben schon einen Mann geben könnte.

»Wo ist er jetzt?«

»Na, was glauben Sie? In Deutschland. Als Kriegsgefangener. Und am Verhungern. Während ihr hier unser Land kahlfreßt, ihr Deutschen. Wie oft muß ich Ihnen noch sagen, daß ich Sie hasse? Daß ich Ihnen nie verzeihen werde, nie.« Sie schloß für ein paar Sekunden die Augen und holte Atem. »Er wird mir verzeihen. Er ist gut und verständnisvoll. Aber manchmal quält mich die Vorstellung, daß ihm eines Tages vielleicht Zweifel kämen, ob ich denn wirklich in einer Zwangslage war. Ob ich's nicht freiwillig geschehen ließ, für ein Stück Butter, für ein Stück Käse, für ein Paar Seidenstrümpfe. Ich wäre ja nicht die einzige. Ohnehin wird das Kind immer zwischen ihm und mir stehen. Ihr Kind. Ein deutsches Kind. Groß und blond und blauäugig. O Gott, warum hast du mich so hart gestraft!«

Sie sprang auf und rannte aus der Küche.

Die drei anderen blieben schweigend zurück. Hans warf einen bekümmerten Blick auf die Champagnerflasche. Er seufzte und stand auf, um zu gehen. Madame Périer begleitete ihn zur Tür.

»Ist es Ihr ernsthafter Wille, Annette zu heiraten?« fragte sie ihn leise flüsternd.

»Jawohl. Ich liebe sie.«

»Und Sie würden sie uns nicht entführen? Sie würden hierbleiben und mit uns arbeiten?«

»Ich verspreche es Ihnen.«

»Mein Mann wird natürlich nicht ewig leben. Zu Hause müßten Sie sich mit Ihrem Bruder den Besitz teilen. Hier teilen Sie mit niemandem.«

»Das ist wohl wahr.«

»Wir waren immer dagegen, daß Annette diesen Lehrer heiratet. Unser Sohn, solange er gelebt hat, war immer dafür. Warum nicht, hat er immer gesagt. Wenn sie ihn liebt, dann soll sie ihn heiraten. Aber jetzt ist unser armer Junge tot, und jetzt ist alles anders. Selbst wenn Annette wollte, wäre sie für den Hof nicht die Hilfe, die wir brauchen. Und was soll dann werden?«

»Sie dürfen nicht einmal daran denken, den Hof zu verkaufen«, sagte Hans. »Ich weiß, was eigener Grund und Boden bedeuten.«

Sie hatten die Landstraße erreicht. Madame Périer drückte ihm die Hand: »Kommen Sie bald wieder.«

Das Bewußtsein, daß Madame Périer auf seiner Seite stand, gab ihm Trost und Hoffnung, während er nach Soissons zurückradelte. Es war ärgerlich, daß Annette einen anderen liebte. Zum Glück war er in Gefangenschaft. Das Kind würde noch vor seiner Entlassung zur Welt kommen, lange vorher. Das könnte sie verändern. Bei Frauen wußte man nie genau. Er erinnerte sich an eine junge Frau in seinem Heimatdorf, die jahrelang mit so verliebten Blicken an ihrem Mann gehangen war, daß man im ganzen Dorf über sie spöttelte – bis sie ein Kind bekam. Von da an konnte sie seinen Anblick nicht mehr ertragen. Nun, warum sollte nicht auch das Gegenteil möglich sein? Sein Heiratsantrag mußte Annette doch zumindest davon überzeugt haben, daß er ein anständiger Kerl war. Gott, wie herzergreifend sie ausgesehen hatte mit ihrem zurückgeworfenen Kopf, und wie gut sie gesprochen hatte! In welch einer Sprache! Wie eine Schauspielerin – und dennoch völlig natürlich. Diese Franzosen hatten Kultur, das mußte man zugeben, und wußten mit der Sprache umzugehen. Selbst wenn Annette gegen ihn loszog, war es ein Genuß, ihr zuzuhören, weil sie sich so schön und gewählt ausdrückte. Er brauchte sich seiner Erziehung gewiß nicht zu schämen – aber ihr konnte er nicht das Wasser reichen.

»Ich bin ein Esel«, sagte er sich laut, während er dahinfuhr. Sein Gesicht hellte sich auf. Hatte sie nicht gesagt, daß er stark und hübsch sei? Und würde sie das gesagt haben, wenn es ihr nichts bedeutete? Und ihr Kind würde groß und blond und blauäugig werden wie er – daß sie auch das gesagt hatte, sprach doch ganz entschieden dafür, daß seine blauen Augen und seine blonden Haare nicht ohne Eindruck auf sie geblieben waren. Er lächelte. ›Nur Geduld. Die Zeit wird alles ins rechte Lot bringen.‹

Wochen vergingen. Der kommandierende General in Soissons – ein älterer, bequemer Herr – wollte seine Leute, denen im Frühjahr noch allerlei bevorstand, nicht zu hart anpacken. Ohnehin schienen die Dinge sich für Deutschland wunschgemäß zu entwickeln. Die deutschen Zeitungen meldeten verheerende Angriffe der Luftwaffe auf England, schrieben von wachsender Panik unter der englischen Bevölkerung, von anhaltenden Erfolgen der U-Boote gegen die englische Flotte, von Hungersnot und Rebellion. Kein Zweifel, spätestens im Sommer würde England aufgeben, und die Deutschen wären endgültig die Herren der Welt.

Hans schrieb seinen Eltern von seiner Absicht, eine Französin zur Frau zu nehmen und in einen Bauernhof einzuheiraten. Seinen Anteil am väterlichen Gut wolle er seinem Bruder verkaufen und mit dem Geld den Landbesitz seiner künftigen Schwiegereltern – der ja früher oder später ihm zufallen würde – erheblich vergrößern, solange besetztes Feindesland noch für einen Pappenstiel zu haben sei. Er legte diese Pläne auch Monsieur Périer dar, während er mit ihm einen Rundgang durch das Anwesen machte. Der Alte hörte wortlos zu, als Hans von den neuen Traktoren und Motorpflügen erzählte, die in Deutschland hergestellt würden und die er dank seiner Verbindungen billig bekommen könnte. Damit sich ein landwirtschaftlicher Betrieb rentiere, müsse man auf moderne Ausrüstung zurückgreifen. Nachher erfuhr Hans von Madame Périer, daß ihr Mann sich sehr anerkennend über ihn geäußert habe: Er sei kein schlechter Kerl und kenne sich offenbar gut aus. Madame Périer behandelte Hans mit wachsender Freundlichkeit und bestand darauf, daß er am Sonntag das Mittagessen bei ihnen einnehme. Sie übersetzte seinen Namen ins Französische und nannte ihn nur noch Jean. Er seinerseits ließ es an Unterstützung und Hilfe nicht fehlen, legte Hand an, wo immer es not tat, und das war immer häufiger der Fall, je mehr Annette durch ihren Zustand behindert wurde.

Annette blieb ihm gegenüber unverändert feindselig. Sie mied seine Gesellschaft, beantwortete seine Fragen möglichst kurz und sprach im übrigen kein Wort mit ihm. Nach dem Einbruch der Winterkälte konnte sie sich tagsüber nicht mehr in ihrem ungeheizten Zimmer aufhalten, sondern saß bei ihren Eltern in der warmen Küche, beschäftigte sich mit Nähen oder Lesen und nahm von Hans keine Notiz. Gesundheitlich ging es ihr gut, ihre Wangen hatten Farbe bekommen, und die nahende Mutterschaft ließ sie für Hans – und nicht nur für ihn – beinahe schön erscheinen. Eine sonderbare Würde ging von ihr aus, und Hans betrachtete sie mit heimlichem Stolz.

Eines Tages, als er wieder zum Hof hinausfuhr, stand Madame Périer bereits auf der Landstraße und gab ihm Zeichen anzuhalten. Er bremste hart.

»Ich warte schon eine Stunde auf Sie. Ich dachte, Sie würden nie kommen. Sie müssen umkehren. Pierre ist tot.«

»Wer ist Pierre?«

»Pierre Gavin. Der Lehrer, den Annette heiraten wollte.«

Hans konnte die freudige Regung, die ihn überkam, nur mit Mühe verbergen.

»Wie hat sie's aufgenommen?«

»Sie weint nicht. Als ich etwas sagen wollte, ging sie auf mich los wie eine reißende Bestie. Sie lassen sich heute besser nicht vor ihr blicken. Es könnte ein Unglück geben.«

»Als ob es meine Schuld wäre, daß er tot ist. Wie haben Sie davon erfahren?«

»Ein Freund, der im selben Gefangenenlager war, ist in die Schweiz entkommen und hat es Annette geschrieben. Der Brief kam vor wenigen Stunden an. In dem Gefangenenlager hatte es eine Meuterei gegeben, weil sie nicht genug zu essen bekamen, und die Rädelsführer wurden erschossen. Pierre war einer von ihnen.«

Hans schwieg. Nach seinem Dafürhalten war diesem Pierre recht geschehen. Was dachten sie denn, was ein Gefangenenlager ist – das Ritz?

»Wir müssen ihr Zeit lassen, den Schock zu überwinden«, sagte Madame Périer. »Sobald sie sich beruhigt hat, spreche ich mit ihr. Und wenn's soweit ist, daß Sie uns wieder besuchen können, schreibe ich Ihnen ein paar Zeilen.«

»Dann darf ich also auf Ihre Hilfe zählen?«

»Verlassen Sie sich drauf. Mein Mann und ich sind da ganz einer Meinung. Wir haben alles genau überlegt und haben beschlossen, uns mit den Tatsachen abzufinden. Er ist ja kein Narr, mein Mann. Er sagt, daß die Franzosen jetzt nichts Klügeres tun können, als mit den Deutschen zusammenzuarbeiten. Und alles in allem habe ich ja nichts gegen Sie. Sollte mich nicht wundern, wenn Sie für unsre Annette ein besserer Mann wären als dieser Lehrer. Und dazu auch noch das Baby, nicht wahr.«

»Ich möchte, daß es ein Junge wird«, sagte Hans.

»Es wird bestimmt ein Junge. Ich hab im Kaffeesatz gelesen und die Karten aufgeschlagen. Es ist jedesmal ein Junge herausgekommen.«

»Hier sind noch ein paar Zeitungen für euch.« Vom Motorrad her, schon während er antrat, reichte er ihr die letzten Nummern des *Paris-Soir*.

Der alte Périer las gerne Zeitungen. Er las sie jeden Abend. Er las, daß die Franzosen realistisch denken und die neue Ordnung akzeptieren müßten, die Hitler in Europa schuf. Er las, daß der deutsche Generalstab bis ins kleinste Detail die Offensive vorbereitet hatte, die England endgültig in die Knie zwingen würde, und daß die Amerikaner zu verweichlicht, zu uneinig und zu schlecht gerüstet wären, um England zu helfen. Er las, daß Frankreich nur durch loyale Zusammenarbeit mit dem Reich im neuen Europa die ehrenvolle Stellung einnehmen könnte, die ihm zukäme. Und er las das alles nicht etwa in deutschen Zeitungen, sondern in französischen. Es waren Franzosen, die diesen Standpunkt vertraten, und Monsieur Périer teilte ihn. Er nahm mit Genugtuung zur Kenntnis, daß den Plutokraten und den Juden, die an Frankreichs Unglück schuld waren, das Handwerk gelegt werden sollte und daß der kleine Mann nun endlich zu seinem Recht käme. Höchste Zeit! Stimmte Wort für Wort. Frankreich war ein Agrarland und mußte sich auf die Landwirtschaft stützen. Die Bauern waren Frankreichs Rückgrat, ganz richtig...

Ungefähr zehn Tage nachdem die Nachricht von Pierre

Gavins Tod eingetroffen war, versuchte Madame Périer in Absprache mit ihrem Mann ein Gespräch mit ihrer Tochter anzuknüpfen.

»Ich habe Hans geschrieben, daß er uns morgen besuchen soll«, begann sie.

»Danke für die Warnung. Ich werde in meinem Zimmer bleiben.«

»Laß doch die Kindereien, Annette. Pierre ist tot. Hans liebt dich und will dich heiraten. Er ist ein netter, gutaussehender Junge. Jede andere an deiner Stelle wäre froh, ihn zum Mann zu bekommen. Und denk auch ein wenig an deine Eltern, Annette. Wie sollen wir unsre Wirtschaft wieder auf die Beine bringen ohne seine Hilfe? Er wird uns einen neuen Traktor und einen modernen Pflug verschaffen, auf seine Kosten. Laß die Vergangenheit endlich ruhen, mein Kind. Das Leben geht weiter.«

»Du bemühst dich umsonst, Mutter. Ich habe mir bisher meinen Lebensunterhalt verdient und werde ihn mir weiter verdienen. Es hat keinen Sinn, daß du mir diesen Deutschen aufschwatzen willst. Ich hasse ihn. Ich hasse seine Eitelkeit und seine Arroganz. Ich könnte ihn ermorden, aber der Tod wäre eine zu milde Strafe für ihn. Er müßte die gleichen Qualen durchmachen wie ich. Ich würde mein Leben dafür hergeben, wenn ich ihm all das antun könnte, was er mir angetan hat.«

»Mein armes Kind. Jetzt redest du irre.«

»Deine Mutter hat recht, Mädchen«, sagte Monsieur Périer. »Wir haben den Krieg verloren und müssen die Folgen tragen. Wir müssen uns mit den Siegern verständigen. Wir sind klüger als sie, und wenn wir ihre Schwächen geschickt ausnutzen, werden am Ende wir die Sieger sein. Frankreich war schon vorher in einem erbärmlichen Zustand. Die Juden und die Plutokraten haben unser Land ruiniert. Lies nur die Zeitungen. Dort steht es schwarz auf weiß.«

»Ich glaube kein Wort von dem, was in diesen Zeitungen steht. Merkst du denn nicht, daß er sie dir nur deshalb bringt, weil sie Propaganda für die Deutschen machen? Merkst du nicht, daß die Franzosen, die dieses Zeug schreiben, gekauft sind? Gekauft mit deutschem Geld! Oh, könnte ich doch noch erleben, wie sie vom wütenden Mob in Stücke gerissen werden! Verräter und Verbrecher, alle miteinander!«

Madame Périer versuchte es nochmals, und es kostete sie große Überwindung:

»Was hast du gegen den Jungen? Er hat dich vergewaltigt – ja, aber er war damals betrunken. Es ist nicht das erste Mal, daß das einer Frau passiert, und es wird nicht das letzte Mal sein. Er hat damals auch deinen Vater zusammengeschlagen. Aber der trägt's ihm längst nicht mehr nach.«

»Es war ein unglückseliger Zufall, und ich hab's vergessen«, sagte der alte Périer.

Annette brach in ein hämisches Lachen aus:

»Du hättest Priester werden sollen. So etwas von christlicher Nächstenliebe muß man suchen.«

»Und was ist falsch daran?« fragte Madame Périer zornig. »Hat Jean nicht alles getan, um sein Vergehen gutzumachen? Was hätten wir ohne ihn und seine Hilfe angefangen? Wir haben es nur seinen Geschenken zu verdanken, daß wir nicht hungern.«

»Wenn noch ein Quentchen Stolz in euch wäre, hättet ihr ihm seine Geschenke ins Gesicht geworfen.«

»Du hast ja auch von ihnen profitiert, oder nicht?«

»Nein. Niemals.«

»Jetzt lügst du, Mädchen. Du hast zwar vom Käse und von den Sardinen nichts genommen, aber die Suppe mit dem Fleisch, das er uns gebracht hat – die hat dir ganz gut geschmeckt. Und der Salat, den du heute gegessen hast, war mit seinem Öl angemacht.«

Annette seufzte tief. Sie fuhr sich mit der Hand über die Augen.

»Ich weiß«, flüsterte sie. »Ich konnte nicht anders, ich war so hungrig. Ja, ich wußte, daß sein Fleisch in der Suppe war, und ich habe sie gegessen. Ich wußte, daß der Salat mit seinem Öl angemacht war. Ich wollte ihn nicht essen. Aber die Gier war so stark, das war nicht ich, die da aß, das war ein ausgehungertes Tier in mir.«

»Das spielt keine Rolle. Du hast die Sachen gegessen.«

»Mit Scham – mit Verzweiflung. Zuerst haben sie uns mit ihren Panzern und Flugzeugen überfallen, und jetzt ist es der Hunger, mit dem sie unseren Widerstand brechen.«

»Laß die theatralischen Übertreibungen, Mädchen. Für eine gebildete Frau hast du wirklich wenig Vernunft. Das Vergangene zu vergessen, deinem Kind einen Vater zu verschaffen und deinen Eltern einen tüchtigen Schwiegersohn, der zwei angestellte Arbeiter wert ist – das ist Vernunft.«

Annette zuckte die Achseln und schwieg.

Als Hans am nächsten Tag erschien, hatte sie nur einen stummen Blick für ihn, aber kein Wort der Begrüßung.

Hans lächelte.

»Wenigstens bist du nicht weggelaufen«, sagte er. »Das ist schön von dir.«

»Meine Eltern sind ins Dorf hinuntergegangen. Das paßt mir gut, so können wir ein für allemal die Dinge klären. Nehmen Sie Platz.«

Hans legte seinen Mantel und seinen Helm ab und zog einen Stuhl heran.

»Wie Sie wissen, ist es der Wunsch meiner Eltern, daß ich Sie heirate. Und Sie wissen auch, warum. Sie haben ja alles getan, um meine Eltern herumzukriegen: mit Ihren Geschenken, mit Ihren Versprechungen, mit den Zeitungen, die Sie ihnen zu lesen geben. Es ist Ihnen gelungen. Sie haben meine Eltern herumgekriegt. Mich nicht. Ich möchte Ihnen sagen, daß ich Sie niemals heiraten werde. Ich hätte nie gedacht, daß ich jemals jemanden so hassen könnte wie Sie.«

»Erlauben Sie mir, deutsch zu sprechen? Soviel ich weiß, verstehen Sie es recht gut.«

»Allerdings. Ich habe ja Deutschunterricht erteilt. Und ich kenne die Deutschen nicht nur aus Frankreich. Ich war zwei Jahre lang als Gouvernante in Stuttgart.«

Sie sprach französisch. Hans sprach von jetzt an deutsch.

»Ich liebe Sie nicht nur, ich bewundere Sie auch«, sagte er. »Ich bewundere Ihre Haltung und Ihre Anmut. Sie haben irgend etwas an sich, das ich nicht verstehe. Ich habe Respekt vor Ihnen. Oh, ich kann Ihren Widerstand gegen eine Heirat mit mir begreifen. Aber Pierre ist tot.«

»Nehmen Sie seinen Namen nicht in den Mund«, schrie sie heftig. »Sie schänden sein Andenken.«

»Ich wollte Ihnen nur sagen, daß ich seinen Tod Ihretwegen aufrichtig bedaure.«

»Pierre ist von euch Deutschen kaltblütig erschossen worden.«

»Vielleicht wird die Zeit Ihren Kummer lindern. Wenn man einen Menschen verliert, den man liebt, dann glaubt man, daß man über diesen Verlust nie hinwegkommen wird. Aber man tut es. Und Ihr Kind muß einen Vater haben.«

»Glauben Sie, ich könnte jemals vergessen, daß ich Französin bin und Sie Deutscher? Sind Sie wirklich zu dumm, um zu erkennen, daß dieses Kind mich mein Leben lang brandmarkt? Denken Sie, ich hätte keine Freunde? Wie soll ich ihnen jemals wieder ins Gesicht sehen, wenn ich zu einem Kind, an dem ich unschuldig bin, auch noch freiwillig einen deutschen Mann nehme? Ich habe nur eine einzige Bitte an Sie: Lassen Sie mich endlich in Ruhe! Gehen Sie! Gehen Sie, und kommen Sie um Himmels willen nie mehr wieder!«

»Aber es ist doch auch mein Kind. Und ich will es haben.«

»Sie?! Was kann Ihnen ein Bastard, ein im Rausch gezeugter Wechselbalg bedeuten?«

»Sie verstehen nicht. Es macht mich froh und glücklich. Als Sie mir sagten, daß Sie ein Kind erwarten, wurde mir klar, daß ich Sie liebe. Ich konnte es erst nicht glauben, es war eine solche Überraschung. Verstehen Sie, was ich meine? Es bedeutet mir unendlich viel, dieses Kind. Ach, ich weiß nicht, wie ich es erklären soll. Es hat Gefühle in mir erweckt, die ich selbst nicht kannte.«

Annette fixierte ihn mit einem seltsamen Leuchten in ihren Augen, beinahe einem triumphierenden Blick. Sie lachte kurz auf.

»Ich weiß nicht«, sagte sie langsam, »was an euch Deutschen widerwärtiger ist: eure Brutalität oder eure Gefühlsduselei.«

Er schien nicht gehört zu haben, was sie sagte.

»Ich muß die ganze Zeit an ihn denken.«

»An ihn? Sie haben entschieden, daß es ein Junge wird?«

»Ich bin ganz sicher. Ich möchte ihn in meinen Armen halten. Ich möchte ihn an der Hand nehmen, damit er gehen lernt. Ich möchte ihn alles lehren, was ich kann, reiten und schießen und fischen. Gibt es Fische in eurem Bach hier? Ich werde der stolzeste Vater auf Erden sein.«

Sie starrte ihn mit ihren harten Augen an, ausdruckslos und ein wenig abwesend. Ein Gedanke, ein fürchterlicher, erschreckender Gedanke begann sich in ihrem Kopf zu formen.

Hans merkte nichts.

»Wenn Sie erst einmal sehen, wie sehr ich unser Kind liebe«, sagte er, »dann werden Sie vielleicht auch mich lieb gewinnen. Ich werde Ihnen ein guter Ehemann sein, meine Hübsche.«

Sie blieb stumm. Sie fuhr nur fort, ihn trotzig anzustarren.

»Fällt es Ihnen so schwer, ein freundliches Wort für mich zu finden?« fragte er.

Ihre Finger verschlossen sich ineinander, und sie errötete.

»Wenn mich andere verachten – meinetwegen. Aber ich will mich nicht selbst verachten. Sie sind und bleiben mein Feind. Ich lebe, um Frankreichs Befreiung zu erleben. Sie wird kommen. Vielleicht nicht im nächsten oder im übernächsten Jahr, vielleicht erst in Jahrzehnten, aber sie wird kommen. Die anderen mögen tun, was ihnen beliebt, ich werde mich niemals mit den Eindringlingen in unserem Land anfreunden. Ich hasse Sie, und ich hasse dieses Kind, das Sie mir angehängt haben. Ja, wir haben den Krieg verloren, aber wir sind nicht besiegt. Bitten gehen Sie. Keine Macht der Welt kann an meinem Entschluß etwas ändern.«

Er war eine oder zwei Minuten lang still.

»Haben Sie schon für einen Arzt gesorgt?« fragte Hans. »Ich komme selbstverständlich für die Kosten auf.«

»Damit sich meine Schande im ganzen Dorf herumspricht? Seien Sie unbesorgt. Meine Mutter wird mir beistehen.«

»Aber wenn ein Mißgeschick passiert?«

»Kümmern Sie sich endlich um Ihre eigenen Angelegenheiten!«

Er seufzte und stand auf. Als sie die Tür hinter ihm schloß, sah sie ihn den Fußpfad zur Landstraße hinuntergehen. Mit einer Mischung aus Zorn und Erstaunen wurde sie gewahr, daß er – wenn auch nur für flüchtige Sekunden – beinahe ein Gefühl der Zuneigung in ihr geweckt hatte.

»Lieber Gott, laß mich nicht schwach werden«, murmelte sie.

Draußen ertönte wütendes Kläffen. Sie sah den alten Hofhund auf Hans zulaufen. Hans hatte sich von Anfang an um die Freundschaft des Tiers bemüht, aber nie etwas andres geerntet als Knurren und Zähnefletschen. Jetzt versetzte er ihm einen derben Tritt. Der Hund wurde ein paar Meter weit weggeschleudert und humpelte jaulend davon.

»Dieser verdammte Rohling!« schrie Annette auf. »Dieser verdammte Lügner! Und ich hätte beinahe Mitleid für ihn empfunden.«

Sie blickte in den Spiegel, der neben der Tür hing. Es war kein zufriedenes Lächeln, mit dem sie sich betrachtete. Es war eine drohende Grimasse.

Der März kam ins Land. In der Garnison von Soissons herrschte große Betriebsamkeit. Hohe Offiziere erschienen zur Inspektion, die Mannschaften rückten zu Feldübungen aus, Gerüchte waren im Umlauf. Kein Zweifel: man hatte etwas mit der Truppe vor, aber man wußte noch nichts Genaues. Einige sprachen von einer Entscheidungsschlacht um England, andere tippten auf eine Verlegung der ganzen Heeresgruppe auf den Balkan oder in die Ukraine. Hans hatte viel zu tun. Erst nach zwei Wochen bekam er Sonntagsurlaub und konnte wieder zu den Périers hinausfahren.

Es war ein grauer, unfreundlicher Vorfrühlingstag, regnerisch und kalt.

»Endlich! Wir dachten schon, daß Sie tot wären«, rief Madame Périer zur Begrüßung.

»Ich konnte nicht früher kommen. Wir stehen vor dem Abmarsch und wissen nicht, wohin.«

»Vor ein paar Stunden ist das Baby zur Welt gekommen. Ein Junge.«

Hans stieß einen Freudenschrei aus, umarmte die dicke Bäuerin und küßte sie auf beide Wangen.

»Ein Sonntagskind! Darauf müssen wir eine Flasche Champagner trinken. Wie geht es Annette?«

»Ziemlich gut. Sie hatte es nicht sehr schwer. Um Mitternacht begannen die Wehen, um fünf Uhr war alles vorbei.«

Der alte Périer saß in der Küche beim Ofen, schmauchte an seiner Pfeife und lächelte über die Begeisterung des jungen Vaters.

»Jaja«, nickte er. »Ein erstes Kind. Das geht einem nahe.«

»Und wie süß es aussieht«, sagte Madame Périer. »Blonde Haare und blaue Augen. Genau wie Sie, Jean.«

»Ich bin so glücklich«, stammelte Hans. »Ich kann gar nicht sagen, wie glücklich ich bin. Und wie schön das Leben ist. Darf ich zu Annette?«

»Lieber nicht. Es würde sie zu sehr aufregen, und das wäre nicht gut für die Milch.«

»Nein, nur keine Aufregung meinetwegen. Aber wenigstens das Baby möchte ich sehen. Für eine Minute.«

»Warten Sie, vielleicht kann ich's Ihnen herunterbringen.«

Madame Périer verließ die Küche. Man hörte sie schwer die Treppen hinaufsteigen – und gleich darauf wieder herunterkommen.

Die Tür wurde aufgerissen.

»Annette ist nicht in ihrem Zimmer. Und das Baby auch nicht.«

Hans und der alte Périer waren gleichzeitig aufgesprungen. Alle drei eilten in Annettes Zimmer. Das harte Licht des Winternachmittags warf auf die schäbigen Möbel – das Eisenbett, den billigen Kleiderschrank, die Kommode – einen trostlosen grauen Schein. Das Zimmer war leer.

»Wo steckt sie denn, wo kann sie denn sein«, heulte Madame Périer. Sie lief durch den schmalen Flur, öffnete Türen und rief den Namen ihrer Tochter. »Annette! Annette, wo bist du!«

»Vielleicht im Wohnzimmer?«

Sie rannten hinunter in die unbenutzte Stube. Eisige Luft schlug ihnen entgegen, als sie die Tür öffneten. Sie schauten in die Speisekammer hinein.

»Sie ist hinausgegangen. Etwas Schreckliches ist passiert.«

»Wie kann sie hinausgelangt sein?« fragte Hans, dem ganz schlecht vor Angst war.

»Durch die Haustür. Fragen Sie nicht so dumm.«

Périer ging dorthin und sah nach.

»Tatsächlich. Der Riegel ist zurückgeschoben.«

»Und diese Kälte draußen! O mein Gott, mein Gott!« rief Madame Périer. »Das wird sie umbringen.«

»Wir müssen sie suchen«, sagte Hans. Weil er immer dort ein- und ausging, lief er automatisch zurück in die Küche, und die anderen folgten ihm. »Welche Richtung?«

»Der Bach«, keuchte die alte Frau.

Wie versteinert blieb er stehen. Entsetzt starrte er die Alte an.

»Ich habe Angst«, rief sie. »Ich habe Angst.«

Hans riß die Tür auf, und in diesem Moment trat Annette herein. Sie trug nur ihr Nachthemd, darüber einen Schlafrock aus billigem Reyon. Er war rosa mit hellblauem Blumenmuster. Sie war völlig durchnäßt, das wirre Haar klebte feucht an ihrem Gesicht und hing in schmutzigen Strähnen über ihre Schultern. Sie war totenbleich.

Mit einem Satz war Madame Périer bei ihr und schloß sie in die Arme.

»Wo warst du? Mein armes Kind! Und ganz durchnäßt! Lieber Himmel, was soll das alles!«

Annette stieß sie beiseite. Sie sah Hans an.

»Sie! Sie sind im richtigen Augenblick gekommen.«

»Wo ist das Baby?« schrie Madame Périer.

»Ich mußte es sofort tun. Wenn ich gewartet hätte, hätte ich es vielleicht nicht mehr über mich gebracht.«

»Was hast du getan, Annette?«

»Das, was sein mußte. Ich hab's zum Bach genommen und es so lange hineingehalten, bis es tot war.«

Hans stieß einen kehligen Schrei aus, den Schrei eines tödlich verwundeten Tiers. Dann schlug er die Hände vors Gesicht und stürzte taumelnd wie ein Betrunkener aus der Tür. Annette sank in einen Stuhl, stützte ihre Stirn auf beide Fäuste und begann, hemmungslos zu weinen.

Die Ameise und die Grille

Als ich ein sehr kleiner Junge war, mußte ich gewisse Fabeln von La Fontaine auswendig lernen, und die Moral einer jeden wurde mir sorgfältig erläutert. So lernte ich unter anderem die Geschichte von der Grille und der Ameise, die der Jugend die nützliche Lehre vermitteln soll, daß in einer unvollkommenen Welt Fleiß belohnt und Leichtfertigkeit bestraft wird. In dieser bewundernswerten Fabel (ich bitte um Entschuldigung, wenn ich etwas erzähle, von dem höflicher-, aber unzutreffenderweise angenommen wird, daß jeder es kennt) verbringt die Ameise einen arbeitsreichen Sommer mit dem Einsammeln ihrer Wintervorräte, während die Grille, auf einem Grashalm in der Sonne sitzend, sich ein Liedchen singt. Der Winter kommt, und die Ameise ist wohlversorgt, aber die Grille hat eine leere Speisekammer. Sie geht zur Ameise und bittet um ein wenig Nahrung. Nun gibt die Ameise ihre klassische Antwort:

»Was hast du während des Sommers getan?«

»Ich habe gesungen, mit Verlaub zu sagen, gesungen Tag und Nacht.«

»Gesungen, so! Dann geh und tanze!«

Ich führe es nicht auf Verderbtheit, sondern eher auf die Gedankenlosigkeit des Kindes mit seinem mangelnden moralischen Sinn zurück, daß ich mich mit dieser Lehre niemals ganz einverstanden erklären konnte. Meine Sympathien gehörten der Grille, und eine Zeitlang konnte ich keine Ameise sehen, ohne sie mit dem Fuß zu zertreten. Auf diese summarische (und, wie ich seither entdeckt habe, durchaus menschliche) Art und Weise suchte ich meiner Mißbilligung von Umsicht und Vernunft Ausdruck zu verleihen.

Ich mußte unwillkürlich an diese Fabel denken, als ich neulich in einem Restaurant George Ramsay erblickte, der allein an einem Tisch saß und seinen Lunch verzehrte. Nie habe ich einen Menschen düsterer dreinschauen gesehen. Er starrte vor sich hin. Er sah aus, als ob die Last der ganzen Welt auf seinen Schultern ruhe. Er tat mir leid: Ich vermutete sofort, daß sein unglückseliger Bruder wieder einmal etwas angestellt hatte. Ich ging zu ihm hin und begrüßte ihn.

»Wie geht es Ihnen?« fragte ich.

»Nicht gerade glänzend«, antwortete er.

»Ist es wieder Tom?«

Er seufzte.

»Ja, es ist wieder einmal Tom.«

»Warum lassen Sie ihn nicht einfach sein? Sie haben für ihn getan, was Sie nur konnten. Eigentlich müßten Sie nun schon wissen, daß es völlig hoffnungslos mit ihm ist.«

Ich nehme an, jede Familie hat ihr schwarzes Schaf. Tom hatte die seine die letzten zwanzig Jahre auf manche harte Probe gestellt. Seine Anfänge waren ziemlich normal gewesen: Er war Geschäftsmann geworden, hatte geheiratet und besaß zwei Kinder. Die Ramsays waren außerordentlich respektable Leute, und es gab guten Grund anzunehmen, daß Tom Ramsay eine ersprießliche und ehrenvolle Laufbahn bevorstand. Aber eines Tages verkündete er ohne Vorwarnung, daß er eine Abneigung gegen die Arbeit habe und für die Ehe nicht geschaffen sei. Er wolle das Leben genießen. Er blieb taub gegen alle Vorhaltungen. Er verließ seine Frau und seine Stelle. Er hatte etwas Geld und verbrachte zwei glückliche Jahre in den verschiedenen Hauptstädten Europas. Gerüchte über seine Lebensweise drangen von Zeit zu Zeit zu seinen Angehörigen und schockierten sie aufs tiefste. Er amüsierte sich zweifellos vortrefflich. Seine Verwandten schüttelten die Köpfe und fragten sich, was geschehen werde, wenn ihm das Geld ausgehe. Das sollten sie bald erfahren: Er lieh sich neues. Er war charmant und skrupellos. Ich habe nie jemanden gekannt, dem man schwerer ein Darlehen abschlagen konnte als ihm. Er verschaffte sich ein ständiges Einkommen von seinen Freunden, und es fiel ihm leicht, Freundschaften zu schließen. Aber er erklärte stets, daß er es langweilig finde, Geld für die Notwendigkeiten des Lebens auszugeben, wirklichen Spaß mache ihm das Geldausgeben bloß, wenn es sich um Luxus handele. Was er dafür brauchte, holte er sich bei seinem Bruder George. Ihm gegenüber ließ er seinen Charme aus dem Spiel. George war ein ernster Mensch und Verführungskünsten unzugänglich. George war ein Ehrenmann. Ein- oder zweimal fiel er auf Toms Beteuerungen, sich zu bessern, herein und gab ihm, um ihm zu einem neuen Start zu verhelfen, beträchtliche Summen; für diese kaufte Tom sich ein Auto und ein paar sehr schöne Schmuckstücke. Aber als George schließlich einsah, daß sein Bruder gar nicht daran dachte, seine Lebensweise zu ändern, und er ihm seine Unterstützung entzog, fing Tom ohne die geringsten Skrupel an, ihn zu erpressen. Es war nicht gerade angenehm für einen angesehenen Rechtsanwalt, plötzlich hinter der Bar seines Lieblingsrestaurants seinen Bruder Cocktails mixen oder ihn als Taxichauffeur vor seinem Klub warten zu sehen. Tom erklärte, in einer Bar angestellt zu sein oder ein Taxi zu fahren seien höchst anständige Berufe, doch wenn George ihm mit ein paar hundert Pfund beispringen wolle, so habe er nichts dagegen, sie der Familie zuliebe aufzugeben; George zahlte.

Einmal kam Tom beinahe ins Gefängnis. George war außer sich. Er ging der unerfreulichen Angelegenheit auf den Grund. Tom war tatsächlich zu weit gegangen. Er war hemmungslos, unbedacht und egoistisch, aber bisher hatte er nie etwas Unehrenhaftes begangen – worunter Tom etwas verstand, was gegen das Gesetz verstieß –, und wenn er verklagt würde, würde er sicherlich verurteilt werden. Aber man kann seinen Bruder unmöglich ins Gefängnis sperren lassen. Der Mann, den Tom betrogen hatte – er hieß Cronshaw –, war ein rachsüchtiger Mensch. Er war entschlossen, die Sache vors Gericht zu bringen; er erklärte, Tom sei ein Gauner und solle bestraft werden. Es kostete George unendliche Mühe und fünfhundert Pfund, die Angelegenheit in Ordnung zu bringen. Und nie habe ich ihn so wütend gesehen wie an dem Tag, an dem er erfuhr, daß Tom und Cronshaw, sofort nachdem sie den Scheck einkassiert hatten, miteinander nach Monte Carlo gefahren waren. Sie verbrachten dort einen glücklichen Monat.

Zwanzig Jahre lang wettete Tom beim Rennen, spielte, poussierte mit den hübschesten Mädchen, tanzte, aß in den teuersten Restaurants und zog sich großartig an. Er sah stets aus wie aus dem Ei gepellt. Obwohl er sechsundvierzig Jahre alt war, hätte man ihn höchstens für fünfunddreißig gehalten. Er war ein äußerst amüsanter Gesprächspartner, und wußte man auch genau, daß er nichts wert war, so machte es einem doch Vergnügen, mit ihm zusammenzusein. Er besaß Temperament, eine nie versagende Heiterkeit und unglaublichen Charme. Ich konnte ihm niemals böse sein wegen der regelmäßigen Beträge, die er mir aus der Tasche zog, um seine Bedürfnisse zu befriedigen. Bei jedem Fünfzigpfundschein, den ich ihm lieh, hatte ich das Gefühl, eigentlich sein Schuldner zu sein. Tom Ramsay kannte jeden, und jeder kannte Tom Ramsay. Man konnte sein Verhalten nicht billigen, aber man mußte ihn gern haben, ob man wollte oder nicht.

Der arme George, der nur ein Jahr älter war als sein nichtsnutziger Bruder, sah aus wie sechzig. Er hatte seit einem Vierteljahrhundert nie mehr als vierzehn Tage Urlaub genommen. Jeden Morgen um neun Uhr dreißig war er in seinem Büro und ging nie vor sechs wieder nach Hause. Er war ehrlich, fleißig und rechtschaffen. Er hatte eine gute Frau, der er niemals, auch nur in Gedanken, untreu gewesen war, und vier Töchter, denen er der beste Vater war. Er machte es sich zum Prinzip, ein Drittel seines Einkommens beiseite zu legen, und sein Plan war, sich mit fünfundfünfzig in ein kleines Haus auf dem Lande zurückzuziehen, wo er seinen Garten pflegen und Golf spielen wollte. Sein Leben war untadelig. Er war froh, daß er alt wurde, weil gleichzeitig auch Tom alt wurde. Er rieb sich die Hände und sagte:

»Das ging alles, solange Tom noch jung war und gut aussah, aber er ist nur ein Jahr jünger als ich. In vier Jahren wird er fünfzig sein. Dann wird er das Leben nicht mehr so leicht finden wie bisher. Wenn ich einmal fünfzig bin, werde ich dreißigtausend Pfund beisammenhaben. Seit fünfundzwanzig Jahren prophezeie ich, daß Tom im Rinnstein enden wird. Und dann wird man ja sehen, wie ihm das gefällt. Dann wird man ja sehen, was rentabler ist: zu arbeiten oder zu faulenzen.«

Der arme George. Ich hatte Mitleid mit ihm. Und als ich mich nun zu ihm hinsetzte, fragte ich mich, was für eine Untat Tom diesmal begangen haben mochte. George war sichtlich aufgeregt.

»Wissen Sie das Neueste?« fragte er.

Ich war auf das Schlimmste gefaßt. Ich dachte mir, daß Tom vielleicht wirklich der Polizei in die Hände gefallen war. George konnte sich kaum zum Sprechen aufraffen.

»Sie werden nicht bestreiten, daß ich mein Leben lang arbeitsam, ehrlich und anständig gewesen bin. Nach vielen Jahren des Fleißes und der Sparsamkeit darf ich einem friedlichen und gesicherten Lebensabend entgegensehen. Ich habe stets meine Pflicht getan an der Stelle, die die Vorsehung für mich bestimmt hat.«

»Das ist richtig.«

»Und Sie können nicht leugnen, daß Tom ein fauler, nichtsnutziger, ausschweifender und ehrloser Schuft gewesen ist. Wenn es nur eine Spur von Gerechtigkeit gäbe, müßte er längst im Zuchthaus sitzen.«

»Stimmt.«

George wurde rot im Gesicht.

»Vor ein paar Jahren hat er sich mit einer Frau verlobt, die dem Alter nach seine Mutter hätte sein können. Und jetzt ist sie gestorben und hat ihm alles hinterlassen, was sie besaß. Eine halbe Million Pfund, eine Yacht, ein Haus in London und ein Haus auf dem Lande.«

George schlug mit der geballten Faust auf den Tisch.

»Es ist nicht fair, sage ich Ihnen, es ist einfach nicht fair.«

Ich konnte mir nicht helfen. Ich brach in brüllendes Gelächter aus, als ich Georges wütendes Gesicht sah, ich krümmte mich auf meinem Stuhl, ich fiel fast hinunter. George hat es mir nie verziehen. Aber Tom lädt mich oft zu ausgezeichneten Dinners in sein entzückendes Haus in Mayfair ein, und wenn er sich gelegentlich eine Kleinigkeit von mir ausleiht, so führe ich das bloß auf die Macht der Gewohnheit zurück. Es ist nie mehr als ein Pfund.

Die Heimkehr

Das Gehöft lag in einer Talsenke zwischen den Hügeln von Somersetshire: ein altes steinernes Bauernhaus, umgeben von Ställen und Scheunen und Nebengebäuden. Über dem Eingangstor war in schwungvoll verschnörkelten Ziffern die Jahreszahl 1673 eingemeißelt. So lange stand das Haus schon da, und es schien ebenso zur Landschaft zu gehören wie die Bäume, die es beschirmten. Eine prachtvolle Ulmen-Allee, die jedem Herrensitz zur Zierde gereicht hätte, führte von der Landstraße zu dem sorgfältig gepflegten Vorgarten.

Die Bewohner des Hauses machten einen ähnlich soliden und wetterfesten Eindruck wie das Haus selbst. Ihr ganzer Stolz bestand darin, daß sich das Anwesen seit nahezu dreihundert Jahren in ungebrochener Linie vom Vater auf den Sohn vererbt hatte und daß ein jeder bisher in diesem Haus zur Welt gekommen und gestorben war. Seit dreihundert Jahren hatten sie das Land ringsum bebaut. George Meadows war jetzt ein Mann von fünfzig Jahren, seine Frau war etwa zwei Jahre jünger – redliche, rechtschaffene Leute in der Blüte ihres Lebens, gesegnet mit fünf wohlgeratenen Kindern, zwei Söhnen und drei Töchtern. Sie hatten keine Rosinen im Kopf, sie hielten sich nicht für Edelleute, sie waren einverstanden mit dem Platz, auf den das Leben sie gestellt hatte. Ich habe selten eine so einträchtige Familie getroffen.

Sie waren fröhlich, geschickt und freundlich. Ihr Leben hatte etwas Altehrwürdiges. Es war auf eine Weise vollendet und von einer klaren Schönheit wie eine Beethoven-Symphonie oder ein Gemälde von Tizian. Sie waren glücklich, und sie verdienten ihr Glück.

Der eigentliche Hausvorstand war aber nicht George Meadows (»aber schon gar nicht«, hieß es im Dorf) – es war seine Mutter. Sie hatte gleich zwei Paar Hosen an, hieß es. Etwa siebzig Jahre alt, war sie eine hochgewachsene, würdevolle Gestalt mit grauen Haaren und zahlreichen Runzeln, aber lebhaften, lustig zwinkernden Augen. Im Haus und in der Wirtschaft kam ihrem Wort uneingeschränkte Gesetzeskraft zu. Ihr despotisches Regiment war durch Güte und Witz gemildert, ihre Scherze wurden allseits belacht und weitererzählt. Überdies verfügte sie über einen ausgeprägten Geschäftssinn, und wer es mit ihr aufnehmen wollte, mußte scharf aufpassen. Sie war ziemlich genau das, was man ein Original nennt.

Eines Tages auf dem Heimweg hielt Mrs. George mich an. Ich sage »Mrs. George«, weil ihre Schwiegermutter die einzige Mrs. Meadows war, die man im Dorf kannte. George Meadows' Frau kannte man nur als Mrs. George.

»Was glauben Sie, wer heute ankommt?« fragte sie in sichtlicher Erregung. »Onkel George Meadows. Sie wissen ja – der so lange in China war.«

»Ich dachte, der sei tot?«

»Das dachten wir alle.«

Die Geschichte von Onkel George Meadows war mir längst bekannt und auf eine merkwürdige Weise lieb geworden. Etwas wie der Duft einer alten Ballade ging von ihr aus.

Es war irgendwie rührend, einer solchen Geschichte im wirklichen Leben zu begegnen. Vor fünfzig Jahren hatten Onkel George Meadows und sein jüngerer Bruder Tom die jetzige Mrs. Meadows umworben, die damals Emily Green hieß. Als sie Tom zum Mann nahm, ging George zur See. Seine ersten Nachrichten kamen aus China, und während der folgenden zwanzig Jahre schickte er ab und zu ein kleines Geschenk nach Hause. Dann hörte man nichts mehr von ihm. Als Tom Meadows starb, schrieb ihm Mrs. Meadows einen Brief, und da sie keine Antwort erhielt, kam man allmählich zu dem Schluß, daß er tot sein müsse. Jetzt aber, ganz plötzlich, war von der Verwaltung des Seemannsheims in Portsmouth ein Brief eingetroffen, aus dem hervorging, daß George Meadows, von einem schweren rheumatischen Leiden geplagt, die letzten zehn Jahre dort verbracht hatte und vor seinem Ende, das er unweigerlich herannahen fühlte, noch ein letztesmal sein Geburtshaus sehen wollte. Sein Großneffe Albert Meadows war mit dem klapprigen alten Ford nach Portsmouth gefahren, um ihn abzuholen, und heute nachmittag sollten sie ankommen.

»Stellen Sie sich das bloß vor«, sagte Mrs. George. »Der war nun mehr als fünfzig Jahre nicht hier. Kennt nicht einmal meinen George, der nächstens einundfünfzig wird.«

»Und was hält Mrs. Meadows von der Sache?« fragte ich.

»Na, Sie wissen ja, wie die ist. Sitzt da und grinst vor sich hin. Sagt nichts weiter als: ›Hat ganz gut ausgesehen, der Bursche, damals, als er wegging. War aber nicht so solid wie sein Bruder.‹ Deshalb hat sie ja auch den andern genommen, nicht wahr. ›Inzwischen wird er sich wohl schon beruhigt haben‹, sagt sie.«

Mrs. George lud mich ein, den Neuankömmling zu besuchen. Aus dem Umstand, daß Onkel George Meadows in China gewesen war und ich auch, schloß sie als einfache Frau vom Lande, die nie weiter weg von zu Hause als London gewesen war, auf eine tiefere Gemeinsamkeit zwischen uns beiden. Selbstverständlich nahm ich die Einladung an.

Ich fand die ganze Familie in der geräumigen Küche versammelt. Mrs. Meadows saß auf ihrem gewohnten Platz im Lehnstuhl beim offenen Feuer, aufrecht und – wie ich zu meiner heimlichen Belustigung sah – in ihrem seidenen Festtagskleid. Im anderen Lehnstuhl ihr gegenüber saß ein wenig verkrümmt ein alter Mann, mager, knochig, seine Haut hing um ihn wie ein zu groß gewordenes Gewand; die Zeit hatte in seinem gelben Gesicht viele Falten zurückgelassen und in seinem Mund nur wenige Zähne.

Wir begrüßten einander mit einem Händedruck.

»Ich freue mich, daß Sie gut angekommen sind, Mr. Meadows«, sagte ich.

»Captain Meadows«, verbesserte er mich.

»Er ist zu Fuß heraufgegangen«, informierte mich Albert, sein Großneffe. »Ich mußte den Wagen unten an der Allee anhalten, weil er den Rest des Wegs gehen wollte.«

»Jawohl«, bestätigte der Alte. »Und ich hatte mein Bett in Portsmouth schon seit zwei Jahren nicht mehr verlassen. Zum Wagen haben sie mich noch hinuntergetragen. Ich würde nie wieder gehen können, dachte ich. Aber wie ich dann die Ulmen gesehen habe, da hab ich mich daran erinnert, wie stolz mein Vater auf diese Bäume gewesen war, und da konnte ich wieder gehen. Vor zweiundfünfzig Jahren, als ich mich fortmachte von hier, bin ich den Weg zu

Fuß hinuntergegangen, und jetzt bin ich ihn zu Fuß heraufgegangen.«

»Weil du verrückt bist«, sagte Mrs. Meadows.

»Es hat mir gutgetan. Ich fühl mich überhaupt sehr gut. Ich geh noch mit dir spazieren, Emily.«

»Sei nur nicht gar so sicher«, sagte Mrs. Meadows.

Seit Jahrzehnten war Mrs. Meadows von niemandem mehr mit ihrem Vornamen angeredet worden. Daß Captain Meadows es tat, schockierte mich, als ob er sich eine unziemliche Freiheit herausgenommen hätte. Aber Mrs. Meadows lächelte ihm zu, und er lächelte mit zahnlosem Mund zurück, während er weiter auf sie einsprach. Sie boten ein sonderbares Bild, die beiden alten Leute, die einander zum erstenmal nach einem halben Jahrhundert wiedersahen. Zu denken, daß er sie die ganze Zeit hindurch geliebt hatte, und sie hatte einen andern geliebt... Ich fragte mich, ob sie sich daran erinnerten, was sie damals gefühlt und was sie zueinander gesagt hatten. Was mochte ihm jetzt durch den Kopf gehen beim Anblick dieser Frau? Schließlich war sie für ihn der Anlaß gewesen, Haus und Hof zu verlassen, auf sein Erbteil zu verzichten und sein Leben im Exil zu verbringen.

»Haben Sie jemals geheiratet, Captain Meadows?« fragte ich.

»Ich? Geheiratet?« Er schüttelte den Kopf und grinste. »Könnt mir nicht einfallen. Dazu weiß ich zu viel von den Weibern.«

»Tu nicht so groß«, wies Mrs. Meadows ihn zurecht. »Sollte mich nicht wundern, wenn man dir draufkäme, daß du damals ein halbes Dutzend schwarze Frauen hattest.«

»In China sind sie nicht schwarz, Emily. Das solltest du eigentlich wissen. Sie sind gelb.«

»Ach ja. Von denen hast du wahrscheinlich die Gelbsucht gekriegt. Du altes Gelbgesicht, du.«

»Ich wollt keine andere heiraten als dich, Emily. Und hab keine andere geheiratet.«

Er sagte das ohne das mindeste Pathos, er sagte es im Ton einer nüchternen Mitteilung, wie wenn einer verkündet: »Ich wollte zwanzig Meilen laufen, und ich hab es getan.« Eine Spur von Genugtuung klang aus seinen Worten.

»Wer weiß, ob's dir nicht leid getan hätte, wenn ich deine Frau geworden wäre.«

Ich unterhielt mich ein bißchen mit dem Alten über China.

»In China kenn ich mich aus wie Sie sich in Ihrer Westentasche«, sagte er. »An der ganzen chinesischen Küste gibt's keinen Hafen, den ich nicht kenne. Ich war überall, wo ein Schiff vor Anker gehen kann. Ein halbes Jahr lang könnte ich hier sitzen und Ihnen erzählen, was ich gesehen und erlebt habe.«

»Nur eins hast du bei alledem vergessen«, fiel Mrs. Meadows ihm augenzwinkernd ins Wort.

»Das wäre?«

»Geld zu machen.«

»Liegt mir nicht. Ich hab immer nur Geld verdient, um es auszugeben. Und wenn ich mein Leben noch einmal beginnen könnte, würde ich's wieder so machen. Das können nicht viele von sich sagen.«

»Nein, wirklich nicht«, bestätigte ich.

Der Alte begann, mir Respekt und Bewunderung abzunötigen. Da saß ein zahnloser, verkrüppelter, bettelarmer Greis – und durfte auf ein erfolgreiches Leben zurückblikken, einfach deshalb, weil er dieses Leben nach seinem eigenen Willen gelebt und genossen hatte.

Beim Abschied forderte er mich auf, ihn am nächsten Tag wieder zu besuchen. Wenn ich mich für China interessiere, könne er mir alle Geschichten erzählen, die ich hören wolle.

Als ich am folgenden Morgen die Ulmen-Allee hinaufschlenderte und zum Garten kam, sah ich Mrs. Meadows Blumen schneiden. Ich wünschte ihr einen guten Morgen. Sie richtete sich auf. Sie hatte den ganzen Arm voller weißer Blumen. Jetzt sah ich, daß die Jalousien im Haus heruntergelassen waren. Das überraschte mich, denn Mrs. Meadows liebte das Sonnenlicht. »Fürs Dunkel ist Zeit genug, wenn man im Grab liegt«, pflegte sie zu sagen.

»Wie geht es Captain Meadows?« fragte ich.

»Der steckte immer schon voll schnurriger Einfälle«, antwortete sie. »Als unsere Lizzie ihm den Frühstückstee brachte, war er tot.«

»Tot?«

»Ja. Den Seinen gibt's der Herr im Schlaf. Ich wollte ihm gerade diese Blumen ins Zimmer stellen. Na, wenigstens ist er im alten Haus gestorben. Das war ja den Meadows immer sehr wichtig.«

Am Abend zuvor hatten sie große Überredungskünste aufwenden müssen, um ihn endlich ins Bett zu bringen. Er wollte nicht aufhören zu erzählen, wo er sich überall herumgetrieben und was er alles erlebt hatte, wie glücklich er war, wieder daheim zu sein, und wie stolz, daß er den Weg ins Haus zu Fuß geschafft hatte. Er würde noch zwanzig Jahre leben, hatte er kurz vor dem Einschlafen verkündet. Aber ein gütiges Schicksal setzte im rechten Moment den Punkt.

Mrs. Meadows senkte den Kopf und roch an den weißen Blumen in ihrem Arm.

»Ich bin froh, daß er zurückgekommen ist«, sagte sie. »Nach meiner Heirat mit Tom – damals, als George zur See ging –, wissen Sie: Ich war niemals ganz sicher, ob ich den Richtigen geheiratet habe.«

Die Flucht

Wenn eine Frau sich entschlossen hat, einen bestimmten Mann zu heiraten, kann dieser Mann – das ist meine feste Überzeugung – sich nur durch sofortige Flucht retten. Und nicht einmal dann ist er sicher. Einer meiner Freunde, der die Katastrophe herannahen sah, schiffte sich im nächstgelegenen Hafen ein (mit einer Zahnbürste als ganzem Gepäck, so eilig hatte er's) und bereiste für die Dauer eines Jahres die Erdkugel. Als er der drohenden Gefahr entronnen zu sein glaubte – Frauen sind wankelmütig, sagte er sich, und in zwölf Monaten wird sie mich doch wohl vergessen haben –, ging er in demselben Hafen wieder an Land. Auf dem Pier aber stand die kleine Frau, vor der er geflohen war, und winkte ihm fröhlich zu.

Ich habe nur einen einzigen Mann gekannt, dem es unter solchen Umständen noch gelang, seinen Kopf aus der Schlinge zu ziehen. Er hieß Roger Charing.

Roger Charing war nicht mehr ganz jung, als er sich in Ruth Barlow verliebte, und er besaß genügend Erfahrung, um nicht blindlings in eine Falle zu rennen. Ruth Barlow ihrerseits besaß eine Gabe, mit der sie die Männer jeder Widerstandskraft beraubte und vor der auch Roger seinen gesunden Menschenverstand, seine weltläufige Überlegenheit und seine kühle Zurückhaltung verlor. Er fiel um wie ein Kegel. Es war die Gabe, hilflos zu erscheinen. Dabei kamen der zweimal verwitweten Mrs. Barlow ihre wunderschönen dunklen Augen sehr zustatten – die traurigsten Augen, die ich je gesehen habe. Sie machten immer den Eindruck, als wollten sie sich in der nächsten Sekunde mit Tränen füllen, sie gaben der Umwelt zu verstehen, daß das Erdendasein schlechthin unerträglich sei. Offenbar hatte die Besitzerin dieses Augenpaares mehr gelitten, als einem Menschen zugemutet werden durfte. Und wer wie Roger Charing über eine imposante Statur, eine Menge Tatkraft und eine Menge Geld verfügte, dem drängte sich unweigerlich die Erkenntnis auf, daß er dieses schutzbedürftige kleine Wesen gegen die Unbill der Welt verteidigen und daß er die Schatten des Kummers, die um diese großen, märchendunklen Augen lagen, ein für allemal tilgen müsse.

Mrs. Barlow, so erzählte mir Roger, war vom Schicksal ganz miserabel behandelt worden. Sie gehörte zu jenen Unglücklichen, denen alles im Leben mißlingt. Der Mann, den sie zum Gatten erkor, prügelte sie. Der Bankier, der ihr Geld verwaltete, betrog sie. Der Koch, den sie aufnahm, ergab sich dem Trunk. Und hätte sie ein Häschen besessen, es wäre, statt zu hüpfen, verendet.

Als Roger mir eines Tages berichtete, daß er sie endlich überredet hätte, ihn zu heiraten, wünschte ich ihm viel Glück.

»Hoffentlich werdet ihr gut miteinander auskommen«, sagte er. »Sie fürchtet sich ein wenig vor dir, mußt du wissen. Sie hält dich für gefühllos.«

»Ich ahne nicht, was sie dazu veranlassen könnte.«

»Du magst sie doch?«

»Sehr.«

»Das Leben hat ihr fürchterlich mitgespielt, der Ärmsten. Sie tut mir so unsagbar leid.«

»Ja«, sagte ich.

Weniger konnte ich nicht sagen. In meinen Augen war Mrs. Barlow eine stahlharte Mischung aus Dummheit und Egoismus. Wir hatten einander das erstemal bei einer Bridgepartie getroffen, und sie hatte, sooft wir zusammen spielten, meine schönsten Pläne schändlich durchkreuzt. Ich ertrug es mit engelsgleicher Geduld. Dann wechselten die Partner, und Mrs. Barlow verlor eine hübsche Summe Geld an mich. Sie versprach, mir einen Scheck zu schicken, und schickte ihn nie. Bei unserer nächsten Begegnung konnte ich mich des häßlichen Gedankens nicht erwehren, daß der vorwurfsvoll leidende Gesichtsausdruck, den sie zur Schau trug, eigentlich mir zustünde.

Roger machte sie mit seinen Freunden bekannt, überhäufte sie mit Schmuck, nahm sie mit, wo immer er hinging. Der Hochzeitstermin wurde angekündigt. Roger strahlte vor Glück. Er war im Begriff, eine gute Tat zu tun und sich zugleich einen Wunsch zu erfüllen. Da so etwas nicht alle Tage vorkommt, durfte man ihm seine Selbstzufriedenheit nicht übelnehmen, auch wenn er sie ein wenig übertrieb.

Und dann, ganz plötzlich, war es mit Rogers Liebe zu Ruth Barlow vorbei. Niemand wußte, warum. Daß ihre Gespräche ihn langweilten, konnte unmöglich der Grund sein, denn sie führten keine Gespräche. Vielleicht lag es daran, daß ihr ewig mitleidheischender Blick sein Herz nicht mehr rührte. Jedenfalls hatte Roger Charing zu sich selbst und zu seiner erprobten Vernunft zurückgefunden. Ihm wurde klar, daß Ruth Barlow es mit kalter Berechnung darauf abgesehen hatte, ihn ins Ehejoch zu zwingen. Und er schwor sich, daß ihr das nicht gelingen sollte.

Freilich, es würde nicht leicht sein, ihr zu entkommen. Jetzt, im Vollbesitz seiner gesunden Sinne, erkannte er haarscharf, welchem Typus Frau er gegenüberstand. Wenn er sie bäte, ihn freizugeben, würde sie – hilflos, wie sie war – für ihre verletzten Gefühle eine unverhältnismäßig hohe Schadenssumme beanspruchen. Außerdem ist es für einen Mann immer peinlich, eine Frau sitzenzulassen. Er kommt dann leicht in den Ruf, kein Gentleman zu sein.

Roger legte sich eine sehr kluge Taktik zurecht. Weder durch Worte noch durch Taten gab er zu erkennen, daß seine Gefühle für Ruth Barlow sich geändert hätten. Nach wie vor erfüllte er ihr jeden Wunsch, führte sie in die besten Restaurants, ging mit ihr ins Theater, schickte ihr Blumen, blieb aufmerksam und liebenswürdig.

Sie waren übereingekommen, daß sie heiraten würden, sobald sie ein passendes Haus gefunden hätten, denn weder seine Junggesellenwohnung noch ihr möbliertes Appartement kamen als künftiger Wohnsitz in Betracht. Roger bekam Adressen von allen möglichen Maklern und besah mit Ruth jedes einzelne Haus. Keines wollte ihnen zusagen. Roger forderte weitere Listen an, nahm gemeinsam mit Ruth weitere Häuser in Augenschein, prüfte sie vom Keller bis zum Dachboden. Manche waren zu groß, manche zu klein, manche zu teuer, andere reparaturbedürftig. Das eine lag zu weit vom Zentrum entfernt, das andere zu nahe. Dieses war zu muffig, jenes zu kühl, dieses zu dunkel, jenes zu hell. An jedem fand Roger etwas auszusetzen. Er konnte seiner geliebten Ruth doch nicht zumuten, in einem Haus zu wohnen, das nicht vollkommen war. Und das vollkommene Haus mußte eben noch gefunden werden.

Die Suche nach einem Haus ist eine anstrengende und bei längerer Dauer sogar lästige Beschäftigung. Ruth zeigte erste Anzeichen von Verdrießlichkeit. Roger bat sie inständig um etwas Geduld. Irgendwo stand ganz gewiß das Haus, nach dem sie suchten. Und wer sucht, der findet. Man darf nicht so leicht aufgeben.

Sie besichtigten Hunderte von Häusern. Sie erklommen Tausende von Treppenstufen. Sie inspizierten Küchen und Keller und Gemächer bis zur Erschöpfung, die sich besonders bei Ruth immer deutlicher bemerkbar machte.

»Es wäre hoch an der Zeit, daß du eine Entscheidung triffst«, sagte sie. »Sonst muß ich mir die ganze Sache nochmals überlegen. Auf diese Weise dauert es ja noch jahrelang bis zu unserer Hochzeit.«

»So darfst du nicht reden«, antwortete Roger. »Ich beschwöre dich: Hab noch ein wenig Geduld. Gerade heute sind neue Listen angekommen, mit mindestens sechzig neuen Adressen. Einmal muß es ja klappen.«

Die Suche wurde fortgesetzt, und als sie die sechzig Häuser abgeklappert hatten, suchten sie weiter. Sie sahen Haus um Haus, sie sahen zwei Jahre lang nichts als Häuser. Ruth wurde immer schweigsamer. Der rührend hilflose Blick ihrer wunderschönen Augen umdüsterte sich zusehends. Endlich brach es aus ihr hervor:

»Willst du mich heiraten oder nicht?!«

Ihre Stimme klang ungewohnt hart, aber das änderte nichts an Rogers Sanftmut:

»Natürlich will ich dich heiraten. Was für eine Frage. Sowie wir das richtige Haus gefunden haben, heiraten wir. Übrigens hat mir einer meiner Freunde einen sehr guten Tip gegeben. Wollen wir hingehen?«

»Ich fühle mich nicht wohl«, sagte Ruth. »Ich bin physisch außerstande, noch irgendwelche Häuser zu besichtigen.«

»Mein armer Liebling. Kein Wunder, daß all die Strapazen dich ermüdet haben. Man sieht's dir an.«

Ruth Barlow erkrankte. Sie hütete das Bett und weigerte sich, Roger zu sehen. Er mußte sich damit begnügen, ihr täglich Blumen zu schicken und sich telefonisch nach ihrem Befinden zu erkundigen, was er mit gewohnter Liebenswürdigkeit besorgte. Auch schrieb er ihr teilnahmsvolle Briefe, besonders wenn er von einem neuen Haus gehört hatte.

Der Brief, den er nach einigen Wochen von Ruth erhielt, lautete wie folgt:

Roger – ich glaube nicht, daß Du mich wirklich liebst. Es gibt einen Mann, dem es ein Herzensbedürfnis ist, für mich zu sorgen. Ich heirate ihn heute.

Ruth

Ein Eilbote brachte Rogers Antwort:

Ruth – Deine Nachricht trifft mich schwer. Ich werde diesen Schock nie verwinden. Aber Dein Glück geht mir selbstverständlich über alles. In der Beilage findest Du sieben neue Adressen, die ich mit der heutigen Post bekommen habe. Ich bin sicher, daß Du unter ihnen etwas Passendes finden wirst.

Roger

Der Oberste Richterstuhl

Sie warteten geduldig, bis die Reihe an sie kam. Doch Geduld war ihnen nichts Neues; sie hatten diese Tugend dreißig Jahre lang geübt, alle drei, mit grimmiger Entschlossenheit. Ihr Leben war eine lange Vorbereitung auf diesen Augenblick gewesen, und sie blickten nun dem Ausgang, wenn auch nicht mit Selbstvertrauen – das wäre bei solch erhabener Gelegenheit nicht am Platz gewesen –, so doch mit Hoffnung und Mut entgegen. Sie hatten den schmalen und steinigen Pfad gewählt, als die blumigen Auen der Sünde sich nur allzu einladend vor ihnen ausgebreitet hatten; mit erhobenen Häuptern, wenn auch brechenden Herzens, hatten sie der Versuchung standgehalten; und nun, nachdem die dornenreiche Reise überstanden war, erwarteten sie ihre Belohnung. Sie brauchten nicht zu sprechen, denn jeder kannte die Gedanken der anderen, und alle drei wußten, daß ihre körperlosen Seelen von dem gleichen Gefühl dankbarer Erleichterung erfüllt waren. Von welcher Qual wären sie nun verzehrt, hätten sie der Leidenschaft nachgegeben, die ihnen so unwiderstehlich erschienen war, und welcher Wahnsinn wäre es gewesen, für ein paar kurze Jahre des Glücks das ewige Leben hinzuopfern, das ihnen nun mit solch strahlendem Glanz entgegenleuchtete! Sie fühlten sich wie Menschen, die um Haaresbreite einem plötzlichen und gewaltsamen Tod entronnen sind und nun ihre Hände und Füße betasten und, kaum imstande zu glauben, daß sie noch leben, erstaunt um sich blicken. Sie hatten nichts getan, was sie sich vorwerfen konnten, und als nun ihre Engel erschienen und ihnen verkündeten, daß ihr Augenblick gekommen war, folgten sie ihnen, wie sie durch die nun so weit hinter ihnen liegende Welt gewandelt waren, mit dem beglückenden Bewußtsein, ihre Pflicht getan zu haben. Sie standen etwas abseits, denn der Andrang war groß; ein furchtbarer Krieg war im Gange, und seit Jahren strömten Soldaten aller Nationen, junge Männer in der Blüte ihrer Jugend, vor den Obersten Richterstuhl; auch Frauen und Kinder, deren Leben durch Gewalt, oder noch schlimmer, durch Kummer, Krankheit und Hunger ein vorzeitiges Ende gefunden hatte; und in den himmlischen Gefilden herrschte nicht geringe Verwirrung.

Der Krieg war auch schuld daran, daß diese drei bleichen, bebenden Geister in Erwartung ihres Richterspruchs dastanden. Denn John und Mary waren Passagiere eines Schiffes gewesen, das durch den Torpedo eines Unterseebootes versenkt worden war; und Ruth, in ihrer Gesundheit erschüttert durch die anstrengende Arbeit, der sie sich mit so edler Selbstaufopferung hingegeben hatte, brach, als sie von dem Tod des Mannes erfuhr, den sie von ganzem Herzen geliebt hatte, unter diesem Schlag zusammen und starb. John hätte sich in Wirklichkeit retten können, wenn er nicht versucht hätte, seine Frau zu retten; er haßte sie; er haßte sie seit dreißig Jahren bis auf den Grund seiner Seele; aber er hatte stets seine Pflicht ihr gegenüber erfüllt, und nun, im Augenblick einer furchtbaren Gefahr, kam es ihm gar nicht in den Sinn, anders zu handeln.

Endlich faßten ihre Engel sie bei der Hand und führten

sie vor das Antlitz des Herrn. Eine Weile nahm der Ewige nicht die geringste Notiz von ihnen. Um die Wahrheit zu sagen: Er war schlechter Laune. Kurz zuvor hatte ein Philosoph, hoch an Jahren und reich an Ehren, vor seinem Richterstuhl gestanden und ihm unverblümt ins Gesicht gesagt, daß er nicht an ihn glaube. Dies allein nun hätte die Seelenruhe des Königs der Könige allerdings nicht stören, es hätte ihm höchstens ein Lächeln abringen können; aber der Philosoph hatte – indem er sich vielleicht auf unfaire Weise auf die bedauerlichen Ereignisse bezog, die sich gegenwärtig auf Erden abspielten – einige taktlose Fragen an ihn gestellt. Er hatte den Ewigen gefragt, wie er es fertigbringe – leidenschaftslos betrachtet –, seine Allmacht mit seiner Allgüte zu vereinen.

»Niemand kann die Existenz des Bösen leugnen«, hatte der Philosoph knapp und bündig erklärt. »Wenn nun Gott das Böse nicht verhindern kann, so ist er nicht allmächtig, kann er es aber und tut er es nicht, dann ist er nicht allgütig.«

Dieses Argument war dem Allwissenden natürlich nicht neu, aber er hatte es immer abgelehnt, sich damit auseinanderzusetzen; Tatsache ist nämlich, daß er, trotz seiner Allwissenheit, die Antwort darauf nicht wußte. Selbst Gott kann aus zwei und zwei nicht fünf machen. Aber der Philosoph, der sich seinen Vorteil zunutze machte und, was Philosophen ja so häufig tun, aus einer vernünftigen Voraussetzung einen ungerechtfertigten Schluß zog, hatte mit einer Erklärung geschlossen, die unter den gegebenen Umständen einfach unerhört war.

»Ich lehne es ab«, hatte er ausgerufen, »an einen Gott zu glauben, der nicht allmächtig und allgütig ist.«

Es geschah also vielleicht nicht ohne eine gewisse Erleichterung, daß der Ewige seine Aufmerksamkeit nun den drei Schatten zuwandte, die demütig und doch hoffnungsvoll vor seinem Thron standen. Wenn lebendige Menschen, die nur so kurze Zeit vor sich haben, von sich selber reden, so sprechen sie zuviel; aber die Toten, vor denen die Unendlichkeit liegt, sind dermaßen geschwätzig, daß nur Engel ihnen mit Höflichkeit zuhören können. Das Folgende nun, in Kürze, ist die Geschichte, die diese drei vorbrachten. John und Mary waren glücklich fünf Jahre miteinander verheiratet gewesen, und bis zu dem Augenblick, da John Ruth kennenlernte, hatten sie einander, wie es bei Ehepaaren zumeist der Fall ist, mit aufrichtiger Zuneigung und gegenseitiger Achtung geliebt. Ruth war achtzehn Jahre alt, um zehn Jahre jünger als er, ein bezauberndes, anmutiges Geschöpf von überraschender, alles bezwingender Lieblichkeit; sie war gesund an Leib und Seele und bei allem Verlangen nach dem natürlichen Glück des Lebens imstande, sich zu jener inneren Größe aufzuschwingen, die man Schönheit der Seele nannte. John verliebte sich in sie und sie sich in ihn. Aber es war keine gewöhnliche Leidenschaft, welche die beiden erfaßte; es war etwas dermaßen Überwältigendes, daß sie das Gefühl hatten, die ganze lange Geschichte der Welt hätte bloß deshalb Bedeutung, weil sie sie zu dem Augenblick und zu dem Ort hingeführt hatte, an dem sie einander gefunden hatten. Sie liebten wie Daphnis und Chloë oder wie Paolo und Francesca. Aber nach jenem ersten Augenblick der Seligkeit, an dem sie einander ihre Liebe offenbart hatten, wurden sie von Entsetzen erfaßt. Sie waren anständige Menschen und achteten sich selbst, die Grundsätze, nach denen sie erzogen worden waren, und die Gesellschaft, in der sie lebten. Wie konnte er eine unschuldige junge Frau betrügen, und was hatte sie mit einem verheirateten Mann zu schaffen? Dann entdeckten sie, daß Mary von ihrer Liebe wußte. Die vertrauensvolle Zuneigung, die sie ihrem Gatten entgegengebracht hatte, war erschüttert; und es entstanden Gefühle in ihr, deren sie sich nie für fähig gehalten hätte, Eifersucht und die Angst, daß er sie verlassen könnte, Zorn, weil sie sich in dem Besitz seines Herzens bedroht sah, und ein seltsamer Hunger der Seele, der schmerzvoller war als Liebe. Sie fühlte, daß sie sterben würde, wenn er sie verließ; und doch wußte sie, daß er liebte, weil die Liebe zu ihm gekommen war, und nicht, weil er sie gesucht hatte. Sie gab ihm keine Schuld; sie betete um Kraft; sie weinte stille, bittere Tränen. John und Ruth sahen sie vor ihren Augen dahinwelken. Der Kampf war lang und schmerzvoll. Manchmal verließ sie der Mut, und sie meinten, sie könnten der Leidenschaft nicht länger widerstehen, die ihnen das Mark in den Knochen verbrannte. Sie widerstanden. Sie rangen mit dem Bösen, wie Jakob mit dem Engel Gottes gerungen hatte, und schließlich siegten sie. Mit gebrochenem Herzen, aber stolz auf ihre Unschuld, gingen sie auseinander. Sie brachten Gott ein Opfer dar: ihre Hoffnung auf Glück, die Freude des Lebens und die Schönheit der Welt.

Ruth hatte allzu leidenschaftlich geliebt, um jemals wieder lieben zu können, und mit versteinertem Herzen wandte sie sich Gott und gottgefälligen Werken zu. Sie war unermüdlich. Sie pflegte die Kranken und half den Armen. Sie gründete Waisenhäuser und leitete wohltätige Institutionen. Und nach und nach verschwand ihre Schönheit, die sie nicht länger pflegte, und ihr Gesicht wurde so hart wie ihr Herz. Ihre Frömmigkeit war fanatisch und beschränkt; selbst ihre Güte war grausam, weil sie nicht der Liebe, sondern dem Verstand entsprang; sie wurde herrschsüchtig, unduldsam und nachtragend. Und John schleppte sich resigniert, aber mürrisch und grollend durch die freudlosen Jahre und wartete auf die Erlösung durch den Tod. Das Leben verlor seinen Sinn für ihn; er hatte das Seine vollbracht und war ein besiegter Sieger; die einzige Empfindung, die noch lebendig in ihm geblieben war, war der unentwegte geheime Haß, mit dem er seine Frau betrachtete. Er behandelte sie mit Güte und Rücksicht; er tat alles, was man von einem Mann erwarten konnte, der ein Christ und ein Gentleman war. Er kannte seine Pflicht. Mary war eine gute, treue und – man muß es gestehen – außerordentliche Frau; sie dachte nie daran, ihrem Gatten wegen des Wahnsinns, der über ihn gekommen war, Vorwürfe zu machen; aber in ihrem Innern konnte sie ihm das Opfer, das er ihr gebracht hatte, nicht verzeihen. Sie wurde säuerlich und zänkisch. Obgleich sie sich deshalb verabscheute, brachte sie es doch nicht fertig, Dinge ungesagt zu lassen, von denen sie wußte, daß sie ihn verletzen würden. Sie hätte gern ihr Leben für ihn geopfert, aber sie konnte es nicht ertragen, daß er auch nur einen Augenblick glücklich war, während ihr selbst so elend zumute war, daß sie sich hundertmal den Tod gewünscht hatte. Nun, jetzt war sie tot, und auch die beiden andern waren tot; das Leben war grau und freudlos gewesen – aber nun war es vorbei; sie hatten nicht gesündigt und durften ihrer Belohnung gewärtig sein.

Sie hatten zu Ende gesprochen, und es trat Stille ein. Tiefe Stille herrschte in den himmlischen Gefilden. ›Geht zum

Teufel‹, waren die Worte, die dem Ewigen auf den Lippen lagen; aber er sprach sie nicht aus, denn sie gehörten auf ein sprachliches Niveau, das er berechtigterweise mit der Feierlichkeit des Augenblicks für unvereinbar hielt. Überdies wäre ein derartiger Urteilsspruch in diesem Fall fehl am Platz gewesen. Aber seine Stirn verfinsterte sich. Ließ er dafür die aufsteigende Sonne über das unendliche Meer hinscheinen, den Schnee auf den Bergesgipfeln glitzern; sangen dafür die Bäche so fröhlich, während sie über die steinigen Hänge zu Tal sprangen, und wogte dafür das goldene Korn im Abendwind?

»Manchmal glaube ich«, sagte der Ewige, »daß die Sterne niemals heller leuchten, als wenn sie sich in dem schmutzigen Wasser eines Straßentümpels spiegeln.«

Aber die drei Schatten standen vor ihm, und nun, da sie ihm ihre unglückselige Geschichte vorgetragen hatten, konnten sie sich einer gewissen Befriedigung nicht erwehren. Es war ein bitterer Kampf gewesen, aber sie hatten ihn bestanden. Der Ewige blies leicht, er blies, wie ein Mensch ein Streichholz ausbläst, und siehe da! – wo die drei armen Schatten gestanden hatten – war nichts. Der Ewige hatte sie ausgelöscht.

»Ich habe mich oft gefragt, warum die Menschen glauben, daß ich sexuelle Unregelmäßigkeiten so schwernehme. Läsen sie meine Werke aufmerksamer, würden sie sehen, daß ich dieser besonderen Form menschlicher Schwäche stets sehr viel Nachsicht entgegengebracht habe.«

Dann wandte er sich dem Philosophen zu, der immer noch auf Antwort wartend dastand.

»Sie werden zugeben«, sagte der Ewige, »daß es mir in diesem Fall sehr wohl gelungen ist, Allmacht und Allgüte zugleich zu üben.«

Sanatorium

Die ersten sechs Wochen seines Aufenthaltes im Sanatorium verbrachte Ashenden im Bett. Er sah niemanden außer dem Arzt, der ihn morgens und abends besuchte, den Schwestern, die ihn pflegten, und dem Mädchen, das ihm das Essen brachte. Er hatte sich eine Lungentuberkulose zugezogen, und da gewisse Umstände ihm zur Zeit einen Aufenthalt in der Schweiz erschwerten, hatte der Londoner Spezialist ihn in ein Sanatorium im Norden Schottlands geschickt. Endlich kam der Tag, auf den er geduldig gewartet hatte, da der Arzt ihm das Aufstehen erlaubte; und am Nachmittag brachte ihn seine Pflegerin, nachdem sie ihm beim Ankleiden geholfen hatte, auf die Veranda hinunter, stopfte ihm Kissen in den Rücken, wickelte ihn in Dekken ein und überließ ihn dem Genuß der Sonne, die aus einem wolkenlosen Himmel strahlte. Es war mitten im Winter. Das Sanatorium lag auf einer Berghöhe, die eine umfassende Aussicht über die schneebedeckte Landschaft bot. Die ganze Veranda entlang lagen Leute in Liegestühlen, die mit ihren Nachbarn plauderten oder lasen. Von Zeit zu Zeit bekam einer von ihnen einen Hustenanfall, und wenn dieser vorüber war, konnte man beobachten, wie er sein Taschentuch ängstlich betrachtete. Bevor die Schwester Ashenden verließ, wandte sie sich mit beruflichem Eifer einem Mann in dem benachbarten Liegestuhl zu.

»Ich möchte Ihnen Mr. Ashenden vorstellen«, sagte sie, und dann, zu Ashenden gewandt: »Das ist Mr. McLeod. Er und Mr. Campbell sind von allen am längsten hier.«

Auf der anderen Seite von Ashenden lag eine hübsche junge Frau mit rotem Haar und leuchtend blauen Augen; sie war nicht geschminkt, aber ihre Lippen waren sehr rot, und ihre Wangen hatten eine lebhafte Farbe. Dadurch wurde das erstaunliche Weiß ihrer Haut noch betont. Sie sah bezaubernd aus, auch wenn man sich darüber klar sein mußte, daß diese Zartheit ihrer Krankheit zuzuschreiben war. Sie trug einen Pelzmantel und war in Decken gehüllt, so daß man nichts von ihrer Gestalt sehen konnte, aber ihr Gesicht war außerordentlich mager, so sehr, daß ihre Nase, die an sich nicht groß war, etwas stark hervortrat. Sie warf Ashenden einen freundlichen Blick zu, sagte aber nichts, und Ashenden, der unter all diesen fremden Leuten eine gewisse Scheu empfand, wartete, bis er angesprochen wurde.

»Man hat Sie zum erstenmal aufstehen lassen, nicht wahr?« sagte McLeod.

»Ja.«

»Wo ist Ihr Zimmer?«

Ashenden erklärte es ihm.

»Das ist klein. Ich kenne jedes Zimmer in dem Haus. Ich bin seit siebzehn Jahren hier. Ich habe das beste Zimmer, und das gehört sich auch so. Campbell versucht, mich daraus zu vertreiben, weil er es selber haben möchte, aber ich rühre mich nicht; ich habe ein Recht darauf, ich bin sechs Monate vor ihm hergekommen.«

McLeod machte beim Liegen den Eindruck eines ungewöhnlich großen Mannes; die Haut lag straff über seine

Knochen gespannt, die Wangen und Schläfen waren eingefallen, so daß man darunter die Formen seines Schädels erkennen konnte, und in diesem abgezehrten Gesicht mit der starken, knochigen Nase wirkten die Augen unnatürlich groß.

»Siebzehn Jahre sind eine lange Zeit«, sagte Ashenden, weil ihm nichts anderes einfiel.

»Die Zeit vergeht sehr rasch. Ich bin gern hier. Zuerst, nach ein oder zwei Jahren, bin ich jeweils im Sommer fortgegangen, jetzt tue ich das nicht mehr. Mein Heim ist nun hier. Ich habe einen Bruder und zwei Schwestern; aber sie sind verheiratet und haben Familie; sie wollen mich nicht. Wenn man ein paar Jahre hier gewesen ist und dann ins gewöhnliche Leben zurückkehrt, fühlt man sich dort nicht mehr recht zu Hause, wissen Sie. Die Freunde sind ihre eigenen Wege gegangen, und man hat nichts Gemeinsames mehr mit ihnen. Alles scheint ein furchtbares Gehetze. Viel Lärm um nichts, wahrhaftig. Nein, hier ist man besser dran. Ich rühre mich nicht mehr, bis sie mich mit den Füßen voran raustragen.«

Der Spezialist hatte Ashenden erklärt, daß er wieder gesund werden würde, wenn er sich lange genug schonte, und er betrachtete McLeod neugierig.

»Was treiben Sie den ganzen Tag?« fragte er.

»Treiben? Tbc ist ein ausreichendes Tagewerk, junger Mann. Die Temperatur muß gemessen werden, und dann wiege ich mich. Ich nehme mir Zeit beim Anziehen. Ich frühstücke, lese die Zeitungen und mache einen Spaziergang. Dann ruhe ich mich aus. Ich esse zu Mittag und spiele Bridge. Dann ruhe ich wieder, und dann kommt die Abendmahlzeit. Nachher spiele ich noch ein wenig Bridge und gehe zu Bett.

Es gibt eine ganz anständige Bücherei hier, mit allen neuen Büchern, aber es bleibt mir nicht viel Zeit zum Lesen. Ich unterhalte mich mit den Leuten. Man begegnet hier jeder Sorte von Menschen, wissen Sie. Sie kommen und gehen. Manchmal gehen sie, weil sie meinen, sie seien geheilt, aber viele von ihnen kehren zurück, und manchmal gehen sie, weil sie sterben. Ich habe viele Leute fortgehen sehen, und bevor ich selber gehe, werde ich noch viele andere sehen.«

Das junge Mädchen auf der anderen Seite von Ashenden fing plötzlich an zu sprechen.

»Ich möchte Ihnen sagen, daß wenige Menschen sich über eine Totenbahre so erheitern können wie Mr. McLeod«, sagte sie.

McLeod kicherte.

»Davon weiß ich nichts, aber es wäre gegen die menschliche Natur, wenn ich mir nicht sagen würde: Na, es ist mir doch lieber, sie holen ihn als mich.«

Dann fiel ihm ein, daß Ashenden das hübsche Mädchen noch nicht kannte, und er stellte ihn vor.

»Übrigens, ich glaube, Sie haben Mr. Ashenden noch nicht kennengelernt – Miss Bishop. Sie ist Engländerin, aber kein übles Ding.«

»Wie lange sind Sie schon hier?« fragte Ashenden.

»Erst zwei Jahre. Dies ist mein letzter Winter. Dr. Lennox sagt, ich würde in einigen Monaten soweit sein, daß ich ruhig nach Hause gehen könne.«

»Töricht nenne ich das«, sagte McLeod. »Bleiben Sie da, wo Sie sich wohl fühlen. Das ist meine Meinung.«

In diesem Augenblick kam ein Mann, der sich auf einen Stock stützte, langsam die Veranda entlang.

»Oh, da ist Major Templeton«, sagte Miss Bishop, und ein Lächeln erhellte ihre Augen; als er näherkam, sagte sie: »Ich freue mich, daß Sie wieder aufstehen können.«

»Ach, es war nichts. Nur eine kleine Erkältung. Es geht mir wieder ganz gut.«

Kaum hatte er das gesagt, begann er zu husten. Er stützte sich fest auf seinen Stock. Aber als der Anfall vorbei war, lächelte er vergnügt.

»Kann diesen verdammten Husten nicht loswerden«, sagte er. »Rauche zuviel. Dr. Lennox sagt, ich sollte es aufgeben, aber das hilft nichts – ich kann es nicht.«

Er war ein hochgewachsener Mann, auf leicht theatralische Art gutaussehend, mit einem gelblichblassen Gesicht, schönen, sehr dunklen Augen und einem gepflegten schwarzen Schnurrbart. Er trug einen Pelzmantel mit Astrachankragen. Seine Erscheinung war elegant, vielleicht eine Spur protzig. Miss Bishop stellte ihn Ashenden vor. Major Templeton äußerte einige höfliche Worte auf leichte, herzliche Art und forderte dann die junge Frau auf, einen kleinen Spaziergang mit ihm zu machen; es war ihm verordnet worden, bis zu einem bestimmten Ort im Wald hinter dem Sanatorium und wieder zurück zu gehen. McLeod sah ihnen nach, als sie dahinschlenderten.

»Ich möchte wissen, ob die beiden etwas miteinander haben«, sagte er. »Man sagt, daß Templeton vor seiner Erkrankung ein richtiger Frauenheld gewesen sei.«

»Er sieht jetzt gerade nicht so aus«, meinte Ashenden.

»Das weiß man nie. Ich habe hier im Lauf der Jahre viele tolle Dinge gesehen. Ich könnte Ihnen unzählige Geschichten erzählen, wenn ich wollte.«

»Allem Anschein nach wollen Sie es, also warum tun Sie es nicht?«

McLeod lachte. »Nun, eine will ich Ihnen erzählen. Vor drei oder vier Jahren war eine Frau hier, die es ziemlich in sich hatte. Ihr Mann besuchte sie meistens an jedem zweiten Wochenende; er war ganz in ihrem Bann, kam gewöhnlich von London hergeflogen; aber Dr. Lennox war so gut wie überzeugt, daß sie sich mit jemandem im Hause eingelassen hatte, nur konnte er nicht herausfinden, mit wem. So ließ er eines Abends, als wir alle zu Bett gegangen waren, eine dünne Farbschicht gerade vor ihrer Türe anbringen, und am nächsten Tag ließ er sämtliche Pantoffeln untersuchen. Schlau, was? Der Bursche, an dessen Pantoffeln Farbe war, wurde entlassen. Dr. Lennox muß streng sein, wissen Sie. Er will das Haus nicht in Verruf bringen.«

»Wie lange ist Templeton hier?«

»Drei oder vier Monate. Er lag die meiste Zeit zu Bett. Ihn hat es richtig gepackt. Ivy Bishop wäre eine verdammte Närrin, wenn sie sich an ihn binden würde. Sie hat eine gute Chance, gesund zu werden. Ich habe schon so viele gesehen, wissen Sie, ich kann es beurteilen. Wenn ich einen Menschen anschaue, erkenne ich sofort, ob er gesund werden kann oder nicht, und wenn nicht, so kann ich ziemlich genau erraten, wie lange er es noch machen wird. Ich täusche mich sehr selten. Ich gebe Templeton noch etwa zwei Jahre.«

McLeod sah Ashenden prüfend an, und Ashenden, der wußte, was er dachte, versuchte zwar, belustigt zu sein, fühlte sich aber unwillkürlich etwas beunruhigt. Ein Blinken war in McLeods Augen. Es war ihm ganz klar, womit sich Ashendens Gedanken beschäftigten.

»Sie kommen wieder ganz in Ordnung. Ich hätte nichts davon erwähnt, wenn ich das nicht ziemlich sicher wüßte. Ich habe keine Lust, von Dr. Lennox hinausgeworfen zu werden, weil ich seinen verflixten Patienten Angst einjage.«

Dann erschien Ashendens Pflegerin, um ihn ins Bett zurückzubringen. Obwohl er nur eine Stunde aufgewesen war, fühlte er sich doch müde und freute sich, als er wieder zwischen den Leintüchern lag. Dr. Lennox besuchte ihn im Laufe des Abends. Er betrachtete seine Fieberkurve.

»Nicht übel«, sagte er.

Dr. Lennox war klein, lebhaft und freundlich. Er war ein recht guter Arzt, ein ausgezeichneter Geschäftsmann und ein begeisterter Angler. Wenn die Angelsaison begann, neigte er dazu, seine Patienten den Assistenten zu überlassen; die Patienten murrten dann ein wenig, verzehrten aber bereitwillig den jungen Salm, den er ihnen zur Abwechslung für ihre Mahlzeiten mitbrachte. Er unterhielt sich gerne, und jetzt, da er am Fußende von Ashendens Bett stand, erkundigte er sich mit seiner breiten schottischen Aussprache, ob er am Nachmittag schon mit dem einen oder anderen Patienten ins Gespräch gekommen sei. Ashenden erzählte ihm, daß die Pflegerin ihn mit McLeod bekannt gemacht habe. Dr. Lennox lachte.

»Der älteste lebende Einwohner. Er weiß besser über das Sanatorium und seine Insassen Bescheid als ich. Wie er zu diesen Kenntnissen kommt, ahne ich nicht, aber nichts aus dem Privatleben von irgend jemand unter diesem Dach bleibt ihm verborgen. Keine alte Jungfer im ganzen Haus hat eine bessere Nase für Skandalgeschichten. Hat er etwas über Campbell zu Ihnen gesagt?«

»Er hat ihn erwähnt.«

»Er haßt Campbell, und Campbell haßt ihn. Komisch, wenn man darüber nachdenkt: Diese beiden Männer, die siebzehn Jahre hier sind, haben zusammen etwa *eine* gesunde Lunge. Sie können sich nicht ausstehen. Ich mußte es ablehnen, ihre Beschwerden über einander anzuhören, mit denen sie zu mir kommen. Campbells Zimmer ist gerade unter dem von McLeod, und Campbell spielt Geige. Das macht McLeod rasend. Er sagt, er habe fünfzehn Jahre lang den gleichen Melodien zugehört, aber Campbell behauptet, daß McLeod eine Melodie nicht von einer anderen unterscheiden kann. McLeod verlangt von mir, ich solle Campbell das Spielen verbieten, aber das kann ich nicht; er hat ein absolutes Recht zu spielen, wenn er es nicht während der Ruhestunden tut. Ich habe McLeod vorgeschlagen, ihm ein anderes Zimmer zu geben, aber das will er nicht. Er sagt, Campbell geige nur, um ihn aus dem Zimmer zu vertreiben, weil es das beste im Haus sei, aber Campbell werde es ganz gewiß nicht bekommen. Es ist merkwürdig, nicht wahr, daß zwei Männer in mittleren Jahren es der Mühe wert befanden, sich das Leben gegenseitig zur Hölle zu machen. Keiner von beiden kann den anderen in Ruhe lassen. Sie nehmen ihre Mahlzeiten am selben Tisch ein, sie spielen zusammen Bridge; und kein Tag vergeht ohne Streit. Manchmal habe ich ihnen gedroht, daß ich sie beide entlassen würde, wenn sie sich nicht vernünftig benähmen. Das wirkt auf kurze Zeit. Sie wollen nicht fort. Sie sind so lange hier gewesen, daß sie keinen Menschen mehr haben, der sich für sie interessiert, und sie könnten mit dem Leben draußen nicht fertig werden. Campbell ist vor einigen Jahren einmal für einige

Ferienmonate weggefahren. Nach einer Woche kam er wieder zurück; er erklärte, er könne den Trubel nicht ertragen, und der Anblick so vieler Menschen in den Straßen erschrecke ihn.«

Es war eine sonderbare Welt, in die sich Ashenden versetzt sah, als er sich allmählich zu den anderen Patienten gesellen konnte. Eines Morgens erklärte ihm Dr. Lennox, er könne künftig am Mittagessen im Speisezimmer teilnehmen. Es war ein weitläufiger, niedriger Saal mit großen Fenstern, die immer offenstanden, und an schönen Tagen strömte die Sonne herein. Ashenden brauchte einige Zeit, bis er die vielen Leute auseinanderhalten konnte. Jede Art war vertreten: junge, solche mittleren Alters und alte. Einige unter ihnen, wie McLeod und Campbell, waren schon seit Jahren im Sanatorium und erwarteten, dort zu sterben. Andere waren erst seit einigen Monaten da. Eine Dame, Miss Atkin, kam seit langen Jahren jeden Winter und verbrachte den Sommer bei Freunden und Verwandten. Es fehlte ihr fast nichts mehr, und sie hätte ebensogut ganz fortbleiben können, aber dieses Leben behagte ihr. Ihr langer Aufenthalt hatte ihr eine besondere Stellung verschafft, sie war ehrenamtliche Bibliothekarin und ein Herz und eine Seele mit der Oberin. Sie war immer zum Plaudern aufgelegt, aber man wurde bald gewahr, daß alles, was man ihr sagte, weitergegeben wurde. Es war für Dr. Lennox nützlich zu wissen, daß seine Patienten gut miteinander auskamen, zufrieden waren, nichts Unvorsichtiges unternahmen und seine Verordnungen befolgten. Miss Atkins scharfen Augen entging kaum etwas, und von ihr wurde es an die Oberin weitergeleitet und gelangte schließlich zu Dr. Lennox. Da sie seit so vielen Jahren kam, saß sie am Tisch von McLeod und Campbell, zusammen mit einem alten General, der seines Ranges wegen dort seinen Platz erhalten hatte. Der Tisch unterschied sich in keiner Weise von den anderen, er stand auch nicht günstiger, aber weil die ältesten Bewohner dort saßen, galt er als bevorzugt, und mehrere ältere Damen waren bitterböse, daß Miss Atkin, die jeden Sommer vier bis fünf Monate abwesend war, ihren Platz dort hatte, während sie, die das ganze Jahr im Sanatorium verbrachten, andere Tische bekamen. Ein alter Regierungsbeamter aus Indien war nach McLeod und Campbell am drittlängsten im Sanatorium. Es war ein Mann, der zu seiner Zeit eine Provinz regiert hatte, und jetzt wartete er gereizt auf das Ableben von McLeod oder Campbell, damit er den betreffenden Platz am ersten Tisch einnehmen konnte. Ashenden machte die Bekanntschaft von Campbell. Er war ein langer, grobknochiger Geselle mit kahlem Kopf und so mager, daß man sich wunderte, wie seine Knochen zusammenhielten, und wenn er in einem Lehnstuhl kauerte, machte er den unheimlichen Eindruck einer Gliederpuppe aus einem Marionettentheater. Er war barsch, empfindlich und übellaunig. Das erste, was er Ashenden fragte, war:

»Haben Sie Musik gern?«

»Ja.«

»Keiner hier macht sich das geringste daraus. Ich spiele Geige. Aber wenn Sie wollen, kommen Sie einmal auf mein Zimmer, dann spiele ich Ihnen etwas vor.«

»Gehen Sie ja nicht hin«, sagte McLeod, der das gehört hatte. »Es ist eine Tortur.«

»Wie können Sie so ungezogen sein?« rief Miss Atkin. »Mr. Campbell spielt recht gut.«

»In diesem elenden Haus kann kein Mensch eine Note von der anderen unterscheiden«, sagte Campbell.

Mit einem höhnischen Kichern entfernte sich McLeod. Miss Atkin versuchte zu vermitteln.

»Sie dürfen sich nicht um McLeods Bemerkung kümmern.«

»Ach, das tue ich auch nicht. Ich werde mich schon rächen.«

An diesem ganzen Nachmittag spielte er immer und immer wieder dieselbe Melodie. McLeod stampfte auf den Boden, aber Campbell spielte weiter. McLeod schickte durch das Mädchen eine Botschaft, daß er Kopfweh habe und Mr. Campbell bitte, nicht zu spielen. Campbell antwortete, daß er durchaus berechtigt sei zu spielen, und wenn es Mr. McLeod nicht passe, so habe er Pech gehabt. Als sie sich das nächstemal trafen, gab es einen scharfen Wortwechsel zwischen ihnen.

Ashenden wurde einem Tisch mit der hübschen Miss Bishop zugeteilt, mit Templeton und einem Mann aus London, einem Buchhalter, der Henry Chester hieß. Er war ein untersetzter, breitschultriger, drahtiger kleiner Kerl, bei dem man niemals an Tuberkulose gedacht hätte. Es war plötzlich und unerwartet über ihn hereingebrochen. Er war ein ganz einfacher Mann, um die vierzig, verheiratet, mit zwei Kindern. Er wohnte in einem angenehmen Vorort. Jeden Morgen fuhr er in die City hinein und las unterwegs die Morgenzeitung, jeden Abend kam er von der City zurück und las die Abendzeitung. Er hatte keine Interessen außer seinem Geschäft und seiner Familie. Seine Arbeit befriedigte ihn. Er verdiente genug, um behaglich leben zu können, er legte jedes Jahr eine nette Summe zurück, er spielte am Samstagnachmittag und am Sonntag Golf und ging jeden August drei Wochen in die Ferien, Jahr für Jahr an den gleichen Ort an der Ostküste. Mehr verlangte er nicht vom Leben, und es war ein Dasein, wie es viele Tausende seiner Mitmenschen führten und damit zufrieden waren. Und dann passierte das. Er hatte sich beim Golfspiel erkältet, es hatte sich auf der Brust festgesetzt, und er bekam einen Husten, den er nicht loswurde. Er war immer kräftig und gesund gewesen und hatte nie viel von den Ärzten gehalten, aber schließlich hatte er auf Drängen seiner Frau doch einen aufgesucht. Es war ein Schlag, ein furchtbarer Schlag für ihn gewesen, als er erfuhr, daß er in beiden Lungen Tuberkeln habe und daß die einzige Hoffnung, am Leben zu bleiben, darin bestand, sofort in ein Sanatorium zu gehen. Der Spezialist hatte ihm damals gesagt, daß er vielleicht nach zwei Jahren die Arbeit wieder aufnehmen könne, aber die zwei Jahre waren inzwischen vergangen, und Dr. Lennox riet ihm, mindestens ein weiteres Jahr nicht daran zu denken. Er hatte ihm die Bazillen im Sputum gezeigt und auf einer Röntgenplatte die aktiven Herde in seinen Lungen. Er verlor den Mut. Er fand, daß ihm das Schicksal einen grausamen und bösen Streich gespielt habe. Er hätte es verstanden, wenn er ein zügelloses Leben geführt, viel getrunken und sich mit Weibern herumgetrieben hätte oder immer spät zu Bett gegangen wäre. Dann hätte er das verdient. Aber er hatte nichts dergleichen getan. Es war ungeheuerlich ungerecht. Da er mit sich selbst nichts anzufangen wußte, kein Interesse an Büchern hatte, blieb ihm nichts übrig, als fortwährend an seine Gesundheit zu denken. Daraus wurde eine Besessenheit. Er beobachtete ängstlich alle seine Symptome. Sie mußten ihm das Thermometer wegnehmen, weil er ein Dutzend Mal am Tag seine Temperatur maß. Er setzte sich in den Kopf, daß die Ärzte seinen Fall zu leicht nahmen, und um ihre Aufmerksamkeit zu erzwingen, wandte er jede erdenkliche Methode an, die das Thermometer eine alarmierende Temperatur anzeigen ließ, und wenn seine List mißlang, wurde er mürrisch und gereizt. Aber von Natur war er ein heiterer, freundlicher Mensch, und wenn er sich vergaß, plauderte und lachte er vergnügt; dann fiel ihm plötzlich wieder ein, daß er krank war, und dann konnte man in seinen Augen den Ausdruck von Todesfurcht lesen.

Gegen Ende jeden Monats kam seine Frau und verbrachte ein oder zwei Tage in einer nahegelegenen Pension. Dr. Lennox schätzte Verwandtenbesuche nicht sehr, da sie die Patienten erregten und unruhig machten. Es war rührend zu beobachten, mit welchem Eifer Henry Chester der Ankunft seiner Frau entgegensah, aber seltsamerweise schien er dann weniger erfreut zu sein, als man hätte erwarten können. Mrs. Chester war eine angenehme, muntere kleine Frau, nicht hübsch, aber gepflegt, so einfach wie ihr Mann, und man brauchte sie nur anzusehen, um zu wissen, daß sie eine gute Frau und Mutter war, eine sorgsame Hausfrau, eine nette, ruhige Person, die ihre Pflicht tat und niemandem etwas in den Weg legte. Sie war ganz glücklich gewesen in dem stumpfen häuslichen Leben, das sie so viele Jahre geführt hatten. Ihre einzige Zerstreuung pflegte ein gelegentlicher Kinobesuch zu sein, ihre große Sensation die Ausverkäufe in den großen Londoner Geschäften, und sie hatte dieses Dasein nie als eintönig empfunden. Es hatte sie vollkommen befriedigt. Sie gefiel Ashenden. Er hörte ihr aufmerksam zu, wenn sie von ihren Kindern und dem Vorortshaus plauderte, von den Nachbarn und ihrem eigenen alltäglichen Tun und Treiben. Einmal traf er sie auf der Landstraße. Chester war wegen etwas, das mit seiner Behandlung zusammenhing, im Haus geblieben, und sie war allein. Ashenden schlug ihr einen gemeinsamen Spaziergang vor. Sie sprachen eine Weile von gleichgültigen Dingen. Dann fragte sie ihn plötzlich, was er von dem Zustand ihres Mannes halte.

»Ich glaube, er macht ganz gute Fortschritte.«

»Ich mache mir schreckliche Sorgen.«

»Sie müssen bedenken, daß es eine langwierige Sache ist. Man braucht Geduld.«

Sie gingen eine Strecke weiter, und dann bemerkte er, daß sie weinte.

»Sie dürfen seinetwegen nicht unglücklich sein«, sagte Ashenden freundlich.

»Ach, Sie wissen nicht, was ich durchzumachen habe, wenn ich hierherkomme. Ich weiß, daß ich nicht darüber sprechen sollte, aber ich muß es einmal tun. Ich kann mich auf Sie verlassen, nicht wahr?«

»Selbstverständlich.«

»Ich liebe ihn. Ich würde alles in der Welt für ihn tun. Wir haben uns nie gestritten, wir haben nicht einmal die kleinste Meinungsverschiedenheit gehabt. Jetzt beginnt er mich zu hassen, und das bricht mir das Herz.«

»Oh, das kann ich nicht glauben. Wissen Sie, wenn Sie nicht hier sind, redet er die ganze Zeit von Ihnen. Er könnte gar nicht netter von Ihnen sprechen. Er hängt sehr an Ihnen.«

»Ja, wenn ich nicht hier bin. Aber wenn ich da bin, wenn

er mich sieht, kräftig und gesund, wie ich bin, dann kommt es über ihn. Sehen Sie, er nimmt es so übel auf, daß er krank ist und ich gesund bin. Er befürchtet, daß er bald sterben muß, und haßt mich, weil ich weiterleben werde. Ich muß die ganze Zeit auf der Hut sein: Beinahe alles, was ich erwähne, wenn ich von den Kindern rede oder von der Zukunft, bringt ihn zur Verzweiflung, und dann sagt er bittere, verletzende Dinge. Wenn ich ihm über eine notwendige Hausreparatur berichte oder etwas über ein Dienstmädchen, das ich wegschicken mußte, regt es ihn unerträglich auf. Er beklagt sich, daß ich ihn so behandle, als zählte er nicht mehr. Wir waren früher so eng verbunden, und jetzt habe ich das Gefühl, als wäre eine dicke Mauer der Feindschaft zwischen uns. Ich weiß, daß ich ihm nichts vorwerfen sollte, ich weiß, daß es nur seine Krankheit ist, er ist in Wirklichkeit ein lieber, guter Mann, normalerweise ein Mensch, mit dem so leicht auszukommen ist, aber jetzt graut es mir davor hierherzukommen, und ich bin froh, wenn ich wieder abreisen kann. Er würde es sehr bedauern, wenn ich auch Tuberkulose hätte, und doch weiß ich, daß es ihm im innersten Herzen eine Erleichterung bedeuten würde. Er könnte mir verzeihen, er könnte dem Schicksal verzeihen, wenn er wüßte, daß auch ich sterben müßte. Manchmal quält er mich, indem er sich ausmalt, was ich tun werde, wenn er tot ist, und wenn ich dann hysterisch werde und ihn anflehe, damit aufzuhören, sagt er, ich solle ihm diese kleine Freude nicht mißgönnen, da er doch bald sterben werde und ich weiterleben und es gut haben könne. Oh, es ist so schrecklich zu denken, daß unsere Liebe jetzt auf diese häßliche, jammervolle Weise enden soll.«

Mrs. Chester setzte sich auf einen Stein am Straßenrand und überließ sich hemmungslosem Weinen. Ashenden betrachtete sie mitleidig, fand aber keine Trostworte für sie. Was sie ihm erzählt hatte, war im Grund keine Überraschung für ihn.

»Geben Sie mir eine Zigarette«, sagte sie schließlich. »Ich darf nicht mit roten, geschwollenen Augen zurückkommen, sonst merkt Henry, daß ich geweint habe, und wird glauben, daß ich einen schlechten Bescheid über ihn erhalten habe. Ist der Tod so furchtbar? Fürchten wir uns alle so davor?«

»Ich weiß nicht«, sagte Ashenden.

»Als meine Mutter im Sterben lag, schien sie das weiter nicht zu berühren. Sie wußte, daß es soweit war, und machte sogar kleine Scherze darüber. Aber sie war eine alte Frau.«

Mrs. Chester faßte sich, und sie gingen weiter. Sie schwiegen eine Weile.

»Sie werden durch das, was ich Ihnen gesagt habe, doch nicht gegen Henry eingenommen sein?« fragte sie schließlich.

»Natürlich nicht.«

»Er ist ein guter Ehemann gewesen und ein guter Vater. Ich habe nie im Leben einen besseren Mann kennengelernt. Bis zu dieser Erkrankung ist ihm sicher niemals ein unfreundlicher oder engherziger Gedanke gekommen.«

Dieses Gespräch machte Ashenden nachdenklich. Die Leute sagten oft, daß er eine schlechte Meinung von der menschlichen Natur habe. Das kam daher, daß er seine Mitmenschen nicht immer nach den landläufigen Regeln beurteilte. Er nahm mit einem Lächeln, einer Träne oder einem Achselzucken manche Dinge hin, die andere mit Bestürzung erfüllten. Tatsächlich hätte man niemals gedacht, daß dieser gutmütige, alltägliche kleine Mann solche bitteren, unwürdigen Gedanken hegen konnte, aber wer war jemals imstande zu sagen, wie weit ein Mensch herunterkommen oder zu welcher Höhe er sich erheben könnte? Bei ihm lag der Fehler an seinen mangelnden Idealen. Henry Chester war dazu geboren und erzogen, ein Durchschnittsleben zu führen und den normalen Wechselfällen des Daseins zu begegnen; bei einem unvorhergesehenen Unglücksfall fehlte es ihm an Abwehrkräften. Er war wie ein Ziegelstein, der dazu bestimmt war, seinen Platz mit einer Million anderer in einer Riesenfabrik auszufüllen, der aber zufällig einen Fehler hatte, der ihn zu diesem Zweck untauglich machte. Und auch der Ziegelstein, wenn er eine Seele hätte, könnte ausrufen: ›Was habe ich getan, daß ich meine bescheidene Aufgabe nicht erfüllen darf, sondern aus all diesen anderen Ziegelsteinen, die mich stützen, weggenommen werden muß, um auf dem Abfallhaufen zu landen?‹ Es war nicht Henry Chesters Schuld, daß er keiner Vorstellungen fähig war, die ihm vielleicht geholfen hätten, sein Unglück mit Ergebung zu ertragen. Nicht jeder findet Trost in der Kunst oder im Denken. Es ist die Tragödie unserer Zeit, daß diese einfachen Seelen ihren Glauben an Gott verloren haben, in dem Hoffnung lag, und ihre Überzeugung von einer Auferstehung, die ihnen das Glück bringen könnte, das ihnen auf Erden versagt wurde, und daß sie keinen Ersatz dafür finden.

Manche Leute behaupten, daß Leiden veredelnd wirke. Das ist nicht wahr. Im allgemeinen macht es den Menschen kleinlich, reizbar und selbstsüchtig. Aber hier in diesem Sanatorium gab es wenig Leiden. In einem gewissen Stadium der Tuberkulose hat das begleitende leichte Fieber eher eine anregende als eine deprimierende Wirkung, so daß der Patient sich frisch fühlt und der Zukunft hoffnungsvoll und zuversichtlich entgegensieht. Aber im Unterbewußten lauert doch der Gedanke an den Tod. Er ist das hämische Thema in einer munteren Operette. Hin und wieder gehen die heiteren, melodischen Arien, die tänzerischen Rhythmen seltsam in tragische Töne über, die bedrohlich an den Nerven zerren. Dann bedeuten die kleinen Tagesinteressen, die leichten Eifersüchteleien und trivialen Sorgen nichts mehr; Mitleid und Grauen lassen das Herz erstarren, und das Furchtbare des Todes brütet, wie das Schweigen, das einem tropischen Sturm vorausgeht, über dem Dschungel. Als Ashenden einige Zeit im Sanatorium war, kam ein junger Mann von zwanzig Jahren dorthin. Er war in der Marine, Leutnant auf einem Unterseeboot, und er hatte, wie es früher in Romanen hieß, die galoppierende Schwindsucht. Er war ein großer, hübscher junger Mensch mit gelocktem braunem Haar, blauen Augen und einem reizenden Lächeln. Ashenden sah ihn zwei- oder dreimal, als er auf der Terrasse in der Sonne lag, und wünschte ihm guten Tag. Er war ein heiterer Bursche. Er erzählte von Revuen und Filmstars, und er las in der Zeitung die Fußballresultate und die Boxnachrichten. Dann wurde er ins Bett gesteckt, und Ashenden sah ihn nicht mehr. Seine Verwandten wurden benachrichtigt, und nach zwei Monaten war er tot. Er starb, ohne zu klagen. Er begriff sowenig wie ein Tier, was ihm geschah. Ein paar Tage herrschte im Sanatorium das gleiche Unbehagen wie in einem Gefängnis, nachdem einer der Insassen gehängt worden ist, und dann wurde, wie auf allgemeinen Beschluß, aus einem Selbsterhaltungstrieb heraus, der Gedanke an den Jungen abgetan: Das Leben mit seinen drei täglichen Mahlzeiten, dem Golf auf dem Miniaturspielplatz, der regelmäßigen Bewegung, der vorgeschriebenen Ruhe, den Streitigkeiten und Eifersüchteleien, dem Klatsch und den kleinen Ärgernissen ging weiter wie zuvor. Campbell spielte immer wieder, zur Verzweiflung von McLeod, *Walters Preislied* und *Annie Laurie* auf seiner Geige. McLeod fuhr fort, mit seinem Bridge zu prahlen und über anderer Leute Gesundheit und Moral zu schwatzen. Miss Atkin fuhr fort zu widersprechen. Henry Chester beklagte sich weiterhin, daß die Ärzte ihm zuwenig Aufmerksamkeit schenkten, und bäumte sich gegen das Schicksal auf, weil es ihm nach seinem mustergültigen Lebenswandel so übel mitgespielt hatte. Ashenden fuhr fort, zu lesen und mit belustigter Nachsicht die Launen seiner Mitmenschen zu beobachten.

Er schloß sich stärker an Major Templeton an. Dieser war etwas über vierzig Jahre alt. Er war Gardegrenadier gewesen, hatte aber nach dem Krieg seinen Abschied genommen. Er besaß ein beträchtliches Einkommen und hatte sich seither ganz dem Vergnügen gewidmet. Er war ein passionierter Herrenreiter, in der Jagdsaison ritt er auch bei Fuchsjagden mit. Wenn das vorüber war, ging er nach Monte Carlo. Er erzählte Ashenden von den großen Summen, die er beim Bakkarat gewonnen und verloren hatte. Er liebte Frauen, und wenn man seinen Worten Glauben schenken konnte, hatten auch sie ihn gern. Er legte Wert auf gutes Essen und Trinken. Er kannte die Vornamen der Oberkellner von jedem Londoner Restaurant, wo man gut aß. Er war Mitglied von einem halben Dutzend Klubs. Er hatte jahrelang ein unnützes, egoistisches, wertloses Leben geführt, die Art von Leben, die künftig vielleicht niemand mehr führen können wird, aber er hatte es ohne Bedenken gelebt und es genossen. Ashenden fragte ihn einmal, was er tun würde, wenn er noch einmal von vorne anfangen könnte, und er erwiderte, daß er genau dasselbe tun würde. Er war ein amüsanter Plauderer, heiter und angenehm ironisch, und er behandelte die Außenseite der Dinge, das einzige, was er kannte, auf eine leichte, zwanglose und sichere Art. Er hatte immer ein freundliches Wort übrig für die unmodern gekleideten alten Jungfern im Sanatorium und ein Scherzwort für die hitzigen alten Herren, denn er verband gute Manieren mit natürlicher Güte. Er wußte Bescheid in der Welt der oberflächlichen Leute, die mehr Geld besitzen, als sie damit anzufangen wissen. Er war ein Mensch, der immer bereit war, auf eine Wette einzugehen, einem Freund zu helfen und einem Gauner ein Geldstück in die Hand zu drücken. Wenn er auf der Welt nichts besonders Gutes geleistet hatte, so hatte er auch nicht viel Schaden angerichtet. Er war ohne jede Bedeutung. Aber er war ein angenehmerer Gefährte als viele andere von bewährterem Charakter und mit wertvolleren Eigenschaften.

Jetzt war er schwerkrank. Er mußte bald sterben, und er wußte es. Er nahm es mit derselben lachenden Unbekümmertheit hin, mit der er alles andere hingenommen hatte. Er hatte ein fabelhaftes Leben gehabt und bereute nichts. Es war elendes Pech, diese Tuberkulose zu bekommen, aber zum Teufel, niemand konnte ewig leben, und wenn man es bedachte, so hätte er ebensogut im Krieg fallen oder sich beim Reiten den verdammten Hals brechen können. Er hatte sein ganzes Leben hindurch den Grundsatz befolgt: Wenn man eine Wette verliert, soll man bezahlen und es dann vergessen. Er hatte seinen Einsatz herausgeholt und war zufrieden. Es war eine verteufelt feine Sache gewesen, solange sie andauerte, aber jedes Fest geht zu Ende, und am nächsten Tag ist es ziemlich gleichgültig, ob man bis zum Tagesanbruch geblieben ist oder sich empfohlen hat, solange der Spaß noch in vollem Gang war.

Von allen Patienten im Sanatorium war er vermutlich vom moralischen Standpunkt aus der wertloseste, aber er war der einzige, der sich mit ehrlicher Sorglosigkeit in das Unvermeidliche schickte. Er pfiff auf den Tod, und dabei blieb die Frage offen, ob man diesen Leichtsinn unpassend oder tapfer nennen sollte.

Das letzte, was ihm eingefallen wäre, als er in das Sanatorium kam, war, daß er sich dort ernster verlieben könnte als jemals zuvor. Er hatte zahlreiche Liebesgeschichten erlebt, aber sie waren leichter Natur gewesen; er hatte sich mit der höflich berechnenden Liebe von Revuegirls begnügt und mit vorübergehenden Beziehungen zu Damen von lockeren Sitten, denen er bei Einladungen begegnet war. Er hatte es immer sorgsam vermieden, eine Bindung einzugehen, die seine Freiheit beeinträchtigen könnte. Sein einziges Bestreben im Leben war immer gewesen, möglichst viel Vergnügen daraus zu ziehen, und was den Sex betraf, hatte er jeden Vorteil und keinerlei Nachteil in endloser Abwechslung gefunden. Aber er hatte die Frauen gern. Selbst wenn sie alt waren, konnte er nur mit einer Liebkosung in den Augen und einer Zärtlichkeit in der Stimme mit ihnen sprechen. Er war bereit, alles zu tun, um sie zu erfreuen. Sie fühlten sich durch sein offenkundiges Interesse angenehm geschmeichelt und glaubten, ganz zu Unrecht, daß sie sich darauf verlassen könnten, niemals von ihm im Stich gelassen zu werden. Er machte einmal eine Bemerkung, die Ashenden Einfühlung zu verraten schien:

»Wissen Sie, jeder Mann kann jede Frau, die er will, haben, wenn er sich genug Mühe gibt, daran ist nichts Besonderes; aber wenn er sie hat, kann nur ein Mann, der die Frauen über alles stellt, sie wieder loswerden, ohne sie zu demütigen.«

Nur aus Gewohnheit begann er, Ivy Bishop den Hof zu machen. Sie war die hübscheste und jüngste Frau im Sanatorium. In Wahrheit war sie nicht so jung, wie Ashenden zuerst geglaubt hatte; sie war neunundzwanzig, war aber die letzten acht Jahre von einem Sanatorium ins andere gezogen, in der Schweiz, in England und Schottland, und dieses geborgene Invalidendasein hatte ihr die jugendliche Erscheinung bewahrt, so daß man sie leicht für zwanzig halten konnte. Alles, was sie vom Leben wußte, hatte sie in diesen Anstalten erfahren, und dadurch verband sie eine eigentümliche äußere Unschuld mit äußerster geistiger Verfeinerung. Sie hatte den Lauf mancher Liebesgeschichten verfolgt. Eine ganze Anzahl von Männern der verschiedensten Nationalitäten hatte ihr den Hof gemacht. Sie nahm ihre Aufmerksamkeiten mit Zurückhaltung und Humor auf, aber sie besaß durchaus genügend Festigkeit, wenn sie dazu neigten, zu weit zu gehen. Sie hatte eine überraschende Charakterstärke für ein so blumenhaft zartes Wesen, und wenn sie jemanden abweisen mußte, verstand sie sich mit deutlichen, kühlen und bestimmten Worten auszudrücken. Für einen Flirt mit

George Templeton war sie durchaus zu haben. In diesem Spiel kannte sie sich aus, und obwohl sie immer reizend zu ihm war, bewahrte sie dabei eine scherzhafte Leichtigkeit, die deutlich bewies, daß sie ihn durchschaut hatte und nicht gesonnen war, die Sache ernster zu nehmen als er. Wie Ashenden ging Templeton jeden Abend um sechs Uhr zu Bett und aß in seinem Zimmer zu Abend, so daß er Ivy nur tagsüber traf. Sie machten kleine Spaziergänge zusammen, waren aber sonst selten miteinander allein. Beim Mittagessen blieb das Gespräch zwischen den vier Tischgenossen, Ivy, Templeton, Henry Chester und Ashenden, ganz allgemein, aber es war klar, daß sich Templeton nicht der beiden Männer wegen so bemühte, unterhaltsam zu sein. Ashenden glaubte, daß Templeton es aufgegeben habe, zum Zeitvertreib mit Ivy zu flirten, und daß sein Gefühl für sie an Tiefe und Aufrichtigkeit zunahm, aber er konnte nicht feststellen, ob sie das bemerkte und ob es ihr etwas bedeutete. Jedesmal, wenn Templeton eine Bemerkung wagte, die intimer war, als es der Gelegenheit angemessen schien, gab sie eine ironische Antwort, die sie alle zum Lachen brachte. Aber Templetons Lachen klang gezwungen. Er war nicht mehr damit zufrieden, von ihr nicht ernst genommen zu werden. Je näher Ashenden Ivy Bishop kennenlernte, desto besser gefiel sie ihm. Es lag etwas Rührendes in ihrer hinfälligen Schönheit mit dieser wunderbaren, durchsichtigen Haut, dem schmalen Gesicht, in dem die Augen so groß und herrlich blau leuchteten, und es war auch etwas Rührendes an ihrer Lage, denn sie schien, wie so viele andere im Sanatorium, allein auf der Welt zu sein. Ihre Mutter führte ein betriebsames gesellschaftliches Leben, ihre Schwestern waren verheiratet und hatten nur ein oberflächliches Interesse für das junge Mädchen, von dem sie seit über acht Jahren getrennt lebten. Sie schrieben ihr und besuchten sie manchmal, aber es bestand nicht mehr viel Kontakt zwischen ihnen. Sie nahm die Situation ohne Bitterkeit hin. Sie war freundlich gegen jedermann und immer bereit, mit Teilnahme allen Klagen und Kümmernissen rundherum zuzuhören. Sie gab sich ganz besondere Mühe mit Henry Chester und versuchte alles, um ihn aufzuheitern.

»Nun, Mr. Chester«, sagte sie eines Tages beim Essen zu ihm, »es ist jetzt gegen Ende des Monats, und Ihre Frau wird wohl morgen kommen. Das ist doch etwas, worauf Sie sich freuen können.«

»Nein, sie kommt diesen Monat nicht«, sagte er ruhig und schaute auf seinen Teller.

»Oh, das tut mir leid. Warum nicht? Die Kinder sind doch hoffentlich gesund?«

»Dr. Lennox meint, es sei besser für mich, wenn sie nicht kommt.« Ein Schweigen entstand. Ivy sah ihn mit bekümmerten Augen an.

»Das ist aber Pech, alter Freund«, sagte Templeton in seiner herzhaften Art. »Warum haben Sie Lennox nicht gesagt, er soll sich zum Teufel scheren?«

»Er muß es am besten wissen«, sagte Chester.

Ivy warf ihm noch einen Blick zu und fing an, von etwas anderem zu reden.

Später wurde es Ashenden klar, daß sie die Wahrheit gleich vermutet hatte. Denn am folgenden Tag ging er zufällig mit Chester spazieren.

»Es tut mir so leid, daß Ihre Frau nicht kommt«, sagte er. »Sie werden ihren Besuch schrecklich vermissen.«

»Allerdings.«

Er schaute Ashenden von der Seite an. Ashenden hatte das Gefühl, daß er ihm etwas sagen wollte, es aber nicht recht über sich brachte. Er zuckte ärgerlich mit den Schultern.

»Es ist meine Schuld, wenn sie nicht kommt. Ich habe Lennox gebeten, ihr zu schreiben, daß sie es nicht tun solle. Ich konnte es nicht mehr ertragen. Ich verbringe den ganzen Monat in der Erwartung ihres Besuches, und wenn sie dann hier ist, hasse ich sie. Sehen Sie, ich bin so außer mir, daß ich diese ekelhafte Krankheit habe. Sie ist stark und gesund und voller Unternehmungslust. Es macht mich rasend, wenn ich den Schmerz in ihren Augen sehe. Was macht es ihr im Grunde aus? Wer kümmert sich darum, wenn man krank ist? Sie tun alle so, als ob sie besorgt seien, aber dabei sind sie nur zu froh, daß nicht sie selber krank sind. Ich bin doch ein Schwein, nicht wahr?«

Ashenden erinnerte sich daran, wie Mrs. Chester auf dem Stein am Straßenrand gesessen und geweint hatte.

»Fürchten Sie nicht, sie sehr unglücklich zu machen, wenn Sie sie nicht kommen lassen?«

»Sie muß sich damit abfinden. Ich habe genug mit meinem eigenen Unglück zu tun, ohne mich um ihres zu kümmern.«

Ashenden wußte nicht, was er darauf sagen sollte, und sie gingen schweigend weiter. Plötzlich rief Chester gereizt aus:

»Für Sie ist es leicht, uneigennützig und selbstlos zu sein. Sie können weiterleben. Ich werde sterben, und, zum Teufel, ich will nicht sterben. Warum sollte ich? Es ist ungerecht.«

Die Zeit verging. An einem Ort wie dem Sanatorium, wo

es wenig Ablenkung für die Gedanken gibt, war es unvermeidlich, daß bald jedermann von Templetons Liebe zu Ivy Bishop wußte. Aber es war nicht so leicht, ihre Gefühle zu beurteilen. Augenscheinlich hatte sie seine Gesellschaft gern, aber sie suchte sie nicht, und es schien sogar, als bemühte sie sich, nicht mit ihm allein zu sein. Einige der Damen mittleren Alters versuchten, ihr ein kompromittierendes Zugeständnis zu entlocken, aber bei aller Freimütigkeit war sie ihnen durchaus gewachsen. Sie überhörte die Andeutungen und begegnete ihren direkten Fragen mit ungläubigem Lachen. Es gelang ihr, sie zur Verzweiflung zu bringen.

»Sie kann nicht so dumm sein, daß sie nicht sieht, wie besessen er von ihr ist!«

»Sie hat kein Recht, so mit ihm zu spielen.«

»Ich glaube, sie ist genauso in ihn verliebt wie er in sie.«

»Dr. Lennox sollte es ihrer Mutter mitteilen.«

Niemand war entrüsteter als McLeod.

»Zu lächerlich. Es kann ja doch nichts dabei herauskommen. Er ist von der Tbc ganz durchlöchert, und bei ihr ist es nicht viel besser.«

Campbell dagegen war hämisch und derb.

»Ich bin ganz dafür, daß sie ein wenig Spaß miteinander haben, solange es geht. Ich wette, daß ein kleines Techtelmechtel zwischen ihnen im Gang ist, und ich kann es ihnen nicht verdenken.«

»Sie ordinärer Mensch«, sagte McLeod.

»Ach, tun Sie doch nicht so. Templeton ist nicht die Sorte, um mit so einem Mädchen harmlos Bridge zu spielen, ohne etwas davon zu haben, und ich wette, sie versteht sich auch auf einiges.«

Ashenden, der am meisten mit ihnen verkehrte, kannte sie besser als die anderen. Templeton hatte ihn endlich ins Vertrauen gezogen. Er war über sich selbst etwas belustigt.

»Verrückte Sache, sich in meinem Alter in ein anständiges Mädchen zu verlieben. Das letzte, was ich von mir selber erwartet hätte. Und es hat keinen Sinn, es leugnen zu wollen. Ich stecke bis über die Ohren drin, und wenn ich gesund wäre, würde ich sie bitten, mich morgen zu heiraten. Ich habe nicht gewußt, daß ein Mädchen so nett sein kann. Ich habe immer gefunden, daß junge Frauen, anständige, meine ich, verdammt langweilig sind. Aber sie ist nicht langweilig, sie ist durch und durch gescheit. Und auch hübsch. Mein Gott, diese Haut! Und die Haare. Aber das alles ist es nicht, was mich umgeworfen hat wie einen Satz Kegel. Wissen Sie, was es war? Verdammt lächerlich, wenn man es bedenkt. So einen alten Sünder wie mich! Ihre Tugend. Ich könnte mich kaputtlachen. Das letzte, was ich je bei einer Frau gesucht habe, aber so ist es nun, ich komme nicht davon los. Sie ist gut, und ich komme mir vor wie ein Wurm. Das erstaunt Sie wohl?«

»Keineswegs«, sagte Ashenden. »Sie sind nicht der erste Wüstling, der von der Unschuld besiegt worden ist. Das ist nur die Sentimentalität der mittleren Jahre.«

»Altes Scheusal«, sagte Templeton lachend.

»Was sagt sie dazu?«

»Großer Gott, Sie glauben doch nicht, daß ich es ihr gesagt habe? Ich habe nie ein Wort mit ihr gewechselt, das nicht jedermann hätte hören dürfen. Ich bin vielleicht in sechs Monaten tot, und außerdem, was habe ich einem solchen Mädchen zu bieten?«

Ashenden war mittlerweile ziemlich sicher, daß sie genauso in Templeton verliebt war wie er in sie. Er hatte ihr Erröten bemerkt, wenn Templeton das Speisezimmer betrat, und er hatte den zärtlichen Blick aufgefangen, den sie ihm zuweilen zuwarf, wenn er sie nicht ansah. Es lag eine eigentümliche Weichheit in dem Lächeln, mit dem sie ihm zuhörte, wenn er von seinen früheren Erlebnissen erzählte. Ashenden hatte den Eindruck, daß sie seine Liebe voller Behagen genoß, wie die Patienten auf der Terrasse angesichts des Schnees die heiße Sonne genossen. Aber es mochte wohl sein, daß sie sich damit begnügte, und es war auf alle Fälle nicht seine Sache, Templeton etwas zu erzählen, was sie ihn vielleicht gar nicht wissen lassen wollte.

Dann ereignete sich etwas, das die Eintönigkeit des Alltags unterbrach. Obwohl McLeod und Campbell sich fortwährend in den Haaren lagen, spielten sie doch zusammen Bridge, da sie vor Templetons Erscheinen die besten Spieler im Sanatorium waren. Sie zankten dabei ununterbrochen miteinander, ihre ›Leichenreden‹ waren endlos, aber nach so langen Jahren kannte jeder die Spielweise des andern ganz genau, und es bereitete ihnen ein lebhaftes Vergnügen, sich gegenseitig zu überbieten. Meistens lehnte es Templeton ab, mit ihnen zu spielen; obwohl er ein hervorragender Spieler war, zog er es vor, mit Ivy Bishop zu spielen, und darin waren sich McLeod und Campbell einig, daß sie jedes Spiel verdarb. Sie gehörte zu den Spielern, die nach einem Fehler, der den Verlust des Rubbers zur Folge hatte, nur lachte und sagte: »Ach, es lag nur an einem Stich!« Aber eines Nachmittags, als Ivy mit Kopfweh in ihrem Zimmer blieb, willigte Templeton ein, mit Campbell und McLeod zu spielen.

Ashenden war der vierte Mann. Obwohl es schon Ende März war, hatte es mehrere Tage heftig geschneit, und sie saßen auf einer Veranda, die an drei Seiten die Winterluft frei hereinließ, in Pelzmänteln und Mützen und mit Halbhandschuhen. Der Einsatz war zu niedrig, als daß ein Spieler wie Templeton die Sache hätte ernst nehmen können, und sein Reizen war tollkühn, aber er spielte so viel besser als die anderen, daß es ihm meistens gelang, seinen Kontrakt zu machen oder ihn wenigstens annähernd zu erreichen. Aber es gab viel Kontra und Rekontra dabei. Die Karten stiegen hoch an, so daß unverhältnismäßig viele Kleinschlemms geboten wurden; es war ein stürmisches Spiel, und McLeod und Campbell griffen einander mit bissiger Zunge an. Es wurde halb fünf, und der letzte Rubber wurde begonnen, denn um sechs Uhr rief die Glocke alle zur Liegestunde. Es war ein hartumkämpfter Rubber, denn McLeod und Campbell waren Gegner, und jeder von ihnen war entschlossen, den anderen nicht gewinnen zu lassen. Zehn Minuten vor sechs war Gleichstand; die letzten Karten wurden ausgegeben. Templeton war McLeods Partner und Ashenden der Partner von Campbell. Das Reizen begann mit zwei Treff von McLeod. Ashenden paßte, Templeton ließ durchblicken, daß er reichlich Hilfe bieten könne, und schließlich meldete McLeod einen Großschlemm an. Campbell kontrierte, und McLeod rekontrierte nochmals. Die Spieler von den anderen Tischen, die ihr Spiel unterbrochen hatten, versammelten sich um sie, und in einer Totenstille wurden die Karten vor der kleinen Gruppe von Zuschauern ausgespielt. McLeods Gesicht war kreideweiß vor Erregung, und Schweißtropfen standen ihm auf der Stirn. Seine Hände zitterten. Campbell war sehr grimmig. McLeod mußte zweimal schneiden, und beide Male gelang es. Er kam mit knapper Not durch und machte den letzten der dreizehn Stiche. Die Zuschauer brachen in Beifall aus. McLeod sprang in der Anmaßung des Siegers auf. Er schüttelte die geballte Faust vor Campbells Gesicht.

»Spielen Sie das mal auf Ihrer verdammten Fiedel«, schrie er. »Großschlemm, kontriert und rekontriert! Das habe ich mir mein ganzes Leben gewünscht, und jetzt hab ich es. Bei Gott. Bei Gott!«

Er keuchte. Er stürzte nach vorn und fiel über den Tisch. Ein Blutstrom quoll ihm aus dem Mund. Der Arzt wurde gerufen. Wärter eilten herbei. Er war tot.

Zwei Tage später wurde er begraben, frühmorgens, damit die Patienten durch den Anblick eines Begräbnisses nicht gestört würden. Ein schwarzgekleideter Verwandter kam aus Glasgow. Niemand hatte ihn geschätzt. Niemand vermißte ihn. Am Ende der Woche war er sozusagen schon vergessen. Der Regierungsbeamte aus Indien nahm seinen Platz an dem bevorzugten Tisch ein, und Campbell zog in das Zimmer, das er so lange schon hatte haben wollen.

»Jetzt werden wir Ruhe haben«, sagte Dr. Lennox zu Ashenden. »Wenn man bedenkt, daß ich die Streitigkeiten und Klagen dieser beiden Männer Jahr um Jahr ertragen mußte... Glauben Sie mir, man braucht viel Geduld, um ein Sanatorium zu leiten. Und zu denken, daß er nach all der Mühe, die er mir verursacht hat, so enden mußte und all die Leute noch zu Tode erschreckt hat.«

»Es war wirklich ein ziemlicher Schock«, sagte Ashenden.

»Er war ein nichtsnutziger Kerl, und doch waren einige der Damen ganz außer sich. Die arme kleine Miss Bishop hat sich die Augen ausgeweint.«

»Ich vermute, daß sie die einzige war, die um ihn weinte und nicht um sich selbst.«

Aber bald zeigte es sich, daß es einen Menschen gab, der ihn nicht vergessen hatte. Campbell schlich herum wie ein Hund, der sich verlaufen hat. Er wollte kein Bridge mehr spielen. Er wollte nicht reden. Es bestand kein Zweifel darüber, daß er McLeod nachtrauerte. Mehrere Tage blieb er in seinem Zimmer, ließ sich die Mahlzeiten dorthin bringen und ging dann zu Dr. Lennox, um ihm zu sagen, daß es ihm darin nicht so gut gefalle wie in seinem alten Zimmer und daß er wieder dahin zurückkehren möchte. Dr. Lennox verlor die Geduld, was ihm selten passierte, und erklärte ihm, er habe ihn jahrelang dieses Zimmers wegen bedrängt, und jetzt könne er dort bleiben oder das Sanatorium verlassen. Er kehrte also zurück und blieb düster vor sich hinbrütend sitzen.

»Warum geigen Sie nicht mal wieder?« fragte ihn schließlich die Oberin. »Ich habe Sie seit vierzehn Tagen nicht mehr gehört.«

»Ich habe nicht gespielt.«

»Warum nicht?«

»Es macht mir keinen Spaß mehr. Früher war es ein Vergnügen, weil es McLeod in Wut versetzte. Aber jetzt kümmert sich niemand darum, ob ich spiele oder nicht. Ich werde nie mehr spielen.«

Und er spielte tatsächlich nicht mehr, solange Ashenden im Sanatorium blieb. Es war merkwürdig: Seit McLeod tot war, hatte das Leben keinen Reiz für Campbell mehr. Jetzt, da niemand mehr da war, mit dem er streiten konnte oder den er hätte ärgern können, hatte er jeden Antrieb verloren, und es war klar, daß es nicht lange dauern würde, bis er seinem Feind ins Grab nachfolgte.

Aber auf Templeton hatte McLeods Tod eine andere Wirkung, und zwar eine, die bald unerwartete Folgen nach sich ziehen sollte. Er sprach auf seine kühle, distanzierte Art mit Ashenden darüber.

»Großartig, so im Augenblick seines Triumphes zu erlöschen. Ich verstehe nicht, warum die Leute sich alle so darüber aufregten. Er war schon lange hiergewesen, nicht wahr?«

»Achtzehn Jahre, glaube ich.«

»Ich frage mich, ob sich das lohnt. Ich frage mich, ob es nicht besser wäre, sich auszutoben und dann die Folgen auf sich zu nehmen.«

»Das hängt wohl davon ab, wie sehr man am Leben hängt.«

»Aber ist das denn Leben?«

Ashenden hatte darauf keine Antwort. Er konnte damit rechnen, in einigen Monaten wieder gesund zu sein, aber man brauchte Templeton nur anzusehen, um zu wissen, daß er sich nie mehr erholen würde. Der Tod hatte ihn gezeichnet.

»Wissen Sie, was ich getan habe?« fragte Templeton. »Ich habe Ivy gefragt, ob sie mich heiraten will.«

Ashenden erschrak.

»Was hat sie gesagt?«

»Gott segne ihr Herz, sie hat erklärt, es sei der lächerlichste Einfall, der ihr je im Leben vorgekommen sei, und ich sei verrückt, an so etwas zu denken.«

»Sie müssen zugeben, daß sie recht hat.«

»Vollkommen. Aber sie wird mich dennoch heiraten.«

»Das ist heller Wahnsinn.«

»Das bezweifle ich nicht, aber wir wollen jedenfalls zu Lennox gehen und ihn fragen, was er dazu sagt.«

Der Winter war endlich auf dem Rückzug. Auf den Hügeln lag noch Schnee, aber in den Tälern war er geschmolzen, und an den unteren Hängen waren die Birken schon bereit, zarte Blätter zu entfalten. Der Zauber des Frühlings lag in der Luft. Die Sonne strahlte warm. Alle waren munter und einige glücklich. Die langjährigen Patienten, die immer nur für den Winter kamen, machten schon Pläne für ihre Reise in den Süden. Templeton und Ivy gingen zusammen zu Dr. Lennox. Sie erklärten ihm ihre Absicht. Er untersuchte sie, es wurden Röntgenaufnahmen gemacht und verschiedene Tests durchgeführt. Dr. Lennox bestimmte einen Tag, an dem er ihnen die Ergebnisse mitteilen und ihren Vorschlag mit ihnen besprechen wollte. Ashenden traf sie, als sie gerade im Begriff waren, zu der Verabredung zu gehen. Sie waren ängstlich, bemühten sich aber, darüber zu scherzen. Dr. Lennox zeigte ihnen die Ergebnisse der Untersuchungen und erklärte ihnen deutlich ihren Zustand.

»Das ist alles gut und schön«, sagte Templeton daraufhin. »Aber wir wollen vor allem wissen, ob wir heiraten können.«

»Das wäre äußerst unklug.«

»Das wissen wir, aber macht das etwas?«

»Und verbrecherisch, wenn Sie ein Kind bekämen.«

»Wir hatten nicht vor, eines zu bekommen«, sagte Ivy.

»Nun, dann will ich Ihnen ganz kurz den Fall erklären. Dann müssen Sie selbst entscheiden.«

Templeton schaute Ivy mit einem kleinen Lächeln an und ergriff ihre Hand. Der Arzt fuhr fort:

»Ich glaube nicht, daß Miss Bishop jemals kräftig genug sein wird, ein normales Leben zu führen, aber wenn sie so weiterlebt, wie sie es die letzten acht Jahre getan hat...«

»In Sanatorien?«

»Ja. Dann besteht kein Grund, daß sie nicht recht angenehm bis zu einem zwar nicht sehr hohen, aber doch bis zu einem Alter leben sollte, das jedem vernünftigen Menschen genügen müßte. Ihre Krankheit ist zur Zeit ruhig. Wenn sie sich verheiratet und ein normales Dasein zu führen versucht, können die Bazillen sehr leicht wieder aufleben, und niemand kann die Folgen voraussagen. Was Sie betrifft, Templeton, so kann ich es noch viel kürzer ausdrücken. Sie haben die Röntgenaufnahmen selbst gesehen. Ihre Lungen sind voller Herde. Wenn Sie heiraten, werden Sie in sechs Monaten tot sein.«

»Und wenn ich es nicht tue, wie lange kann ich dann noch leben?«

Der Arzt zögerte.

»Seien Sie unbesorgt. Sie können mir die Wahrheit sagen.«

»Zwei oder drei Jahre.«

»Danke. Das war alles, was wir wissen wollten.«

Sie gingen, wie sie gekommen waren, Hand in Hand. Ivy weinte leise. Niemand wußte, was sie einander gesagt hatten, aber als sie zum Essen hereinkamen, strahlten sie. Sie teilten Ashenden und Chester mit, daß sie heiraten würden, sobald sie die Lizenz in Händen hätten. Dann wandte sich Ivy zu Chester.

»Ich würde mich freuen, wenn Ihre Frau zu meiner Hochzeit herkommen könnte. Glauben Sie, daß sie es tun würde?«

»Sie werden doch nicht hier heiraten?«

»Doch. Unsere Verwandten werden es ohnedies mißbilligen, deshalb werden wir es ihnen erst nach vollzogener Trauung mitteilen. Wir wollen Dr. Lennox bitten, die Rolle des Brautvaters für mich zu übernehmen.«

Sie blickte Chester sanft an und wartete, denn er hatte ihr noch keine Antwort gegeben. Die anderen beiden Männer beobachteten ihn. Seine Stimme zitterte ein wenig, als er sprach.

»Es ist sehr freundlich von Ihnen, sie dabeihaben zu wollen. Ich werde ihr schreiben und sie dazu auffordern.«

Als sich die Nachricht unter den Patienten herumsprach, wurde das Paar von allen beglückwünscht, obwohl die meisten nachher zueinander bemerkten, wie unvernünftig dieser Schritt sei; aber als später durchsickerte, daß Dr. Lennox zu Templeton gesagt habe, wenn er heirate, werde er höchstens noch sechs Monate zu leben haben, verstummten sie ehrfürchtig. Selbst die Stumpfsten unter ihnen rührte der Gedanke an diese beiden Menschen, die aus lauter Liebe bereit waren, ihr Leben zu opfern. Eine Stimmung von Freundlichkeit und gutem Willen breitete sich im Sanatorium aus: Leute, die nicht mehr miteinander gesprochen hatten, taten es jetzt wieder, andere vergaßen auf kurze Zeit ihre eigenen Sorgen. Alle schienen das Glück zu teilen. Und es war nicht nur der Frühling, der diese kranken Herzen mit neuer Hoffnung erfüllte. Die große Liebe, die diesen Mann und diese junge Frau erfaßt hatte, schien ihren Glanz auf alle, die in ihre Nähe kamen, auszustrahlen. Ivy war in einem Zustand stiller Seligkeit; die Erregung bekam ihr gut, und sie sah jünger und hübscher aus. Templeton schien in den Wolken zu schweben. Er lachte und scherzte, als hätte er keine einzige Sorge in der Welt. Man hätte denken können, daß er sich auf lange Jahre ungetrübten Glückes freue. Aber eines Tages vertraute er sich Ashenden an.

»Dieses Haus ist nicht übel, wissen Sie«, sagte er. »Ivy hat mir versprochen, daß sie hierher zurückkehrt, wenn meine Stunde geschlagen hat. Sie kennt die Menschen hier und wird nicht so vereinsamt sein.«

»Ärzte täuschen sich oft«, sagte Ashenden. »Wenn Sie vernünftig leben, sehe ich nicht ein, warum Sie nicht noch eine ganze Weile weitermachen können.«

»Ich verlange nur drei Monate. Wenn ich die nur haben kann, wird es sich gelohnt haben.«

Mrs. Chester kam zwei Tage vor der Trauung herauf. Sie hatte ihren Mann mehrere Monate nicht mehr gesehen, und sie waren beide befangen. Man konnte sich gut vorstellen, daß sie, wenn sie miteinander allein waren, scheu und gehemmt waren. Aber Chester bemühte sich nach Kräften, seine gewohnheitsmäßige Niedergeschlagenheit abzuschütteln, und zeigte sich wenigstens bei den Mahlzeiten als der lustige, ehrliche kleine Mann, der er vor seiner Erkrankung sicher gewesen war. Am Vorabend der Hochzeit speisten sie alle zusammen. Templeton und Ashenden saßen mit dabei; sie tranken Champagner und blieben bis zehn Uhr, sie scherzten und lachten und genossen alles. Die Trauung fand am nächsten Morgen in der Kirche statt. Ashenden war Trauzeuge. Jeder im Sanatorium, der sich auf den Beinen halten konnte, wohnte der Feier bei. Das neuvermählte Paar wollte gleich nach dem Essen mit dem Auto abreisen. Patienten, Ärzte und Schwestern versammelten sich, um ihnen das Abschiedsgeleit zu geben. Jemand hatte einen alten Schuh hinten am Wagen angebunden, und als Templeton und seine Frau aus der Tür des Sanatoriums heraustraten, wurden sie mit Reis beworfen. Hochrufe erklangen, als sie davonfuhren, als sie der Liebe und dem Tod entgegenfuhren. Die Menge zerstreute sich langsam. Chester und seine Frau gingen schweigend nebeneinanderher. Als sie eine kleine Strecke gegangen waren, ergriff er zögernd ihre Hand. Ihr stockte fast das Herz. Sie schaute ihn von der Seite an und bemerkte, daß Tränen in seinen Augen standen.

»Verzeih mir, Liebe«, sagte er. »Ich bin sehr unfreundlich zu dir gewesen.«

»Ich wußte ja, daß du es nicht so meintest«, stammelte sie.

»Doch, ich meinte es so. Ich wollte, daß du leiden solltest, weil ich litt. Aber das ist vorbei. All das mit Templeton und Ivy Bishop – ich weiß nicht, wie ich es ausdrücken soll, aber es hat mich dazu gebracht, alles ganz anders anzusehen. Ich fürchte mich nicht mehr vor dem Sterben. Ich glaube nicht, daß der Tod so wichtig ist, nicht so wichtig wie die Liebe. Und ich möchte jetzt, daß du lebst und glücklich bist. Ich mißgönne dir nichts und habe keinerlei Groll mehr. Ich freue mich jetzt, daß ich es bin, der sterben muß, und nicht du. Ich wünsche dir alles Gute in der Welt. Ich liebe dich.«

Louise

Ich konnte nie verstehen, warum Louise sich mit mir abgab. Sie mochte mich nicht, und ich wußte genau, daß sie hinter meinem Rücken, in ihrer sanft-freundlichen Art, selten eine Gelegenheit ausließ, etwas Abfälliges über mich zu sagen. Sie besaß zuviel Takt, um jemals eine direkte Behauptung aufzustellen, doch mit einer Andeutung, einem Seufzer, einer kleinen Geste ihrer schönen Hand war sie durchaus imstande, ihre Meinung zum Ausdruck zu bringen. Sie war eine Meisterin des kalten Lobs. Zwar kannten wir uns sehr gut, schon seit fünfundzwanzig Jahren, doch konnte ich unmöglich glauben, daß alte Freundschaftsbande eine Rolle für sie spielten. Sie hielt mich für einen rohen, brutalen, zynischen und vulgären Menschen. Ich zerbrach mir den Kopf, warum sie nicht den nächstliegenden Weg wählte und mich einfach fallenließ. Sie tat nichts dergleichen; im Gegenteil, sie war unaufhörlich hinter mir her; immer wieder lud sie mich zum Lunch oder zum Dinner ein, und ein-, zweimal im Jahr wurde ich aufgefordert, ein Wochenende in ihrem Landhaus zu verbringen. Endlich vermeinte ich, ihr Motiv entdeckt zu haben. Sie hatte das unbehagliche Gefühl, daß ich sie nicht ernst nahm; und war dies die Ursache ihrer Abneigung gegen mich, so war es andererseits auch der Grund, warum sie meine Gesellschaft suchte; es wurmte sie, daß ich allein sie als komische Figur betrachtete, und sie wollte nicht ruhen, bis ich meinen Irrtum eingesehen und mich geschlagen erklärt hätte. Vielleicht ahnte sie, daß ich ihr wahres Gesicht hinter der Maske sah, und da ich der einzige Ungläubige war, stand ihr Entschluß fest, früher oder später auch mich dazu zu bringen, die Maske für ihr Gesicht zu halten. Ich war mir nie ganz sicher, ob wirklich alles bloß Schwindel bei ihr war. Oft fragte ich mich, ob sie sich selbst genauso belog wie die übrige Welt, oder ob am Grunde ihres Herzens vielleicht ein Funke Humor schlummerte. Wenn dies der Fall war, dann konnte es sein, daß sie sich zu mir hingezogen fühlte wie ein Gauner zum andern, in dem Bewußtsein, daß wir ein Geheimnis teilten, das allen anderen verborgen blieb.

Ich hatte Louise schon vor ihrer Heirat gekannt. Sie war damals ein zerbrechliches, zartes Mädchen mit großen melancholischen Augen gewesen. Ihre Eltern beteten sie mit einer ängstlichen Liebe an, denn irgendeine Krankheit, Scharlach, wenn ich nicht irre, hatte ihr Herz geschwächt, und sie mußte sich sehr schonen. Als Tom Maitland um sie anhielt, waren die beiden außer sich, denn sie waren überzeugt, daß ihr Kind viel zu zart sei für die Anstrengungen des Ehestandes. Aber sie lebten in beschränkten Verhältnissen, und Tom Maitland war reich. Er versprach, alles auf der Welt für Louise zu tun, und schließlich vertrauten sie ihm die Tochter an wie einen heiligen Schatz. Tom Maitland war ein großer, kräftiger Mensch, sehr gut aussehend und ein tüchtiger Athlet. Er vergötterte Louise. Im Hinblick auf ihr schwaches Herz konnte er nicht hoffen, sie lange bei sich zu behalten, und nahm sich vor, alles zu tun, um die wenigen Jahre, die ihr auf Erden vergönnt waren, glücklich zu gestalten. Er gab alle sportlichen Vergnügungen, in denen er so Hervorragendes geleistet hatte, auf, nicht etwa, weil Louise es wünschte – sie freute sich, wenn er Golf spielte und auf die Jagd ging –, aber zufällig bekam sie regelmäßig einen Herzanfall, wenn er die Absicht äußerte, sich auf einen Tag zu entfernen. Wenn sie eine Meinungsverschiedenheit hatten, gab sie jedesmal sofort nach, denn sie war die verträglichste Frau, die ein Mann finden konnte; aber ihr Herz versagte dann gewöhnlich, und sie lag sanft und klaglos für eine Woche zu Bett. Er konnte unmöglich so brutal sein, etwas zu tun, was sie kränkte. Dann gab es noch ein kleines Geplänkel, weil beide nachgeben wollten, und er konnte sie nur mit Mühe davon überzeugen, daß ihr Wille geschehen solle. Bei einem Ausflug, an dem ihr sehr viel gelegen war, sah ich sie einmal ohne Anstrengung acht Meilen zurücklegen. Ich äußerte damals zu Tom Maitland, daß sie kräftiger zu sein scheine, als man denke. Er schüttelte den Kopf und seufzte.

»Nein, nein, sie ist furchtbar anfällig. Sie war bei sämtlichen Herzspezialisten der Welt, und alle sagen, daß ihr Leben an einem seidenen Faden hängt. Aber sie hat eine unbesiegbare Willenskraft.«

Er erzählte ihr, was ich über ihre Leistungsfähigkeit gesagt hatte.

»Morgen werde ich dafür büßen müssen«, sagte sie in ihrer larmoyanten Art. »Ich werde dem Tod nahe sein.«

»Ich habe manchmal den Eindruck, wenn Ihnen etwas Spaß macht, lassen Ihre Kräfte Sie nie im Stich«, murmelte ich.

Ich hatte bemerkt, daß sie tanzen konnte bis fünf Uhr früh, wenn eine Party amüsant war. Kam hingegen keine

Stimmung auf, dann fühlte sie sich matt, und Tom mußte sie bald nach Hause bringen. Ich fürchte, daß ihr meine Antwort nicht sonderlich gefiel, denn obgleich sie mir wehmütig zulächelte, entdeckte ich keine Spur von Belustigung in ihren großen blauen Augen.

»Sie können nicht von mir verlangen, daß ich tot hinfalle, um Ihnen einen Gefallen zu tun«, antwortete sie.

Louise überlebte ihren Mann. Er holte sich den Tod bei einer Segelpartie, weil Louise, um nicht zu frieren, alle Dekken für sich beansprucht hatte. Er hinterließ ihr ein ansehnliches Vermögen und eine Tochter. Louise war untröstlich. Es war ein Wunder, daß es ihr gelang, den Schlag zu überleben. Ihre Freunde waren fest überzeugt, sie werde dem armen Tom Maitland in kürzester Zeit ins Grab nachfolgen. Sie waren bereits voll Mitleid für Iris, ihre Tochter, die als Waise zurückbleiben würde. Sie verdoppelten ihre Aufmerksamkeit Louise gegenüber. Sie duldeten nicht, daß sie auch nur einen Finger rührte; sie bestanden darauf, alles in der Welt zu tun, um ihr jede Mühe abzunehmen. Es ging nicht anders, denn wenn es sich ergab, daß sie irgend etwas Unangenehmes oder Unbequemes tun sollte, machte sich ihr Herz bemerkbar, und sie war wieder einmal dem Tode nah. Sie sei völlig verloren ohne einen Mann, sagte sie, und sie wisse nicht, wie sie es bei ihrer zarten Gesundheit fertigbringen solle, ihre liebe Iris großzuziehen. Ihre Freunde fragten sie, warum sie sich nicht wieder verheirate. Oh, bei ihrem Herzen sei das völlig ausgeschlossen, obgleich sie wisse, daß der gute Tom es geradezu gewünscht hätte; und vielleicht wäre es auch das beste für das Kind, für Iris; aber wer sollte sich mit einer armen Kranken belasten? Merkwürdigerweise zeigten sich mehrere junge Männer durchaus bereit, die Aufgabe zu übernehmen, und ein Jahr nach Toms Tod gestattete sie George Hobhouse, sie zum Altar zu führen. Er war ein feiner, aufrechter Mensch und keineswegs arm. Niemand konnte dankbarer sein als er, daß ihm das Privileg gewährt wurde, für dieses zerbrechliche, kleine Wesen sorgen zu dürfen.

»Lange werde ich ja nicht mehr am Leben bleiben«, sagte sie, »dann bist du mich los.«

Er war Soldat, ein ehrgeiziger sogar, aber er nahm seinen Abschied. Louises Gesundheit zwang sie, den Winter in Monte Carlo und den Sommer in Deauville zu verbringen. Er zögerte ein wenig, seine Karriere aufzugeben, und Louise wollte anfangs nichts davon hören; aber schließlich gab sie nach, wie sie stets nachgab, und er schickte sich an, die letzten wenigen Jahre, die seine Frau noch zu leben hatte, so glücklich wie möglich zu gestalten.

»Es kann ja nicht mehr lange dauern«, sagte sie. »Ich werde versuchen, dir recht wenig Mühe zu machen.«

Während der nächsten zwei, drei Jahre brachte Louise es ungeachtet ihres schwachen Herzens fertig, schön gekleidet an den meisten amüsanten Gesellschaften teilzunehmen, hohe Einsätze zu spielen, zu tanzen und sogar mit schlanken jungen Männern zu flirten. Aber George Hobhouse hatte nicht die Konstitution von Louises erstem Gatten und mußte sich hin und wieder mit einem kräftigen Trunk für seine tägliche Arbeit als ihr zweiter Mann stärken. Es ist möglich, daß ihm dies zur Gewohnheit hätte werden können, was Louise ganz und gar nicht gefallen hätte, aber glücklicherweise (für sie, meine ich) brach der Krieg aus.

George trat wieder in sein Regiment ein und war drei Monate später tot. Es war ein großer Schock für Louise. Allerdings war sie sich bewußt, daß eine Frau in solchen Zeiten kein Recht darauf hatte, sich privatem Kummer hinzugeben; und falls sie einen Herzanfall bekam, so erfuhr niemand davon. Um sich abzulenken, verwandelte sie ihre Villa in Monte Carlo in ein Lazarett für rekonvaleszente Offiziere. Ihre Freunde sagten ihr, daß sie die Anstrengung nie überleben würde.

»Natürlich gehe ich zugrunde«, entgegnete sie. »Das weiß ich. Aber was liegt daran? Jeder muß das Seine tun heutzutage.«

Sie ging nicht zugrunde. Sie unterhielt sich großartig. Es gab kein beliebteres Rekonvaleszentenheim in ganz Frankreich. Ich begegnete ihr zufällig in Paris. Sie dinierte im Ritz mit einem hochgewachsenen, sehr gut aussehenden jungen Franzosen. Sie erklärte, daß sie geschäftlich, in einer das Hospital betreffenden Angelegenheit, in Paris zu tun habe. Sie erzählte mir, wie reizend die Offiziere zu ihr seien. Sie wüßten, wie zart sie sei, und ließen sie nicht das geringste tun. Sie behüteten sie – ja –, als wären sie alle ihre Männer. Sie seufzte.

»Der arme George! Wer hätte es gedacht, daß ich, mit meinem schwachen Herzen, ihn überleben würde?«

»Und der arme Tom«, fügte ich hinzu.

Ich weiß nicht, warum ihr diese Bemerkung nicht gefiel. Sie lächelte mich leidend an, und ihre schönen Augen füllten sich mit Tränen.

»Sie reden immer so, als gönnten Sie mir die wenigen Jahre nicht, die ich noch zu leben habe.«

»Aber mit Ihrem Herzen geht es doch eigentlich viel besser, nicht?«

»Mit meinem Herzen wird es nie bessergehen. Ich war erst heute wieder beim Spezialisten, und er hat mir gesagt, ich müßte auf das Schlimmste gefaßt sein.«

»Oh, aber das sagt man Ihnen doch schon seit zwanzig Jahren, oder?«

Als der Krieg vorbei war, ließ sich Louise in London nieder. Sie war nun eine Frau von über vierzig Jahren, dünn und zerbrechlich immer noch, mit großen Augen und blassen Wangen, aber sie sah keinen Tag älter aus als fünfundzwanzig. Iris, die ihre Schule beendet hatte, war nun erwachsen und kam zu ihr nach Hause.

»Sie wird auf mich aufpassen«, sagte Louise. »Es wird natürlich nicht leicht für sie sein, immer mit einer Schwerkranken leben zu müssen, aber schließlich ist es ja nur für kurze Zeit. So lange wird sie es schon aushalten.«

Iris war ein nettes Mädchen. Sie war aufgewachsen mit dem Bewußtsein, eine sehr schonungsbedürftige Mutter zu haben. Als Kind hatte sie nie Lärm machen dürfen. Von ihrer Mutter mußten alle Aufregungen ferngehalten werden. Und obwohl Louise jetzt erklärte, sie werde es unter keinen Umständen zulassen, daß ihr Kind sich für eine verdrießliche alte Person aufopfere, wollte Iris nichts davon hören. Von einem Opfer könne keine Rede sein – sie sehe es als Glück an, für ihre liebe, arme Mutter tun zu dürfen, was sie könne. Mit einem Seufzer schickte sich ihre Mutter darein, daß sie eine ganze Menge für sie tat.

»Es macht dem Kind Freude, sich nützlich zu machen«, sagte sie.

»Glauben Sie nicht, daß sie ein wenig mehr ausgehen sollte?« fragte ich.

»Das predige ich ihr doch immer. Sie ist einfach nicht zu bewegen, sich zu amüsieren. Ich habe, weiß Gott, nie jemanden veranlaßt, um meinetwillen auf ein Vergnügen zu verzichten.«

Und Iris wieder, als ich ihr Vorhaltungen machte, meinte:

»Ach, die arme Mama! Sie meint immer, ich solle ausgehen und mit Freunden zusammensein und Einladungen annehmen – aber sobald ich mich wegrühre, bekommt sie einen Herzanfall, und da bleibe ich viel lieber zu Hause.«

Aber nach einer Weile verliebte sich Iris. Ein junger Freund von mir, ein sehr netter Mensch, machte ihr einen Heiratsantrag, und sie nahm ihn an. Ich hatte das Mädchen gern und freute mich, daß sie nun endlich Gelegenheit haben würde, ihr eigenes Leben zu führen. Sie schien nie auf den Gedanken gekommen zu sein, daß so etwas möglich wäre. Aber eines Tages kam der junge Mann sehr verstört zu mir und erzählte, daß die Hochzeit auf unbestimmte Zeit verschoben worden sei. Iris glaubte, ihre Mutter nicht verlassen zu dürfen. Es ging mich natürlich nichts an, aber ich nahm mir vor, Louise einen Besuch abzustatten. Sie freute sich stets, ihre Freunde um die Teestunde bei sich zu versammeln, und nun, da sie älter war, kultivierte sie die Gesellschaft von Malern und Schriftstellern.

»Ich höre, daß Iris nun doch nicht heiratet«, sagte ich nach einer Weile.

»Nicht so bald, wie ich es gewünscht hätte, meinen Sie wohl. Ich habe sie auf den Knien gebeten, keine Rücksicht auf mich zu nehmen, aber sie lehnt es einfach ab, mich allein zu lassen.«

»Finden Sie das nicht furchtbar traurig für sie?«

»Schrecklich, selbstverständlich, wenn es auch bloß ein paar Monate Aufschub bedeutet. Aber es ist mir unerträglich, daß jemand sich für mich aufopfert.«

»Meine liebe Louise, Sie haben zwei Ehemänner begraben. Ich sehe nicht ein, warum Sie nicht mindestens noch zwei weitere unter die Erde bringen sollen.«

»Halten Sie das für einen Witz?« fragte sie in einem Ton, der möglichst hart klingen sollte.

»Es muß Ihnen doch aufgefallen sein, daß Ihre Kräfte immer ausreichen, wenn Ihnen etwas gefällt, und Ihr Herz bloß dann versagt, wenn man Ihnen etwas zumutet, was Sie langweilt.«

»Ach, ich weiß, ich weiß genau, wie Sie von mir denken. Sie waren immer der Ansicht, daß mir nicht das geringste fehlt. Habe ich recht?«

Ich blickte ihr voll ins Gesicht. »Absolut. Ich glaube, Sie haben fünfundzwanzig Jahre lang geblufft. Sie sind die egoistischste, monströseste Frau, die mir jemals begegnet ist. Sie haben das Leben der unglücklichen beiden Männer, mit denen Sie verheiratet waren, ruiniert, und jetzt sind Sie im Begriff, auch das Ihrer Tochter zu ruinieren.«

Ich hätte mich nicht gewundert, wenn Louise in diesem Augenblick einen Herzanfall bekommen hätte. Auch ein Wutausbruch hätte mich nicht überrascht. Aber nichts dergleichen geschah. Sie lächelte mich bloß sanft an.

»Armer Freund, einmal wird es Ihnen ja noch furchtbar leid tun, mich so behandelt zu haben.«

»Kann nichts Sie von Ihrem Entschluß abbringen, die Heirat dieser beiden jungen Menschen zu verhindern?«

»Ich habe Iris angefleht zu heiraten. Ich weiß, es wird mich töten, aber daran liegt mir nichts. Niemand hat mich gern. Jedem falle ich zur Last.«

»Haben Sie ihr gesagt, daß es Sie töten würde?«

»Sie hat mich dazu gezwungen.«

»Als ob irgendein Mensch Sie schon jemals zu etwas gezwungen hätte, was Sie nicht unbedingt tun wollten!«

»Sie kann den Jungen morgen heiraten, wenn sie will. Wenn es mich umbringt, bringt es mich um.«

»Dann wollen wir es also darauf ankommen lassen, ja?«

»Haben Sie denn gar kein Mitleid mit mir?«

»Wie kann man mit jemandem Mitleid haben, den man so komisch findet wie ich Sie?« antwortete ich.

Ein leiser Hauch von Farbe erschien auf Louises blassen Wangen, und obgleich sie immer noch lächelte, waren ihre Augen hart und böse.

»Iris wird in einem Monat heiraten«, sagte sie, »und wenn mir etwas zustoßen sollte, werden Sie beide hoffentlich die Kraft finden, sich zu verzeihen.«

Louise hielt Wort. Ein Datum wurde festgesetzt, eine Ausstattung von großer Pracht bestellt und Einladungen wurden ausgeschickt. Iris und der gute junge Mann strahlten. Am Hochzeitstag um zehn Uhr morgens bekam Louise, diese teuflische Person, einen ihrer Herzanfälle – und starb. Sie starb sanft und verzieh Iris, daß sie sie getötet hatte.

Lord Mountdrago

Dr. Audlin schaute auf seine Schreibtischuhr: zwanzig vor sechs. Er wunderte sich, daß sein Patient zu spät kam, denn Lord Mountdrago pflegte sich auf seine Pünktlichkeit etwas zugute zu halten. Sein knapper Stil ließ eine ganz alltägliche Bemerkung oft wie einen Aphorismus erscheinen, und er pflegte oft zu sagen: Pünktlichkeit ist ein Kompliment, das man den Klugen macht, und eine Rüge, die man den Dummen erteilt. Lord Mountdrago war auf halb sechs bestellt gewesen.

Dr. Audlins Erscheinung lenkte keineswegs die Aufmerksamkeit auf sich. Er war groß und schlank, leicht gebeugt, mit schmalen Schultern und grauem, gelichtetem Haar, sein langes, bleiches Gesicht durchzogen tiefe Falten. Er sah älter aus als fünfzig. Die ziemlich großen blaßblauen Augen blickten müde. Nach geraumer Zeit fiel einem auf, daß sie sich kaum bewegten, sondern auf dem Gesicht ihres Gegenübers hafteten, aber so ausdruckslos, daß es nicht störte. Nur selten leuchteten sie auf, und sie verrieten weder Dr. Audlins Gedanken, noch paßten sie sich seinen Worten an. Einem guten Beobachter mochte auffallen, daß er viel weniger blinzelte als die meisten anderen Leute. Seine langen Hände mit den spitzen Fingern waren weich, aber fest, und kühl, doch nicht feucht. Was Dr. Audlin trug, wußte man nie, wenn man nicht eigens sein Augenmerk darauf gerichtet hatte. Er wählte stets dunkle Anzüge mit einer schwarzen Krawatte, so daß sein bleiches, zerfurchtes Gesicht noch blasser wirkte und seine verblichenen blauen Augen noch farbloser. Er erweckte den Eindruck eines Schwerkranken.

Dr. Audlin war Psychoanalytiker; zufällig in diesen Beruf hineingerutscht, übte er ihn ständig von Zweifeln geplagt aus. Bei Kriegsausbruch hatte er sein medizinisches Staatsexamen eben erst bestanden und absolvierte gerade sein Praktikum an mehreren Spitälern. Als Freiwilliger wurde er dann nach Frankreich geschickt, und dort entdeckte er seine besondere Gabe. Er konnte nämlich Schmerzen lindern, indem er seine weiche, kühle Hand auflegte, oder durch Zureden schlaflosen Patienten zum Schlaf verhelfen. Er sprach dazu langsam, mit unbeteiligter, eintöniger Stimme, melodisch, sanft und einlullend. Er sagte seinen Patienten, sie sollten sich entspannen, sie sollten sich nicht aufregen, sie sollten schlafen. Und Ruhe senkte sich auf ihre matten Glieder, Stille schob ihre Sorgen beiseite, als ob ein Mann auf einer übervollen Bank Platz für sich schaffen würde, und ihre müden Lider erquickte der Schlummer wie ein leichter Frühlingsregen die frisch gepflügte Erde. Dr. Audlin stellte fest, daß seine leise, monotone Stimme, der Blick seiner blassen, stillen Augen und die Berührung seiner schmalen, festen Hände die müde Stirn des Kranken glätteten; er besänftigte alle Wirren, löste quälende Konflikte und vertrieb die Ängste, die das Leben zur Hölle machten. Manchmal bewirkte er wahre Wunderheilungen. So gewann durch ihn ein Soldat seine Sprache zurück, die er, durch die Explosion einer Granate lebendig begraben, verloren hatte, und einem anderen, der nach einem Flugzeugabsturz gelähmt war, schenkte er den Gebrauch seiner Glieder wieder.

Er begriff diese Kräfte nicht, und als Skeptiker gelang es ihm nie ganz, an sie zu glauben, obwohl das angeblich die Grundbedingung des Heilens ist; allein die Ergebnisse seiner Behandlung, die auch der ungläubige Beobachter nicht bestreiten konnte, zwangen ihn zu dem Eingeständnis, daß er eine geheimnisvolle und zweifelhafte Gabe unbekannten Ursprungs besaß, mit deren Hilfe er Unerklärliches zustande brachte. Nach dem Krieg studierte er noch in Wien, dann in Zürich und machte schließlich in London eine Praxis auf, um seine so sonderbar erworbene Kunst auszuüben. Er praktizierte schon seit fünfzehn Jahren und hatte auf seinem Gebiet einen hervorragenden Ruf. Seine verblüffenden Heilungen gingen von Mund zu Mund, und trotz des hohen Honorars drängten sich mehr als genug Patienten zu ihm. Dr. Audlin wußte, daß er einige außerordentliche Erfolge verzeichnen konnte: Er hatte Menschen vom Selbstmord abgehalten, andere vor dem Irrenhaus bewahrt, bitteren Schmerz, der ein sinnvolles Dasein trübte, hatte er gelindert, unglückliche Ehen in glückliche verwandelt, anomale Triebe ausgerottet und so manchen von einer verhaßten Fessel befreit, seelische Leiden geheilt, das alles hatte er getan, und dennoch blieb in seinem tiefsten Innern der Verdacht, er sei eben doch nur ein Quacksalber. Es ging ihm gegen den Strich, eine Macht auszustrahlen, die er nicht ergründen konnte, und es kränkte sein Ehrgefühl, von dem Vertrauen seiner Patienten zu leben, wenn er zu sich selbst kein Vertrauen hatte. Er war reich genug, um nicht auf seine Tätigkeit angewiesen zu sein, und da sein Beruf ihn anstrengte, wollte er ihn schon ein Dutzend Mal an den Nagel hängen. Er hatte sämtliche Schriften von Freud und Jung und all ihren Jüngern gelesen, nur konnten sie ihn nicht befriedigen. In seinem Herzen war er fest davon überzeugt, diese ganzen Theorien seien Hokuspokus – doch dem widersprachen die unbegreiflichen, aber augenfälligen Erfolge. Und wie gründlich hatte er die Menschen kennengelernt, seit ihn die ersten Patienten vor fünfzehn Jahren in seinem schäbigen Hinterzimmer in der Wimpole Street aufsuchten! Was man ihm da, manchmal verschämt, zurückhaltend oder zornig, manchmal nur allzu bereitwillig, anvertraute, überraschte ihn schon lange nicht mehr. Ihn erschütterte nichts. Er wußte inzwischen, daß der Mensch ein Lügner und seine Eitelkeit grenzenlos war, er wußte noch bedeutend Schlimmeres, aber er wußte auch, daß es nicht seine Sache war, ihn zu richten oder zu verdammen. Doch indem Jahr für Jahr diese gräßlichen Intimitäten vor ihm ausgebreitet wurden, erhielt sein Gesicht einen immer graueren Ton und tiefere Falten, seine Augen einen müden Blick. Er lachte selten, er lächelte höchstens gelegentlich, wenn er zu seiner Entspannung einen Roman las. Hielten die Autoren ihre Figuren wirklich für Menschen aus Fleisch und Blut? Wenn sie ahnten, wieviel komplizierter und unberechenbarer eine Seele war, was für unversöhnliche Elemente da nebeneinander wohnten, was für dunkle und böse Kämpfe sie austragen mußte!

Viertel vor sechs. Lord Mountdrago war doch der sonderbarste Fall, dem er unter seinen absonderlichen Patienten je begegnet war, allein schon wegen seiner Persönlichkeit. Ein hochbegabter und verdienter Mann, mit noch nicht vierzig

Jahren bereits Außenminister, hatte Lord Mountdrago nach drei Jahren Amtszeit seine Politik erfolgreich durchgesetzt. Er war unbestritten der fähigste Kopf der Konservativen, und wenn er nicht nach dem Tod seines Vaters, eines hohen Adligen, seinen Sitz im Unterhaus hätte aufgeben müssen, hätte er ehrgeizig mit dem Posten des Premierministers geliebäugelt. In diesen demokratischen Zeiten durfte ein englischer Premierminister nun einmal nicht aus dem Oberhaus stammen, aber nichts hinderte Lord Mountdrago daran, jedem konservativen Kabinett als Außenminister anzugehören und über lange Jahre hin die Außenpolitik seines Landes zu bestimmen.

Lord Mountdrago besaß viele Vorzüge: Fleiß und Intelligenz, Mut, Scharfblick und Entschlußkraft. Er war weitgereist und beherrschte mehrere Sprachen. Von Jugend auf hatte er sich für Außenpolitik interessiert und gründliche Kenntnisse der innenpolitischen und wirtschaftlichen Verhältnisse anderer Länder erworben. Im Parlament und in Wahlversammlungen drückte er sich als guter Redner verständlich, genau und oft witzig aus, bei den Debatten brillierte er leicht, und seine Schlagfertigkeit war berühmt. Dazu sah er noch gut aus: Er war ein großer, stattlicher Mann, allerdings mit stark gelichtetem Haar und etwas beleibt, was jedoch den erwünschten Eindruck von Gediegenheit und Reife verstärkte. Als Student war er sogar ein guter Sportler gewesen und hatte im Oxford-Achter gegen Cambridge gerudert, auch genoß er den Ruf eines hervorragenden Schützen. Mit vierundzwanzig hatte er ein achtzehnjähriges Mädchen, Tochter eines Herzogs und einer amerikanischen Erbin, geheiratet, in der sich Reichtum mit Adel verband. Sie hatte ihm zwei Söhne geboren. Seit mehreren Jahren lebten sie heimlich getrennt, aber vor der Öffentlichkeit zeigten sie sich zusammen, um den Schein zu wahren; und beide hatten den Klatschmäulern keine Gelegenheit geboten, über irgendeine außereheliche Beziehung zu lästern. Lord Mountdrago war zu ehrgeizig, zu fleißig, ja zu patriotisch, um seine Karriere durch irgendwelche Vergnügungen zu gefährden. Kurz und gut, alle seine Tugenden stempelten ihn zu einem erfolgreichen, allgemein beliebten Mann.

Leider besaß er auch große Fehler. Er war ein fürchterlicher Snob. Das wäre nicht weiter verwunderlich, wenn erst sein Vater den Titel erhalten hätte. Der Sohn eines geadelten Anwalts, Fabrikanten oder Whiskybrenners nimmt natürlich seinen Rang überaus wichtig. Doch schon Charles II. hatte Lord Mountdragos Ahnherrn die Grafenwürde verliehen, und seit den Rosenkriegen lag der Besitz in den Händen der Familie. Seit dreihundert Jahren hatten sich die Namensträger durch Heirat mit den vornehmsten Familien von England verbunden, und dennoch war Lord Mountdrago auf seine Herkunft so stolz wie ein neureicher Prolet auf sein Geld. Er nutzte jede Gelegenheit, Eindruck mit ihr zu schinden. Er besaß die besten Manieren der Welt, wenn er sich herbeilassen konnte, was allerdings nur bei den Leuten geschah, die er als ebenbürtig betrachtete. Kaltschnäuzig fertigte er das sozial unter ihm stehende Volk ab, seine Hausangestellten behandelte er grob und seine Sekretäre von oben herab. Die ihm untergeordneten Beamten in den Ministerien, denen er nacheinander angehörte, haßten und fürchteten ihn. Er war schrecklich arrogant. Er wußte eben, daß er die meisten Leute in die Tasche steckte, und versäumte nicht, ihnen das unter die Nase zu reiben. Menschliche Schwäche machte ihn bloß ungeduldig. Er sah sich als den geborenen Führer, deshalb ärgerte er sich über jeden, der ihm Argumente vortrug oder um Angabe der Gründe für die getroffene Entscheidung bat. In seiner maßlosen Selbstsucht nahm er jeden Dienst ohne Dankbarkeit hin als natürlichen Tribut an seine Herkunft und Intelligenz. Ihm kam überhaupt nicht in den Sinn, daß er auch für andere etwas tun könnte. Seine zahlreichen Feinde verachtete er – Freunde besaß er keine. Niemandem gönnte er seine Hilfe, seine Sympathie oder sein Mitleid. Seine Vorgesetzten zweifelten an seiner Loyalität, seine Partei stieß sich an seiner anmaßenden Unhöflichkeit, und dennoch mußten sich alle wegen seiner besonderen Verdienste, seiner unbestrittenen Vaterlandsliebe, wegen seiner fundierten Kenntnisse und glänzenden Politik mit ihm abfinden. Und man konnte es, denn gelegentlich war er einfach charmant: Wenn er sich in adäquater Gesellschaft befand, bei ausländischen Würdenträgern oder Damen von Rang, und jemanden für sich gewinnen wollte, entfaltete er Witz, Anmut und Humor, und man erinnerte sich, daß in seinen Adern auch das Blut von Lord Chesterfield floß. Er legte eine Geschichte kunstvoll auf die Pointe hin an, er gab sich natürlich, klug, ja sogar tiefsinnig, kurzum, sein umfangreiches Wissen und sein feiner Geschmack setzten dann jeden in Erstaunen. Man genoß seinen Umgang und vergaß, daß man am Tag zuvor von ihm eine Beleidigung erfahren hatte und am nächsten Tag mit einem Fußtritt rechnen mußte.

Beinahe hätte Lord Mountdrago auf eine Behandlung durch Dr. Audlin verzichten müssen. Sein Sekretär rief den

Arzt an: Lord Mountdrago wünsche ihn zu konsultieren und bitte ihn für den nächsten Tag um zehn Uhr zu sich. Dr. Audlin antwortete, das sei leider nicht möglich, Lord Mountdrago möchte ihn doch am übernächsten Tag um fünf Uhr in seiner Praxis aufsuchen. Der Sekretär legte auf, um gleich wieder anzuläuten mit der Nachricht, Lord Mountdrago bestehe darauf, den Arzt in seinem eigenen Haus zu sehen, Dr. Audlin dürfe jedes beliebige Honorar festsetzen. Dr. Audlin lehnte ab: Er empfange Patienten stets in seiner Praxis, und wenn Lord Mountdrago nicht kommen wolle, sei er außerstande, ihn zu behandeln. Nach einer Viertelstunde erhielt er ein Billet, in dem sich Seine Lordschaft schon für den nächsten Tag um fünf Uhr anmeldete.

Als Lord Mountdrago ins Sprechzimmer geführt wurde, blieb er in der Tür stehen und musterte den Arzt unverschämten Blicks von oben bis unten. Dr. Audlin spürte, daß er fuchsteufelswild war, und sah ihn schweigend mit stillen Augen an. Ein großer, schwerer Mann stand vor ihm, dessen spärliches graues Haar die hohe Stirn freigab und ihren Adel betonte; das runde Gesicht, die kühnen, regelmäßigen Züge, der hochmütige Ausdruck erinnerten an einen Bourbonenkönig.

»Offenbar ist es genauso schwierig, zu Ihnen vorzudringen, Dr. Audlin, wie zum Premierminister. Ich bin ein äußerst vielbeschäftigter Mann.«

»Möchten Sie sich nicht setzen?«

Mit unbewegtem Gesicht hatte sich der Arzt Lord Mountdragos Bemerkung angehört. Dr. Audlin saß an seinem Schreibtisch, Lord Mountdrago stand immer noch, sein Blick verfinsterte sich.

»Ich glaube, ich sollte Sie davon in Kenntnis setzen, daß ich der Außenminister Seiner Majestät bin«, sagte er scharf.

»Möchten Sie sich nicht setzen?«

Lord Mountdrago machte eine Bewegung, als wollte er sich auf dem Absatz umdrehen und stolz das Zimmer verlassen, aber dann besann er sich offensichtlich eines Besseren und setzte sich. Dr. Audlin öffnete ein großes Buch und langte nach seiner Füllfeder. Er schrieb, ohne zu seinem Patienten aufzublicken.

»Wie alt sind Sie?«

»Zweiundvierzig.«

»Verheiratet?«

»Ja.«

»Wie lange?«

»Achtzehn Jahre.«

»Kinder?«

»Ich habe zwei Söhne.«

Dr. Audlin notierte sich die Personalien nach Lord Mountdragos schroffen Antworten. Dann lehnte sich der Arzt in seinen Stuhl zurück und schaute ihn wortlos mit seinen bleichen reglosen Augen an.

»Warum kommen Sie zu mir?« fragte er schließlich.

»Sie sind mir empfohlen worden. Lady Canute ist eine Patientin von Ihnen, soviel ich weiß. Sie sagte mir, Sie hätten ihr sehr geholfen.«

Dr. Audlin gab keine Antwort. Sein Blick war immer noch auf das Gesicht seines Gegenübers gerichtet, aber so ausdrucksleer, daß er es gar nicht zu sehen schien.

»Ich vollbringe keine Wunder«, bemerkte er nach einer langen Pause, und der Schatten eines Lächelns flackerte in seinen Augen auf. »Das königliche Kollegium der Ärzte würde es auch gar nicht gutheißen.«

Lord Mountdrago schmunzelte. Offenbar war das Eis gebrochen. Er erwiderte etwas liebenswürdiger:

»Sie haben einen hervorragenden Ruf. Die Leute schwören auf Sie.«

»Warum kommen Sie zu mir?« wiederholte der Arzt. Jetzt schwieg Lord Mountdrago, denn die Antwort fiel ihm schwer. Nach langem Besinnen nahm er einen Anlauf und sprach.

»Ich bin kerngesund. Nur zur Kontrolle hat mich mein Arzt – Sir Augustus Fitzherbert, von dem Sie wohl schon gehört haben – vor ein paar Tagen untersucht, und er hat mir gesagt, ich sei so robust wie ein Dreißigjähriger. Mein großes Arbeitspensum macht mir Freude und ermüdet mich nicht. Ich rauche kaum und trinke wenig. Ich habe genügend Bewegung und führe ein geregeltes Leben. Sie finden es höchstwahrscheinlich dumm und kindisch, wenn ein vollkommen gesunder, normaler, vernünftiger Mensch Sie aufsucht.«

Dr. Audlin kam ihm zu Hilfe.

»Ich weiß nicht, ob ich etwas für Sie tun kann. Ich will's versuchen. Sind Sie unglücklich?«

Lord Mountdrago runzelte die Stirn.

»Meine Arbeit ist sehr wichtig, denn die Entscheidungen, die sie mir abverlangt, können das Wohl unseres Landes, ja sogar den Weltfrieden bestimmen. Deshalb muß ich meinen kühlen Kopf und klaren Verstand behalten. Es ist meine Pflicht, jede Unruhe auszuräumen, die meiner Nützlichkeit schaden könnte.«

Dr. Audlin hatte seinen Blick nicht von ihm gewendet,

und er hatte sehr viel gesehen: Hinter dem hochtrabenden Auftreten und der stolzen Arroganz verbarg sich eine Angst, die der Patient nicht zu unterdrücken vermochte.

»Ich bat Sie, sich hierherzubemühen, weil ich aus Erfahrung weiß, daß man in dem schäbigen Sprechzimmer eines Arztes leichter aus sich herausgeht als in der gewohnten Umgebung.«

»Ihr Sprechzimmer ist allerdings schäbig«, bemerkte Lord Mountdrago schneidend. Dann schwieg er. Offenbar war dieser so selbstgewisse Mann mit seiner raschen, zupackenden Vernunft, der sich allem gewachsen fühlte, in diesem Augenblick verlegen. Er lächelte dem Arzt zu, um ihm zu zeigen, wie behaglich ihm zumute war, doch seine Augen verrieten seine Qual. Schließlich sagte er mit unnatürlicher Wärme: »Es handelt sich um eine solche Kleinigkeit, daß ich Sie nur höchst ungern damit belästige. Sie werden mir sicher raten, Ihre kostbare Zeit nicht sinnlos zu verschwenden.«

»Auch Kleinigkeiten haben ihr Gewicht. Sie sind oft das Symptom einer seelischen Störung. Und ich stehe Ihnen ganz zur Verfügung.«

Dr. Audlin sprach leise und ernst. Der monotone Klang wirkte seltsam beruhigend. Endlich entschloß sich Lord Mountdrago zur Offenheit.

»Ich hatte in der letzten Zeit ein paar sehr unerquickliche Träume. Ich weiß, man sollte sie nicht zu ernst nehmen, doch – um die Wahrheit zu gestehen – sie bringen mich ganz durcheinander.«

»Können Sie mir einen dieser Träume beschreiben?«

Lord Mountdrago verzog die Lippen, doch sein unbeschwertes Lächeln mißriet ihm kläglich.

»Sie sind so idiotisch, daß ich sie kaum zu erzählen wage.«

»Das spielt keine Rolle.«

»Vor ungefähr einem Monat also träumte ich, daß ich zu einer offiziellen Einladung von Lord Connemara ging, an der auch der König und die Königin teilnehmen sollten, und natürlich waren Orden vorgeschrieben. Auch ich trug Schulterband und Stern. Ich gab meinen Mantel in einer Art Garderobe ab. Zu meiner Überraschung stand neben mir ein mickriges Männchen, Owen Griffiths, ein ziemlich ordinärer Parlamentarier aus Wales. Ich sagte zu mir: ›Lydia Connemara geht wirklich zu weit. Wen wird sie als nächstes einladen?‹ Ich fand, er starrte mich auffällig an, aber ich beachtete ihn nicht, ja ich schnitt diesen unbedeutenden Plebejer und stieg die Treppe hinauf. Sie waren wohl noch nie dort?«

»Nein.«

»Ja, in so einem Haus werden Sie kaum verkehren. Es ist ausgesprochen stillos, hat aber ein schönes Marmortreppenhaus; oben standen die Connemaras und empfingen ihre Gäste. Lady Connemara betrachtete mich verblüfft, als sie mir die Hand gab, und kicherte; ich achtete nicht darauf, denn dieses dumme, ungezogene Frauenzimmer benimmt sich so schlecht wie ihre Ahnin, die Charles II. zur Herzogin machte. Die Salons im Haus der Connemaras sind wirklich imponierend. Ich schritt durch die Säle und begrüßte durch Nicken oder mit Handschlag eine Menge Leute; dann entdeckte ich den deutschen Botschafter, der sich mit einem österreichischen Erzherzog unterhielt. Da ich ihn dringend sprechen wollte, trat ich hinzu und reichte ihm die Hand. Sobald mich der Erzherzog sah, wieherte er vor Lachen. Ich war tödlich beleidigt und musterte ihn streng von oben bis unten, aber er lachte nur um so schallender. Ich wollte ihn gerade scharf zurechtweisen, als plötzlich ein Raunen durch den Saal ging: Der König und die Königin waren gekommen. Ich drehte dem Erzherzog den Rücken zu, trat etwas nach vorne und bemerkte mit einemmal, daß ich keine Hosen anhatte. Ich trug nur kurze seidene Unterhosen und rote Sockenhalter. Kein Wunder, daß Lady Connemara kicherte und der Erzherzog herausplatzte! Ich kann Ihnen nicht beschreiben, wie mir zumute war; vor Scham hätte ich in den Erdboden versinken mögen. In kalten Schweiß gebadet wachte ich auf. Welch eine Erleichterung, als ich feststellte, daß alles nur ein Traum war.«

»Solche Träume sind nicht ungewöhnlich«, sagte Dr. Audlin.

»Wahrscheinlich nicht. Aber am nächsten Tag passierte etwas Seltsames. Ich stand in einer Wandelhalle des Unterhauses, als dieser Kerl Griffiths langsam an mir vorbeischritt. Er sah absichtlich auf meine Beine, dann blickte er mir direkt ins Gesicht, und ich war fast sicher, daß er zwinkerte. Da kam mir eine lächerliche Idee: Er war am Abend vorher dabeigewesen, als ich mich greulich bloßgestellt hatte, und genoß jetzt den Spaß. Natürlich wußte ich, das konnte nicht sein, denn es war ja bloß ein Traum. Ich warf ihm einen eisigen Blick zu, und er ging weiter. Aber er grinste von einem Ohr zum anderen.«

Lord Mountdrago zog sein Taschentuch heraus und wischte sich die Handflächen ab. Er suchte nicht länger, seine Verwirrung zu verbergen. Dr. Audlin ließ die Augen nicht von ihm.

»Erzählen Sie mir noch einen Traum.«

»In der folgenden Nacht träumte ich noch verrückter. Im Parlament war eine außenpolitische Debatte angesetzt, der nicht bloß das Land, sondern die ganze Weltöffentlichkeit mit größter Spannung entgegensah. Die Regierung hatte einen Kurswechsel beschlossen, und die Zukunft des Empire stand auf dem Spiel. Es war ein historischer Augenblick. Das Haus barst vor Zuhörern, alle Botschafter waren anwesend, auf den Galerien drängten sich die Leute. Ich hatte die entscheidende Erklärung abzugeben und war sorgfältig vorbereitet. Ein Mann wie ich hat Feinde, denn viele neiden mir diese Stellung, die ich in einem Alter erreicht habe, da auch die geschicktesten Karrieremacher noch relativ anonym tätig sind, und deshalb sollte meine Rede sowohl dem Anlaß entsprechen wie auch meine Gegner zum Schweigen bringen. Der Gedanke, daß die ganze Welt an meinen Lippen hing, erregte mich. Ich stand auf. Wenn Sie je im Parlament waren, wissen Sie, wie die Abgeordneten während einer Debatte schwatzen, mit Papieren rascheln und Akten umblättern. Als ich ansetzte, herrschte Totenstille. Plötzlich entdeckte ich den Waliser Abgeordneten Griffiths, diesen häßlichen Knirps, auf einer der gegenüberliegenden Bänke; er streckte mir die Zunge heraus. Vielleicht kennen Sie den billigen Schlager *A Bicycle Made for Two*; er war vor vielen Jahren Mode. Um Griffiths meine ganze Verachtung auszudrücken, stimmte ich ihn an. Die erste Strophe sang ich in einem Zug durch. Einen Augenblick saßen alle überrascht da, doch als ich fertig war, rief die Opposition: ›Hört, Hört!‹ Ich verschaffte mir durch eine Handbewegung Ruhe und begann die zweite Strophe. Das Parlament lauschte mir in eisigem Schweigen, und ich merkte, daß mein Gesang nicht recht ankam. Ich ärgerte mich, denn ich besitze einen hübschen Bariton und wollte unbedingt gebührend gewürdigt werden. Sobald ich die dritte Strophe intonierte, lachten die Abgeordneten, und sofort sprang das Gelächter auf die Botschafter, auf die Galerien mit den geladenen Gästen, die Damengalerie und die Pressegalerie über: Alle schüttelten sich, alle wieherten vor Lachen, alle hielten sich den Bauch und rollten auf ihren Plätzen vor und zurück. Alle waren von Fröhlichkeit übermannt, ausgenommen die Minister in der vordersten Bank direkt hinter meinem Rücken. Versteinert saßen sie inmitten dieses unglaublichen, einmaligen Aufruhrs. Ich schaute sie an, und blitzartig ging mir auf, was ich angerichtet hatte. Ich war zum Gespött der ganzen Welt geworden. Traurig gestand ich mir ein, daß ich zurücktreten mußte. Ich erwachte und merkte, daß alles nur ein Traum gewesen war.«

Lord Mountdragos großartige Allüre war während seines Berichts verflogen, bleich und zitternd saß er da. Mit Mühe raffte er sich zusammen und zwang sich zu einem armseligen Lächeln.

»Die ganze Geschichte ist natürlich so abwegig, daß ich mich bloß darüber amüsieren konnte. Ich dachte auch nicht weiter daran, und als ich am folgenden Nachmittag ins Parlament ging, fühlte ich mich gut in Form. Die Debatte war müde, aber ich mußte eben dasein und las einige Unterlagen, die mich interessierten. Ganz zufällig blickte ich einmal auf: Griffiths sprach, dieser gräßliche Mensch mit seinem unangenehmen Waliser Akzent. Da es sich sicher nicht lohnte, ihm zuzuhören, wollte ich mich wieder meinen Papieren zuwenden, als er zwei Zeilen aus *A Bicycle Made for Two* zitierte. Ich starrte ihn an. Er sah auf mich, in seinen Augen blitzte bitterer Spott. Matt zuckte ich mit den Schultern; es war lachhaft, daß mich ein kümmerlicher Abgeordneter aus Wales so musterte! Es war ein merkwürdiger Zufall, daß er gerade zwei Zeilen jenes katastrophalen Schlagers anführte, den ich in meinem Traum von Anfang bis Ende vorgesungen hatte. Ich vertiefte mich von neuem in meine Akten, aber in meiner Verwirrung fiel es mir schwer, mich darauf zu konzentrieren. Owen Griffiths war schon in meinem ersten Traum von der Einladung bei den Connemaras aufgetreten, und nachher hatte ich das deutliche Gefühl gehabt, daß ihm mein trauriger Auftritt bekannt war. Konnte man es noch Zufall nennen, daß er gerade jene zwei Zeilen zitierte? Ich fragte mich, ob wir beide möglicherweise die gleichen Träume träumten. Eine absurde Idee natürlich, und ich wollte keinen weiteren Gedanken daran verschwenden.«

Eine Zeitlang herrschte Schweigen. Dr. Audlin betrachtete Lord Mountdrago, und Lord Mountdrago betrachtete Dr. Audlin.

»Anderer Leute Träume sind entsetzlich fade. Meine Frau träumte gelegentlich und erzählte mir dann am nächsten Morgen weitschweifig davon. Ich fand es irrsinnig langweilig.«

Dr. Audlin lächelte schwach.

»Sie langweilen mich nicht.«

»Ich werde Ihnen noch einen Traum erzählen, den ich einige Tage später hatte. Ich betrat ein Pub in Limehouse. Obwohl ich noch nie in Limehouse war und seit meiner Oxforder Studentenzeit wohl kein Wirtshaus mehr aufgesucht habe, sah ich die Straße und das Lokal so deutlich vor mir, als wäre ich dort zu Hause. Ich ging hinein; in der Bar des Pubs befand sich ein Kamin, daneben ein großer Ledersessel und ein kleines Sofa; durch die ganze Länge des Raums zog sich eine Theke, über die man in den allgemeinen Schankraum sah. Neben der Tür stand ein runder Marmortisch mit zwei Lehnstühlen. Es war Samstag abend, und die Leute drängten sich in den hellerleuchteten Räumen; doch der Rauch war so dick, daß mir die Augen brannten. Mit einer Mütze auf dem Kopf und einem Taschentuch um den Hals glich ich einem richtigen Schläger. Die meisten Gäste schienen betrunken, und das amüsierte mich. Das Radio oder ein Grammophon lief, und vor dem Kamin führten zwei Frauen einen grotesken Tanz auf, umgeben von einem lachenden, schreienden, grölenden Kreis. Als ich mich dazustellen wollte, fragte mich ein Mann: ›Nimmst du einen, Bill?‹ Auf dem Tisch standen Gläser mit einer braunen Flüssigkeit, es war wohl dunkles Bier. Der Mann reichte mir ein Glas, und um nicht aufzufallen, leerte ich es. Da machte sich die eine der tanzenden Frauen los und langte nach dem Glas. ›Du, was fällt dir ein?‹ schrie sie. ›Das ist mein Bier, das du säufst.‹ ›Oh, es tut mir leid‹, sagte ich, ›dieser Herr bot es mir an, und da dachte ich natürlich, es gehöre ihm.‹ ›Macht nichts, Kamerad‹, antwortete sie, ›ich bin nicht so. Komm, wir legen einen aufs Parkett.‹ Und bevor ich etwas erwidern konnte, packte sie mich, und wir tanzten. Dann saßen wir plötzlich in dem Lehnstuhl, sie auf meinem Schoß, und tranken zusammen ein Glas Bier. Ich muß Ihnen sagen, daß Sex in meinem Leben nie einen wichtigen Platz einnahm. Ich habe jung geheiratet, weil es in meiner Situation wünschenswert ist, verheiratet zu sein, und weil die Sache mit der Sexualität damit ein für allemal geregelt war. Wie geplant wurden mir zwei Söhne geboren, und dann schloß ich das Kapitel ab. Ich war immer zu beschäftigt, um mich viel mit diesen Dingen abzugeben, und da ich derart im Rampenlicht stehe, kann ich mir keinen Skandal leisten. Das größte Plus eines Politikers ist ein untadeliger Ruf in allem, was Frauen anbelangt, und ich habe kein Mitleid, sondern bloß Verachtung für die Männer, die ihre Karriere einer Frau zuliebe ruinieren. Die Frau auf meinen Knien nun war weder hübsch noch jung, im Gegenteil, eine betrunkene alte Schlampe, vor der mir grauste. Aber trotz ihres nach Bier stinkenden Atems, trotz ihrer faulen Zähne, trotz des Ekels, der mich überlief, wenn sie mich küßte, begehrte ich sie wild. Plötzlich hörte ich eine Stimme: ›Hallo, alter Freund, amüsier dich schön.‹ Ich sah auf: Es war Owen Griffiths. Ich versuchte aufzuspringen, aber das Weib hielt mich zurück. ›Laß doch den alten Schnüffler‹, sagte sie. ›Nur zu‹, fuhr er fort, ›ich weiß bei Molly Bescheid. Sie ist ihr Geld wert.‹ Verstehen Sie, mich verdroß weniger, daß er mich in dieser scheußlichen Situation ertappte, als daß er mich mit ›alter Freund‹ anredete. Ich stieß die Frau zur Seite, sprang auf und herrschte ihn an. ›Ich kenne Sie nicht und will Sie auch nicht kennenlernen‹, sagte ich. ›Aber ich kenne Sie‹, erwiderte er. ›Und dir, Molly, rate ich, paß auf, daß du zu deinem Geld kommst, er prellt dich womöglich.‹ Auf dem Tisch daneben stand eine Bierflasche. Wortlos packte ich sie am Hals und schlug sie ihm mit aller Kraft über den Schädel. Die Bewegung war so heftig, daß ich davon erwachte.«

»Solch ein Traum ist nicht unbegreiflich«, sagte Dr. Audlin. »So rächt sich die Natur an einem untadeligen Charakter.«

»Eine idiotische Geschichte. Ich habe sie nicht um ihrer selbst willen erzählt, sondern wegen der Ereignisse des folgenden Tags. Da mußte ich rasch etwas nachschlagen, ging in die Parlamentsbibliothek, holte mir den Band und las. Ich hatte nicht bemerkt, daß im Stuhl neben mir Griffiths saß. Ein anderer Labourabgeordneter trat ein und begrüßte ihn: ›Guten Tag, Owen, Sie sehen heute ziemlich angeschlagen aus.‹ ›Ich habe rasendes Kopfweh‹, antwortete dieser, ›als hätte man mir eine Flasche auf dem Kopf zertrümmert.‹«

Lord Mountdragos Gesicht war aschfahl.

»Dies bewies mir, daß meine ursprüngliche Idee, die ich als unsinnig abgetan hatte, stimmte. Es bewies mir, daß Griffiths meine Träume träumte und daß er sich so genau an sie erinnerte wie ich.«

»Es mag wieder ein Zufall gewesen sein.«

»Aber er sprach nicht zu seinem Freund, sondern eindeutig zu mir und schaute mich entrüstet an.«

»Fällt Ihnen eine Erklärung dafür ein, warum dieser Mann in Ihren Träumen auftaucht?«

»Nein.«

Dr. Audlin, der das Gesicht seines Patienten nicht aus den Augen gelassen hatte, durchschaute die Lüge. Mit einem Bleistift kritzelte er ein oder zwei Linien auf sein Löschblatt. Es brauchte oft lange, bis die Leute mit der Wahrheit herausrückten, obwohl sie wußten, daß er ihnen erst dann helfen konnte.

»Dieser letzte Traum liegt über drei Wochen zurück. Haben Sie seither wieder geträumt?«

»Ja, jede Nacht.«

»Und taucht dieser Mann Griffiths immer auf?«

»Ja.«

Der Arzt zog noch einige Linien auf sein Löschpapier. Er hoffte, daß die Ruhe, die Trostlosigkeit und das trübe Licht des kleinen Sprechzimmers auf Lord Mountdrago ihren Effekt hatten. Dieser ließ sich in seinem Stuhl zurückfallen und wandte den Kopf zur Seite, damit er nicht in Dr. Audlins ernste Augen blickte.

»Dr. Audlin, Sie müssen mir helfen, ich bin am Ende meiner Kräfte, und ich drehe durch, wenn das so weitergeht. Ich fürchte mich vor dem Schlafen. Ich habe zwei oder drei Nächte kein Auge zugetan, ich blieb auf und las, und sobald ich schläfrig wurde, nahm ich meinen Mantel und wanderte bis zur Erschöpfung umher. Aber ich brauche Schlaf. Bei meinen Aufgaben muß ich topfit sein und meine fünf Sinne beieinander haben. Ich brauche Ruhe, und Schlaf verschafft sie mir nicht. Sobald ich eindöse, beginne ich zu träumen, und immer erscheint dieser ordinäre Wicht, grinst mich an, schmäht mich und lästert. Es ist fürchterlich. Ich versichere Ihnen, Herr Doktor, ich bin nicht so, wie mich meine Träume zeigen, man darf mich nicht nach ihnen beurteilen. Fragen Sie, wen Sie wollen. Ich bin ein ehrenwerter, aufrechter, anständiger Mann. Niemand kann meine berufliche oder private Integrität anzweifeln. Ich habe nur einen einzigen Ehrgeiz: meinem Land zu dienen und seiner Größe. Da ich Geld und hohen gesellschaftlichen Rang besitze, bin ich im Gegensatz zu Leuten niedrigeren Stands weniger Versuchungen ausgesetzt und habe es leicht, unbestechlich zu sein; aber das nehme ich in Anspruch, daß keine Ehrung, kein persönlicher Vorteil, kein selbstsüchtiger Gedanke mich auch nur um Haaresbreite von meiner Pflicht abbringen können. Alles habe ich geopfert, um der Mann zu werden, der ich bin. Größe ist mein Ziel, Größe steht mir zu Gebot – und ich verliere die Nerven. Ich bin nicht das miese, verabscheuungswürdige, feige, lüsterne Geschöpf, das dieser häßliche Zwerg in mir sieht. Ich habe Ihnen drei Träume erzählt, aber das ist noch gar nichts; dieser Mann sah mich so grausam, schrecklich, schändlich handeln, daß ich lieber sterbe, als davon zu erzählen. Und er erinnert sich daran. Ich kann die spöttische Verachtung in seinen Augen nicht ertragen und traue mich kaum, etwas zu sagen, denn er muß meine Worte als reinen Unsinn betrachten. Er war dabei, als ich Dinge tat, die niemand mit einer Spur von Selbstachtung tut, Dinge, die einen Mann aus der menschlichen Gesellschaft ausschließen und für lange Jahre ins Zuchthaus bringen; er hörte, wie ich hinterhältig log; er sah mich nicht bloß als lächerlichen Tropf, sondern auch als abstoßend und ekelerregend. Er verabscheut mich und macht keinen Hehl mehr daraus. Ich sage Ihnen, wenn Sie mir nicht helfen können, werde ich mich oder ihn umbringen.«

»Ihn würde ich an Ihrer Stelle nicht umbringen«, sagte Dr. Audlin kühl; seine Stimme klang wie immer besänftigend. »In diesem Land zeitigt es herbe Konsequenzen, wenn man einen Mitmenschen tötet.«

»Man wird mich deswegen nicht hängen, wenn Sie das meinen. Wer sollte es wissen, daß ich ihn ermordet habe? Mein Traum hat mir gezeigt, wie ich es anstellen muß. Ich sagte Ihnen ja, am Tag, nachdem ich ihm die Bierflasche über den Kopf geschlagen hatte, konnte er vor Kopfweh kaum noch sehen; er erwähnte es selbst. Das beweist aber, daß er im Wachen empfindet, was ihm schlafend widerfährt. Das nächstemal werde ich ihn nicht mit einer Flasche niederhauen. Einmal werde ich im Traum ein Messer oder eine Pistole in der Hand halten; es muß so sein, denn ich will es unbedingt; und dann werde ich die Gelegenheit beim Schopf packen und ihn abstechen wie ein Schwein oder niederknallen wie einen Hund. Ins Herz. Und dann werde ich von seiner teuflischen Verfolgung erlöst sein.«

Manche Leute hätten Lord Mountdrago für verrückt gehalten; Dr. Audlin aber wußte nach jahrelanger Beschäftigung mit labilen Seelen, welch feine Linie den vermeintlich Gesunden von dem vermeintlich Kranken trennt. Er wußte, daß man bei scheinbar normalen, völlig nüchternen Menschen, die ihre täglichen Pflichten ehrenvoll und nutzbringend erfüllten, auf entsetzliche Verwirrungen stieß, sobald man ihr Vertrauen gewann und ihnen die Maske wegriß, die sie vor der Welt trugen. Da fanden sich so seltsame Brüche, so phantastische seelische Überspanntheiten, daß sie so gesehen für wahnsinnig gelten mußten. Wollte man sie in eine Anstalt sperren, alle Anstalten der Welt würden nicht ausreichen. Auf jeden Fall war ein Mann nicht gleich unzurechnungsfähig, bloß weil er seltsame Träume hatte und sie an seinen Nerven zehrten. Der Fall Mountdrago war einzigartig, aber er war doch nur eine Steigerung ähnlicher Fälle, die Dr. Audlin kennengelernt hatte. Er bezweifelte allerdings, ob seine sonst so wirksame Behandlung auch hier anschlagen würde.

»Haben Sie einen anderen Arzt konsultiert?« fragte er.

»Nur Sir Augustus Fitzherbert. Ich sagte ihm lediglich,

daß ich an Alpträumen litte. Er meinte, ich sei überarbeitet, und empfahl eine Erholungsreise. Das ist Unsinn, ich kann das Außenministerium nicht verlassen, solange die internationale Lage größte Aufmerksamkeit erfordert. Ich bin unentbehrlich, und ich weiß es. Von meinem Verhalten in der gegenwärtigen Krise hängt meine ganze Zukunft ab. Er verschrieb mir Beruhigungsmittel – erfolglos. Er verschrieb mir Kräftigungsmittel – sie waren völlig nutzlos. Der alte Dummkopf versteht überhaupt nichts von der Sache.«

»Könnten Sie einen Grund angeben, warum gerade jener Mann beständig in Ihren Träumen auftaucht?«

»Das fragten Sie mich schon einmal, und ich antwortete Ihnen.«

Das stimmte. Aber Dr. Audlin hatte die Antwort keineswegs befriedigt.

»Sie sprachen vorhin von Verfolgung. Was veranlaßt Owen Griffiths, Sie zu verfolgen?«

»Keine Ahnung.«

Lord Mountdragos Augen wichen ihm aus, und Dr. Audlin war überzeugt, daß er nicht die Wahrheit sagte.

»Haben Sie ihm je unrecht getan?«

»Nein.«

Lord Mountdrago hatte sich nicht geregt, aber Dr. Audlin spürte, daß er sich in seine Haut verkroch. Vor ihm saß ein stattlicher, hochmütiger Herr, der alle Fragen als Frechheit zu betrachten schien, und doch verbarg die Fassade nur schlecht eine ängstliche Flucht; das Bild des furchtsamen Tiers in der Falle drängte sich auf. Dr. Audlin lehnte sich nach vorn und zwang Lord Mountdrago durch die Kraft seines Blicks, ihn anzusehen.

»Sind Sie sicher?«

»Ja. Sie verstehen offenbar nicht, daß unsere Wege sich gar nicht kreuzen. Ich muß Sie in aller Bescheidenheit daran erinnern, daß ich Minister Seiner Majestät bin und Griffiths ein unbekanntes Mitglied der Labour Party. Natürlich verbinden uns auch keine gesellschaftlichen Beziehungen, denn er kommt aus sehr kleinen Verhältnissen, und solche Leute pflegen nicht in meinen Kreisen zu verkehren. Und auf der politischen Ebene sind unsere Positionen so gegensätzlich, daß wir nichts gemein haben können.«

»Ich vermag Ihnen nicht zu helfen, solange Sie mir nicht die volle Wahrheit sagen.«

Lord Mountdrago hob die Augenbrauen. Seine Stimme wurde rauh.

»Ich bin es nicht gewohnt, daß man meine Worte anzweifelt, Dr. Audlin. In diesem Fall verschwende ich wohl meine Zeit, indem ich die Ihre beanspruche. Bitte, schicken Sie meinem Sekretär Ihre Rechnung, er wird für die Überweisung sorgen.«

Nach Dr. Audlins unbewegtem Gesicht zu schließen, schien er Lord Mountdragos Worte gar nicht gehört zu haben. Er sah ihm unbeirrt in die Augen und fragte ernst mit leiser Stimme:

»Haben Sie dem Mann etwas zugefügt, das er womöglich als Unrecht empfinden könnte?«

Lord Mountdrago zögerte. Er blickte zur Seite, dann sah er ihn wieder an, als läge in Dr. Audlins Augen eine unwiderstehliche Macht. Mißmutig antwortete er:

»Nur wenn er ein zweitklassiger kleiner Dreckskerl wäre.«

»Das paßt haargenau auf Ihre Beschreibung.«

Lord Mountdrago seufzte: Er gab sich geschlagen. Dr. Audlin wußte, dieser Seufzer bedeutete, daß der Patient jetzt endlich mit allem herausrücken würde. Nun brauchte er nicht weiter zu bohren; er senkte die Augen und malte wahllos geometrische Figuren auf sein Löschblatt. Das Schweigen hielt zwei oder drei Minuten an.

»Ich will wirklich alles sagen, was Ihnen von Nutzen sein kann. Das hier erschien mir aber so unwichtig, daß es unmöglich mit dem Fall in Verbindung stehen konnte: Griffiths errang seinen Parlamentssitz bei der letzten Wahl und fiel sogleich unangenehm auf. Sein Vater ist Grubenarbeiter, und er fuhr selber in jungen Jahren ein. Dann war er Volksschullehrer und Journalist. Er gehört zu jenen halbgaren Möchtegern-Intellektuellen mit ihren ungenauen Kenntnissen, verschwommenen Ideen und undurchführbaren Vorschlägen, die die allgemeine Schulpflicht aus der Arbeiterklasse nach oben schwemmt. Ein knochiger, fahler Kerl, der halb verhungert aussieht und ausgesprochen schlampig daherkommt. Die Abgeordneten achten ja heutzutage allgemein nicht mehr sonderlich auf ihre Kleidung, aber sein Aufzug beleidigt die Würde des Parlaments. Er zieht sich demonstrativ schäbig an. Sein Kragen ist nie sauber und seine Krawatte nie ordentlich gebunden; er sieht aus, als hätte er seit vier Wochen nicht mehr gebadet und auch seine Hände nicht gewaschen. Die Labour Party hat zwar auf der vordersten Bank zwei oder drei recht tüchtige Leute, aber der Rest taugt nicht viel. Unter den Blinden ist der Einäugige König. Da Griffiths reden kann und sich auf zahlreichen Gebieten oberflächlich beschlagen zeigt, haben ihn die Einpeitscher bei jeder denkbaren Gelegenheit sprechen lassen. Er hielt sich wohl für die Außenpolitik berufen und bombardierte mich mit dummen, langweiligen Fragen. Ich verhehle nicht, daß ich ihn so gründlich abfertigte, wie er es verdiente. Von Anfang an haßte ich seine quengelnde Stimme und seinen ordinären Akzent; er hatte auch nervöse Ticks, die mich entsetzlich störten. Er sprach scheu und zögerlich, als bereitete ihm das Reden Qualen, und doch trieb ihn irgendeine innere Leidenschaft an, und oft brachte er sehr unangenehme Dinge vor. Zugegeben, gelegentlich besaß er die Eloquenz eines Kanzelredners; daher auch sein Einfluß auf die Schwachköpfe seiner Partei. Sie beeindruckte seine Ernsthaftigkeit, und seine Sentimentalität stieß sie nicht ab wie mich. Eine gewisse Sentimentalität ist ja das Öl jeder politischen Debatte. Man regiert die Nationen entsprechend ihrem eigenen Vorteil, aber sie glauben lieber an uneigennützigere Ziele, und ein Politiker tut gut daran, seine Wählerschaft mit schönen Worten und klingenden Phrasen davon zu überzeugen, daß sein harter Kampf um jeden Gewinn für sein Land eigentlich dem Wohl der Menschheit dient. Griffiths und Konsorten nehmen nun irrtümlich diese schönen Worte, diese klingenden Phrasen für bare Münze. Ein Narr ist er, ein unheilvoller Narr, der sich selbst einen Idealisten nennt. Und wie leicht ihm das elende Geschwätz von der Zunge fließt, mit dem uns die sogenannten Intellektuellen seit Jahr und Tag anöden: Friedensoffensive, Verbrüderung – Sie kennen den Quatsch. Zu allem Überdruß imponierte das nicht nur seiner Partei, sondern auch den beschränkten und verwirrten Köpfen unserer Fraktion. Ich hörte Gerüchte, Griffiths würde Minister, wenn die Labour Party ans Ruder käme, und man nannte sogar das Auswärtige Amt. Die Vorstellung war grotesk, aber nicht gänzlich ausgeschlossen. Eines Tages bot sich mir Gelegenheit, das Schlußwort in einer Debatte zu sprechen, die Griffiths mit einer einstündigen Rede eröffnet hatte – eine willkommene Chance, ihn abzuschießen, und, bei Gott, ich schoß ihn ab. Ich zerpflückte seine Ansprache, ich wies ihm zahllose Denkfehler nach und unterstrich seine mangelhaften Kenntnisse. Die vernichtendste Waffe im Unterhaus ist der Spott, und ich verspottete ihn, ich nahm ihn hoch, ich brillierte, und das Haus bebte vor Gelächter. Dieser Erfolg stachelte mich an, und ich legte mich noch mehr ins Zeug. Die Opposition saß stumm da, aber einige Labourabgeordnete lachten doch ein- oder zweimal: Manchen erwärmt es, einen Kollegen oder gar Rivalen bloßgestellt zu sehen. Und wenn je ein Mann bloßgestellt wurde, dann war es Griffiths. Er versank in seinem Stuhl und vergrub immer wieder sein kalkweißes Gesicht in den Händen. Als ich mich setzte, hatte ich ihn erledigt. Sein Ansehen war für immer demoliert; er würde nicht eher Minister in seiner Labourregierung werden als der Polizist am Saaleingang. Später erfuhr ich, daß sein Vater, der alte Grubenarbeiter, seine Mutter und zahlreiche Wahlhelfer aus Wales angereist waren, um seinen Triumph mitzuerleben. Sie hatten bloß seine tiefste Demütigung gesehen. Da er nur mit knapper Mehrheit gewählt worden war, konnte ihn so eine Schlappe leicht um seinen Parlamentssitz bringen. Aber das ging mich nichts an.«

»Wäre es zuviel behauptet, wenn ich sage, daß Sie seine Karriere zerstörten?« fragte Dr. Audlin.

»Ich glaube nicht.«

»Aber da haben Sie ihm schweres Unrecht zugefügt.«

»Er hat es selbst verschuldet.«

»Sie hatten deswegen nie Gewissensbisse?«

»Wenn ich gewußt hätte, daß seine Eltern dabei waren, hätte ich ihn vielleicht ein bißchen sanfter angefaßt.«

Dr. Audlin ließ es dabei bewenden und begann mit einer, wie er hoffte, aussichtsreichen Behandlung. Er versuchte, durch Hypnose zu erreichen, daß Lord Mountdrago beim Aufwachen die Träume vergaß oder tief und traumlos schlief, aber sein Widerstand ließ sich nicht brechen. Nach einer Stunde entließ er ihn. Seither war Lord Mountdrago sechsmal bei ihm gewesen – ohne Erfolg. Die fürchterlichen Träume quälten ihn Nacht für Nacht, und sein Allgemeinzustand verschlechterte sich rasch. Er war am Ende und seine Reizbarkeit unkontrollierbar. Er ärgerte sich über die Erfolglosigkeit der Behandlung, setzte sie aber fort, weil sie seine einzige Hoffnung war und weil es ihn erleichterte, offen mit jemandem zu sprechen. Dr. Audlin kam zu dem Schluß, daß ein einziger Weg Lord Mountdrago retten könnte, doch er wußte genau, daß sein Patient ihn aus freien Stücken nie und nimmer gehen würde. Sollte er vor dem drohenden Zusammenbruch bewahrt werden, mußte er sich zu einem Schritt aufraffen, der seinem Stolz und seinem Selbstgefühl zuwiderlief. Einen Aufschub schien Dr. Audlin nicht verantworten zu können. Er behandelte seinen Patienten mit Hypnose, wozu er ihn nach mehreren Stunden eher bereit fand. Schließlich gelang es ihm, ihn in eine Art Trance zu versetzen. Mit seiner leisen, sanften, eintönigen Stimme beruhigte er Lord Mountdragos strapazierte Nerven. Unablässig wiederholte er die gleichen Worte. Der Patient lag mit geschlossenen Augen still und entspannt da und atmete regelmäßig. Dann sprach Dr. Audlin im gleichen milden Ton die vorbereiteten Sätze.

»Sie werden zu Owen Griffiths gehen und sich entschuldigen für das Unrecht, das Sie ihm zufügten. Sie werden ihm sagen, daß Sie alles tun wollen, was in Ihrer Macht steht, um den Schaden wiedergutzumachen.«

Diese Worte wirkten auf Lord Mountdrago wie ein Peitschenhieb ins Gesicht. Er schüttelte den Bann ab und sprang auf. Seine Augen blitzten, und er überhäufte Dr. Audlin mit zornigen Beschimpfungen, die selbst dieser noch nie vernommen hatte. Er verfluchte ihn und wünschte ihn zum Teufel und gebrauchte so obszöne Ausdrücke, daß Dr. Audlin, der, zum Teil aus dem Munde züchtiger und vornehmer Damen, schon mit allen möglichen Bezeichnungen vertraut war, sich fragte, woher er diese Sprache wohl hatte.

»Entschuldigen soll ich mich bei diesem dreckigen kleinen Waliser? Eher bringe ich mich um.«

»Ich weiß keinen anderen Weg, wie Sie Ihr Gleichgewicht wiederfinden könnten.«

Dr. Audlin hatte noch selten einen äußerlich gesunden Menschen in solch unbeherrschter Wut gesehen. Lord Mountdrago lief rot an, die Augen quollen ihm aus dem Kopf, Schaum trat ihm auf die Lippen. Dr. Audlin musterte ihn gelassen und wartete, bis der Sturm verebbt war; und tatsächlich erschlaffte Lord Mountdrago bald, durch die wochenlange Anspannung erschöpft.

»Hinsetzen!« befahl der Arzt scharf.

Lord Mountdrago fiel in einen Sessel.

»Mein Gott, mir reicht's. Ich muß eine Minute ausruhen, dann gehe ich.«

Ungefähr fünf Minuten saßen sie sich stumm gegenüber. Lord Mountdrago war ein mächtiger, ungestümer Tyrann, aber doch auch ein Gentleman. Als er das Schweigen brach, hatte er seine Selbstbeherrschung wiedergewonnen.

»Ich war wohl sehr grob zu Ihnen. Ich schäme mich meiner Worte und würde es gut verstehen, wenn Sie mit mir nichts mehr zu tun haben wollten. Hoffentlich ist es nicht der Fall; die Besuche bei Ihnen helfen mir, Sie sind meine letzte Rettung.«

»Denken Sie nicht mehr daran, es ist völlig bedeutungslos.«

»Aber eins können Sie nicht von mir verlangen: daß ich mich bei Griffiths entschuldige.«

»Ich habe mich eingehend mit Ihrem Fall beschäftigt. Zwar behaupte ich nicht, ihn zu begreifen, aber ich halte meinen Vorschlag für Ihre einzige Chance zu genesen. Ich habe die ungefähre Vorstellung, daß wir nicht aus einem Ich, sondern aus mehreren bestehen, und eines in Ihnen hat sich gegen das Griffiths zugefügte Unrecht aufgelehnt, hat dessen Gestalt in Ihnen angenommen und rächt sich nun für Ihre Gemeinheit. Wäre ich Priester, würde ich sagen, Ihr Gewissen bedient sich der Umrisse und Züge dieses Mannes, um Sie zur Reue zu zwingen und zur Sühne.«

»Mein Gewissen ist rein. Was kann ich dafür, daß ich Griffiths' Karriere zugrunde gerichtet habe? Ich habe ihn wie eine Schnecke in meinem Garten zertreten. Ich bedaure nichts.«

Mit diesen Worten hatte sich Lord Mountdrago verabschiedet. Während er auf seinen Patienten wartete, las Dr. Audlin seine Notizen durch und überlegte, wie er ihn zu jenem allein noch erfolgversprechenden Entschluß hinführen könne, nachdem seine gewöhnlichen Behandlungsmethoden versagt hatten. Er schaute auf die Uhr: Es war sechs. Seltsam, daß Lord Mountdrago nicht kam, hatte ihn doch ein Sekretär am Morgen telefonisch für die übliche Zeit angemeldet. Wahrscheinlich hielt ihn etwas Dringliches ab. Da fiel Dr. Audlin ein: Lord Mountdrago war gar nicht in der Verfassung zu arbeiten, sein Zustand erlaubte nicht, daß er sich mit wichtigen Staatsgeschäften befaßte. Stand es ihm zu, sich mit einer einflußreichen Persönlichkeit, dem Premierminister oder dem Unterstaatssekretär für auswärtige Angelegenheiten, in Verbindung zu setzen und ihn darauf aufmerksam zu machen, daß Lord Mountdrago bei seiner derzeitigen Labilität keine wichtigen Sachen behandeln dürfe? Es war auf alle Fälle ein heikles Unterfangen: er würde vielleicht nur endlose Verwirrung stiften und Undank ernten. Er zuckte mit den Schultern.

›In den letzten fünfundzwanzig Jahren‹, überlegte er, ›haben die Politiker die Welt derartig zugerichtet, daß es wohl keinen Unterschied macht, ob sie normal oder verrückt sind.‹

Er läutete.

»Wenn Lord Mountdrago kommt, sagen Sie ihm bitte, ich hätte um Viertel nach sechs einen anderen Patienten und könnte ihn leider nicht empfangen.«

»Jawohl, Herr Doktor.«

»Ist die Abendzeitung schon da?«

»Ich will nachschauen.«

Gleich darauf brachte die Hilfe das Blatt. Eine riesige Schlagzeile lief über die erste Seite: Tragischer Tod des Außenministers.

»Mein Gott!« rief Dr. Audlin.

Das schreckte ihn aus seiner gewohnten Ruhe. Er war erschüttert, richtig erschüttert, und doch nicht ganz überrascht. Der Gedanke, Lord Mountdrago könne Selbstmord begehen, hatte ihn mehrmals beschäftigt, und er zweifelte nicht daran, daß es sich um einen Selbstmord handelte. Die Zeitung schrieb, Lord Mountdrago habe in einer U-Bahn-Station an der Bahnsteigkante gewartet und sei beim Einfahren des Zugs auf die Schienen gestürzt. Wahrscheinlich habe ihn ein plötzliches Unwohlsein befallen. Das Blatt berichtete weiterhin, Lord Mountdrago habe seit einigen Wochen unter Überarbeitung gelitten, ohne jedoch seinen Posten verlassen zu wollen, solange die außenpolitische Lage seine volle Aufmerksamkeit erforderte. Auch er gehöre zu den Opfern der Politik, deren Anforderungen gerade ihre hervorragenden Vertreter heute nicht mehr gewachsen seien. Ein trefflicher kleiner Absatz rühmte die Gaben und den Fleiß, die Vaterlandsliebe und die Weitsicht des verstorbenen Staatsmannes, dann folgten zahlreiche Spekulationen, wen der Premier zum Nachfolger bestimmen würde. Dr. Audlin las alles. Er hatte Lord Mountdrago nicht gemocht. Am meisten quälte ihn an diesem Todesfall, daß er dem Mann nicht hatte helfen können.

Vielleicht war es falsch gewesen, sich nicht mit Lord Mountdragos Hausarzt zu verständigen. Mutlos saß er da, wie immer, wenn Mißerfolg seine gewissenhaften Bemühungen vereitelte, und er verspürte Abscheu gegen die Theorie und Praxis der empirischen Lehre, mit der er seinen Lebensunterhalt verdiente. Er hatte es mit dunklen, geheimnisvollen Kräften zu tun, die sich dem Verständnis des menschlichen Geistes entzogen. Er kam sich wie ein Blinder vor, der sich zu einem unbekannten Ziel hintastete. Lustlos blätterte er um, als er plötzlich zusammenfuhr und erstaunt aufschrie. Unten an der Seite hatte er eine kleine Notiz entdeckt:

Unerwarteter Tod eines Parlamentariers – Mr. Owen Griffiths, Abgeordneter für XY, brach heute nachmittag in der Fleet Street zusammen und verstarb auf dem Weg ins Charing Cross Hospital. Man nimmt eine natürliche Todesursache an, doch wurde eine amtliche Untersuchung eingeleitet.

Dr. Audlin traute seinen Augen nicht. Sollte Lord Mountdrago tatsächlich gestern nacht im Traum in den Besitz der ersehnten Waffe, eines Messers oder eines Revolvers, gekommen sein und seinen Quälgeist getötet haben? Und sollte tatsächlich dieser nächtliche Mord sich einige Stunden später auf den wachen Griffiths ausgewirkt haben, so wie der Hieb mit der Flasche ihm am folgenden Tag ein marterndes Kopfweh verursacht hatte? Oder eine noch geheimnisvollere und schrecklichere Hypothese: Als Lord Mountdrago im Tod Erlösung suchte, verfolgte ihn sein so grausam gekränkter, unversöhnlicher Feind, indem er seine sterbliche Hülle von sich warf, in eine andere Welt, um ihn dort weiterzuquälen. Es blieb ein Rätsel; das Vernünftigste war, man betrachtete die Gleichzeitigkeit als dummen Zufall. Dr. Audlin klingelte.

»Sagen Sie Mrs. Milton, ich könne sie heute abend leider nicht empfangen. Ich fühle mich nicht wohl.«

Das stimmte; ihn schauderte wie bei einem Schüttelfrost. Vor seinem geistigen Auge schien sich eine kahle, grauenvolle Leere aufzutun. Die dunkle Nacht der Seele verschlang ihn, und er war einer seltsamen Urangst vor dem Unbekannten ausgeliefert.

Eine Perlenkette

»Was für ein Glücksfall, daß man mich neben Sie gesetzt hat«, sagte Laura, als wir uns zum Dinner niederließen.

»Für mich«, antwortete ich höflich.

»Das wird sich erst zeigen. Ich wünsche mir nämlich schon lange, mit Ihnen sprechen zu können. Ich habe Ihnen eine Geschichte zu erzählen.«

Mein Herz sank.

»Es wäre doch viel netter, wenn Sie über sich selbst redeten«, antwortete ich. »Oder sogar über mich.«

»Nein, diese Geschichte muß ich Ihnen erzählen. Ich glaube, Sie werden sie verwenden können.«

»Tun Sie, was Sie nicht lassen können. Aber sehen wir uns doch zuvor die Menükarte an.«

»Möchten Sie sie denn nicht hören?« fragte sie etwas gekränkt. »Ich dachte, Sie würden sich freuen?«

»Das tue ich auch. Sie könnten ja auch ein Stück geschrieben haben und es mir vorlesen wollen.«

»Sie ist Freunden von mir passiert und von A bis Z wahr.«

»Das ist keine Empfehlung. Eine wahre Geschichte ist nie so wahr wie eine erfundene.«

»Was soll das heißen?«

»Nichts Besonderes«, gab ich zu. »Es klingt bloß gut.«

»Werden Sie mich jetzt endlich anfangen lassen?«

»Ich bin ganz Ohr. Die Suppe werde ich nicht essen. Die macht dick.«

Sie warf mir einen kläglichen Blick zu und schaute auf die Menükarte. Dann seufzte sie.

»Gott, wenn Sie sich kasteien, bleibt mir auch nichts anderes übrig. Ich darf mir um Himmels willen bei meiner Figur keine Extravaganzen erlauben.«

»Dabei kann ich mir keine himmlischere Suppe vorstellen als die mit dem großen Klecks Sahne drin.«

»Borschtsch«, seufzte sie; »die einzige, aus der ich mir wirklich etwas mache.«

»Trösten wir uns. Sie erzählen mir Ihre Geschichte, und wir vergessen das Essen, bis der Fisch kommt.«

»Ja, also, ich war mit dabei, als die Sache passierte. Ich dinierte bei den Livingstones. Kennen Sie die Livingstones?«

»Nein, ich glaube nicht.«

»Nun, Sie können sie ja fragen; sie werden Ihnen jedes meiner Worte bestätigen. Sie hatten ihre Gouvernante gebeten, am Dinner teilzunehmen, denn eine von den Damen hatte im letzten Moment abgesagt – es gibt Menschen, die rücksichtslos genug sind, so etwas zu tun –, und es wären dreizehn Personen bei Tisch gewesen. Die Gouvernante war eine Miss Robinson, jung, wissen Sie, zwanzig oder einundzwanzig, und recht hübsch. Ich persönlich würde niemals eine Gouvernante engagieren, die jung und hübsch ist. Man kann nie wissen.«

»Muß aber stets das Beste hoffen.«

Laura beachtete meine Bemerkung nicht.

»Es ist doch mehr als wahrscheinlich, daß so ein Wesen nichts als junge Männer im Kopf hat statt ihrer Pflichten; und wenn man sie gerade erst eingearbeitet hat, dann kündigt sie und will heiraten. Aber Miss Robinson besaß ausgezeichnete Referenzen, und ich muß zugeben, daß sie eine sehr nette, anständige Person war. Pfarrerstochter übrigens, glaube ich.

Unter den Tischgästen befand sich ein Mann, von dem Sie vielleicht noch nie gehört haben, der aber auf seinem Gebiet eine Berühmtheit ist. Ein Graf Borselli; er versteht mehr von Schmuck als sonst ein Mensch auf der Welt. Er saß neben Mary Lyngate, die sich sehr viel auf ihre Perlen einbildet, und im Laufe des Gespräches fragte sie ihn, was er von der Kette halte, die sie um den Hals trage. Er sagte, sie sei hübsch. Darüber war sie ziemlich pikiert und erzählte ihm, daß man sie auf achttausend Pfund geschätzt habe.

›Ja, das ist sie wert‹, antwortete er.

Miss Robinson saß ihm gegenüber. Sie sah sehr hübsch aus an diesem Abend. Ich erkannte natürlich ihr Kleid; es war ein altes von Sophie; aber hätte man nicht gewußt, daß Miss Robinson die Gouvernante war, so hätte man es nie vermutet.

›Die junge Dame drüben hat ein sehr schönes Kollier‹, meinte Borselli.

›Aber das ist doch die Gouvernante der Livingstones‹, rief Mary Lyngate.

›Das kann ja sein‹, entgegnete er. ›Aber sie trägt eine der schönsten Perlenketten, die ich je gesehen habe. Sie muß ihre fünfzigtausend Pfund wert sein.‹

›Unsinn.‹

›Ich gebe Ihnen mein Wort darauf.‹

Mary Lyngate beugte sich über den Tisch. Sie hat eine ziemlich schrille Stimme.

›Miss Robinson, wissen Sie, was Graf Borselli sagt?‹ schrie sie. ›Er behauptet, die Perlenkette, die Sie tragen, sei fünfzigtausend Pfund wert.‹

Gerade in diesem Augenblick war eine Gesprächspause eingetreten, und die ganze Tischrunde hörte zu. Alle Blicke richteten sich auf Miss Robinson. Sie errötete ein wenig und lachte.

›Dann habe ich ein gutes Geschäft gemacht‹, antwortete sie, ›denn ich habe fünfzehn Shilling für sie bezahlt.‹

›Ein hervorragendes Geschäft, allerdings.‹

Wir alle lachten. Es war absurd. Wer hatte nicht schon von Frauen gehört, die ihrem Mann vormachten, die echte, teure Perlenkette, die sie trügen, sei falsch. Diese Geschichte ist so alt wie der Mond.«

»Vielen Dank«, sagte ich und dachte an eine Erzählung, die ich selbst geschrieben hatte.

»Aber anzunehmen, daß eine Gouvernante, die eine Perlenkette im Wert von fünfzigtausend Pfund besitzt, weiterhin Gouvernante bleibt, wäre die reinste Lächerlichkeit. Es war klar, daß der Graf sich geirrt haben mußte. Dann geschah etwas Unerwartetes. Der lange Arm des Zufalls kam dazwischen.«

»Das sollte er nicht«, entgegnete ich. »Er hat schon zuviel Gymnastik gemacht. Kennen Sie nicht das reizende Büchlein mit dem Titel *Der englische Sprachgebrauch*?«

»Wenn Sie mich doch nicht immer unterbrechen wollten! Jetzt komme ich zu der aufregendsten Stelle.«

Aber ich mußte es noch einmal tun, denn eben tauchte zu meiner Linken eine Platte mit jungem, gegrilltem Lachs auf.

»Unsere Gastgeberin gibt uns wunderbar zu essen«, sagte ich.

»Macht Lachs dick?« fragte Laura.

»Sehr«, antwortete ich, während ich mich ausgiebig bediente.

»So ein Mist«, war die Antwort.

»Erzählen Sie weiter«, bat ich. »Der lange Arm des Zufalls war eben im Begriff, eine Geste zu vollführen.«

»Nun, in diesem Augenblick beugte sich der Butler zu Miss Robinson herunter und flüsterte ihr etwas ins Ohr. Mir schien, als würde sie ein wenig blaß. Es ist ein großer Fehler, ohne Rouge unter Menschen zu gehen; man kann nie wissen, was für Streiche einem die Natur spielt. Auf alle Fälle sah sie bestürzt aus. Sie beugte sich vor.

›Mrs. Livingstone, Dawson sagt, unten in der Halle seien zwei Männer, die mich sofort sprechen wollen.‹

›Dann gehen Sie wohl am besten‹, sagte Sophie Livingstone.

Miss Robinson stand auf und verließ das Zimmer. Selbstverständlich blitzte in allen der gleiche Gedanke auf, aber ich verlieh ihm als erste Ausdruck.

›Man wird sie doch hoffentlich nicht verhaften wollen‹, sagte ich zu Sophie. ›Das wäre zu schrecklich für Sie, Sophie.‹

›Sind Sie überzeugt, Borselli, daß es eine echte Kette war?‹ fragte sie.

›Vollkommen.‹

›Hätte sie sie gestohlen, dann wäre sie doch nicht so naiv gewesen, sie heute zu tragen‹, sagte ich.

Sophie Livingstone wurde totenbleich unter ihrer Schminke, und ich merkte, daß sie mit Sorge an ihre Schmuckkassette dachte. Ich hatte bloß eine kleine Diamantenkette um, aber instinktiv führte ich die Hand an den Hals, um mich zu vergewissern, daß sie noch da war.

›Das ist doch Unsinn‹, sagte Mr. Livingstone. ›Wie in aller Welt hätte Miss Robinson Gelegenheit finden sollen, eine kostbare Perlenkette zu stehlen?‹

›Sie kann eine Hehlerin sein‹, meinte ich.

›Dabei hatte sie die besten Referenzen‹, sagte Sophie.

›Die verschaffen sie sich immer‹, war meine Antwort.«

Ich konnte mir nicht verkneifen, Laura noch ein weiteres Mal zu unterbrechen.

»Sie scheinen nicht geneigt gewesen zu sein, die Sache optimistisch aufzufassen«, bemerkte ich.

»Ich hatte nichts gegen Miss Robinson, im Gegenteil, sie gefiel mir eigentlich recht gut. Aber wäre es nicht aufregend gewesen, wenn sich herausgestellt hätte, daß sie eine notorische Diebin und Mitglied einer internationalen Verbrecherbande sei?«

»Wie im Film«, sagte ich. »Aber leider passieren derartig aufregende Dinge eben bloß im Film.«

»Wir blieben in atemloser Spannung zurück. Es herrschte Grabesstille. Ich hätte erwartet, einen Wortwechsel in der Halle zu hören oder zumindest einen unterdrückten Schrei. Die Stille erschien mir unheilverkündend. Dann ging die Tür auf, und Miss Robinson kam herein. Ich bemerkte sofort, daß das Kollier verschwunden war. Sie war blaß und aufgeregt. Sie kam an ihren Platz zurück und setzte sich. Dann legte sie mit einem Lächeln eine Perlenkette auf den Tisch.

›Da sind meine Perlen‹, sagte sie.

Graf Borselli beugte sich vor.

›Oh, aber das sind ja falsche!‹

›Das habe ich Ihnen doch gleich gesagt‹, lachte sie.

›Das ist aber nicht dieselbe Kette, die Sie vorhin umhatten‹, meinte er.

Sie schüttelte den Kopf und lächelte geheimnisvoll. Wir waren aufs höchste gespannt. Sophie Livingstone schien nicht gerade entzückt, daß ihre Gouvernante sich dermaßen in den Mittelpunkt stellte, und die Art, wie sie sie aufforderte, die Sache aufzuklären, schien mir etwas spitz. Miss Robinson erzählte, sie habe unten in der Halle zwei Männer angetroffen, die, wie sie sagten, vom Kaufhaus Jarrot kamen. Dort hatte sie ihre Perlenkette gekauft, für fünfzehn Shilling, aber da der Verschluß nicht ganz in Ordnung war, hatte sie sie zur Reparatur hingebracht und erst heute nachmittag wieder abgeholt. Die Männer erklärten nun, man habe ihr versehentlich die falsche Kette ausgehändigt. Jemand habe eine echte Perlenkette zum Neuauffädeln hingebracht, und der Verkäufer habe sie verwechselt. Es ist mir allerdings unverständlich, wie jemand eine wirklich wertvolle Perlenkette zu Jarrot bringen kann, wo niemand etwas von Schmuck versteht, aber Frauen sind ja zu allem imstande. Jedenfalls war es die Kette, die Miss Robinson um den Hals getragen hatte und die auf fünfzigtausend Pfund geschätzt worden war. Sie gab sie natürlich zurück – was hätte sie anderes tun können –, obgleich es ihr sicherlich nicht ganz leichtfiel, und man überreichte ihr dafür ihre eigene Kette; dann sagten die beiden Männer, die Firma habe zwar keinerlei Verpflichtung – Sie kennen die dumme, pompöse Art, die Männer annehmen, wenn sie geschäftsmäßig sein wollen –, erkläre sich jedoch bereit, Miss Robinson als Erkenntlichkeit einen Scheck über dreihundert Pfund anzubieten. Miss Robinson zeigte ihn uns. Sie war entzückt.«

»Es war aber auch ein Glücksfall, nicht?«

»Man sollte es meinen. In Wirklichkeit wurde es ihr Verderben.«

»Ach! Wieso denn?«

»Als ihre Ferien herankamen, erklärte sie Sophie Livingstone, daß sie sich entschlossen habe, auf einen Monat nach Deauville zu gehen und die dreihundert Pfund zu verjubeln. Sophie bemühte sich natürlich, sie davon abzuhalten, und flehte sie an, das Geld auf die Sparkasse zu legen, aber davon wollte sie nichts hören. Sie sagte, eine solche Chance habe sich ihr noch nie geboten und werde sich ihr auch nicht wieder bieten, und sie habe die feste Absicht, wenigstens vier Wochen wie eine Herzogin zu leben. Sophie konnte beim besten Willen nichts tun und gab schließlich nach. Sie verkaufte Miss Robinson eine Menge Kleider, die sie nicht mehr haben wollte; sie hatte sie die ganze Saison hindurch getragen und konnte sie nicht mehr sehen; sie behauptet, sie habe sie ihr geschenkt – das glaube ich aber nicht, wahrscheinlich hat sie sie ihr sehr billig verkauft –, und Miss Robinson fuhr ganz allein nach Deauville. Und was, glauben Sie, geschah nun?«

»Keine Ahnung«, antwortete ich. »Ich hoffe, sie hat sich gut unterhalten.«

»Nun, eine Woche, ehe sie zurückkommen sollte, schrieb sie an Sophie, daß sie ihre Pläne geändert habe und einen neuen Beruf ergreifen wolle. Sie hoffe, Mrs. Livingstone würde es ihr nicht übelnehmen, wenn sie nicht mehr zu ihr zurückkehre. Die arme Sophie war natürlich außer sich. In Wirklichkeit hatte Miss Robinson in Deauville einen reichen Argentinier kennengelernt – und war mit ihm nach Paris gegangen. Ich selbst habe sie im ›Florence‹ gesehen, mit Armbändern bis zu den Ellbogen hinauf und dicken Perlenschnüren um den Hals. Ich habe sie natürlich geschnitten. Sie soll ein Haus im Bois de Boulogne haben, und ich weiß, daß sie einen Rolls-Royce fährt. Den Argentinier hat sie nach ein paar Monaten sitzenlassen und sich einen Griechen zugelegt; ich habe keine Ahnung, mit wem sie jetzt zusammen ist – aber das eine steht fest: Sie gilt als eine der schicksten Kokotten von Paris.«

»Sie gebrauchen demnach das Wort ›Verderben‹ in rein technischem Sinn, nehme ich an.«

»Ich weiß nicht, was Sie damit meinen«, sagte Laura. »Aber glauben Sie nicht, daß Sie eine Geschichte daraus machen könnten?«

»Unglücklicherweise habe ich bereits eine Geschichte über eine Perlenkette geschrieben. Man kann doch nicht ewig über Perlenketten schreiben.«

»Ich hätte eigentlich gute Lust, sie selbst zu schreiben. Bloß würde ich natürlich das Ende umändern.«

»Ach! In welcher Weise denn?«

»Gott, ich ließe sie mit einem Bankbeamten verlobt sein, der im Krieg zu Schaden gekommen ist – er könnte zum Beispiel bloß ein Bein haben oder etwa ein halbes Gesicht –, und sie wären furchtbar arm und sähen auf Jahre hinaus keine Möglichkeit, einander zu heiraten, und er würde alles zusammensparen, um später einmal ein kleines Häuschen in der Vorstadt kaufen zu können, und es wäre verabredet zwischen ihnen, daß sie heiraten wollten, wenn die letzte Rate bezahlt wäre. Und da bringt sie ihm eines Tages die dreihundert Pfund, und sie können es kaum glauben, so glücklich sind sie, und er weint an ihrer Schulter, weint wie ein kleines Kind. Und sie bekommen das kleine Häuschen in der Vorstadt und heiraten, und sie nehmen seine alte Mutter zu sich, und er geht jeden Tag in die Bank, und sie gibt acht, keine Kinder zu kriegen, damit sie tagsüber ihren Gouvernantenberuf ausüben kann, und er ist häufig krank – seine Wunde macht ihm zu schaffen –, und sie pflegt ihn, und alles ist sehr rührend und schön und idyllisch.«

»Mir scheint es eigentlich ein bißchen langweilig«, wagte ich einzuwenden.

»Ja, aber moralisch«, meinte Laura.

Das eingehaltene Versprechen

Meine Frau ist sehr unpünktlich. Als wir uns einmal zum Mittagessen im Claridge verabredet hatten und ich mit zehn Minuten Verspätung dort eintraf, war ich also keineswegs überrascht, meine Frau noch nicht vorzufinden. Ich bestellte mir einen Cocktail. Es war Hochsaison, und die meisten Tische in der Halle waren besetzt. Um mir die Viertelstunde Wartezeit, die mir vermutlich bevorstand, zu vertreiben, sah ich mich unter den Gästen um. Manche waren nach einem frühen Mahl schon beim Kaffee, andere wie ich erst beim Aperitif. Die sommerlich gekleideten Damen gaben dem Raum ein fröhlich-buntes Gepräge, aber ich konnte weder an ihnen noch an ihren männlichen Begleitern etwas entdecken, das mein Interesse geweckt hätte. Sie waren schlank und angenehm anzusehen, gut gekleidet und in gelöster Stimmung, aber sie sahen alle ähnlich aus, und ich beobachtete sie mehr gleichgültig als mit Neugier.

Es ging auf zwei Uhr. Ich war hungrig.

Meine Frau behauptet – und schreibt es einer rätselhaften Fügung zu –, daß sie keine Armbänder und keine Uhr tragen kann. Die Armbänder verfärben sich, und die Uhr bleibt stehen. Das mit dem Armband glaube ich ihr, aber was die Uhr betrifft, habe ich den Verdacht, daß sie nur deshalb stehenbleibt, weil meine Frau sie nicht aufzieht.

In diesen Gedanken wurde ich durch einen Hotelpagen

unterbrochen, der an meinen Tisch trat und mir in dem diskret bedeutsamen Tonfall, den Pagen bisweilen annehmen (als trüge ihre Nachricht eine düsterere Bedeutung, als ihre Worte nahelegten), mitteilte, daß soeben eine Dame angerufen habe: Sie sei unterwegs aufgehalten worden und könne leider nicht mit mir speisen.

Unschlüssig stand ich auf. Die Vorstellung, mein Mittagessen in einem überfüllten Restaurant allein verzehren zu müssen, lockte mich in keiner Weise, aber da es für den Klub schon zu spät war, blieb mir nichts anderes übrig. Ich schlenderte in den Speisesaal.

Anders als manche wichtige Herrschaften hat es mich nie mit besonderer Genugtuung erfüllt, von den Oberkellnern vornehmer Restaurants mit Namen gekannt zu werden. Diesmal hätte ich nichts dagegen gehabt, denn der Maître d'Hôtel gab mir mit steinerner Miene zu verstehen, daß kein Tisch frei sei.

Als ich mich hilflos in dem riesigen, prunkvollen Saal umsah, fiel mein Blick auf eine mir bekannte Dame, Lady Elizabeth Vermont. Sie saß allein und nickte mir aufmunternd zu. Ich trat an ihren Tisch.

»Erlauben Sie einem Verhungernden, bei Ihnen Platz zu nehmen?«

»Gerne. Aber ich bin mit meiner Mahlzeit beinahe am Ende.«

Der kleine Tisch war durch eine wuchtige Säule ein wenig von den übrigen Gästen abgesondert. Ich hatte es in jeder Hinsicht gut getroffen und bedankte mich überschwenglich.

Lady Vermont besaß ein anziehendes Lächeln. Es brachte

ihr Gesicht nicht mit einemmal zum Strahlen, sondern breitete sich sanft und allmählich aus, spielte zuerst ein wenig um die Lippen, wanderte dann langsam zu den großen, glänzenden Augen und setzte sich dort fest. Man durfte Elizabeth Vermont getrost eine außergewöhnliche Erscheinung nennen. Ich hatte sie als junge Frau nicht gekannt; es hieß, daß sie hinreißend hübsch gewesen sei, und das glaubte ich gerne, denn auch jetzt, mit ihren fünfzig Jahren, war sie noch unvergleichlich. Neben ihrer gezeichneten Schönheit wirkten die frischen, hübschen Gesichter der jüngeren Damen beinahe langweilig. Ich kann diesen bemalten Larven nichts abgewinnen. Ich finde es töricht, wenn Frauen ihre Persönlichkeit mit Puder, Rouge und Lippenstift überdecken. Auch Elizabeth Vermont bediente sich kosmetischer Hilfsmittel, aber nicht, um die Natur zu kopieren, sondern um ihr nachzuhelfen. Vermutlich war ihr glattes, schwarzglänzendes Haar gefärbt. Sie war sehr schlank und hielt sich kerzengerade. Ihr schlichtes dunkles Satinkleid bewies vortrefflichen Geschmack. Als Schmuck trug sie außer einer langen Perlenkette nur noch einen Smaragd, der ihren Ehering zierte und dessen dunkles Feuer den weißen Teint ihrer Hände besser zur Geltung brachte. Dennoch waren es diese Hände mit den rotlackierten Fingernägeln, die ihr Alter verrieten. Man erschrak ein wenig beim Anblick der langen, knöchrigen Finger und konnte sich vorstellen, daß sie in nicht allzu ferner Zeit wie die Krallen eines Raubvogels aussehen würden.

Elizabeth Vermont entstammte einer vornehmen Familie. Sie war die Tochter des siebten Herzogs von St. Erth. Im Alter von achtzehn Jahren hatte sie einen steinreichen Mann geheiratet und sich mit unvermittelter Heftigkeit in ein extravagantes, ja ausschweifendes Leben gestürzt. Da sie zu stolz war, um vorsichtig zu sein, und zu leichtsinnig, um die Konsequenzen zu bedenken, gab es alsbald einen handfesten Skandal, und ihr Gatte ließ sich von ihr scheiden. Sie heiratete einen der drei im Prozeß genannten Männer, dem sie achtzehn Monate später wieder davonlief. Es folgten eine Reihe von Liebhabern und eine Reihe weiterer Skandale. Ihre aufsehenerregende Schönheit und ihr nicht minder aufsehenerregendes Benehmen machten sie zum Lieblingsthema unerschöpflicher Klatschgeschichten. Sie war eine Spielerin, eine Verschwenderin, eine Kokotte, und die anständigen Leute verachteten sie aus tiefster Seele. Doch wie oft sie auch ihre Liebhaber wechselte – ihren Freunden blieb sie treu, und es gab immer genug, die standhaft zu ihr hielten. Sie war eine Frau von Geist und Courage, sie war immer aufrichtig und machte niemandem etwas vor.

In diesem Stadium ihres Lebens lernte ich sie kennen. Denn seit die Religion aus der Mode gekommen ist, wenden vornehme Damen, die in allzu schlechten Ruf geraten, ihr Interesse den schönen Künsten zu, und wenn ihnen die Angehörigen ihrer eigenen Klasse die kalte Schulter zeigen, steigen sie manchmal in die Gefilde der Dichter, Maler und Musiker hinab.

Ich fand Lady Vermonts Gesellschaft reizvoll. Sie war jemand, der furchtlos seine Meinung sagte (was viel nützliche Zeit erspart), und ihr rascher Witz setzte mich oft in Erstaunen. Sie war jederzeit bereit, über ihre berüchtigte Vergangenheit zu sprechen, ja sie machte sich sogar darüber lustig.

Und dann geschah etwas Überraschendes: Als sie vierzig

war, heiratete sie einen Einundzwanzigjährigen. Einige ihrer Freunde hielten sie für verrückt, andere waren empört, daß sie die Unerfahrenheit eines jungen Mannes so schamlos ausnutzte, und wollten nichts mehr mit ihr zu tun haben. Allgemein erging man sich in düsteren Prophezeiungen, denn Elizabeth Vermont hatte es noch nie länger als sechs Monate mit einem Mann ausgehalten. Darin erblickte man sogar die einzige Chance des Unglückseligen. Wenn seine Frau sich weiterhin so skandalös aufführte wie bisher, müßte er sie doch wohl verlassen.

Sämtliche Spekulationen erwiesen sich als falsch. Ob Elizabeth sich von Grund auf gewandelt hatte oder ob Peter Vermonts Arglosigkeit und Zuneigung sie rührten – fest steht, daß sie ihm eine wunderbare Gattin war. Sie waren arm, und aus der einstigen Verschwenderin wurde eine sparsame Hausfrau von so untadeligem Lebenswandel, daß die Lästerzungen verstummten. Das Glück ihres Mannes bedeutete ihr alles. Niemand konnte daran zweifeln, daß sie ihn hingebungsvoll liebte. Nachdem sie so lang Gegenstand zahlloser Gespräche gewesen war, hörte man schlicht auf, über Elizabeth Vermont zu reden. Es schien, als wäre ihre Geschichte zu Ende erzählt. Und ich amüsierte mich bei dem Gedanken, daß sie einmal eine alte, allseits respektierte Dame sein würde, von deren dunkler Vergangenheit niemand mehr wußte, sie selbst eingeschlossen. Denn die Frauen haben eine beneidenswerte Fähigkeit zu vergessen.

Es kam abermals anders. Nach zehn Jahren einer idealen Ehe verliebte sich Peter Vermont wie toll in ein Mädchen namens Barbara Canton, ein nettes kleines Ding, die jüngste Tochter von Lord Robert Canton, der einmal den Posten eines Sekretärs im Amt für Auswärtige Angelegenheiten bekleidet hatte. Barbara war blond und hübsch, aber nicht im entferntesten mit Lady Elizabeth vergleichbar.

Man begann über die Sache zu tuscheln. Man fragte sich, ob Elizabeth etwas ahnte und wie sie sich in einer für sie so ungewohnten Situation verhalten würde. Bisher war ja immer sie es gewesen, die ihre Liebhaber verabschiedet hatte. Da ich ihren Mut und ihre Geschicklichkeit kannte, nahm ich an, daß sie mit der kleinen Miss Canton kurzen Prozeß machen würde.

All das ging mir jetzt durch den Kopf, während ich mit Elizabeth an dem kleinen Säulentisch saß. Nichts in ihrem Benehmen deutete darauf hin, daß irgend etwas sie bedrückte. Sie war bei bester Laune, herzlich und offen wie immer, sie sprach in ihrem gewohnten Plauderton, und was sie sagte, bewies ihren Verstand und ihren wachen Sinn für alles Lächerliche. Ich fand sie faszinierend wie eh und je und kam zu dem Schluß, daß sie dank irgendeiner himmlischen Fügung nichts von Peter Vermonts Gefühlswandel wußte. Oder vielleicht konnte sie sich in ihrer großen Liebe zu ihm gar nicht vorstellen, daß er sie nicht mehr liebte.

Wir tranken Kaffee und rauchten.

»Wie spät ist es?« fragte sie unvermittelt.

»Viertel vor drei.«

»Oh. Dann muß ich meine Rechnung verlangen.«

»Darf ich das für Sie erledigen?«

»Natürlich.«

»Sie sind in Eile?«

»Peter erwartet mich um drei Uhr.«

»Wie geht es ihm?«

»Danke, sehr gut.«

Sie lächelte ein wenig, ihr zögerndes, bezauberndes Lächeln, aber mir schien, als wäre ihm eine kleine Prise Spott beigemengt. Ein paar Sekunden sah sie nachdenklich vor sich hin, ehe sie sich zu mir wandte:

»Sie haben sich doch immer für ausgefallene Situationen interessiert, nicht wahr? Nun, Sie werden nicht erraten, in welcher Angelegenheit ich unterwegs bin. Heute morgen habe ich Peter angerufen und mich für drei Uhr mit ihm verabredet. Ich werde ihn bitten, sich von mir scheiden zu lassen.«

»Das ist doch nicht wahr!« rief ich, fühlte mich erröten und wußte nicht weiter. »Ich dachte, Sie beide wären immer so gut miteinander ausgekommen.«

»Halten Sie es für sehr wahrscheinlich, daß gerade ich nicht wissen sollte, was alle Welt weiß? Halten Sie mich für so dumm?«

Nein, dumm war sie ganz gewiß nicht. Man konnte ihr nichts weismachen, was man selbst nicht glaubte. Und ich konnte nicht so tun, als wüßte ich nicht, was sie meinte. Ich schwieg ein paar Sekunden.

»Aber warum wollen Sie die Scheidungsklage ihm überlassen?« fragte ich endlich.

»Weil Papa Canton ein muffiger alter Knochen und peinlich auf Wahrung der Formen bedacht ist. Er würde Barbara nie erlauben, Peter zu heiraten, wenn die Scheidung von mir ausginge. Und für mich macht es keinen Unterschied. Eine Scheidung mehr oder weniger ...«

Sie zuckte die Achseln. Ihre Schultern waren sehr hübsch.

»Woher wissen Sie, daß er Barbara heiraten will?«

»Er ist bis über beide Ohren verliebt in sie.«

»Hat er Ihnen das gesagt?«

»Nein. Er weiß nicht einmal, daß ich's weiß. Er leidet entsetzlich, der arme Junge. Und er gibt sich so große Mühe, mich nicht zu verletzen.«

»Vielleicht ist es nur eine plötzliche Leidenschaft. So etwas geht vorüber.«

»Das glaube ich kaum. Barbara ist jung und attraktiv und recht nett. Die beiden passen ausgezeichnet zueinander. Und daß es irgendwann zu Ende gehen kann, spielt im Augenblick keine Rolle. Sie lieben einander jetzt – das ist alles, was zählt. In der Liebe ist die Gegenwart alles. Ich bin neunzehn Jahre älter als Peter. Wenn ein Mann aufhört, eine Frau zu lieben, die alt genug ist, seine Mutter zu sein – glauben Sie wirklich, daß er sie jemals wieder lieben würde? Sie als Schriftsteller müßten in diesen Dingen doch Bescheid wissen.«

»Aber das ist doch kein Grund, ein solches Opfer zu bringen.«

»Als Peter mich vor zehn Jahren bat, ihn zu heiraten, versprach ich ihm, daß ich ihn freigeben würde, wann immer er es wünsche. Das schien mir ein einfaches Gebot der Fairness zu sein – bei dem Altersunterschied, der zwischen uns bestand.«

»Das heißt – Sie wollen ein Versprechen einhalten, um dessen Einhaltung er Sie gar nicht gebeten hat?«

Sie machte eine kleine flatterige Bewegung mit ihren langen dünnen Händen, und ich spürte plötzlich, daß etwas Unheilvolles in dem dunklen Funkeln des Smaragdes lag.

»Ja, das heißt es wohl. Man muß sich wie ein Gentleman

benehmen. Auch als Frau. Wenn Sie es ganz genau wissen wollen – deshalb habe ich meinen Lunch heute an diesem Tisch genommen. An diesem Tisch hat er mich vor zehn Jahren um meine Hand gebeten. Wir aßen hier zu Abend, und ich saß genau auf dem Platz, wo ich jetzt sitze. Zu dumm. Ich glaube, daß ich ihn noch ganz genauso liebe wie damals.« Sie schwieg ein wenig, mit zusammengepreßten Lippen. »Nun, ich sollte gehen. Peter verträgt es nicht, wenn man ihn warten läßt.«

Es war ein rührend hilfloser Blick, mit dem sie mich ansah. Und ich hatte den Eindruck, daß sie es nicht über sich brachte, sich von ihrem Sitz zu lösen. Aber da war sie schon lächelnd aufgesprungen.

»Darf ich Sie begleiten?«

»Bis zum Hotelausgang gerne.«

Wir durchquerten das Restaurant und die Halle. Der Portier setzte die Drehtür in Bewegung.

Ich fragte sie, ob sie ein Taxi haben wolle.

»Nein, danke. Ich möchte lieber zu Fuß gehen. Es ist so ein schöner Tag heute.« Sie reichte mir die Hand zum Abschied. »Ich werde morgen verreisen. Aber den ganzen Herbst über bin ich in London. Rufen Sie mich doch einmal an.«

Noch einmal lächelte sie, dann wandte sie sich ab und ging. Ich blickte ihr nach. Die Luft war frühlingshaft mild, und über den Dächern segelten kleine weiße Wolken am blauen Himmel. Sie ging die Davies Street hinauf, sehr aufrecht und mit hoch erhobenem Kopf. Es waren nicht wenige Männer, die sich nach ihrer schlanken, straffen Gestalt umsahen. Jetzt dankte sie mit einer leichten Neigung des Kopfes für den Gruß eines Bekannten, der respektvoll den Hut gezogen hatte. Niemals, so dachte ich, niemals würde ihm der Gedanke kommen, daß er eine Frau gegrüßt hatte, der gerade das Herz zerbrach. Sie war, ich sagte es schon, eine sehr bemerkenswerte Frau.

Der Kirchendiener

In St. Peter, Neville Square, hatte am Nachmittag eine Taufe stattgefunden, und Albert Edward Foreman, der Kirchendiener, trug immer noch sein Küstergewand. Sein neues, das so volle, steife Falten hatte, als wäre es nicht aus Alpaka, sondern aus Bronze, sparte er sich für Begräbnisse und Hochzeiten auf (St. Peter, Neville Square, war eine für derartige Zeremonien von der vornehmen Welt bevorzugte Kirche), und so trug er heute bloß sein zweitbestes. Er trug es überaus gern, denn es stellte das würdige Symbol seines Amtes dar, und hatte er es nicht an (wenn er nach Hause ging, zum Beispiel), so konnte er das unbehagliche Gefühl nicht loswerden, ungenügend bekleidet zu sein. Er schonte es; er putzte und bügelte es selbst. Während der sechzehn Jahre, die er nun schon Kirchendiener war, hatte er eine ganze Reihe solcher Gewänder besessen, aber er war nie imstande gewesen, sie, wenn sie abgetragen waren, wegzuwerfen, und so lag die komplette Serie, säuberlich in braunes Packpapier eingeschlagen, in der untersten Lade seiner Schlafzimmerkommode.

Der Kirchendiener erledigte still seine Arbeiten, legte den bemalten Holzdeckel auf das marmorne Taufbecken, trug einen Stuhl fort, der für eine kränkliche alte Dame herbeigeschafft worden war, und wartete, daß der Vikar die Sakristei verlassen würde, damit er dort aufräumen und anschließend nach Hause gehen konnte. Kurz darauf sah er ihn den Altarraum durchqueren, vor dem Hochaltar das Knie beugen und dann durch das Mittelschiff näher kommen; aber er hatte seinen Talar noch nicht abgelegt.

›Was hat er hier noch zu suchen?‹ fragte sich der Kirchendiener. ›Weiß er nicht, daß ich meinen Tee trinken möchte?‹

Der Vikar bekleidete seine Stellung erst seit kurzer Zeit. Er war ein energischer Mann mit rotem Gesicht, in den frühen Vierzigern, und Albert Edward trauerte immer noch seinem Vorgänger nach, einem Geistlichen der alten Schule, der mit silberner Stimme bedächtige Predigten gehalten und häufig mit den aristokratischen Mitgliedern der Gemeinde diniert hatte. Er hielt darauf, daß in der Kirche Ordnung herrschte, aber er schikanierte einen nicht; er war nicht wie dieser Neue, der überall seine Nase hineinstecken mußte. Aber Albert Edward war tolerant. St. Peter lag in einer sehr guten Gegend, und die Gemeindemitglieder gehörten fast durchweg den höheren Gesellschaftsschichten an. Der neue Vikar hingegen kam aus dem East End, und es war nicht von ihm zu erwarten, daß er sich von einem Tag auf den anderen in die diskreten Formen seiner vornehmen Pfarrkinder hineinfand.

»Diese Hektik!« sagte Albert Edward. »Aber mit der Zeit wird er schon lernen.«

Als der Vikar so weit herangekommen war, daß er den Kirchendiener ansprechen konnte, ohne die Stimme lauter erheben zu müssen, als es sich an einem Ort der Andacht schickte, blieb er stehen.

»Foreman, darf ich Sie bitten, einen Augenblick in die Sakristei zu kommen? Ich habe Ihnen etwas zu sagen.«

»Sehr wohl, Sir.«

Der Vikar wartete auf ihn, und sie gingen miteinander durch die Kirche.

»Eine sehr hübsche Taufe war das heute, Sir. Komisch, wie das Kind zu schreien aufhörte, sobald Sie es auf den Arm nahmen.«

»So geht es mir oft«, antwortete der Vikar mit einem leichten Lächeln. »Aber ich habe ja schließlich Erfahrung auf diesem Gebiet.«

Es war eine Quelle heimlichen Stolzes für ihn, daß es ihm fast immer gelang, ein weinendes Kind durch die Art, wie er es hielt, zu beruhigen, und die Bewunderung, mit der die Mütter und Kinderfrauen ihm dabei zusahen, blieb ihm keineswegs verborgen. Der Kirchendiener wußte, daß es ihm Freude machte, ein Kompliment über diese Begabung zu hören.

Der Vikar ging ihm voran in die Sakristei. Albert Edward war ein wenig überrascht, die beiden Kirchenvorsteher dort anzutreffen. Er hatte sie nicht hereinkommen sehen. Sie nickten ihm freundlich zu.

»Guten Tag, Mylord. Guten Tag, Sir«, sagte er nacheinander.

Sie waren beide ältere Männer und bekleideten ihre Ämter als Kirchenvorsteher fast schon so lange wie Albert Edward das seine. Sie saßen nun um einen prächtigen Refektoriumstisch, den der alte Vikar vor vielen Jahren aus Italien mitgebracht hatte, und der neue Vikar setzte sich auf den leeren Stuhl zwischen ihnen. Albert Edward stand ihnen gegenüber und fragte sich mit leisem Unbehagen, was wohl los sei. Er erinnerte sich noch daran, wie der Organist in

Schwierigkeiten geraten war und was für Mühe es alle gekostet hatte, die Affäre zu vertuschen. Denn eine Kirche wie St. Peter, Neville Square, durfte sich keinen Skandal gestatten. Auf dem roten Gesicht des Vikars lag ein Ausdruck entschlossenen Wohlwollens, aber die anderen blickten etwas bekümmert drein.

›Er hat sie bearbeitet‹, sagte der Kirchendiener zu sich selbst. ›Er hat sie zu irgend etwas überredet, aber sie fühlen sich nicht wohl dabei. Das ist es. Da könnte ich Gift drauf nehmen.‹

Aber in Albert Edwards klargeschnittenen, distinguierten Zügen wurden diese Gedanken nicht sichtbar. Er stand in respektvoller, aber nicht unterwürfiger Haltung da. Er war, ehe sich ihm die Stellung in der Kirche geboten hatte, Diener gewesen, aber nur in sehr guten Häusern, und sein Benehmen war tadellos. Er hatte als Page im Haushalt eines großen Handelsherrn begonnen, war dann allmählich von der Stellung eines vierten bis zu der eines ersten Dieners aufgerückt, hatte ein Jahr als Kammerdiener bei der Witwe eines Peers und schließlich als Butler mit zwei Dienern unter sich im Hause eines pensionierten Botschafters gedient. Er war groß, mager, ernst und würdevoll. Er sah, wenn nicht wie ein Herzog, so doch mindestens wie ein Schauspieler der alten Schule aus, der sich auf Herzogrollen spezialisiert hatte. Er war taktvoll, zuverlässig, selbstbewußt. Sein Charakter war unantastbar.

Der Vikar begann munter.

»Foreman, wir haben Ihnen etwas ziemlich Unangenehmes zu sagen. Sie sind seit vielen Jahren hier, und ich glaube, Seine Lordschaft und der Herr General sind sich mit mir darin einig, daß Sie die Pflichten Ihres Amtes stets zur allgemeinen Zufriedenheit erfüllt haben.«

Die beiden Kirchenvorsteher nickten.

»Aber vor ein paar Tagen ist mir ein merkwürdiger Umstand zur Kenntnis gekommen. Ich entdeckte zu meinem Erstaunen, daß Sie weder lesen noch schreiben können.«

Das Gesicht des Kirchendieners verriet keine Spur von Verlegenheit.

»Der letzte Vikar wußte das, Sir«, antwortete er. »Er fand, es habe nichts zu sagen. Er meinte immer, es gebe viel zuviel Bildung auf der Welt für seinen Geschmack.«

»Das ist das Unglaublichste, was mir je vorgekommen ist«, rief der General. »Stimmt es tatsächlich, daß Sie sechzehn Jahre Kirchendiener gewesen sind und niemals lesen und schreiben gelernt haben?«

»Ich trat mit zwölf Jahren meinen ersten Dienst an, Sir. Die Köchin in jenem Hause versuchte, es mir beizubringen, aber ich scheine kein Talent dafür zu haben, und dann hatte ich eigentlich nie so recht Zeit. Es hat mir aber nie wirklich gefehlt. So viele Leute vertrödeln ihre kostbare Zeit mit Lesen, wenn es hundert nützlichere Dinge zu tun gäbe.«

»Aber haben Sie nie das Bedürfnis, die Zeitung zu lesen? Wollen Sie nie einen Brief schreiben?«

»Nein, Mylord, es geht auch so. Und in den letzten Jahren, seitdem es so viele Bilder in den Zeitungen gibt, kann ich mir ganz gut zusammenreimen, was vorgeht. Meine Frau ist sehr gebildet, und wenn ich einen Brief zu schreiben habe, schreibt sie ihn für mich.«

Die beiden Kirchenvorsteher warfen dem Vikar bekümmerte Blicke zu und betrachteten dann die Tischplatte.

»Nun, Foreman, ich habe die Sache mit den Herren besprochen, und wir sind uns völlig einig, daß es so nicht weitergehen kann. In einer Kirche wie St. Peter, Neville Square, können wir nicht einen Kirchendiener beschäftigen, der des Lesens und Schreibens nicht mächtig ist.«

Albert Edwards schmales, farbloses Gesicht rötete sich, und er trat verlegen von einem Fuß auf den andern; aber er gab keine Antwort.

»Verstehen Sie mich richtig, Foreman, ich habe keine Klage gegen Sie zu führen. Sie arbeiten sehr brav; ich habe die höchste Meinung von Ihrem Charakter und Ihren Fähigkeiten. Aber wir können nicht riskieren, daß Ihre beklagenswerte Unkenntnis unliebsame Situationen heraufbeschwört. Es handelt sich hier um eine Frage der Vorsicht und des Prinzips.«

»Könnten Sie es denn nicht lernen, Foreman?« fragte der General.

»Nein, Sir, ich fürchte, nein. Es ist zu spät. Man wird nicht jünger, und wenn es mir schon als Knirps nicht gelungen ist, die Buchstaben in meinen Kopf hineinzukriegen, so habe ich jetzt noch viel weniger Aussicht.«

»Wir wollen nicht hart gegen Sie sein, Foreman«, sagte der Vikar. »Aber die Herren Kirchenvorsteher und ich haben einen festen Entschluß gefaßt. Wir wollen Ihnen drei Monate Zeit lassen. Wenn Sie nach Ablauf dieser Frist nicht lesen und schreiben gelernt haben, werden Sie leider gehen müssen.«

Albert Edward hatte den neuen Vikar nie gemocht. Er hatte von Anfang an gefunden, daß es ein Fehlgriff gewesen war, ihm St. Peter zuzuweisen. Er war nicht der richtige

Mann für eine vornehme Gemeinde. Und nun straffte er den Rücken. Er kannte seinen Wert und würde sich nicht demütigen lassen.

»Ich bedaure sehr, Sir, aber es hat keinen Zweck. Ich bin zu alt, um neue Kunststücke zu lernen. Ich habe so viele Jahre gelebt, ohne lesen und schreiben zu können; und ohne mich rühmen zu wollen – Eigenlob liegt mir fern –, kann ich doch sagen, daß ich stets meine Pflicht erfüllt habe an dem Platz, an den es Gott gefallen hat, mich zu stellen. Und selbst wenn ich es heute noch lernen könnte – ich weiß nicht, ob ich es tun würde.«

»Wenn es sich so verhält, Foreman, werden Sie leider gehen müssen.«

»Jawohl, Sir, selbstverständlich. Ich werde glücklich sein zurückzutreten, sobald Sie einen Ersatz für mich gefunden haben.«

Aber als Albert Edward mit seiner gewohnten Höflichkeit die Kirchentür hinter dem Vikar und den beiden Kirchenvorstehern geschlossen hatte, konnte er den Schein von Würde, mit dem er den Schlag hingenommen hatte, nicht länger aufrechterhalten, und seine Lippen zitterten. Er ging langsam in die Sakristei zurück und hängte sein Gewand an den dafür bestimmten Haken. Er seufzte, als er an all die großartigen Begräbnisse und eleganten Hochzeiten dachte, die er miterlebt hatte. Nachdem alles aufgeräumt war, zog er seinen Rock an, ging durch das Schiff und schloß die Kirchentür hinter sich ab. Er schlenderte über den Vorplatz, aber tief in seine traurigen Gedanken versunken, nahm er nicht den Weg, der ihn nach Hause führte, wo eine schöne, starke Tasse Tee auf ihn wartete, sondern bog in eine falsche

Straße ein. Er ging langsam. Sein Herz war schwer. Er wußte nicht, was er nun anfangen sollte. Der Gedanke, wieder irgendwo in Stellung zu gehen, lockte ihn nicht; nachdem er so viele Jahre sein eigener Herr gewesen war – denn der Vikar und die Kirchenvorsteher mochten sagen, was sie wollten: Er war es gewesen, der St. Peter, Neville Square, geleitet hatte –, konnte er sich kaum so tief sinken lassen, wieder eine Dienerstelle anzunehmen. Er hatte sich eine hübsche Summe zusammengespart, aber nicht genug, um, ohne etwas zu tun, davon zu leben, und das Leben wurde mit jedem Jahr teurer. Er hätte es nie für möglich gehalten, daß er sich noch einmal mit derartigen Fragen beschäftigen müßte. Die Kirchendiener von St. Peter blieben, wie die Päpste von Rom, lebenslänglich in ihrem Amt. Oft hatte er sich die freundlichen Worte der Würdigung ausgemalt, die der Vikar ihm in seiner Abendandacht am ersten Sonntag nach seinem Tode würde zuteil werden lassen, wenn er vor der Gemeinde der langen, treuen Dienste und des vorbildlichen Charakters seines verstorbenen Kirchendieners, Albert Edward Foreman, gedachte. Er seufzte tief. Albert Edward war Nichtraucher und Antialkoholiker, aber mit einer gewissen Weitherzigkeit; das heißt, er trank gerne ein Glas Bier zum Abendessen und gönnte sich, wenn er müde war, zuweilen eine Zigarette. Es fiel ihm ein, daß es ihn vielleicht auch jetzt trösten könnte zu rauchen, und er sah sich nach einem Laden um, in dem er ein Paket *Gold Flakes* erstehen konnte. Er fand keinen und ging ein Stückchen weiter. Es war eine lange Straße mit vielerlei Läden, aber kein einziger war darunter, in dem es Zigaretten gab.

»Das ist doch merkwürdig«, murmelte Albert Edward.

Um sich zu vergewissern, ging er noch einmal die Straße hinunter. Nein, es verhielt sich wirklich so. Er blieb stehen und schaute nachdenklich um sich.

»Ich kann nicht der einzige Mann sein«, sagte er, »der diese Straße entlanggeht und eine Zigarette haben möchte. Es müßte doch ein ganz gutes Geschäft sein, hier einen kleinen Laden aufzumachen. Tabak und Süßigkeiten vielleicht.«

Er schlug sich mit der Hand an den Kopf.

»Das ist eine Idee!« rief er aus. »Komisch, wie einem so etwas einfällt, wenn man es am wenigsten erwartet.«

Er drehte sich um, ging nach Hause und trank seinen Tee.

»Du bist so still heute, Albert«, bemerkte seine Frau.

»Ich denke nach«, sagte er.

Er überlegte sich die Sache von allen Seiten, und am nächsten Tag ging er wieder durch die Straße und hatte das Glück, einen freien kleinen Laden zu finden, der seinen Vorstellungen genau entsprach. Vierundzwanzig Stunden später hatte er ihn gemietet, und als er einen Monat darauf St. Peter, Neville Square, für immer verließ, etablierte sich Albert Edward Foreman als Tabak- und Zeitungshändler. Seine Frau meinte, es sei ein furchtbarer Abstieg, nachdem man Kirchendiener in St. Peter gewesen sei, aber er antwortete, man müsse mit der Zeit gehen, die Kirche sei auch nicht mehr, was sie mal war, und von nun an wolle er es so halten, daß er dem Kaiser gebe, was des Kaisers sei. Albert Edward hatte viel Erfolg. Er machte so gute Geschäfte, daß ihm nach einem Jahr einfiel, man könnte noch einen zweiten Laden dazunehmen und einen Verwalter einsetzen.

Er suchte wieder nach einer langen Straße, in der es noch kein Tabakgeschäft gab, und als er sie gefunden hatte, mietete er einen Laden und richtete ihn ein. Auch mit diesem hatte er Glück. Dann überlegte er, daß man ebensogut ein halbes Dutzend Läden einrichten könnte, und so fing er an, London zu durchstreifen, und wo er eine lange Straße fand, in der es keinen Tabakhändler, dafür aber einen Laden zu vermieten gab, errichtete er ein Geschäft. Im Laufe von zehn Jahren besaß er nicht weniger als zehn Läden und verdiente ein Vermögen. Jeden Montag machte er die Runde und holte überall die Wocheneinnahmen ab, um sie dann auf die Bank zu tragen.

Eines Morgens nun, als er am Schalter erschien, um ein Bündel Banknoten und einen schweren Sack Silber einzuzahlen, teilte ihm der Kassierer mit, daß der Direktor ihn zu sprechen wünsche. Er wurde in ein Büro geführt, und der Direktor schüttelte ihm die Hand.

»Mr. Foreman, ich wollte mit Ihnen über das Geld sprechen, das Sie bei uns liegen haben. Wissen Sie genau, wieviel es ist?«

»Nicht auf ein Pfund genau, Sir, aber ungefähr weiß ich es schon.«

»Nun, Ihre heutige Einzahlung nicht eingerechnet, sind es etwas über dreißigtausend Pfund. Das ist eine sehr hohe Summe für eine Bankeinlage, und ich dachte, es wäre vorteilhaft für Sie, wenn Sie es in Wertpapieren anlegen.«

»Ich möchte kein Risiko eingehen. In der Bank liegt es sicher.«

»Sie brauchen nicht die geringste Sorge zu haben. Wir werden Ihnen eine Liste vollkommen sicherer Wertpapiere herausschreiben. Sie können sich damit einen viel höheren Zinssatz sichern, als wir Ihnen zu geben imstande sind.«

Ein Ausdruck von Ratlosigkeit zeigte sich auf Mr. Foremans vornehmem Gesicht. »Ich habe nie etwas mit Aktien oder Wertpapieren zu tun gehabt und müßte die Sache völlig Ihnen überlassen«, sagte er.

Der Direktor lächelte. »Wir werden gerne alles für Sie erledigen. Sie haben nichts weiter zu tun, als bei Ihrem nächsten Besuch die Übertragungen zu unterschreiben.«

»Das könnte ich schon«, meinte Albert unsicher. »Aber wie soll ich wissen, was ich unterschreibe?«

»Ich nehme an, daß Sie lesen können«, antwortete der Direktor etwas gereizt.

Mr. Foreman blickte ihn mit einem entwaffnenden Lächeln an.

»Das ist es ja, Sir. Ich kann nicht lesen. Ich weiß, das wird Ihnen komisch vorkommen, aber es ist so. Ich kann weder lesen noch schreiben, bloß meinen Namen, und das habe ich erst gelernt, als ich Geschäftsmann wurde.«

Der Direktor war dermaßen überrascht, daß er vom Stuhl aufsprang.

»Das ist doch nicht Ihr Ernst?«

»Sehen Sie, ich hatte nie so richtig Gelegenheit, es zu lernen, bis es zu spät war. Und dann wollte ich einfach nicht mehr – es war eine Art Verstocktheit.«

Der Direktor starrte ihn an, als wäre er ein prähistorisches Ungeheuer.

»Sie behaupten also, daß Sie dieses bedeutende Geschäftsunternehmen aufgebaut und ein Vermögen von dreißigtausend Pfund erworben haben, ohne lesen und schreiben zu können? Guter Gott, Mann, was wären Sie heute, wenn Sie auch das noch gekonnt hätten?«

»Das kann ich Ihnen sagen, Sir«, antwortete Mr. Foreman, ein kleines Lächeln auf seinem aristokratischen Gesicht. »Ich wäre heute Kirchendiener von St. Peter, Neville Square.«

Gesellschaftliche Haltung

Ich gehe nicht gerne Verpflichtungen auf lange Sicht ein. Wie kann man wissen, ob man an einem bestimmten Tag in drei, vier Wochen Lust haben wird, mit einer bestimmten Person zu essen? Es kann sehr leicht geschehen, daß sich inzwischen etwas viel Verlockenderes ergibt, und außerdem läßt ein so weit im voraus festgesetztes Datum gewöhnlich auf eine große, formelle Gesellschaft schließen. Aber was kann man tun? Das Datum wird so lange vorherbestimmt, damit die eingeladenen Gäste sich unbedingt freihalten, und es erfordert schon eine sehr triftige Entschuldigung, um eine Absage plausibel erscheinen zu lassen. Wir sagen zu, und einen Monat lang hängt die Einladung über unserem Haupt wie eine düster drohende Wolke. Sie stört unsere schönsten Pläne. Sie bringt unser ganzes Leben in Unordnung. Es gibt nur einen Weg, der Situation Herr zu werden, nämlich den, sich im letzten Moment auf und davon zu machen. Aber ich habe bisher noch nie den Mut oder die Skrupellosigkeit aufgebracht, ihn zu beschreiten.

Es geschah also mit einem leichten Groll, daß ich an einem Juniabend gegen halb acht meine Wohnung in der Half Moon Street verließ und zu den Macdonalds hinüberging, um bei ihnen zu dinieren. Ich hatte sie gern. Vor Jahren hatte ich es mir zur Regel gemacht, nie an dem Tisch von Menschen zu essen, die ich nicht mochte oder verachtete, und obgleich ich dadurch viel weniger Gastfreundschaft genoß, als es sonst der Fall gewesen wäre, halte ich meinen Grundsatz doch für richtig. Die Macdonalds waren nett, aber ihre Partys waren ein zweifelhaftes Vergnügen. Sie meinten, wenn man sechs Personen einlud, die einander nichts zu sagen hatten, so müßte eine Abendgesellschaft mißlingen, wenn man die Zahl aber mit drei multiplizierte und achtzehn daraus machte, müßte sie ein Erfolg werden. Ich kam etwas zu spät, was beinah unvermeidlich ist, wenn man so nahe wohnt, daß man sich nicht extra ein Taxi nimmt, und der Raum, in den ich geführt wurde, war bereits voller Menschen. Ich kannte nur die wenigsten, und bei der Aussicht, eine ganze Mahlzeit hindurch mit zwei mir völlig fremden Personen angeregte Konversation machen zu müssen, sank mir das Herz. Ich atmete erleichtert auf, als ich Thomas und Mary Warton eintreten sah, und stellte später im Speisesaal mit lebhaftem Vergnügen fest, daß man mich neben Mary gesetzt hatte.

Thomas Warton war ein Porträtmaler, der eine Zeitlang beträchtlichen Erfolg gehabt hatte, aber er hatte die Hoffnungen, die man in seiner Jugend in ihn gesetzt hatte, nie erfüllt und wurde von der Kritik schon lange nicht mehr ernst genommen. Er hatte ein angemessenes Einkommen, doch bei den Ausstellungen der Royal Academy, die er mit schöner Regelmäßigkeit belieferte, schenkte keiner seinen langweiligen, wenn auch gewissenhaften Porträts fuchsjagender Landedelleute und wohlhabender Kaufleute mehr als einen flüchtigen Blick. Dabei hätte man sich gefreut, seine Arbeiten bewundern zu können, denn er war ein liebenswürdiger, netter Mensch. War man Schriftsteller, so zeigte er sich so ehrlich begeistert über alles, was man schrieb, so entzückt über jeden Erfolg, den man errang, daß man nur wünschte, seinen Arbeiten mit gutem Gewissen ebensoviel Wärme entgegenbringen zu können. Es war unmöglich. Und man sah sich zu der letzten Zuflucht getrieben, die alle Freunde mittelmäßiger Porträtmaler ergriffen: »Es scheint ungeheuer gut getroffen zu sein«, sagte man, wenn man vor einem seiner Werke stand.

Mary Warton war einmal eine bekannte Konzertsängerin gewesen, und man konnte Reste der einstigen Größe immer noch in ihrer Stimme hören. Sie mußte in ihrer Jugend sehr schön gewesen sein. Jetzt, mit dreiundfünfzig, sah sie etwas hager aus. Ihre Züge wirkten ziemlich männlich, und ihre Haut war wettergegerbt; aber sie hatte dichtes, lockiges graues Haar, und aus ihren hübschen Augen leuchtete eine helle Intelligenz. Sie zog sich eher originell als elegant an und hatte eine Schwäche für Perlenketten und bizarre Ohrgehänge. Sie hatte eine unverblümte Art, einen unfehlbaren Blick für menschliche Dummheit und eine scharfe Zunge, so daß sie sich bei vielen Leuten unbeliebt machte. Aber niemand konnte leugnen, daß sie sehr klug war. Sie war nicht nur eine hervorragende Musikerin, sie war auch außerordentlich belesen und interessierte sich leidenschaftlich für Malerei. Sie besaß ein sehr seltenes Gespür für Kunst. Sie liebte die Modernen, nicht aus Pose, sondern aus natürlicher Neigung, und kaufte für lächerliche Summen Bilder unbekannter Maler, die später berühmt wurden. Man hörte in ihrem Haus die neueste und schwierigste Musik, und kein europäischer Dichter oder Romanschriftsteller konnte der Welt etwas Neues oder Eigenartiges vorlegen, ohne daß sie sich bereit fand, für ihn eine Lanze zu brechen. Man konnte ihr vorwerfen, sie wäre intellektuell; sie war es; aber ihr Geschmack war nahezu unfehlbar, ihr Urteil gesund und ihre Begeisterung ehrlich.

Niemand bewunderte sie mehr als Thomas Warton. Er hatte sich in sie verliebt, als sie noch Sängerin war, und sie bedrängt, ihn zu heiraten. Sie hatte ihn ein halbes Dutzend Mal abgewiesen und schließlich, wie ich glaube, bloß widerstrebend ja gesagt. Sie hatte gedacht, er würde ein großer Künstler werden, und als später nur ein mittelmäßiger Maler aus ihm wurde, ohne Originalität und Phantasie, hatte sie sich betrogen gefühlt. Sie litt unter der Verachtung, mit der die Kenner ihn straften. Thomas Warton liebte seine Frau. Er hatte die größte Hochachtung für ihr Urteil, und ein Wort der Anerkennung von ihr bedeutete ihm mehr als alle Lobpreisungen in den Zeitungen Londons. Sie war jedoch zu ehrlich, um etwas zu sagen, was nicht ihre Meinung war. Es verletzte ihn bitter, daß sie so wenig von seinen Arbeiten hielt, und obwohl er so tat, als berühre es ihn nicht weiter, merkte man doch, daß er ihr im Grunde seines Herzens ihre ungeschminkten Urteile übelnahm. Manchmal wurde sein langes Pferdegesicht rot vor schlecht verhehltem Ärger und seine Augen dunkel vor Haß. Es war unter den Freunden der beiden allgemein bekannt, daß sie nicht gut miteinander standen. Sie hatten die peinliche Angewohnheit, in der Öffentlichkeit zu streiten. Warton sprach über Mary immer nur mit Bewunderung, sie selbst aber war weniger diskret, und ihre Vertrauten wußten, wie unerträglich sie ihn fand. Sie erkannte rückhaltlos seine Güte, seine Großmut, seine Selbstlosigkeit an; aber seine Fehler waren von der Art, die das Zusammenleben mit einem Menschen schwermachte. Er war beschränkt, streitsüchtig und eingebildet. Er war kein Künstler, und Mary Warton war die Kunst wichtiger als alles auf der Welt. Auf diesem Gebiet gab es für sie keinen Kompromiß. Sie wurde dadurch blind für die Tatsache, daß Wartons Fehler, die sie so rasend machten, zum großen Teil auf seine verletzten Gefühle zurückzuführen waren. Sie kränkte ihn unaufhörlich, und er, der sich verteidigen mußte, wurde dogmatisch und intolerant. Es gibt nichts Schlimmeres, als von dem einzigen Menschen, auf dessen Anerkennung man Wert legt, mißachtet zu werden; und obgleich Thomas Warton unerträglich war, mußte er einem doch leid tun. Wenn ich damit jedoch den Eindruck erweckt habe, daß Mary eine unzufriedene, nörglerische und anmaßende Frau gewesen wäre, so bin ich ihr nicht gerecht geworden. Sie war eine treue Freundin und eine reizende Gesellschafterin. Man konnte mit ihr über alles reden. Sie war humorvoll und witzig. Im Gespräch sprühte sie vor Vitalität.

An diesem Abend saß sie zur Linken des Gastgebers und plauderte mit der ganzen Runde. Ich sprach mit meiner zweiten Nachbarin, aber aus den Lachsalven, mit denen Marys Bemerkungen aufgenommen wurden, schloß ich, daß sie in bester Form war.

»Sie sind ja großartig in Schwung«, bemerkte ich, als sie sich mir schließlich zuwandte.

»Überrascht Sie das?«

»Nein, man ist es von Ihnen gewohnt. Kein Wunder, daß sich die Leute um Sie reißen. Sie haben das unschätzbare Talent, Stimmung in eine Gesellschaft zu bringen.«

»Ich tue mein Bestes. Man muß sich sein Dinner verdienen.«

»Wie geht es übrigens Manson? Man hat mir erzählt, daß er die Absicht hatte, sich operieren zu lassen. Es wird doch nichts Ernstes sein, hoffe ich?«

Mary hielt einen Augenblick inne, immer noch lächelnd, ehe sie antwortete.

»Haben Sie die Abendzeitung nicht gelesen?«

»Nein, ich habe heute Golf gespielt. Als ich nach Hause kam, hatte ich gerade noch Zeit, ein Bad zu nehmen und mich umzuziehen.«

»Er ist heute nachmittag um zwei Uhr gestorben.«

Ich setzte zu einem Ausruf der Bestürzung an, aber sie hielt mich zurück. »Seien Sie vorsichtig, Tom beobachtet mich wie ein Luchs. Alle beobachten mich. Alle wissen, daß ich ihn angebetet habe, aber keiner weiß mit Sicherheit, ob er mein Liebhaber war oder nicht; nicht einmal Tom weiß es. Alle sind neugierig, wie ich es aufnehme. Bemühen Sie sich auszusehen, als sprächen wir über das russische Ballett.«

In diesem Augenblick wurde sie von jemandem auf der anderen Tischseite angeredet, und den Kopf mit der ihr eigenen Geste zurückwerfend, ein Lächeln auf ihrem großen Mund, schleuderte sie dem Sprecher eine dermaßen rasche und treffende Antwort zu, daß alles ringsum in Gelächter ausbrach. Die Unterhaltung wurde wieder allgemein, und ich blieb mit meiner Bestürzung zurück. Ich wußte, und alle anderen wußten es auch, daß zwischen Gerrard Manson und Mary Warton eine fünfundzwanzigjährige leidenschaftliche Zuneigung bestanden hatte. Das Ganze währte so lange, daß selbst die zugeknöpfteren Bekannten, mochten sie anfangs auch schockiert gewesen sein, schließlich gelernt hatten, es mit Toleranz hinzunehmen. Sie waren beide schon ältere Leute, Manson war sechzig und Mary nicht viel jünger, und es war absurd, daß sie in ihrem Alter nicht tun sollten, was ihnen beliebte. Man sah sie manchmal in einem versteckten Winkel eines dunklen Restaurants sitzen oder im Zoo spazierengehen und wunderte sich dann, warum sie immer noch bemüht waren, ein Verhältnis zu verbergen, das bloß sie selbst etwas anging. Aber da war natürlich Thomas. Er war rasend eifersüchtig. Er machte Mary viele heftige Szenen und anläßlich so eines noch gar nicht weit zurückliegenden Streits hatte er seiner Frau sogar das Versprechen abgerungen, Manson nicht mehr zu sehen. Natürlich brach sie das Versprechen, und obwohl sie wußte, daß Tom dies ahnte, war sie dennoch bemüht, es vor ihm zu verbergen.

Es war schlimm für Thomas. Ich denke, er und Mary wären vielleicht ganz gut miteinander ausgekommen, und sie hätte sich am Ende damit abgefunden, daß er ein zweitrangiger Maler war, wenn der Verkehr mit Manson ihr Urteil nicht verschärft hätte: der Kontrast zwischen der Mittelmäßigkeit ihres Mannes und den glänzenden Eigenschaften ihres Liebhabers war allzu schmerzhaft.

»Mit Tom fühle ich mich wie in einem geschlossenen, muffigen Zimmer, voll von staubigem Krimskrams«, sagte sie einmal zu mir. »Mit Gerrard atme ich die reine Luft der Berggipfel.«

»Ist es denn möglich, daß eine Frau sich in den Geist eines Mannes verliebt?« fragte ich aus reiner Neugier.

»Was wäre denn sonst an Gerrard?«

Das war tatsächlich eine schwierige Frage. Ich, für mein Teil, hätte gesagt: nichts; aber mit der Erotik ist es eine eigenartige Sache. Es war durchaus denkbar, daß Mary in

Gerrard Manson einen Charme und physische Reize entdeckte, für die die übrigen Menschen blind waren. Er war ein runzeliger, kleiner Mann mit einem blassen Intellektuellengesicht, erloschenen blauen Augen hinter Brillengläsern und einem hochgewölbten, glänzenden kahlen Schädel. Er hatte äußerlich nichts von einem romantischen Liebhaber. Andererseits war er zweifellos ein sehr feinsinniger Kritiker und ein begabter Essayist. Ich nahm ihm ein wenig die verächtliche Haltung übel, die er englischen Schriftstellern gegenüber an den Tag legte, sofern sie nicht tot und begraben waren. Aber gerade dies hob sein Ansehen bei einem gewissen Kreis von Intellektuellen, die stets bereit sind zu glauben, das eigene Land könnte nichts Gutes hervorbringen; und unter ihnen war sein Einfluß groß. Einmal hatte ich zu ihm gesagt, man müsse eine Banalität bloß auf französisch sagen, damit sie von ihm als geistreiches Epigramm aufgefaßt werde. Diese Bemerkung gefiel ihm so gut, daß er sie bald darauf in einem Aufsatz als eigenes Geistesprodukt ausgab. Er behielt sich das Lob, das er zeitgenössischen Autoren zu spenden geneigt war, für diejenigen vor, die in einer fremden Sprache schrieben. Ärgerlich war, daß man nicht leugnen konnte, daß er selbst ein brillanter Schriftsteller war. Sein Stil war erlesen. Sein Wissen umfassend. Es gelang ihm, tief zu sein und doch nicht pathetisch, amüsant und doch nicht frivol, geschliffen und doch nicht affektiert. Noch der schwächste Artikel von ihm war die Lektüre wert. Seine Aufsätze waren kleine Meisterwerke. Meiner Ansicht nach war er allerdings kein sehr angenehmer Gesprächspartner. Vielleicht war ich nicht imstande, das Beste aus ihm herauszuholen. Obwohl ich ihn seit vielen Jahren kannte, hatte ich nie eine amüsante Bemerkung von ihm gehört. Er war nicht gesprächig, und wenn er etwas sagte, dann klang es orakelhaft. Die Aussicht, einen Abend mit ihm allein verbringen zu müssen, hätte mich mit Verzweiflung erfüllt. Es war mir rätselhaft, daß dieser langweilige und manierierte kleine Mann mit so viel Anmut, Witz und Laune schreiben konnte.

Und es war mir noch rätselhafter, daß ein so prächtiges, lebhaftes Wesen wie Mary Warton eine so verzehrende Leidenschaft für ihn empfinden konnte. Diese Dinge sind unerklärlich, und es war offenbar etwas an diesem wunderlichen, sauertöpfischen, cholerischen Menschen, das den Frauen gefiel. Seine eigene Frau betete ihn an. Sie war eine dicke, ungepflegte, langweilige Person und machte Gerrard das Leben zur Hölle. Aber sie hatte sich immer geweigert, ihn freizugeben. Sie hatte geschworen, sich umzubringen, wenn er sie verließe, und da sie unberechenbar und hysterisch war, wußte er nie genau, ob sie ihre Drohung nicht wahrmachen würde. Einmal, als ich bei Mary zum Tee eingeladen war, fand ich sie nervös und zerstreut, und als ich sie nach der Ursache fragte, brach sie in Tränen aus. Sie hatte mit Manson zu Mittag gegessen und ihn völlig verstört gefunden nach einer furchtbaren Szene mit seiner Frau.

»So kann es nicht weitergehen«, rief Mary. »Es richtet ihn zugrunde. Es richtet uns alle zugrunde.«

»Warum wagen Sie nicht den Sprung?«

»Wie meinen Sie das?«

»Sie lieben einander schon so lange; Sie kennen sich inzwischen von der guten und von der schlechten Seite; Sie werden alt und haben nicht mehr allzu viele Jahre vor sich; ist es nicht schade, eine Liebe zu opfern, die so vieles überdauert hat? Was helfen Sie damit Mrs. Manson oder Thomas? Werden die beiden glücklich, nur weil Sie und Gerrard sich unglücklich machen?«

»Nein.«

»Warum also werfen Sie nicht einfach alles hin und gehen miteinander auf und davon?«

Mary schüttelte den Kopf.

»Wir haben schon endlos darüber gesprochen. Ein Vierteljahrhundert haben wir darüber gesprochen. Es ist unmöglich. Lange Jahre konnte Gerrard nicht fort wegen seiner Töchter. Mrs. Manson mag eine sehr stolze Mutter gewesen sein, aber eine gute Mutter war sie nicht. Es kümmerte sich niemand um die Erziehung der Mädchen außer Gerrard. Und nun, da sie verheiratet sind, binden ihn seine Gewohnheiten. Was sollten wir tun? Nach Frankreich oder Italien gehen? Ich könnte Gerrard nicht aus seiner Umgebung losreißen. Er wäre unglücklich. Er ist zu alt, um neu anzufangen. Und Thomas: wenn er mich auch peinigt und mir Szenen macht und wenn wir auch streiten und einander auf die Nerven gehen – er liebt mich. Ich hätte einfach nicht das Herz, ihn zu verlassen. Er wäre verloren ohne mich.«

»Eine ausweglose Situation. Das tut mir sehr leid für Sie.«

Plötzlich leuchtete in Marys hagerem, wettergegerbtem Gesicht ein Lächeln auf, das auf ihrem großen roten Mund aufblühte, und bei Gott, in diesem Augenblick war sie schön.

»Es braucht Ihnen nicht leid zu tun. Ich war sehr verzweifelt vorhin, aber jetzt habe ich mich ordentlich ausgeweint, und es geht mir besser. Trotz allen Kummers, trotz aller Schmerzen, die dieses Verhältnis mir gebracht hat, möchte ich es um nichts in der Welt missen. Für die wenigen Augenblicke der Seligkeit, die mir meine Liebe beschert hat, wäre ich bereit, mein ganzes Leben noch einmal genauso zu leben. Und Gerrard, glaube ich, würde Ihnen das gleiche sagen.«

Ich war erschüttert.

»Bestimmt würde er das«, antwortete ich. »Das ist wirkliche Liebe.«

»Ja, es ist Liebe, und wir müssen sehen, wie wir damit zurechtkommen. Es gibt keinen Ausweg.«

Und nun, mit einemmal, war der Ausweg da. Ich wandte den Kopf, um Mary anzusehen, und sie fühlte meinen Blick und wandte sich mir ebenfalls zu. Auf ihren Lippen lag ein Lächeln.

»Warum sind Sie heute abend hierhergekommen? Es muß schrecklich für Sie sein.«

Sie zuckte die Achseln.

»Was konnte ich tun? Ich las die Nachricht, als ich mich ankleidete. Er hatte mich gebeten, nicht im Sanatorium anzurufen wegen seiner Frau. Es ist entsetzlich für mich. Wir hatten die Einladung schon vor einem Monat angenommen. Was hätte ich Tom sagen sollen? Offiziell habe ich Gerrard seit zwei Jahren nicht mehr gesehen. Wissen Sie, daß wir uns zwanzig Jahre lang jeden Tag geschrieben haben?« Ihre Unterlippe zitterte, aber sie preßte die Zähne aufeinander, und einen Augenblick verzerrte sich ihr Gesicht zu einer sonderbaren Grimasse, dann riß sie sich mit einem Lächeln zusammen. »Er war alles, was ich auf der Welt besaß, aber ich konnte doch meinen Gastgeber nicht im Stich lassen. Er sagte immer, ich hätte gesellschaftliche Haltung.«

»Zum Glück werden wir bald aufbrechen, und Sie können nach Hause gehen.«

»Ich will nicht nach Hause gehen. Ich will nicht allein sein. Ich wage es nicht; sonst bekomme ich rote, geschwollene Augen, und wir haben morgen eine Menge Leute zum Lunch. Wollen Sie nicht auch kommen? Ich brauche noch einen Mann. Ich muß gut in Form sein. Tom hofft, einen Porträtauftrag dabei herauszuschlagen.«

»Bei Gott, Sie haben Courage.«

»Finden Sie? Mein Herz ist zerbrochen. Das macht es mir vielleicht leichter. Gerrard hätte gewünscht, daß ich Haltung bewahre. Die Ironie der Situation hätte ihm zugesagt. ›Solche Dinge‹, pflegte er immer zu sagen, ›verstehen die französischen Romanschriftsteller so meisterhaft zu schildern.‹«

Des Obersten Lady

Das Ganze geschah zwei oder drei Jahre vor Ausbruch des Krieges. Die Peregrines saßen beim Frühstück. Obwohl sie allein waren und der Tisch lang, saßen sie sich schräg gegenüber. Von den Wänden blickten George Peregrines Vorfahren, von beliebten Künstlern ihrer Zeit gemalt, auf sie herab. Der Diener brachte die frühe Post. Es waren mehrere Briefe für den Oberst, Geschäftsbriefe, die *Times* und ein Päckchen für seine Frau Evie. Er sah die Briefe durch, öffnete sodann die *Times* und begann darin zu lesen. Sie beendeten das Frühstück und erhoben sich. Er bemerkte, daß seine Frau ihr Päckchen nicht geöffnet hatte.

»Was ist das?« fragte er.

»Nur ein paar Bücher.«

»Soll ich's für dich öffnen?«

»Wenn du willst.«

Er zerschnitt nicht gerne Schnüre und löste daher mit einiger Mühe die Knoten. »Aber das ist ja alles dasselbe«, rief er, nachdem er das Päckchen ausgepackt hatte. »Wozu brauchst du denn sechs Exemplare des gleichen Buches?«

Er öffnete eines. »Gedichte.« Dann sah er auf das Titelblatt. *Wenn Pyramiden verfallen* las er, von E. K. Hamilton. Eva Katherine Hamilton: das war der Mädchenname seiner Frau. Er blickte sie erstaunt lächelnd an. »Hast du ein Buch geschrieben, Evie? Du bist ja eine Heimlichtuerin.«

»Ich dachte, es würde dich nicht besonders interessieren. Möchtest du einen Band haben?«

»Nun, Gedichte sind nicht gerade mein Gebiet, aber – doch, ich hätte gern einen Band. Ich werde ihn lesen. Ich nehme ihn in mein Arbeitszimmer mit. Ich habe heute früh viel zu tun.«

Er nahm die *Times*, seine Briefe und das Buch an sich und ging fort. Sein Arbeitszimmer war geräumig und gemütlich, mit einem großen Schreibtisch und Ledersesseln; an den Wänden hingen Jagdtrophäen. In den Bücherregalen standen Nachschlagewerke, Bücher über Landwirtschaft, Gartenbau, Fischerei und Jagd sowie über den letzten Krieg, in welchem er mit zwei Orden ausgezeichnet worden war. Vor der Ehe war er nämlich Waliser Gardeoffizier gewesen. Am Ende des Krieges hatte er sich zurückgezogen und zum Dasein eines Landbesitzers in dem weitläufigen Haus niedergelassen, das, einige zwanzig Meilen von Sheffield entfernt, von einem seiner Ahnen unter der Regierung Georges III. erbaut worden war. George Peregrine bewirtschaftete seinen Besitz von rund 1500 Morgen umsichtig; er war Friedensrichter und übte seine Pflichten gewissenhaft aus. Wenn es die rechte Zeit dafür war, ging er zweimal wöchentlich auf die Jagd. Er war ein guter Schütze, spielte Golf und konnte, obschon nun ein wenig über Fünfzig, mit einer schweren Tennispartie noch fertig werden. Er durfte sich mit Recht einen vielseitigen Sportsmann nennen.

In letzter Zeit hatte er an Gewicht zugenommen, besaß aber immer noch eine gute Figur; er war groß, hatte graues, lockiges Haar, das am Scheitel gerade erst etwas dünn zu werden begann, freimütige blaue Augen, gutgeschnittene

Züge und eine lebhafte Gesichtsfarbe. Er war ein gemeinnützig gesonnener Mann, Vorsitzender einer Anzahl örtlicher Vereine und, wie es seiner Klasse und seinem Stande entsprach, ein treues Mitglied der konservativen Partei. Er sah es als seine Pflicht an, sich um das Wohlergehen der Leute auf seinem Besitz zu kümmern, und zu seiner Befriedigung konnte er sich darauf verlassen, daß Evie für die Kranken sorgte und die Armen unterstützte. Er hatte ein kleines Landkrankenhaus in den Außenbezirken des Dorfs errichten lassen und bezahlte das Gehalt für eine Krankenschwester aus seiner eigenen Tasche. Alles, was er von den Empfängern seiner Wohltätigkeit verlangte, war, daß sie bei den Wahlen, ob Parlaments- oder Grafschaftswahlen, für seinen Kandidaten stimmen sollten. Er war ein freundlicher Mann, leutselig mit den Untergebenen, rücksichtsvoll mit seinen Pächtern und beliebt bei den nachbarlichen Grundbesitzern. Es hätte ihm gefallen und ihn leicht verlegen gemacht, wenn irgendwer ihm gesagt hätte, er sei ein guter Kerl. Das war, was er sein wollte. Er begehrte kein höheres Lob.

Es war bedauerlich, daß er keine Kinder hatte. Er wäre ein ausgezeichneter Vater gewesen, freundlich, aber streng, und hätte seine Söhne so erzogen, wie die Söhne eines Gentlemans erzogen werden sollten: Er hätte sie nach Eton zur Schule geschickt und sie angeln, jagen und reiten gelehrt. So aber war der zukünftige Erbe ein Neffe, Sohn seines bei einem Autounfall umgekommenen Bruders; zwar kein schlechter Junge, aber leider auch keineswegs vom alten Schlag, und ob man es glaube oder nicht, seine törichte Mutter schickte ihn auf eine gemischte Schule. Evie war eine traurige Enttäuschung für ihn gewesen. Gewiß, sie war eine Lady; und sie besaß eigenes Geld; sie führte den Haushalt ungewöhnlich gut und war eine gewandte Gastgeberin. Die Leute im Dorfe beteten sie an. Als er sie geheiratet hatte, war sie ein hübsches kleines Ding gewesen, mit schöner Haut, hellbraunem Haar und einer guten Figur, auch gesund und keine schlechte Tennisspielerin; er verstand nicht, warum sie keine Kinder bekam; jetzt war sie freilich verblüht, sie mußte bald fünfundvierzig Jahre zählen; ihre Haut war gelblich, ihr Haar hatte den Glanz verloren, und sie war so dünn wie ein Stock. Sie war stets nett und passend gekleidet, aber sie schien sich nicht mehr um ihr Aussehen zu kümmern; sie schminkte sich nicht, verzichtete sogar auf Lippenstift; mitunter, wenn sie sich abends für eine Gesellschaft zurechtmachte, konnte man sehen, daß sie einst ganz anziehend gewesen war; aber im allgemeinen war sie – nun, die Art Frau, die niemand beachtet. Eine nette Frau, gewiß, eine gute Ehefrau, und sie konnte nichts dafür, daß sie unfruchtbar war; doch es war ein hartes Schicksal für einen Mann, der einen Sohn seiner eigenen Lenden wünschte. Sie hatte keine wahre Lebenskraft; das war's, was ihr fehlte. Er nahm an, daß er verliebt gewesen war, als er sie bat, ihn zu heiraten, zumindest hinlänglich verliebt für einen Mann, der heiraten und seßhaft werden wollte; aber mit der Zeit entdeckte er, daß sie wenig Gemeinsames hatten. Sie machte sich nichts aus der Jagd, und Angeln langweilte sie. So entfremdeten sie sich natürlich. Er mußte ihr gerechterweise einräumen, daß sie ihn nie behelligt hatte. Szenen hatte es nicht gegeben. Sie hatten keinerlei Streit. Sie schien es für selbstverständlich zu halten, daß er seine eigenen Wege ging. Wenn er, hie und da, nach London reiste, so wünschte sie ihn nie zu begleiten. Er hatte ein Mädchen dort, eigentlich nicht ein Mädchen, denn sie war mindestens fünfunddreißig Jahre alt, aber sie war blond und üppig, und er brauchte ihr nur die Uhrzeit zu telegrafieren, dann aßen sie zusammen, besuchten ein Theater und verbrachten die Nacht miteinander. Ein Mann, ein gesunder, normaler Mann mußte sein Vergnügen haben. Es kam ihm die Idee, daß Evie, wenn sie nicht ein so guter Mensch gewesen wäre, eine bessere Ehefrau abgegeben hätte; doch diese Art von Gedanken war ihm unangenehm, und er schob sie weg.

George Peregrine beendete seine *Times*-Lektüre, und weil er ein aufmerksamer Mann war, läutete er und befahl dem Diener, die Zeitung Evie zu bringen. Dann sah er auf die Uhr. Es war halb elf, und um elf lag eine Verabredung mit einem seiner Pächter vor. Er hatte eine halbe Stunde freie Zeit.

»Ich sollte mir wohl Evies Buch anschauen«, sagte er zu sich selbst.

Er nahm es mit einem Lächeln in die Hand. Evie hatte eine große Anzahl hochtrabender Bücher in ihrem Wohnzimmer; nicht die Art von Büchern, die ihn interessierten, aber wenn sie ihr gefielen, hatte er nichts dagegen, daß sie derlei las. Der Band, den er in der Hand hielt, umfaßte nicht mehr als neunzig Seiten. Um so besser. Er teilte Edgar Allan Poes Ansicht, daß Gedichte kurz sein sollten. Aber im Durchblättern bemerkte er, daß mehrere von Evies Gedichten lange Zeilen von unregelmäßiger Länge hatten und sich nicht reimten. Das gefiel ihm nicht. In seiner Grundschule, als kleiner Junge, hatte er ein Gedicht lesen müssen, das begann: »*Der Knabe stand auf brennendem Deck*«, und später, in Eton, eines, das anfing: »*Verderben packe dich, ruchloser König*«; und dann gab es *Heinrich* V.; den hatten sie zur Hälfte zu lesen. Er starrte bestürzt auf Evies Seiten.

»Das nenne ich nicht Gedichte«, sagte er.

Glücklicherweise waren nicht alle so. Zwischen jenen, die so seltsam aussahen, Zeilen mit drei oder vier Worten und dann einer Zeile mit zehn oder fünfzehn, standen kleine Gedichte, die sich, Gott sei Dank, auf Zeilen gleicher Länge reimten. Einige Seiten trugen die Überschrift ›Sonett‹, und aus Neugier zählte er die Zeilen; es waren vierzehn. Er las sie. Sie schienen in Ordnung zu sein, aber er wußte nicht recht, was sie eigentlich behandelten.

Er sagte wieder vor sich hin: »*Verderben packe dich, ruchloser König.*«

»Arme Evie«, seufzte er.

In diesem Augenblick wurde der Pächter, den er erwartete, in das Arbeitszimmer geführt; er begrüßte ihn und legte das Buch zur Seite. Sie sprachen über ihre Geschäfte.

»Ich habe dein Buch gelesen, Evie«, sagte er, als sie sich mittags zu Tisch setzten. »Wirklich gut. Hat's dich viel gekostet, es drucken zu lassen?«

»Nein, ich habe Glück gehabt. Ich schickte es einem Verleger, und der nahm es gleich.«

»Das Dichten bringt nicht viel Geld ein, meine Liebe«, sagte er in seiner gutmütigen, offenen Art.

»Nein, das glaube ich auch nicht. Warum wollte Bannock dich heute früh sprechen?«

Bannock war der Pächter, der ihn beim Lesen von Evies Gedichten unterbrochen hatte.

»Er wollte Vorschuß für einen Zuchtstier mit Stammbaum haben, den er kaufen möchte. Er ist ein tüchtiger Mann, ich bin halbwegs bereit zuzustimmen.«

George Peregrine merkte, daß Evie nicht über ihr Buch sprechen wollte, und auch er war nicht unfroh, das Thema zu wechseln. Er war erleichtert, daß sie ihren Mädchennamen auf das Titelblatt gesetzt hatte; wahrscheinlich würde sowieso niemand etwas von dem Buch erfahren, aber er war auf seinen ungewöhnlichen Namen stolz und hätte auch ungern gesehen, daß sich irgendein Zeilenschinder öffentlich über Evies Bemühungen lustig machte.

Während der folgenden Wochen hielt er es für taktvoll, keine Fragen über ihr dichterisches Unternehmen an Evie zu richten, und sie selbst erwähnte es nicht. Es schien, als wäre es ein peinlicher Zwischenfall gewesen, den sie in stillschweigendem Einverständnis übergingen.

Aber dann geschah etwas Seltsames. Er mußte geschäftlich nach London und ging mit Daphne zum Abendessen aus. Das war das Mädchen, mit dem er ein paar Stunden zu verbringen pflegte, wann immer er in die Stadt kam.

»George«, sagte sie, »ist das deine Frau, die das Buch geschrieben hat, von dem alle reden?«

»Was in aller Welt meinst du?«

»Ach, ich habe einen Bekannten, der Kritiker ist. Er lud mich letzthin zum Essen ein und hatte ein Buch bei sich. ›Etwas für mich?‹ fragte ich. ›Was ist es?‹ ›Es ist wohl kaum nach deinem Geschmack‹, sagte er, ›es sind Gedichte.‹ ›Bloß keine Gedichte‹, sagte ich. ›Es ist vielleicht das wildeste Zeug, das ich je gelesen habe‹, meinte er. ›Wird gekauft wie heiße Semmeln. Und es ist verdammt gut.‹«

»Von wem ist das Buch?« fragte George.

»Von einer Frau namens Hamilton. Mein Freund sagte mir, das sei nicht ihr wahrer Name. Er sagte, sie heiße eigentlich Peregrine. ›Komisch‹, rief ich, ›ich kenne einen, der auch Peregrine heißt.‹ ›Oberst in der Armee‹, sagte er, ›lebt in der Nähe von Sheffield.‹«

»Es wäre mir lieber, wenn du nicht über mich mit deinen Freunden sprechen würdest«, sagte George mit verdrießlichem Stirnrunzeln.

»Fahr nicht gleich aus der Haut, Süßer. Für wen hältst du mich? Ich sagte einfach: ›Das ist nicht derselbe.‹« Daphne kicherte. »Mein Freund sagte: ›Er soll ein rechter Kommißhengst sein.‹«

George hatte einen starken Sinn für Humor.

»Du könntest deine Freunde eines Besseren belehren«, lachte er. »Wenn meine Frau ein Buch geschrieben hätte, so wäre ich wohl der erste, der es wüßte, nicht wahr?«

»Wahrscheinlich.«

Die Sache interessierte sie nicht weiter, und als der Oberst über anderes zu sprechen begann, vergaß sie das Buch. Er verscheuchte die Angelegenheit auch aus den eigenen Gedanken. Es war sicher nichts daran, entschied er, und dieser Narr, der Kritiker, hatte sich nur über Daphne lustig machen wollen. Die Vorstellung belustigte ihn, wie sie das Buch in Angriff nahm, zu dem ihr doch gesagt worden war, es sei tolles Zeug, um dann zu entdecken, daß es nur eine Masse Unsinn in ungleichen Zeilen enthielt.

Er war Mitglied mehrerer Klubs, und am nächsten Tag wollte er in einem von ihnen, in der St. James Street, zu Mittag essen. Am frühen Nachmittag ging sein Zug nach Sheffield. Er saß in einem bequemen Lehnstuhl und trank vor dem Lunch noch ein Glas Sherry, als ein alter Freund auf ihn zukam.

»Nun, wie steht's?« fragte er. »Wie gefällt es dir, der Ehemann einer Berühmtheit zu sein?«

George Peregrine sah seinen Freund an. Er meinte, ein belustigtes Zwinkern in dessen Augen wahrzunehmen.

»Ich weiß nicht, wovon du redest«, antwortete er.

»Hör auf, George. Jeder weiß, daß E. K. Hamilton deine Frau ist. Nicht oft hat ein Gedichtband solchen Erfolg. Henry Dashwood ißt jetzt mit mir. Er würde dich gerne kennenlernen.«

»Wer zum Teufel ist Henry Dashwood, und warum sollte er mich treffen wollen?«

»Oh, mein lieber Freund, du lebst wohl hinter dem Mond! Henry ist vielleicht der beste Kritiker, den wir haben. Er hat eine wunderbare Besprechung von Evies Buch geschrieben. Willst du behaupten, daß sie dir nichts davon gesagt hat?«

Ehe George antworten konnte, hatte sein Freund einen Mann herbeigerufen. Einen großen, dünnen Mann mit hoher Stirn, einem Bart, langer Nase und von krummer Haltung, genau die Art Mann, die George schon beim ersten Blick nicht leiden konnte. Sie wurden einander vorgestellt, Henry Dashwood setzte sich.

»Ist Mrs. Peregrine zufällig in London? Ich würde sie sehr gern treffen«, sagte er.

»Nein, meine Frau hat nichts für London übrig. Sie zieht das Land vor«, sagte George steif.

»Sie hat mir einen sehr netten Brief über meine Besprechung geschrieben. Es hat mich gefreut. Wir Kritiker bekommen ja meist mehr Püffe als Geld. Ich war überwältigt von ihrem Buch. Es ist so frisch und originell, sehr modern, ohne unverständlich zu sein. Sie scheint mit freien Versen ebenso vertraut wie mit dem klassischen Silbenmaß.« Dann glaubte er, als Kritiker Einwände haben zu müssen. »Mitunter irrt sich ihr Ohr ein bißchen, aber das können Sie auch von Emily Dickinson sagen. Einige ihrer kurzen Gedichte könnten von Landor geschrieben sein.«

Das alles klang für George Peregrine wie Kauderwelsch. Der Mann war nichts als ein widerlicher Intellektueller. Aber der Oberst hatte gute Manieren und gab eine höfliche Antwort. Henry Dashwood sprach jedoch weiter, als ob George nichts gesagt hätte.

»Was aber das Buch so hervorragend macht, das ist die Leidenschaft, die in jeder Zeile pulsiert. So viele dieser jungen Dichter sind blutarm, kalt, langweilig intellektuell, aber hier haben Sie wirklich nackte, irdische Leidenschaft – ah, mein lieber Oberst, wie recht Heine hatte, als er sagte, aus seinem großen Leiden schaffe der Dichter seine kleinen Lieder. Wissen Sie, hie und da, als ich diese erschütternden Seiten wieder und wieder las, dachte ich an Sappho.«

Das war zuviel für George Peregrine; er stand auf.

»Nun, es ist wirklich liebenswürdig von Ihnen, so hübsche Sachen über das kleine Buch meiner Frau zu sagen. Sie wird sicher begeistert sein. Aber ich muß eilen, ich muß den Zug erreichen und möchte zuvor noch etwas essen.«

›Verdammter Narr!‹ sagte er gereizt zu sich selbst, als er die Treppe zum Speisesaal hinaufging.

Er kam rechtzeitig zum Abendessen heim, und nachdem

Evie zu Bett gegangen war, suchte er in seinem Arbeitszimmer ihr Buch. Er wollte noch einmal darin blättern, um selbst zu sehen, worum sie so viel Aufhebens machten, aber er konnte es nicht finden. Evie mußte es weggenommen haben.

»Dumm!« brummte er.

Er hatte ihr gesagt, er finde es wirklich gut. Was sonst sollte man auch sagen? Nun, es war gleichgültig. Er zündete seine Pfeife an und las *The Field*, bis er müde war.

Aber etwa eine Woche danach geschah es, daß er für einen Tag nach Sheffield mußte. Er aß dort in seinem Klub. Er war nahezu fertig, als der Herzog von Haverel eintrat. Er war der große örtliche Magnat, und der Oberst kannte ihn natürlich, doch nur so weit, um ihn zu begrüßen; und er war überrascht, als der Herzog an seinem Tisch stehenblieb.

»Es tut uns so leid, daß Ihre Gattin dieses Wochenende nicht zu uns kommen kann«, sagte er mit einer scheuen Herzlichkeit. »Wir erwarten einige nette Leute.«

George war verblüfft. Er mutmaßte, daß die Haverels ihn und Evie für das Wochenende eingeladen hatten und Evie, ohne ihm ein Wort zu sagen, abgelehnt hatte. Er besaß die Geistesgegenwart zu sagen, auch ihm tue es leid.

»Vielleicht klappt es beim nächsten Mal«, sagte der Herzog freundlich und ging weiter.

Oberst Peregrine war sehr verärgert; und als er heimkam, sagte er zu seiner Frau: »Hör mal, was ist das mit unserer Einladung bei den Haverels? Warum in aller Welt hast du gesagt, wir könnten nicht kommen? Wir sind noch nie dort eingeladen worden, und es ist das beste Jagdrevier in der Grafschaft.«

»Daran habe ich nicht gedacht. Ich meinte, es würde dich nur langweilen.«

»Zum Teufel, du hättest mich mindestens fragen können, ob ich gehen wolle.«

»Es tut mir leid.«

Er sah sie genauer an. Es war etwas in ihrem Gesichtsausdruck, das er nicht ganz verstand. Er runzelte die Stirn.

»Ich nehme doch an, ich war eingeladen?« bellte er.

»Nun, um die Wahrheit zu sagen, du warst nicht eingeladen.«

»Ich nenne es verflucht unhöflich von denen, dich einzuladen, ohne mich ebenfalls zu bitten.«

»Ich nehme an, sie dachten, es sei nicht die Art von Gesellschaft, die du magst. Die Herzogin ist von Schriftstellern und derlei Leuten ziemlich angetan, weißt du. Sie wird Henry Dashwood, den Kritiker, dahaben, und aus irgendeinem Grunde wünschte er mich zu sprechen.«

»Dann war es verdammt nett von dir abzusagen, Evie.«

»Das ist das mindeste, was ich tun konnte«, lächelte sie. Sie zögerte einen Augenblick. »George, mein Verleger will gegen Ende des Monats eine kleine Party für mich geben, und selbstverständlich wollen sie, daß du auch kommst.«

»Oh, ich glaube, daran liegt mir nicht viel. Ich werde mit nach London kommen, wenn du magst. Ich finde schon einen, der mit mir ißt.«

Daphne.

»Ich nehme an, es wird sehr langweilig sein, aber sie bestehen darauf. Und den Tag danach gibt der amerikanische Verleger, der mein Buch angenommen hat, im Claridge eine

Cocktailparty. Ich würde dich gern dabeihaben, wenn es dir recht ist.«

»Es klingt furchtbar langweilig, aber wenn du wirklich willst, daß ich mitkomme, so werde ich kommen.«

»Es wäre sehr lieb von dir.«

George Peregrine war benommen von der Cocktailparty. Eine Menge Leute waren da. Einige von ihnen sahen nicht so übel aus, ein paar Frauen waren nett zurechtgemacht, doch die Männer fand er ziemlich grauenhaft. Er wurde jedem als »Oberst Peregrine, E. K. Hamiltons Gatte« vorgestellt. Die Männer schienen nicht mit ihm reden zu können, aber die Frauen schwärmten.

»Sie müssen stolz auf Ihre Frau sein. Ist sie nicht wunderbar? Wissen Sie, ich las es glatt durch, in einem Zug, ich konnte einfach nicht aufhören, und als ich es beendet hatte, fing ich wieder von vorne an und las es ein zweites Mal ganz durch. Ich war geradezu überwältigt.«

Der englische Verleger sagte zu ihm: »Einen Erfolg wie diesen haben wir mit einem Gedichtband seit zwanzig Jahren nicht gehabt. Niemals habe ich solche Besprechungen gesehen.«

Der amerikanische Verleger sagte: »Es ist toll. Es wird ein Riesenerfolg in Amerika. Warten Sie nur ab.«

Der amerikanische Verleger hatte Evie einen großen Strauß Orchideen gesandt. ›Verdammt lächerlich‹, dachte George. Als sie eintraten, wurden die Leute Evie vorgestellt, und es war offensichtlich, daß sie ihr Schmeichelhaftes sagten, was sie mit einem liebenswürdigen Lächeln und ein paar Worten des Dankes aufnahm. Sie war von der Aufregung ein bißchen erhitzt, schien aber ganz ungeniert zu sein. Obwohl er die ganze Sache für Geschwätz und Unsinn hielt, stellte George mit Genugtuung fest, daß seine Frau sich genau richtig benahm.

›Nun‹, sagte er zu sich selbst, ›sie ist eine Lady, und das ist verdammt viel mehr, als du von irgendwem sonst hier sagen könntest.‹

Er trank ziemlich viele Cocktails. Aber etwas quälte ihn. Es schien ihm, daß einige der Leute, denen er vorgestellt wurde, ihn merkwürdig ansahen. Er konnte sich nicht genau erklären, was es bedeutete. Einmal, als er an zwei Frauen vorbeikam, die zusammen auf einem Sofa saßen, hatte er den Eindruck, daß sie über ihn redeten; und als er weiterging, schien es ihm nahezu sicher, daß sie kicherten. Er war sehr froh, als die Gesellschaft zu Ende war.

Im Taxi, auf der Rückfahrt ins Hotel, sagte Evie zu ihm: »Du warst wunderbar, mein Lieber. Du warst ein richtiger Treffer, die Mädchen schwärmten geradezu für dich. Sie fanden dich so gut aussehend.«

»Mädchen!« sagte er bitter. »Alte Hexen.«

»Hast du dich gelangweilt, Liebster?«

»Enorm.«

Sie drückte als ein Zeichen des Mitgefühls seine Hand.

»Ich hoffe, es stört dich nicht, wenn wir erst den Nachmittagszug nehmen. Ich habe am Vormittag einiges zu erledigen.«

»Nein, mir ist's recht. Einkäufe?«

»Ich will etwas besorgen, und ich muß mich fotografieren lassen. Ich hasse es, aber sie meinen, ich müßte. Für Amerika, verstehst du.«

Er sagte nichts, aber er überlegte. Er dachte, es werde ein

Schlag für die amerikanischen Leser sein, wenn sie das Bild der anspruchslosen, trockenen kleinen Frau sahen, die seine Gattin war. Er war stets der Ansicht gewesen, daß man in Amerika den Glamour liebte.

Er dachte weiterhin nach und ging am nächsten Morgen, als Evie ausgegangen war, in seinen Klub, zur Bibliothek hinauf. Dort sah er die letzten Nummern des *Times Literary Supplement*, des *New Statesman* und des *Spectator* durch. Er fand Besprechungen über Evies Buch. Er las sie nicht sehr genau, doch hinreichend, um zu verstehen, daß sie außerordentlich günstig waren. Dann ging er zu dem Buchhändler in Piccadilly, bei dem er gelegentlich Bücher kaufte. Er war zu der Überzeugung gekommen, daß er dieses verdammte Zeug von Evie ordentlich lesen mußte; aber er wollte sie nicht fragen, was sie mit dem Exemplar, das sie ihm geschenkt hatte, gemacht hatte. Er würde sich selbst eines kaufen. Ehe er eintrat, blickte er in das Fenster, und das erste, was er sah, war eine Auslage von *Wenn Pyramiden verfallen*. Verflucht alberner Titel! Er ging hinein. Ein junger Mann kam und fragte, ob er ihm helfen dürfe.

»Nein, ich will mich nur ein wenig umsehen.« Es machte ihn verlegen, nach Evies Buch zu fragen. Aber er konnte es nirgends sehen, und schließlich, als der junge Mann in der Nähe stand, sagte er in betont nebensächlichem Ton: »Übrigens, haben Sie ein Buch, das *Wenn Pyramiden verfallen* heißt?«

»Die Exemplare der neuen Auflage sind heute früh eingetroffen. Ich bringe Ihnen eines.«

Der junge Mann kam sofort mit dem Buch zurück. Er war ein kleiner, ziemlich dicker junger Mann mit einer

Masse unordentlichem fuchsigem Haar und einer Brille. George Peregrine, groß, von sehr militärischer Haltung, überragte ihn.

»Das hier ist also eine neue Auflage?« fragte er.

»Jawohl. Die fünfte. Es wird gekauft wie ein Roman.«

George Peregrine zögerte einen Augenblick.

»Warum ist es so ein Erfolg? Man hat mir stets erzählt, kein Mensch lese Gedichte.«

»Nun, es ist gut. Ich habe es selbst gelesen.« Der junge Mann, obwohl gut erzogen, sprach leicht im Londoner Dialekt, und George nahm unwillkürlich eine gönnerhafte Haltung an. »Die Geschichte dahinter gefällt. Erotisch und tragisch.«

George krauste die Stirn. Er kam zu dem Schluß, daß der junge Mensch ziemlich frech war. Keiner hatte ihm gesagt, daß eine Geschichte in dem verdammten Buch stecke, und den Besprechungen, die er gelesen hatte, war dies nicht zu entnehmen gewesen. Der junge Mann redete weiter:

»Natürlich ist es nur ein Strohfeuer, wenn Sie verstehen, was ich meine. Ich glaube, sie war von einem Erlebnis entflammt, wie Housman mit seinem *Shropshire Lad*. Sie wird nie wieder etwas anderes schreiben.«

»Wieviel kostet das Buch?« fragte George kühl, um das Geschwätz zu beenden. »Sie brauchen es nicht einzupacken, ich tue es in meine Tasche.«

Der Novembermorgen war rauh, und George trug einen Wintermantel.

Auf dem Bahnhof kaufte er Abendblätter und Zeitschriften, und er und Evie machten es sich auf ihren Eckplätzen eines Erste-Klasse-Wagens bequem und lasen. Um fünf gingen sie in den Speisewagen, um Tee zu trinken, und plauderten ein wenig. Dann kamen sie an. Sie fuhren mit dem Auto, das auf sie wartete, nach Hause. Sie badeten, zogen sich zum Abendessen um, und dann ging Evie, die sagte, daß sie müde sei, zu Bett. Sie küßte ihn, wie es ihre Gewohnheit war, auf die Stirn. Er ging in den Flur, nahm Evies Buch aus seinem Mantel und begann, es in seinem Arbeitszimmer zu lesen. Er tat sich mit Versen nicht leicht, und obwohl er aufmerksam las, Wort für Wort, war der Eindruck, den er empfing, von Klarheit weit entfernt. Danach begann er erneut und ein zweites Mal, mit zunehmendem Unbehagen; aber er war kein Dummkopf, und als er die Lektüre beendet hatte, verstand er durchaus, um was es ging. Ein Teil des Buches war in freien Versen, ein anderer im herkömmlichen Versmaß, doch die Geschichte, die es enthielt, war zusammenhängend und dem geringsten Verstande faßbar. Es war die Erzählung einer leidenschaftlichen Liebe einer älteren verheirateten Frau und eines jungen Mannes. George Peregrine folgte den einzelnen Schritten so leicht, als ob er eine einfache Rechenaufgabe zu lösen hätte.

In der Ich-Form erzählt, begann es mit dem bebenden Erstaunen einer Frau, deren Jugend vorbei war und die begriff, daß der junge Mann in sie verliebt war. Sie zögerte, es zu glauben. Sie meinte, sie betrüge sich selbst. Und sie war entsetzt, als sie plötzlich entdeckte, daß sie leidenschaftlich in ihn verliebt war. Sie sagte sich, es sei lächerlich; bei dem Altersunterschied könne nichts als Unglück dabei herauskommen, wenn sie sich ihrem Gefühl überließ. Sie wollte ihn daran hindern, sich zu erklären, doch der Tag kam, an dem er ihr sagte, daß er sie liebe, und sie zwang, ihm zu sagen, daß sie ihn ebenfalls liebe. Er bat sie, mit ihm davonzulaufen. Sie konnte jedoch nicht ihren Mann, nicht ihr Heim im Stich lassen. Welchem Leben konnten sie auch entgegensehen – sie eine alternde Frau, er so jung? Wie konnte sie erwarten, daß seine Liebe beständig bleibe? Sie bat ihn, sie zu verstehen. Aber seine Liebe war ungestüm. Er wollte sie, er wollte sie mit ganzem Herzen, und schließlich, zitternd, furchtsam, begierig, ergab sie sich. Dann folgte eine Zeit ekstatischen Glücks. Die Welt, die langweilige, fade Welt des Alltags, strahlte in neuem Glanz. Liebesgesänge flossen aus ihrer Feder. Die Frau betete den jungen, männlichen Körper ihres Liebhabers an.

George errötete tief, wenn sie seine breite Brust und schlanken Flanken pries, die Schönheit seiner Beine und die Flachheit seines Bauchs.

»Wild«, hatte Daphnes Bekannter es genannt. Das war es. Abscheulich.

Es gab da traurige kleine Szenen, in denen sie die Leere ihres Lebens bedauerte, nachdem er, wie es geschehen mußte, sie verlassen haben würde, aber sie endeten mit einem Aufschrei, daß alles, was sie zu ertragen haben werde, in Anbetracht des Segens, der ihr zuteil geworden war, das Leid wert sei. Sie schrieb von den langen, bebenden Nächten, die sie zusammen verbrachten, und der Schlaffheit, die sie beide in den Schlaf lullte, einer in des anderen Arm. Sie schrieb von der Entrückung der kurzen, gestohlenen Augenblicke, wenn sie sich, aller Gefahren trotzend, dem Ruf ihrer Leidenschaft ergaben.

Sie dachte, es werde die Angelegenheit einiger Wochen sein; aber wunderbarerweise währte sie. Eines der Gedichte bezog sich auf drei Jahre, die vergangen waren, ohne die Liebe ihrer Herzen zu vermindern. Es schien, als ob er sie weiterhin drängte, mit ihm fortzugehen, weit fort, in eine Hügelstadt Italiens, auf eine griechische Insel, eine vermauerte Stadt Tunesiens, damit sie ständig zusammensein konnten, denn in einem anderen Gedicht flehte sie ihn an, nichts an ihrer Situation zu ändern. Ihre Glückseligkeit war zerbrechlich. Vielleicht war es eine Folge der Schwierigkeiten, die sie bestehen mußten, und dem seltenen Beieinander, daß ihre Liebe so lange den ersten zauberhaften Glanz beibehalten hatte. Dann starb der junge Mann ganz plötzlich. Wie, wann oder wo konnte George nicht entdecken. Ein langer, betrübter Aufschrei tiefer Trauer folgte, einer Trauer, der sie sich nicht hingeben konnte, eines Kummers, der verborgen bleiben mußte. Sie hatte fröhlich zu sein, Gesellschaften zu geben und Gesellschaften zu besuchen; sich zu verhalten, wie sie sich stets verhalten hatte, obwohl das Licht ihres Lebens gelöscht und sie von Seelenpein niedergedrückt war. Das letzte aller Gedichte war eine Einheit von vier kurzen Strophen, in denen die Schreibende, in ihren Verlust betrübt ergeben, den dunklen Mächten, die des Menschen Geschick leiteten, dafür dankte, daß ihr wenigstens eine Weile gewährt worden war, das größte Glück zu genießen, das wir armen Menschen je zu kennen hoffen dürfen.

Es war drei Uhr morgens, als George Peregrine das Buch endlich weglegte. Es war ihm, als hätte er Evies Stimme in jeder Zeile gehört; wieder und immer wieder fand er Ausdrücke, die er von ihr vernommen hatte; Einzelheiten waren ihm so vertraut wie ihr; kein Zweifel, es war ihre eigene Geschichte, die sie erzählt hatte, und es war so klar, wie etwas nur sein konnte, daß sie einen Liebhaber gehabt hatte und daß er gestorben war. George empfand nicht so sehr Zorn, Entsetzen oder Bestürzung, obwohl er bestürzt und entsetzt war, als Erstaunen. Es war so unvorstellbar, daß Evie ein Liebeserlebnis gehabt haben sollte, und noch obendrein ein wildes, leidenschaftliches; so unvorstellbar, wie wenn die Forelle unter Glas auf dem Kaminsims in seinem Arbeitszimmer – die schönste Forelle, die er je gefangen hatte – plötzlich mit dem Schwanz zu wackeln begonnen hätte. Jetzt verstand er die Bedeutung des belustigten Blicks in den Augen jenes Mannes, mit dem er im Klub gesprochen hatte; er verstand, warum Daphne, als sie über das Buch redete, dies als einen Witz genossen hatte; und warum die zwei Frauen bei der Cocktailparty gekichert hatten, als er an ihnen vorübergegangen war.

Ihm brach der Schweiß aus. Dann wurde er plötzlich von Wut gepackt und sprang auf, um Evie zu wecken und scharf um eine Erklärung zu bitten. Aber an der Tür hielt er inne. Welche Beweise hatte er? Ein Buch. Er entsann sich, daß er Evie gesagt hatte, er fände es wirklich gut. Gewiß, er hatte es damals nicht gelesen, doch er hatte so getan, als hätte er es gelesen. Er würde einem Narren gleichen, wenn er das zugeben müßte.

»Ich muß meine Schritte bedenken«, murmelte er.

Er beschloß, zwei, drei Tage zu warten und alles zu überlegen. Dann würde er entscheiden, was zu tun sei. Er ging ins Bett, fand aber lange Zeit keinen Schlaf.

›Evie‹, sagte er ständig zu sich, ›ausgerechnet Evie.‹

Sie sahen sich am nächsten Morgen beim Frühstück wie üblich. Evie war wie stets: still, gesetzt und gefaßt, eine Frau mittleren Alters, die sich nicht bemühte, jünger auszusehen, als sie war; eine Frau, die nichts von dem hatte, was er das ›gewisse Etwas‹ nannte. Er sah sie an, wie er sie seit Jahren nicht betrachtet hatte. Sie zeigte ihre übliche milde Gelassenheit. Ihre blaßblauen Augen waren sorglos. Es lag kein Zeichen von Schuld auf ihrem ehrlichen Gesicht. Sie äußerte die gleichen kleinen beiläufigen Bemerkungen wie immer.

»Es ist schön, nach diesen zwei Tagen in London aufs Land zurückzukommen. Was wirst du heute früh tun?«

Es war unbegreiflich.

Drei Tage später suchte er seinen Anwalt auf. Harry Blane war sowohl Georges alter Freund als auch sein Rechtsberater. Er war nicht weit entfernt von den Peregrines ansässig, und seit vielen Jahren hatten sie in benachbartem Gehege gejagt. Zwei Tage in der Woche war er ein Landbesitzer und an den übrigen fünf Tagen ein beschäftigter Anwalt in Sheffield. Er war ein großer, kräftiger Mensch, von ungestümem Benehmen, der heiter lachte, was alles darauf schließen ließ, daß er vor allem als Sportsmann und guter Kumpel betrachtet werden wollte und nur nebenher als Anwalt. Aber er war schlau und weltklug.

»Nun, George, was hat dich heute hergebracht?« brummte er, als der Oberst in sein Büro geführt worden war. »Nette Zeit in London gehabt? Nächste Woche nehme ich meine bessere Hälfte für ein paar Tage dorthin. Wie geht's Evie?«

»Ihretwegen bin ich hier«, sagte Peregrine und sah Harry mißtrauisch an. »Hast du ihr Buch gelesen?«

Seine Empfindlichkeit war durch seine aufgewühlten Gedanken der letzten Tage geschärft worden, und er bemerkte einen kleinen Wandel im Ausdruck des Anwaltes. Es schien, als ob jener sich plötzlich vorsehe.

»Ja, ich habe es gelesen. Großer Erfolg, nicht wahr? Seltsam, plötzlich Dichterin. Es geschehen noch Zeichen und Wunder.«

George Peregrine wäre beinahe aufgebraust.

»Es hat mich zu einem verdammten Narren gemacht.«

»Ach, Unsinn, George. Daran ist nichts Arges, daß Evie ein Buch geschrieben hat. Du solltest richtig stolz auf sie sein.«

»Red nicht so blöd daher. Es ist ihre eigene Geschichte, das weißt du, und jeder andere weiß es auch. Ich nehme an, ich bin der einzige, der nicht weiß, wer ihr Liebhaber war.«

»Es gibt so etwas wie Phantasie, mein Junge. Es besteht kein Grund anzunehmen, das Ganze sei nicht erfunden.«

»Hör mal, Harry, wir kennen uns schon unser ganzes Leben lang. Wir hatten alle möglichen guten Zeiten miteinander. Sei ehrlich mit mir. Kannst du mir gerade ins Gesicht sehen und behaupten, du glaubest, das sei eine erfundene Geschichte?«

Harry Blane bewegte sich unbehaglich in seinem Stuhl. Der Kummer in der Stimme des alten George verstörte ihn.

»Du hast kein Recht, mich so etwas zu fragen. Frage Evie.«

»Ich traue mich nicht«, erwiderte George nach einer beängstigenden Pause. »Ich fürchte, sie könnte mir die Wahrheit sagen.«

Es entstand ein ungemütliches Schweigen.

»Wer war der Kerl?«

Harry Blane sah George frei in die Augen.

»Ich weiß es nicht, und wenn ich es wüßte, würde ich es dir nicht sagen.«

»Du Schwein. Begreifst du denn nicht, in welcher Lage ich bin? Glaubst du, es sei angenehm, völlig lächerlich gemacht zu werden?«

Der Anwalt zündete sich eine Zigarette an, und eine kleine Weile paffte er schweigsam.

»Ich sehe nicht, was ich für dich tun kann«, sagte er schließlich.

»Du hast Privatdetektive, nehme ich an. Ich will, daß du sie einstellst und alles herausfinden läßt.«

»Es ist nicht gerade nett, seine Frau durch Detektive bespitzeln zu lassen, mein alter Junge; und außerdem, für einen Augenblick mal angenommen, Evie hatte ein Abenteuer, so läge es ja viele Jahre zurück, und ich glaube nicht, daß es möglich wäre, noch das Geringste ausfindig zu machen. Sie scheinen ihre Spuren recht vorsichtig verwischt zu haben.«

»Das ist mir gleichgültig. Du stellst die Detektive ein. Ich will die Wahrheit wissen.«

»Ich tu's nicht, George. Wenn du dazu entschlossen bist, dann sprich besser mit einem anderen. Und hör mal, selbst wenn du Beweise bekämst, daß Evie dir untreu gewesen ist, was willst du dann damit anfangen? Du würdest ziemlich töricht dastehen, wenn du dich von deiner Frau scheiden ließest, weil sie vor zehn Jahren die Ehe gebrochen hat.«

»Auf alle Fälle könnte ich es mit ihr ins reine bringen.«

»Das kannst du auch so, aber du weißt genausogut wie ich, daß, wenn du das tust, sie dich verlassen wird. Möchtest du das?«

George blickte ihn unglücklich an.

»Ich weiß nicht. Ich habe immer gedacht, daß sie mir eine verdammt gute Ehefrau gewesen ist. Sie führt das Haus großartig, wir hatten niemals irgendeinen Ärger mit Angestellten, sie hat Wunder im Garten bewirkt und versteht sich glänzend mit allen Leuten im Dorf. Aber, zum Teufel, ich habe an meine Selbstachtung zu denken. Wie kann ich weiter mit ihr leben, wenn ich weiß, daß sie mich grauenhaft betrogen hat?«

»Bist du ihr stets treu gewesen?«

»Mehr oder minder. Wir sind immerhin vierundzwanzig Jahre verheiratet, und Evie war niemals so recht für das Bett.«

Der Anwalt bewegte ein wenig seine Augenbrauen, aber George war zu sehr mit dem beschäftigt, was er sagen wollte, um es zu bemerken.

»Ich leugne nicht, daß ich mich hie und da ein wenig vergnügt habe. Ein Mann braucht das. Frauen sind anders.«

»Das wissen wir nur aufgrund von Männeraussagen«, meinte Harry Blane mit einem kleinen Lächeln.

»Evie ist wirklich die letzte Frau, die ich in Verdacht gehabt hätte, über die Stränge zu schlagen. Ich meine, sie ist eine sehr wählerische, schweigsame Frau. Was hat sie bloß dazu getrieben, das verflixte Buch zu schreiben?«

»Ich nehme an, es war eine sehr schmerzliche Erfahrung, und vielleicht hat es sie erleichtert, ihre Seele davon zu befreien.«

»Nun, wenn sie es schreiben mußte, warum zum Teufel hat sie es nicht unter einem fremden Namen geschrieben?«

»Sie benutzte ihren Mädchennamen. Wahrscheinlich glaubte sie, das genüge, und so wäre es auch gewesen, wenn das Buch nicht diesen erstaunlichen Erfolg gehabt hätte.«

George und der Anwalt saßen sich, vom Schreibtisch getrennt, gegenüber. George, den Ellbogen auf dem Tisch, das Kinn in der Hand, runzelte nachdenklich die Stirn.

»Es ist so abscheulich, nicht zu wissen, was für ein Kerl das war. Man kann nicht einmal ahnen, ob er ansatzweise ein Gentleman war. Ich meine, soweit ich weiß, könnte er ein Knecht oder ein Angestellter in einem Anwaltsbüro gewesen sein.«

Harry Blane hielt ein Lächeln zurück, und als er antwortete, lag in seinen Augen ein freundlicher, duldsamer Blick. »Da ich Evie gut kenne, so glaube ich, daß er in Ordnung war. Auf alle Fälle war er kein Angestellter bei mir.«

»Es ist so ein Schlag für mich gewesen«, seufzte der Oberst. »Ich dachte, sie hätte mich gern. Sie kann aber das Buch nicht geschrieben haben, ohne mich zu hassen.«

»Oh, das glaube ich nicht. Ich glaube nicht, daß sie hassen kann.«

»Du willst doch nicht etwa behaupten, daß sie mich liebt?«

»Nein.«

»Nun eben, was empfindet sie für mich?«

Harry Blane lehnte sich in seinem Drehsessel zurück und sah George nachdenklich an.

»Gleichgültigkeit, würde ich denken.«

Der Oberst zuckte ein bißchen zusammen und errötete.

»Du bist ja schließlich auch nicht in sie verliebt, nicht wahr?«

George Peregrine wählte seine Worte vorsichtig.

»Es ist ein großer Schlag für mich gewesen, keine Kinder zu haben, aber ich ließ es sie nie merken, daß ich denke, sie hat mich im Stich gelassen. Ich bin stets gut zu ihr gewesen.

Innerhalb vernünftiger Grenzen habe ich versucht, meine Pflicht ihr gegenüber zu erfüllen.«

Der Anwalt legte seine große Hand auf den Mund, um sein Lächeln zu verbergen.

»Es ist so ein schrecklicher Schlag für mich«, fuhr Peregrine fort. »Verdammt noch mal, selbst vor zehn Jahren war Evie kein Küken mehr und weiß Gott nichts Besonderes. Es ist so widerwärtig.« Er seufzte tief. »Was würdest du an meiner Stelle tun?«

»Nichts.«

George Peregrine setzte sich kerzengerade in seinem Stuhl auf und sah Harry mit strengem Ausdruck an, den er früher gezeigt haben mußte, wenn er sein Regiment besichtigt hatte.

»Ich kann so etwas nicht einfach übergehen. Ich bin lächerlich gemacht worden. Ich kann meinen Kopf nie wieder aufrecht tragen.«

»Unfug«, sagte der Anwalt scharf, und dann, in einem angenehmen, freundlichen Ton: »Höre, alter Junge: Der Mann ist tot, all das ist vor langer Zeit geschehen. Vergiß es. Sprich mit den Leuten über Evies Buch, schwärme davon, sag ihnen, wie stolz du auf sie seist. Verhalte dich, als ob du so viel Vertrauen in sie hättest, um zu wissen, sie könne dir niemals untreu gewesen sein. Die Welt dreht sich schnell weiter, und das Gedächtnis der Leute ist kurz. Sie werden vergessen.«

»Ich werde nicht vergessen.«

»Ihr seid beide Leute in vorgeschrittenem Alter. Sie tut wahrscheinlich viel mehr für dich, als du ahnst, und du würdest schrecklich allein ohne sie sein. Ich finde, es macht nichts, wenn du nicht vergißt. Es kann gar nicht schaden, wenn in deinen Dickschädel hineingeht, daß in Evie viel mehr steckt, als du jemals den Grips hattest zu begreifen.«

»Verflucht, du redest, als wenn ich zu tadeln wäre.«

»Nein, das behaupte ich nicht, aber ich bin auch nicht so sicher, ob Evie zu tadeln ist. Ich glaube nicht, daß sie sich in den Jungen verlieben wollte. Erinnerst du dich an das Ende ihres Buchs? Man könnte meinen, daß sie, obwohl sie durch seinen Tod zerschmettert war, ihn in seltsamer Art willkommen hieß. All die Zeit war sie der Zerbrechlichkeit des Bandes inne gewesen, das sie verbunden hielt. Er starb im vollen Rausch seiner ersten Liebe und hatte nie erfahren, daß Liebe so selten anhält; er hatte nur deren Segen und Schönheit kennengelernt. In ihrem eigenen bitteren Schmerz fand sie Trost in dem Gedanken, daß ihm aller Kummer erspart geblieben war.«

»Das ist alles ein bißchen zu hoch für mich. Aber ich verstehe mehr oder minder, was du meinst.«

George Peregrine starrte unglücklich das Schreibzeug auf dem Tisch an. Er war schweigsam, und der Anwalt sah ihn aus neugierigen, doch teilnehmenden Augen an.

»Begreifst du, welchen Mut sie gehabt haben muß, niemandem zu zeigen, wie furchtbar unglücklich sie war?« sagte er sanft.

Oberst Peregrine seufzte.

»Also gut. Ich nehme an, du hast recht. Nun ist es eben passiert, und es würde nur alles verschlimmern, wenn ich viel Aufhebens machte.«

»Und das heißt?«

George Peregrine lächelte erbärmlich.

»Ich nehme deinen Rat an. Ich tue nichts. Sollen sie denken, ich sei ein verdammter Narr, und zur Hölle mit ihnen. Die Wahrheit ist, ich weiß nicht, was ich ohne Evie beginnen sollte. Aber eines sag ich dir, bis zu meiner Sterbestunde werde ich nicht begreifen: Was um Himmels willen hat der Kerl an ihr bloß gefunden?«

Episode

Es war eine ganz kleine Gesellschaft, da unsere Gastgeberin allgemeine Gespräche bevorzugte. Wir waren bei Tisch nie mehr als acht Personen, meistens nur sechs, und nach dem Essen, wenn wir ins Wohnzimmer hinaufgingen, waren die Stühle dort so gestellt, daß sich unmöglich zwei Leute zusammen in eine Ecke drücken und damit die Gemeinschaft aufheben konnten. Ich freute mich, bei der Ankunft festzustellen, daß ich alle kannte. Abgesehen von unserer Gastgeberin waren zwei nette, gescheite Frauen da, und außer mir zwei Herren. Der eine war mein Freund Ned Preston. Unsere Gastgeberin hatte es sich zur Regel gemacht, niemals Frauen mit ihren Männern einzuladen, weil sie fand, daß sie sich gegenseitig in ihrem Wesen hemmten, und wenn sie nicht gerne getrennt kamen, konnten sie wegbleiben. Da aber das Essen und der Wein bei ihr gut waren und die Gespräche fast immer unterhaltsam, so erschienen sie meistens. Manche Leute behaupteten, daß sie die Männer häufiger einlade als die Frauen, aber sie verteidigte sich damit, daß es wirklich nicht ihre Schuld sei, wenn mehr Männer verheiratet waren als Frauen.

Ned Preston war ein Schotte, eine gutgelaunte, fröhliche Seele, mit einer Begabung, Geschichten zu erzählen. Zuweilen tat er das zu ausführlich, denn er war äußerst beredt, aber mit dramatischer Intensität. Er war ein Junggeselle mit einem kleinen Einkommen, das für seine bescheidenen Bedürfnisse genügte, und das war sein Glück, denn er litt an jener Art von Tuberkulose, die man jahrelang haben kann, ohne daran zu sterben, die einen aber daran hindert, seinen Lebensunterhalt zu verdienen. Von Zeit zu Zeit war er so krank, daß er zwei bis drei Wochen das Bett hüten mußte, aber dann erholte er sich wieder und war so vergnügt, munter und gesprächig wie eh und je. Ich bezweifle, daß seine Mittel für ein teures Sanatorium ausreichten, und jedenfalls hatte er nicht das Temperament, sich einem solchen Dasein anzupassen. Er war gesellig. Wenn er sich wohl fühlte, ging er gerne mittags und abends aus, und er blieb gerne bis spät in die Nacht auf, rauchte seine Pfeife und trank eine Menge Whisky. Wäre er bereit gewesen, das Leben eines Invaliden zu führen, so wäre er vielleicht noch am Leben, aber das lag ihm nicht. Und wer wollte ihn dafür tadeln? Er starb eines Abends mit fünfundfünfzig Jahren an einem Blutsturz, als er von einer Gesellschaft zurückkehrte, bei der er unstreitig der Mittelpunkt gewesen war.

Er hatte jene fieberhafte Vitalität, wie man sie bei manchen Schwindsüchtigen findet, und er war immer auf der Suche nach einer Beschäftigung, die seinen Tatendrang befriedigte. Ich weiß nicht, auf welche Weise er erfuhr, daß es im Gefängnis von Wormwood Scrubs an Besuchern für die Gefangenen fehlte, aber der Gedanke leuchtete ihm ein, und so begab er sich ins Innenministerium und sprach mit dem zuständigen Beamten, um ihm seine Dienste anzubieten. Diese Arbeit war ehrenamtlich, und obwohl immer eine Reihe von Leuten bereit ist, sie zu übernehmen, entweder aus Mitleid oder aus Neugierde, lassen sie in ihrem Eifer meist bald nach oder finden, daß es zuviel Zeit in Anspruch nimmt; und die Gefangenen, mit deren Problemen, Interessen und Zukunftsplänen sie sich befaßten, fühlen sich im Stich gelassen. Die Beamten im Innenministerium sind daher darauf bedacht, niemanden anzunehmen, der nicht so aussieht, als ob er durchhalten werde, und sie ziehen ausführliche Erkundigungen ein über das Vorleben, den Charakter und die allgemeine Eignung des Bewerbers. Dann wird ihm eine Probezeit bewilligt, in der man ihn diskret beobachtet, und wenn er einen ungünstigen Eindruck macht, dankt man ihm höflich und teilt ihm mit, daß seine Dienste nicht weiter benötigt würden. Aber Ned Preston überzeugte den zähen und klugen Beamten, der sich mit ihm unterhielt, daß er in jeder Hinsicht zuverlässig sei, und von Anfang an kam er gut mit dem Direktor, den Wärtern und den Gefangenen aus. Ihm fehlte jedes Klassenbewußtsein, so daß die Gefangenen, gleichgültig welche Stellung sie im Leben hatten, sich ihm gegenüber ungehemmt fühlten. Er predigte nicht und moralisierte nicht. Er selbst hatte nie im Leben eine verbrecherische oder auch nur gemeine Tat begangen, aber er behandelte die Verbrechen der Gefangenen, mit denen er sich befaßte, als wären es Krankheiten wie seine eigene Tuberkulose: ein unvermeidliches Übel, mit dem man sich abfinden mußte, über das zu reden aber sinnlos war.

Wormwood Scrubs ist ein Gefängnis für Männer, die zum erstenmal mit dem Gesetz in Konflikt geraten sind, und das Gebäude macht einen äußerst finsteren Eindruck. Ned führte mich einmal dort herum, und ich bekam eine Gänsehaut, als die Tore für uns aufgeschlossen wurden. Wir gingen durch die Räume, in denen die Männer arbeiteten.

»Wenn du irgendwelche Freunde entdecken solltest, so beachte sie nicht«, sagte Ned zu mir. »Sie haben es nicht gern.«

»Ist es wahrscheinlich, daß ich hier Freunde antreffen werde?« fragte ich trocken.

»Das kann man nie wissen. Es würde mich nicht überraschen, wenn du Freunde hättest, die einmal zu oft ungedeckte Schecks weitergegeben haben oder in einem der Parks in einer kompromittierenden Situation erwischt wurden. Du wärst sicher erstaunt, wie oft ich schon Leuten begegnet bin, die ich bei Einladungen getroffen hatte.«

Eine von Neds Aufgaben bestand darin, Gefangenen über die ersten schweren Tage ihrer Haft hinwegzuhelfen. Sie waren oft sehr erschüttert von dem Gerichtsverfahren und dem Urteil, und wenn sie dann nach den vorbereitenden Formalitäten, denen sie bei der Aufnahme im Gefängnis unterzogen wurden – dem Ausziehen, dem Bad, der ärztlichen Untersuchung und Befragung, dem Anlegen der Gefängniskleider –, in eine Zelle geführt und eingeschlossen wurden, brachen sie häufig zusammen. Manchmal weinten sie haltlos, manchmal konnten sie weder essen noch schlafen. Neds Aufgabe war es dann, sie aufzumuntern, und seine frische Art, seine natürliche Güte bewirkten oft Wunder. Wenn sie sich ihrer Frauen und Kinder wegen Sorgen machten, ging er hin und besuchte sie, und wenn sie in Not waren, gab er ihnen Geld. Er überbrachte ihnen Nachrichten, damit sie das schreckliche Gefühl verloren, von den gemeinsamen Interessen ihrer Mitmenschen ausgeschlossen zu sein. Er las die Sportberichte, um ihnen sagen zu können, welches Pferd ein wichtiges Rennen gewonnen hatte oder ob ein Weltmeister siegreich aus dem Kampf hervorgegangen war. Er gab ihnen auch Ratschläge für die Zukunft; wenn die Zeit ihrer Entlassung herannahte, überlegte er, für welche Arbeit sie geeignet wären, und überredete dann Arbeitgeber, ihnen eine Chance zu geben.

Da sich jedermann für Verbrechen interessiert, war es in Neds Gesellschaft unvermeidlich, daß früher oder später das Gespräch darauf kam. Es war nach dem Essen, und wir saßen behaglich im Wohnzimmer, die gefüllten Gläser in den Händen.

»Hast du in letzter Zeit interessante Fälle in Scrubs gehabt, Ned?« fragte ich ihn.

»Nein, nichts Besonderes.«

Er hatte eine hohe, krächzende Stimme, und sein Lachen klang wie ein rauhes Gackern. Er stimmte es jetzt an.

»Heute habe ich ein altes Mädchen besucht, und das war ein Mordsspaß. Ihr Mann ist Einbrecher. Die Polizei weiß seit Jahren über ihn Bescheid, aber sie konnten ihn nie erwischen, bis jetzt. Bevor er eine Sache drehte, verabredeten er und seine Frau ein Alibi, und obwohl er drei- oder viermal verhaftet und vor Gericht gebracht wurde, gelang es nie, das Alibi zu entkräften, und er wurde immer freigelassen. Nun, vor kurzem wurde er wieder verhaftet, aber das berührte ihn nicht weiter; das Alibi, das er und seine Frau sich ausgedacht hatten, war einwandfrei, und er war sicher, wie bisher wieder entlassen zu werden. Seine Frau ging in den Zeugenstand, und zu seinem maßlosen Erstaunen bestätigte sie das Alibi nicht; so wurde er verurteilt. Ich besuchte ihn. Er war nicht so sehr bestürzt, im Gefängnis zu sitzen, als befremdet darüber, daß seine Frau nicht zu seinen Gunsten ausgesagt hatte, und er bat mich, sie aufzusuchen und zu fragen, was ihr eigentlich eingefallen sei. Nun, ich ging zu ihr, und wissen Sie, was sie mir erklärte? Sie sagte: ›Ja, Sir, das war so: Es war ein so wunderbares Alibi, daß ich es nicht übers Herz brachte, es zu verschwenden.‹«

Natürlich lachten wir alle. Der Geschichtenerzähler schätzt ein dankbares Publikum, und Ned Preston war nie abgeneigt, das Wort zu haben. Er erzählte noch zwei oder drei weitere Anekdoten. Sie waren alle dazu angetan, eine Lieblingsbehauptung von ihm zu beweisen: daß nämlich in den Kreisen, die, bevor wir alle demokratisch wurden, die ›unteren‹ genannt wurden, mehr Leidenschaft, mehr Romantik und Mißachtung der Folgen vorhanden sei, als jemals in der wohlhabenden und vermutlich gebildeten Klasse angetroffen werden könne; Vorsicht habe diese oberen Kreise ängstlich gemacht, und die Konvention hemme sie.

»Weil der Arbeiter nicht viel liest«, sagte er, »weil er keine besondere Fähigkeit hat, sich auszudrücken, wird angenommen, daß er keine Phantasie besitzt. Das ist falsch. Er besitzt sie sogar in außergewöhnlichem Maße. Weil er ein großer, rauher Bursche ist, meint man, er habe keine Nerven. Auch das trifft nicht zu. Er ist ein Nervenbündel.«

Dann erzählte er uns eine Geschichte, die ich so gut wie möglich mit eigenen Worten wiedergeben will.

Fred Manson war ein gutaussehender junger Mann, groß, gut gebaut, mit blauen Augen, ebenmäßigen Zügen und einem freundlichen, angenehmen Lächeln; was ihn aber auffällig machte, so daß die Leute auf der Straße sich nach ihm umdrehten und ihn anstarrten, war sein voller Haarschopf, stark gewellt und von tiefroter, leuchtender Farbe – tatsächlich ausgesprochen schön. Vielleicht war es dies, was ihm ein so sinnliches Aussehen verlieh. Seine Männlichkeit wirkte wie ein starkes Parfum. Seine Augenbrauen waren dicht, nur etwas heller als das Haar, und er hatte das Glück, nicht die häßliche Haut zu haben, die Rothaarige so oft entstellt. Er hatte einen glatten, dunklen Teint. Sein Blick war keck, und wenn er lächelte oder lachte, was er bei seiner gesunden, jugendlichen Vitalität ständig tat, war seine Erscheinung äußerst gewinnend. Er war zweiundzwanzig und erweckte den angenehmen Eindruck, einfach deshalb glücklich zu sein, weil er lebte. Es war unvermeidlich, daß er mit diesem Aussehen und vor allem mit dieser beunruhigenden Sinnlichkeit bei den Frauen Erfolg hatte. Er war anziehend, zärtlich und leidenschaftlich, aber außerordentlich unstet. Er war nicht gerade gefühllos oder unverschämt; von Natur war er gutmütig, aber auf die eine oder andere Weise machte er es den Objekten seiner flüchtigen Zuneigung immer ganz klar, daß er nichts weiter wolle als ein wenig Spaß und daß es ihm unmöglich sei, jemandem treu zu bleiben.

Fred war Briefträger. Er arbeitete in Brixton. Dies ist ein dichtbesiedelter Londoner Stadtteil, der den merkwürdigen Ruf genießt, mehr Verbrecher zu beherbergen als irgendein anderer Vorort, weil Straßenbahnen die ganze Nacht hindurch von der anderen Seite des Flusses herüberkommen, und wenn ein Mann im Westend einen Einbruch verübt hat, kann er sicher sein, ohne Schwierigkeit nach Hause zu gelangen. Fred tat seine Arbeit gern. Brixton ist ein Viertel mit unzähligen Straßen, von kleinen Häusern gesäumt, in denen die Leute wohnen, die in der Nachbarschaft beschäftigt sind, aber auch Angestellte, Ladengehilfen, Facharbeiter der einen oder anderen Art, die jeden Tag zu ihrer Arbeit über den Fluß hinübermüssen. Er war stark und gesund, und es machte ihm Vergnügen, von Straße zu Straße zu gehen und die Briefe abzuliefern. Manchmal war ein Paket abzugeben oder ein eingeschriebener Brief, der bescheinigt werden mußte, und dabei hatte er Gelegenheit, Leute zu sehen. Er war ein geselliger Bursche. Es dauerte nicht lange, bis er auf jeder Runde wohlbekannt war, die in seine Zuständigkeit fiel. Nach einiger Zeit erhielt er eine andere Arbeit. Jetzt mußte er zu den roten Briefkästen gehen, sie leeren und den Inhalt zum Hauptpostamt des jeweiligen Distriktes bringen. Zuweilen war sein Sack am Ende seiner Tour recht schwer, aber er war stolz auf seine Kraft und lachte nur über das Gewicht.

Eines Tages leerte er einen Briefkasten in einer der besseren Straßen, einer Straße mit freistehenden Doppelhäusern, und er hatte seinen Sack gerade geschlossen, als ein junges Mädchen angelaufen kam.

»Briefträger«, rief sie, »nehmen Sie doch bitte diesen Brief noch mit. Ich möchte unbedingt, daß er mit dieser Post fortgeht.«

Er schaute sie mit seinem gutmütigen Lächeln an.

»Ich bin immer bereit, einer Dame zu Diensten zu sein«, sagte er, indem er seinen Sack absetzte und ihn öffnete.

»Ich würde Sie sonst nicht darum bitten, aber es ist dringend«, sagte sie, während sie ihm den Brief gab, den sie in der Hand hielt.

»An wen geht er – an Ihren Schatz?« fragte er grinsend.

»Das geht Sie nichts an.«

»Schon gut, nur nicht so hochmütig. Ich will Ihnen nur eines sagen: Er taugt nichts. Trauen Sie ihm nicht.«

»Sie sind frech.«

»Das sagt man mir immer.«

Er nahm seine Kappe ab und fuhr sich mit der Hand durch den lockigen roten Haarschopf. Dieser Anblick verschlug ihr fast den Atem.

»Wo lassen Sie sich Ihre Dauerwellen machen?« fragte sie kichernd.

»Das will ich Ihnen gelegentlich zeigen, wenn Sie wollen.«

Er blickte mit belustigten Augen auf sie hinunter, und es war etwas an ihm, das ihr in der Magengrube ein sonderbares Gefühl verursachte.

»Na, ich muß mich auf den Weg machen«, sagte er. »Wenn ich die Arbeit nicht schleunigst erledige, weiß ich nicht, was unserem Land passieren wird.«

»Ich halte Sie nicht auf«, sagte sie kühl.

»Da irren Sie sich«, erwiderte er.

Er warf ihr einen Blick zu, der ihr Herz rasend klopfen ließ, und sie fühlte, wie sie über und über errötete. Sie drehte sich um und lief in ein Haus zurück. Fred merkte sich, daß es vier Türen von dem Briefkasten entfernt war. Er mußte daran vorbeigehen, und dabei blickte er in die Höhe. Er sah, daß die Tüllgardinen sich bewegten, und wußte, daß sie ihm nachschaute. Er war mit sich zufrieden. Während der folgenden Tage betrachtete er das Haus jedesmal, wenn er daran vorbeikam, aber er konnte von dem Mädchen keine Spur entdecken. Eines Nachmittags begegnete er ihr zufällig, als er gerade in die Straße einbog, in der sie wohnte.

»Hallo«, sagte er und blieb stehen.

»Hallo.«

Sie wurde brennend rot.

»Ich habe Sie in letzter Zeit nie mehr gesehen.«

»Da haben Sie nicht viel versäumt.«

»Das meinen Sie nur.«

Sie war hübscher, als er sie in Erinnerung hatte, mit dunklen Haaren, dunklen Augen, ziemlich groß, schlank, mit guter Figur, einer blassen Haut und sehr weißen Zähnen.

»Wie wäre es, wenn Sie an einem Abend mit mir ins Kino gingen?«

»Sie setzen allerhand voraus, nicht wahr?«

»Es lohnt sich«, sagte er mit seinem frechen, reizenden Lächeln.

Sie mußte unwillkürlich lachen.

»Aber nicht bei mir, gar nicht.«

»Ach, hören Sie! Man ist nur einmal jung.«

Er hatte etwas so Anziehendes an sich, daß sie es nicht über sich brachte, ihm eine schnippische Antwort zu geben.

»Ich könnte gar nicht. Meine Eltern hätten es nicht gern, wenn ich mit jemandem ausginge, den ich nicht kenne. Sehen Sie, sie haben nur mich, und sie halten große Stücke auf mich. Ja, und ich kenne nicht einmal Ihren Namen.«

»Nun, den kann ich Ihnen doch nennen, nicht wahr? Fred. Fred Manson. Können Sie nicht sagen, daß Sie mit einer Freundin ins Kino gehen?«

Sie hatte noch nie ein solches Gefühl empfunden wie in diesem Augenblick. Sie wußte nicht, ob es Schmerz oder Freude war. Sie war merkwürdig atemlos.

»Vielleicht könnte ich das tun.«

Sie setzten den Abend, die Stunde und den Treffpunkt fest. Fred wartete auf sie, und sie gingen ins Kino, aber als der Film begann und er wortlos den Arm um sie legte, schob sie ihn, die Augen auf die Leinwand gerichtet, ruhig weg. Er ergriff ihre Hand, aber sie entzog sie ihm. Er war überrascht. So benahmen sich die Mädchen im allgemeinen nicht. Er wußte nicht, warum man ins Kino ging, wenn nicht um sich ein wenig näherzukommen. Er begleitete sie nach der Vorstellung nach Hause. Sie nannte ihm ihren Namen. Gracie Carter. Ihr Vater hatte einen eigenen Laden in der Brixton Road, er war ein Textilwarenhändler und hatte vier Angestellte.

»Da muß es ihm gutgehen«, sagte Fred.

»Er beklagt sich nicht.«

Gracie war Studentin an der Londoner Universität. Nach dem Examen wollte sie Lehrerin werden.

»Warum machen Sie denn das, wenn ein gutes Geschäft auf Sie wartet?«

»Pa will nicht, daß ich irgend etwas mit dem Geschäft zu tun habe – nicht nach der Erziehung, die er mir hat angedeihen lassen. Er will, daß ich etwas Besseres werde, wissen Sie.«

Ihr Vater hatte als Laufjunge angefangen, dann war er Gehilfe in einem Textilgeschäft geworden, und da er sehr arbeitsam, ehrlich und intelligent war, besaß er jetzt selber ein blühendes Geschäft. Der Erfolg hatte in ihm große Pläne für sein einziges Kind erweckt. Er wollte nicht, daß sie irgend etwas mit Handel zu tun habe. Er hoffte, daß sie vielleicht einen Akademiker heiraten würde oder wenigstens einen Mann aus der City. Dann würde er den Laden verkaufen und sich zurückziehen, und Gracie wäre eine richtige Dame.

Als sie die Ecke der Straße erreichten, gab Gracie ihm die Hand.

»Sie kommen besser nicht an die Tür«, sagte sie.

»Wollen Sie mir keinen Gutenachtkuß geben?«

»Nein.«

»Warum?«

»Weil ich nicht mag.«

»Sie kommen aber wieder mit ins Kino, nicht wahr?«

»Ich glaube, lieber nicht.«

»Ach, bitte!«

Es lag ein so warmes Drängen in seiner Stimme, daß ihre Knie nachzugeben schienen.

»Werden Sie sich anständig benehmen, wenn ich komme?« Er nickte.

»Versprechen Sie es?«

»Bei Ehr und Seligkeit!«

Er kratzte sich am Kopf, nachdem er sie verlassen hatte. Sonderbares Mädchen. Er hatte nie jemanden wie sie getroffen. Überlegen, zweifellos. Es lag etwas Lockendes in ihrer Stimme, warm und weich. Er suchte zu ergründen, wie sie eigentlich klang. Gerade so, als ob die Worte ein Kuß wären. Lächerlich, sich so auszudrücken – aber genauso klang sie.

Von da an gingen sie jede Woche ein- oder zweimal zusammen ins Kino. Nach einiger Zeit gestattete sie, daß er den Arm um sie legte und ihre Hand hielt, aber mehr erlaubte sie ihm nie.

»Bist du schon von einem Mann geküßt worden?« fragte er einmal.

»Nein, nie«, sagte sie. »Meine Mama ist komisch, sie sagt, man müsse sich die Achtung eines Mannes erhalten.«

»Ich gäbe alles in der Welt darum, dich einmal küssen zu dürfen, Gracie.«

»Sei nicht dumm.«

»Willst du es mir nicht ein einziges Mal erlauben?« Sie schüttelte den Kopf. »Warum nicht?«

»Weil ich dich zu gern habe«, sagte sie in heiserem Ton und lief rasch von ihm fort.

Das gab ihm einen ordentlichen Stich. Er begehrte sie, wie er noch keine Frau begehrt hatte. Ihre Erklärung gab ihm den Rest. Er hatte viel an sie gedacht, und er freute sich auf die Abende, die sie zusammen verbrachten, wie er sich noch nie im Leben auf etwas gefreut hatte. Zum erstenmal verließ ihn seine Selbstsicherheit. Sie war ihm in jeder Hinsicht überlegen: Ihr Vater, der Geld scheffelte, und ihre Erziehung und so weiter, und er war nur ein Briefträger. Sie hatten sich für den folgenden Freitag verabredet, und er war in einer fieberhaften Aufregung, daß sie nicht kommen würde. Er wiederholte sich immer wieder, was sie gesagt hatte. Vielleicht bedeutete es, daß sie beschlossen hatte, ihn fallenzulassen. Als er sie endlich die Straße entlangkommen sah, schluchzte er beinahe vor Erleichterung. An diesem Abend legte er weder den Arm um sie, noch ergriff er ihre Hand, und als er sie heimbrachte, sprach er kein Wort.

»Du bist heute abend sehr still, Fred«, sagte sie schließlich. »Was ist mit dir los?«

Er ging ein paar Schritte weiter, ehe er antwortete.

»Ich mag es dir nicht sagen.«

Sie blieb plötzlich stehen und blickte zu ihm auf. Entsetzen lag auf ihrem Gesicht.

»Sag es mir, was es auch sein mag«, bat sie zitternd.

»Ich bin ganz durcheinander, ich weiß mir nicht zu helfen. Ich bin so in dich verschossen, daß ich nicht mehr klarsehen kann. Ich wußte nicht, was das ist, so zu lieben, wie ich dich liebe.«

»Ach, ist das alles? Du hast mir einen solchen Schrecken eingejagt. Ich dachte, du würdest mir sagen, daß du heiraten willst.«

»Ich? Für wen hältst du mich? Dich möchte ich heiraten.«

»Nun, was hindert dich daran, du Dummer?«

»Gracie! Ist das dein Ernst?«

Er schlang die Arme um sie und küßte sie mitten auf den Mund. Sie wehrte sich nicht. Sie erwiderte seinen Kuß, und er fühlte, daß ihre Leidenschaft ebenso heftig war wie seine eigene.

Sie besprachen, daß Gracie ihren Eltern sagen solle, sie sei mit ihm verlobt und er werde am Sonntag kommen, um ihnen vorgestellt zu werden. Da der Laden am Samstag spät geschlossen wurde und Mr. Carter nach seiner Heimkehr übermüdet war, brachte Gracie ihre Neuigkeit erst nach dem Essen am Sonntag vor. George Carter war ein temperamentvoller, nicht sehr großer Mann, stämmig und von roter Gesichtsfarbe, und mit dem wachsenden Wohlstand hatte sein Gewicht zugenommen. Er hatte eine beträchtliche Glatze und eine graue Borste von Schnurrbart. Wie mancher andere Arbeitgeber, der unten angefangen hatte, war er ein Sklaventreiber und holte aus seinen Angestellten das Höchstmaß an Leistung für so wenig Bezahlung wie möglich heraus. Er hatte seine Augen überall und duldete keinerlei Unfug, aber er war vernünftig und sogar wohlwollend, so daß er bei ihnen nicht unbeliebt war. Mrs. Carter war eine ruhige, nette Frau, mit angenehmem Gesicht und Spuren früheren guten Aussehens. Sie waren beide Anfang Fünfzig, da sie spät geheiratet hatten, nachdem sie zehn Jahre lang miteinander ›gegangen‹ waren.

Sie waren sehr erstaunt, als Gracie ihnen erzählte, was sie zu sagen hatte, aber nicht unangenehm berührt.

»Du bist ja eine Heimlichtuerin«, sagte ihr Vater. »Ich habe keinen Augenblick vermutet, daß du jemanden kennengelernt hast. Nun, früher oder später mußte es ja wohl kommen. Wie heißt er?«

»Fred Manson.«

»Ein Bursche von der Universität?«

»Nein. Ihr müßt ihn schon gesehen haben. Er leert unseren Briefkasten. Er ist bei der Post.«

»Oh, Gracie«, rief Mrs. Carter, »das ist doch nicht dein Ernst. Du kannst keinen gewöhnlichen Briefträger heiraten, nach der ganzen Erziehung, die wir dir gegeben haben.«

Einen Augenblick war Mr. Carter sprachlos. Er wurde noch röter im Gesicht als sonst.

»Deine Mama hat recht, mein Mädchen«, brach er dann aus. »Du kannst dich nicht so wegwerfen.«

»Ich werfe mich nicht weg. Wartet, bis ihr ihn seht.«

Mrs. Carter begann zu weinen.

»So ein Abstieg! So eine Demütigung! Ich werde den Kopf nie mehr hoch tragen können.«

»Ach, Mama, rede doch nicht so. Er ist ein netter Mensch und hat eine gute Stellung.«

»Du verstehst das nicht«, stöhnte sie.

»Wie hast du ihn kennengelernt?« unterbrach sie Mr. Carter. »Aus was für einer Familie kommt er?«

»Sein Vater fährt einen Postwagen«, antwortete Gracie herausfordernd.

»Eine Arbeiterfamilie.«

»Ja, was ist dabei? Sein Vater hat vierundzwanzig Jahre bei der Post gearbeitet, und sie halten große Stücke auf ihn.«

Mrs. Carter nagte an ihrem Taschentuchzipfel.

»Gracie, ich will dir etwas sagen. Bevor dein Vater und ich heirateten, war ich Hausangestellte. Er wollte nicht, daß ich es dir jemals sage, weil er nicht wollte, daß du dich meiner schämst. Darum waren wir all die Jahre verlobt. Die Dame, bei der ich war, sagte, daß sie mir testamentarisch etwas vermachen wollte, wenn ich bis zu ihrem Tod bei ihr bliebe.«

»Mit diesem Geld konnte ich geschäftlich etwas anfangen«, fiel Mr. Carter ein. »Hätte ich es nicht bekommen, wäre ich nicht da, wo ich heute bin. Und ich muß dir schon sagen, daß deine Mutter die beste Frau ist, die ein Mann je hatte.«

»Ich habe nie eine richtige Erziehung gehabt«, fuhr Mrs. Carter fort, »aber ich war immer ehrgeizig. Der stolzeste Augenblick in meinem Leben war der, als dein Vater mir sagte, daß wir uns ein Dienstmädchen leisten könnten, und da sagte er: ›Die Zeit wird kommen, wo du eine Köchin *und* ein Hausmädchen haben wirst‹, und er hat Wort gehalten, und jetzt gehst du dorthin zurück, von wo ich komme. Ich hatte es mir in den Kopf gesetzt, daß du einen Gentleman heiraten würdest.«

Sie weinte von neuem. Gracie liebte ihre Eltern und konnte es schwer ertragen, sie so betrübt zu sehen.

»Es tut mir leid, Mama, ich wußte, daß es für euch eine Enttäuschung sein würde, aber ich kann es nicht ändern, wirklich nicht. Ich liebe ihn so, ich liebe ihn ganz schrecklich. Ich bin sicher, daß er euch gefallen wird, wenn ihr ihn seht. Wir machen heute nachmittag einen Spaziergang zusammen. Kann ich ihn nicht zum Abendessen mitbringen?«

Mrs. Carter warf ihrem Mann einen gequälten Blick zu. Er seufzte.

»Es gefällt mir nicht, und es hat keinen Sinn, so zu tun als ob, aber es ist wohl besser, wenn wir ihn uns anschauen.«

Das Abendessen verlief besser als erwartet. Fred war nicht schüchtern, und er redete so mit Gracies Eltern, als hätte er sie sein Leben lang gekannt. Wenn es etwas Neues für ihn war, von einem Mädchen bedient zu werden, in einem Eßzimmer mit Mahagonimöbeln zu Abend zu essen und nachher in einem Salon mit einem Flügel zu sitzen, so ließ er sich keine Verlegenheit anmerken. Als er gegangen war und sie in ihrem Schlafzimmer allein waren, sprachen Mr. und Mrs. Carter über ihn.

»Er ist hübsch, das muß man zugeben«, sagte sie.

»Darauf kommt es nicht an. Glaubst du, daß er hinter ihrem Geld her ist?«

»Nun, er wird wohl wissen, daß du ein paar Schäfchen im trockenen hast, aber er ist schon richtig in sie verliebt.«

»So, woran merkst du das?«

»Ach, man braucht nur zu sehen, wie er sie anschaut.«

»Nun, das ist immerhin schon etwas.«

Schließlich gaben die Carters ihren Widerstand auf, unter der Bedingung, daß die jungen Leute nicht heiraten sollten, bevor Gracie ihr Examen bestanden hatte. Das würde noch ein Jahr dauern, und sie hatten dabei die heimliche Hoffnung, daß Gracie es sich bis dahin anders überlegen würde.

Von da ab sahen sie Fred recht oft. Er verbrachte jeden Sonntag mit ihnen. Mit der Zeit gefiel er ihnen recht gut. Er war so umgänglich, so heiter und guter Laune, und vor allem so sichtlich bis über beide Ohren in Gracie verliebt, daß Mrs. Carter seinem Charme bald erlag, und nach einiger Zeit war sogar Mr. Carter bereit zuzugeben, daß er kein übler Bursche sei. Fred und Gracie waren glücklich. Sie fuhr jeden Tag nach London hinein, um Vorlesungen zu hören, und arbeitete fleißig. Sie verbrachten glückselige Abende zusammen. Er schenkte ihr einen sehr hübschen Verlobungsring und führte sie häufig zum Abendessen ins Westend und danach in eine Theatervorstellung. An schönen Sonntagen fuhr er mit ihr aufs Land hinaus, in einem Wagen, den er angeblich von einem Freund geliehen hatte. Als sie ihn fragte, ob er sich all die Ausgaben auch leisten könne, lachte er und sagte, ein Bekannter habe ihm einen Tip für einen Außenseiter gegeben, und da habe er einen ganz schönen Betrag gewonnen. Sie sprachen endlos über die kleine Wohnung, die sie mieten wollten, wenn sie verheiratet wären, und was für ein Spaß es sein würde, sie einzurichten. Sie waren mehr denn je ineinander verliebt.

Dann kam der Schlag. Fred wurde verhaftet, weil er Geld aus den von ihm eingesammelten Briefen gestohlen hatte. Viele Leute stecken, um keine Postanweisungen ausfüllen zu müssen, Scheine in ihre Briefumschläge, und es war nicht schwierig, dies festzustellen. Fred kam vor Gericht, bekannte sich schuldig und wurde zu zwei Jahren Zwangsarbeit verurteilt. Gracie wohnte der Gerichtsverhandlung bei. Bis zum letzten Augenblick hatte sie gehofft, daß er seine Unschuld beweisen könnte. Es war ein furchtbarer Schock für sie, als er sich schuldig bekannte. Sie durfte ihn nicht sprechen. Er kam gleich von der Anklagebank in den Gefängniswagen. Sie ging nach Hause, schloß sich in ihrem Zimmer ein, warf sich auf das Bett und weinte. Als Mr. Carter aus dem Geschäft heimkam, ging Gracies Mutter in ihr Zimmer hinauf.

»Gracie, du sollst herunterkommen«, sagte sie. »Dein Vater will mit dir sprechen.«

Gracie stand auf und ging hinunter. Sie gab sich nicht die Mühe, die Augen zu trocknen.

»Hast du die Zeitung gelesen?« sagte er und streckte ihr die *Evening News* entgegen.

Sie gab keine Antwort.

»Na, das ist wohl das Ende dieses jungen Mannes«, setzte er barsch hinzu.

Auch Gracies Eltern waren bestürzt gewesen, als Fred verhaftet wurde, aber sie war so unglücklich und dabei so überzeugt, daß sich alles aufklären würde; sie hatten es nicht übers Herz gebracht, ihr zu sagen, daß sie jeden Verkehr mit ihm abbrechen müßte. Aber jetzt schien es ihnen an der Zeit, sich mit ihr auseinanderzusetzen.

»Also daher kam das Geld für alle die Abendessen und Theatervorstellungen. Und für das Auto. Ich fand es schon immer komisch, daß er einen Freund haben sollte, der ihm seinen Wagen am Sonntag überließ. Er hat ihn wohl gemietet, nicht wahr?«

»Wahrscheinlich«, antwortete sie jammervoll. »Ich habe einfach geglaubt, was er mir sagte.«

»Du bist noch gut davongekommen, mein Mädchen, das ist alles, was ich sagen kann.«

»Er hat es nur getan, weil er mir recht viel bieten wollte. Er wollte nicht, daß ich denke, ich könnte bei ihm nicht alles so nett haben, wie ich es zu Hause gewohnt war.«

»Du wirst ihn doch hoffentlich nicht entschuldigen wollen. Er ist ein Dieb, weiter nichts.«

»Es ist mir gleich«, sagte sie mürrisch.

»Es ist dir gleich? Was meinst du damit?«

»Das, was ich sage. Ich werde auf ihn warten, und sobald er herauskommt, werde ich ihn heiraten.«

Mrs. Carter gab einen Laut des Entsetzens von sich.

»Gracie, du kannst doch so etwas nicht tun«, rief sie. »Denk an die Schande. Und was ist mit uns? Wir haben den Kopf immer hochgehalten. Er ist ein Dieb und bleibt ein Dieb.«

»Nennt ihn nicht immer einen Dieb«, schrie Gracie und stampfte vor Zorn mit dem Fuß auf. »Was er getan hat, das hat er nur getan, weil er mich liebte. Es ist mir gleich, ob er ein Dieb ist. Ich liebe ihn mehr, als ich ihn jemals geliebt habe. Du weißt nicht, was Liebe ist. Du hast zehn Jahre gewartet, bis du Papa geheiratet hast, nur damit eine alte Frau dir Geld hinterlassen konnte. Nennst du das Liebe?«

»Laß deine Mutter aus dem Spiel«, schrie Mr. Carter. Dann kam ihm ein Gedanke, und er sah sie durchdringend an. »Mußt du den Kerl heiraten?«

Gracie wurde blutrot.

»Nein. Es war nie etwas dergleichen zwischen uns. Und es lag nicht einmal an mir. Er liebte mich zu sehr. Er wollte nichts tun, was er vielleicht später bereuen würde.«

Oft, wenn sie an Sommerabenden auf dem Land einander in den Armen lagen, Mund an Mund, war ihr Verlangen so stark wie das seine gewesen. Sie wußte, wie sehr er sie begehrte, und sie war bereit, ihm zu geben, was er wünschte. Aber wenn die Spannung übermächtig zu werden drohte, sprang er plötzlich auf und sagte:

»Komm jetzt, wir wollen weitergehen.«

Sie wußte, was er dachte. Er wollte warten, bis sie verheiratet waren. Seine Liebe hatte in ihm eine Feinheit der Empfindung entwickelt, die er früher nie gekannt hatte. Er konnte es selbst nicht verstehen, aber er hatte ein eigenartiges Gefühl ihr gegenüber; er spürte, daß alles verdorben wäre, wenn er sie vor der Ehe besäße. Weil sie ahnte, was in ihm vorging, liebte sie ihn um so mehr.

»Ich weiß nicht, was mit dir los ist«, stöhnte Mrs. Carter. »Du warst immer so ein gutes Kind. Du hast mir nie eine unruhige Stunde bereitet.«

»Sei still, Mutter«, sagte Mr. Carter. »Wir müssen diese Sache ein für allemal in Ordnung bringen. Du mußt diesen Mann aufgeben, hörst du? Ich muß an meine eigene Stellung denken, und wenn du meinst, ich wolle einen Galgenvogel zum Schwiegersohn, so täuschst du dich gewaltig. Ich habe jetzt genug von diesem Unsinn. Du mußt mir versprechen, daß du nie mehr etwas mit diesem Burschen zu tun haben wirst.«

»Glaubst du, ich würde ihn jetzt aufgeben? Wie oft soll ich dir noch sagen, daß ich ihn heiraten werde, sobald er entlassen wird?«

»Gut, dann kannst du mein Haus verlassen, und bitte etwas plötzlich. Und dann kannst du draußen bleiben.«

»Vater!« rief Mrs. Carter.

»Halt den Mund.«

»Ich gehe nur zu gern«, sagte Gracie.

»Ach, wirklich? Und wovon gedenkst du zu leben?«

»Ich kann arbeiten, nicht wahr? Ich kann eine Stellung bei Payne & Perkins haben. Sie werden froh sein.«

»Ach, Gracie, du kannst doch nicht gehen und in einem Laden arbeiten. Du kannst dich doch nicht so erniedrigen«, sagte Mrs. Carter.

»Willst du den Mund halten, Mutter«, brüllte Mr. Carter, jetzt außer sich vor Wut. »Arbeiten willst du? Du, die nie einen Strich getan hat, im ganzen Leben nicht, außer dieser Spielerei an der Hochschule? Eine glänzende Idee war es von deiner Mutter, dir eine solche Erziehung zu geben. Das wird viel nützen, wenn du stundenlang auf den Beinen stehen mußt und höflich und liebenswürdig sein mußt zu einem Haufen alter Ekel, die dir nur in jeder Weise Mühe machen wollen, um dir zu zeigen, wie überlegen sie sind. Es wird dir sicher gefallen, wenn die Direktrice dich hinauswirft, weil du nicht strahlend und schlagfertig genug bist. Gut, heirate deinen Galgenvogel. Ich nehme an, du weißt, daß du ihn mit durchbringen mußt. Du bildest dir doch nicht ein, daß ihn jemand anstellen wird, nicht wahr, mit seiner Vorstrafe. Hinaus mit dir, hinaus, hinaus!«

Er hatte sich in einen solchen Zorn hineingesteigert, daß er keuchend auf einen Stuhl sank. Mrs. Carter erschrak und goß ihm ein Glas Wasser ein. Gracie schlüpfte aus dem Zimmer.

Am nächsten Tag, als ihr Vater zur Arbeit gegangen war und ihre Mutter Besorgungen machte, verließ sie das Haus mit den Sachen, die sie in einen Handkoffer packen konnte. Payne & Perkins war ein großes Warenhaus in der Brixton

Road, und mit ihrer guten Erscheinung und ihrem angenehmen Wesen hatte sie keine Schwierigkeit, dort angenommen zu werden. Sie wurde der Abteilung für Damenwäsche zugewiesen. Einige Tage wohnte sie im Christlichen Hospiz, und dann kam sie mit einer Arbeitskollegin überein, sich zusammen ein Zimmer zu teilen.

Ned Preston sah Fred an dem Abend seiner Einlieferung ins Gefängnis. Er fand ihn erschüttert, aber nur Gracies wegen. Seine Diebstähle nahm er auf die leichte Schulter.

»Ich mußte ihr doch etwas bieten, nicht? Ihre Eltern fanden, daß ich nicht gut genug für sie sei, darum wollte ich ihnen zeigen, daß ich genauso gut bin wie sie. Wenn wir ins Westend gingen, konnte ich ihr nicht nur ein belegtes Brot und ein Glas Bier in einer Kneipe vorsetzen; sie war doch in ihrem ganzen Leben noch in keiner Kneipe gewesen. Ich *mußte* sie in ein anständiges Restaurant führen. Wenn Leute so töricht sind, Geld in Briefe zu stecken, dann fordern sie so etwas geradezu heraus.«

Aber er hatte Angst. Er war nicht überzeugt, daß Gracie es auch so sehen würde.

»Ich muß wissen, was sie vorhat. Wenn sie mir jetzt den Laufpaß gibt – na, dann bedeutet das für mich das Ende von allem, verstehen Sie? Ich werde einen Weg finden, mich beiseite zu schaffen, das schwöre ich bei Gott.«

Er erzählte Ned seine ganze Liebesgeschichte mit Gracie.

»Ich hätte sie so oft haben können, wie ich gewollt hätte. Und ich wollte es schon und sie auch. Das wußte ich. Aber ich respektierte sie, verstehen Sie? Sie ist nicht wie andere Mädchen. Sie ist einzigartig, sage ich Ihnen.«

Er redete und redete. Er tobte, er weinte. Aus diesem

konfusen Redestrom ging eines klar hervor: eine leidenschaftliche, rasende Liebe. Ned versprach, das Mädchen aufzusuchen.

»Sagen Sie ihr, daß ich sie liebe, sagen Sie ihr, daß ich das nur getan habe, weil ich wollte, daß sie von allem nur das Beste hat, und sagen Sie ihr, daß ich ohne sie einfach nicht leben kann.«

Sobald Ned Preston Zeit dazu fand, begab er sich zu dem Carterschen Haus, aber als er nach Gracie fragte, sagte das Dienstmädchen, sie wohne nicht mehr da. Dann fragte er nach ihrer Mutter.

»Ich will sehen, ob sie zu Hause ist.«

Er gab dem Mädchen seine Karte, in der Annahme, daß der in einer Ecke eingravierte Name seines Klubs Mrs. Carter genügend beeindrucken würde, um sie geneigt zu machen, ihn zu sehen. Das Mädchen ließ ihn an der Tür stehen, bat ihn aber nach einigen Minuten einzutreten. Er wurde in das wenig benutzte, steife Wohnzimmer geführt. Mrs. Carter ließ ihn eine Weile warten, und als sie hereinkam, seine Karte zwischen den Fingerspitzen, erriet er, daß sie es für angebracht gehalten hatte, sich umzuziehen. Das Schwarzseidene, das sie trug, war augenscheinlich ein Gewand für besondere Gelegenheiten. Er erzählte ihr von seinen Beziehungen zu Wormwood Scrubs und sagte, daß er mit einem Mann namens Fred Manson zu tun habe. Kaum hatte er diesen Namen genannt, nahm Mrs. Carter eine feindselige Haltung an.

»Sprechen Sie mir nicht von diesem Mann!« rief sie. »Ein Dieb ist er. Was für Sorgen hat er uns gemacht! Man hätte ihm fünf Jahre geben sollen, unbedingt.«

»Ich bedaure, daß er Ihnen Sorgen gemacht hat«, sagte Ned sanft. »Wenn Sie mir ein paar Tatsachen mitteilen wollten, könnte ich vielleicht dazu beitragen, die Sache in Ordnung zu bringen.«

Ned Preston hatte entschieden die richtige Art an sich. Vielleicht machte es auf Mrs. Carter Eindruck, daß er ein Gentleman war. ›Er hat Klasse‹, sagte sie wohl zu sich selber. Jedenfalls dauerte es nicht lang, bis sie ihm die ganze Geschichte erzählte. Sie regte sich dabei auf und fing an zu weinen.

»Und jetzt ist sie fort und hat uns verlassen. Weggelaufen ist sie. Ich verstehe nicht, wie sie so etwas tun konnte. Weiß Gott, wir lieben sie doch. Sie ist das einzige, was wir haben, und wir haben alles nur Mögliche für sie getan. Ihr Vater hat es nicht ernst gemeint, als er ihr sagte, sie solle das Haus verlassen. Sie war nur so störrisch. Da bekam er einen Wutanfall, er war immer ein reizbarer Mann, aber er war genauso bestürzt wie ich, als wir entdeckten, daß sie fort war. Und wissen Sie, was sie dann getan hat? Sie hat sich bei Payne & Perkins eine Stelle verschafft. Mr. Carter kann die Firma nicht leiden. Sie unterbieten immer die Preise. Unlauterer Wettbewerb, nennt er es. Und sich vorzustellen, daß unsere Gracie mit einer Menge Ladenmädchen arbeitet – ach, es ist so demütigend!«

Ned prägte sich den Firmennamen ein. Er war gar nicht so sicher gewesen, von Mrs. Carter Gracies Adresse zu erfahren.

»Haben Sie sie gesehen, seit sie fort ist?« fragte er.

»Natürlich. Ich wußte, daß Payne & Perkins sie sofort einstellen würden, so ein hervorragendes Mädchen, und ich ging hin, und natürlich war sie da – in der Damenwäscheabteilung. Ich wartete draußen bis zum Ladenschluß und sprach sie dann an. Ich bat sie, nach Hause zu kommen. Ich sagte ihr, der Vater würde alles vergeben und vergessen. Und wissen Sie, was sie darauf antwortete? Sie sagte, sie würde heimkommen, wenn wir niemals ein Wort gegen Fred äußern würden und wenn wir bereit wären, ihrer Heirat mit ihm unmittelbar nach seiner Freilassung zuzustimmen. Natürlich mußte ich das ihrem Vater berichten. Ich habe ihn noch nie in einem solchen Zustand gesehen, ich dachte, der Schlag würde ihn treffen, er sagte, er wolle sie lieber tot vor seinen Füßen liegen sehen als mit diesem Galgenvogel verheiratet.«

Mrs. Carter brach wieder in Tränen aus, und Ned Preston verließ sie, sobald er konnte. Er ging ins Warenhaus, in die Damenwäscheabteilung hinauf, und fragte nach Gracie Carter. Sie wurde ihm gezeigt, und er ging zu ihr hin.

»Kann ich Sie einen Augenblick sprechen? Ich komme von Fred Manson.«

Sie wurde totenblaß. Einen Augenblick lang schien sie kein Wort herausbringen zu können.

»Folgen Sie mir bitte.«

Sie führte ihn in einen Gang, der nach Desinfektionsmitteln roch und anscheinend zu den Waschräumen führte. Sie waren alleine. Sie starrte ihn ängstlich an.

»Er läßt Sie grüßen. Er sorgt sich um Sie. Er fürchtet, daß Sie schrecklich unglücklich sind. Vor allem möchte er wissen, ob Sie beabsichtigen, ihm den Laufpaß zu geben.«

»Ich?« Ihre Augen füllten sich mit Tränen, aber auf ihrem Gesicht lag ein entzückter Ausdruck. »Sagen Sie ihm, daß alles gleichgültig ist, solange er mich nur liebt. Sagen Sie ihm, daß ich zwanzig Jahre auf ihn warten würde, wenn es sein müßte. Sagen Sie ihm, daß ich die Tage zähle, bis er herauskommt und wir heiraten können.«

Aus Angst vor der Direktrice konnte sie nicht länger als ein paar Minuten wegbleiben. Sie gab Ned alle zärtlichen Botschaften für Fred Manson mit, die sie in dieser kurzen Zeit ausdrücken konnte. Ned kam erst gegen sechs Uhr abends ins Gefängnis. Die Sträflinge dürfen ihr Handwerkszeug um halb sechs Uhr niederlegen. Fred hatte das seine gerade abgelegt. Als Ned die Zelle betrat, wurde er blaß und sank auf das Bett, als wäre seine Spannung so groß, daß er sich auf seine Beine nicht verlassen konnte. Eine Weile vermochte er nicht zu sprechen. »Ich wußte sofort, als Sie hereinkamen, daß Sie sie getroffen haben. Ich konnte sie riechen.«

Er schnupperte, als sei der Geruch ihres Körpers in seiner Nase, und sein Gesicht war wie eine Maske des Verlangens. Seine Züge wirkten plötzlich eigentümlich verwischt.

»Wissen Sie, ich hatte ein ganz unbehagliches Gefühl, so daß ich wegschauen mußte«, sagte Ned Preston, als er uns dies erzählte, mit einem Ausbruch seines heiseren Gelächters. »Es war der nackte Sexus.«

Fred war ein mustergültiger Gefangener. Er arbeitete gut und machte keinerlei Schwierigkeiten. Ned schlug ihm Bücher vor, die er lesen könnte, und er holte sie aus der Bücherei, aber dabei blieb es.

»Ich komme nicht recht weiter mit ihnen«, sagte er. »Ich fange an zu lesen, und dann gehen meine Gedanken zu Gracie. Wissen Sie, wenn sie einen so auf die übliche Weise küßt – oh, das ist lieb, aber wenn sie einen richtig küßt, mein Gott, das ist herrlich.«

Fred durfte Gracie einmal im Monat sehen, aber ihre Begegnungen, eine Glaswand zwischen ihnen, unter den Augen des Wärters, waren so qualvoll, daß sie nach einigen Besuchen beschlossen, darauf zu verzichten. Ein Jahr verging. aufgrund seiner guten Führung konnte er damit rechnen, eine Kürzung seiner Strafzeit zu erhalten und daher in weiteren sechs Monaten frei zu sein. Gracie hatte alles, was sie von ihrem Gehalt erübrigen konnte, gespart, und jetzt, da die Zeit der Entlassung näherrückte, begann sie, ein Heim für ihn vorzubereiten. Sie mietete zwei Zimmer in einem Haus und richtete sie auf Ratenzahlung ein. Eines der Zimmer sollte natürlich ihr Schlafzimmer sein und das andere die Wohnküche. Diese enthielt einen altmodischen Herd, den sie herausnehmen und durch einen Gasofen ersetzen ließ. Sie wollte alles nett und neu und sauber und behaglich haben. Sie gab sich Mühe, die beiden kleinen Zimmer freundlich und hübsch zu gestalten. Um dies alles zu ermöglichen, mußte sie selbst auf das Notwendigste verzichten, und sie wurde dabei mager und blaß. Ned hatte den Verdacht, daß sie hungerte, und wenn er sie aufsuchte, nahm er eine Schachtel Schokolade oder einen Kuchen mit, damit sie wenigstens etwas zu essen hatte. Er überbrachte dem Gefangenen Nachrichten von Gracies Vorbereitungen, und sie nahm ihm das Versprechen ab, ihm jeden Gegenstand, den sie gekauft hatte, genau zu beschreiben. Er trug zärtliche, mehr als zärtliche, leidenschaftliche Botschaften zwischen ihnen hin und her. Er war überzeugt, daß Fred künftig ehrlich bleiben würde, und er verschaffte ihm eine Anstellung als

Portier bei einer Firma, die eine Reihe von Restaurants in London betrieb. Die Bezahlung war gut, und durch Herbeirufen von Taxis oder Holen von Privatwagen konnte er noch nebenbei etwas verdienen. Er sollte sofort nach seiner Entlassung mit der Arbeit beginnen. Gracie unternahm alle notwendigen Schritte, damit sie gleich getraut werden konnten. Die achtzehn Monate von Freds Haft näherten sich ihrem Ende. Gracie war in einem Zustand fieberhafter Erregung.

Dann geschah es, daß Ned Preston einen seiner periodischen Krankheitsanfälle bekam und drei Wochen nicht ins Gefängnis gehen konnte. Das beunruhigte ihn, denn er ließ seine Gefangenen nicht gerne im Stich; deshalb begab er sich dorthin, sobald er das Bett verlassen konnte. Der Hauptwärter sagte ihm, daß Manson nach ihm gefragt habe.

»Ich glaube, Sie sollten ihn aufsuchen. Ich weiß nicht, was mit ihm los ist. Er hat sich etwas sonderbar benommen, seit Sie nicht mehr kamen.«

Es waren gerade noch vierzehn Tage bis zu Freds Entlassung. Ned Preston begab sich in seine Zelle.

»Na, Fred, wie steht es?« fragte er. »Es tut mir leid, daß ich Sie nicht besuchen konnte. Ich war krank und konnte auch Gracie nicht aufsuchen. Sie muß allmählich vor lauter Warten zittern und beben.«

»Ja, ich möchte, daß Sie zu ihr gehen.«

Sein Benehmen war so mürrisch, daß Ned ganz bestürzt war. Er kannte ihn nicht anders als liebenswürdig und höflich.

»Das werde ich selbstverständlich tun.«

»Sagen Sie ihr bitte, daß ich sie nicht heiraten werde.«

Ned war so verblüfft, daß er Fred Manson einen Augenblick lang nur anstarren konnte.

»Was in aller Welt meinen Sie damit?«

»Genau das, was ich sage.«

»Sie können sie doch jetzt nicht sitzenlassen. Ihre Familie hat sie hinausgeworfen. Sie hat die ganze Zeit gearbeitet, um für Sie ein Heim zu schaffen. Sie hat die Heiratslizenz und alles andere beschafft.«

»Das ist mir gleich. Ich werde sie nicht heiraten.«

»Aber warum – warum?«

Ned war wie vor den Kopf gestoßen. Fred Manson schwieg eine Weile. Sein Gesicht war finster und abweisend.

»Ich werde es Ihnen sagen. Ich habe achtzehn Monate lang Tag und Nacht an sie gedacht, und jetzt habe ich sie bis obenhin satt.«

Als Ned Preston an diesem Punkt seiner Geschichte anlangte, brachen unsere Gastgeberin und die übrigen Gäste in lautes Lachen aus. Er war davon sichtlich betroffen. Es wurde nachher noch ein wenig geplaudert, und die Gesellschaft ging auseinander. Da Ned und ich den gleichen Weg hatten, gingen wir zusammen die Piccadilly Street entlang. Eine Weile schwiegen wir.

»Ich habe bemerkt, daß du nicht mit den anderen gelacht hast«, sagte er unvermittelt.

»Ich fand es nicht komisch.«

»Was hältst du davon?«

»Nun, ich kann seinen Standpunkt verstehen, weißt du. Es ist eine merkwürdige Sache um die Einbildungskraft; sie trocknet aus. Ich vermute, daß er durch dieses fortwährende Denken an sie, während so langer Zeit, jede Empfindung, die sie in ihm erwecken konnte, ausgeschöpft hatte, und ich glaube, es stimmt wörtlich, daß er sie bis obenhin satt bekommen hatte. Er hatte die Zitrone ausgepreßt, und es blieb nichts anderes übrig, als die Schale wegzuwerfen.«

»Ich fand es auch nicht komisch. Deshalb habe ich ihnen den Rest der Geschichte nicht erzählt. Zuerst hielt ich es nicht für Ernst. Ich dachte, es sei nur Hysterie oder dergleichen. Ich besuchte ihn zwei oder drei Tage nacheinander. Ich machte ihm Vorhaltungen. Ich ging wirklich bis zum Äußersten. Ich dachte, wenn er sie nur sehen würde, dann käme alles in Ordnung, aber nicht einmal das wollte er. Er sagte, er könne ihren Anblick nicht ertragen. Ich konnte ihn nicht dazu bewegen. Schließlich mußte ich zu ihr gehen und es ihr sagen.«

Wir gingen schweigend eine kleine Strecke weiter.

»Ich traf sie in diesem schauderhaften, stinkenden Hausgang. Sie bemerkte sofort, daß etwas nicht stimmte, und sie wurde kreideweiß. Sie war keine Frau, die ihre Gefühle preisgab. Es lag etwas Anmutiges und beinahe Vornehmes in ihrem Gesicht. Gelassenheit. Ihre Lippen zitterten ein wenig, als ich es ihr sagte, und sie erwiderte eine Minute lang nichts. Als sie dann sprach, war sie ganz ruhig, als hätte sie – nun, als hätte sie gerade den Bus verfehlt und müßte nun auf den nächsten warten. Als wäre es eine ärgerliche Sache, aber nichts, worüber man viel Aufhebens zu machen bräuchte. ›Es bleibt mir jetzt nichts anderes übrig, als den Gashahn aufzudrehen‹, sagte sie.

Und das tat sie.«

Der Drachen

Ich weiß, dies ist eine sonderbare Geschichte. Ich selber verstehe sie nicht, und wenn ich sie schwarz auf weiß zu Papier bringe, so in der schwachen Hoffnung, daß ich vielleicht einen klareren Überblick bekomme, wenn ich sie aufgeschrieben habe; oder vielmehr in der Hoffnung, daß irgendein Leser, der mit den Komplikationen der menschlichen Natur besser vertraut ist als ich, mir eine Erklärung gibt, die sie mir verständlich macht. Natürlich fiel mir als erstes auf, daß etwas Freudianisches darin ist. Nun habe ich eine ganze Anzahl von Freuds Werken gelesen und auch einige Bücher seiner Anhänger, und in Vorbereitung auf diese Geschichte hier habe ich unlängst wieder den Band durchgeblättert, den die Modern Library herausgebracht hat und der Freuds grundlegende Schriften enthält. Das war schon eine Aufgabe, denn er ist ein langweiliger und weitschweifiger Autor, und die Schärfe, mit der er gewisse Theorien als sein geistiges Eigentum beansprucht, ist Zeichen einer Eitelkeit und einer Eifersucht auf andere, welche auf demselben Gebiet arbeiten, die einem Wissenschaftler etwas übel zu Gesicht stehen. Ich glaube jedoch, daß er ein gütiger und wohlwollender alter Herr war. Wir wissen ja, daß sich Mensch und Autor oft sehr voneinander unterscheiden. Der Autor kann bitter, hart und brutal sein, während der Mensch so sanft und friedlich ist, daß er keiner Fliege etwas zuleide tun würde. Aber das ist im Grunde gleichgültig. Jedenfalls fand ich beim Wiederlesen von Freuds Werken nichts, was mir die Geschichte, die mich beschäftigte, verständlicher machte. Also kann ich nur erzählen, was sich zugetragen hat, und muß es dabei bewenden lassen.

Zunächst muß ich klarstellen, daß ich die Geschichte nicht erfunden habe und daß ich keine der Personen gekannt habe, die darin vorkommen. Mein Freund Ned Preston hat sie mir eines Abends erzählt, und er sagte, er erzähle sie mir, weil er selber nicht wisse, wie er mit diesen schwierigen Verhältnissen fertig werden solle. Er glaube – ganz zu Unrecht, wie sich herausstellte –, daß ich ihm vielleicht einen Rat geben könnte, der ihm weiterhelfen würde. In einer früheren Geschichte habe ich schon erzählt, was der Leser meines Erachtens über Ned Preston wissen sollte, also brauche ich jetzt nur daran zu erinnern, daß mein Freund Gefangenen-Besucher beim Wormwood-Scrubs-Gefängnis war. Er nahm seine Pflicht sehr ernst, und die Sorgen der Gefangenen waren für ihn so wichtig wie seine eigenen. Wir hatten im Café Royal zusammen gegessen, in dem langen, niedrigen Saal mit seinen absurden und reizvollen Dekorationen, die als einzige noch übrig sind vom alten Café Royal, das die Maler so gerne malten; und wir saßen bei Kaffee und Likör und rauchten – Ned Preston gegen die Anordnung seines Arztes – sehr lange und sehr gute Havannas.

»Ich hab's jetzt mit einem komischen Burschen zu tun in Scrubs«, sagte er nach einer Pause, »und der Kuckuck soll mich holen, wenn ich weiß, was ich da machen soll.«

»Warum sitzt er?« fragte ich.

»Er hat seine Frau verlassen, und das Gericht hat ihn dazu

verurteilt, daß er ihr wöchentlich einen gewissen Betrag Unterhalt zahlt, und er weigert sich ganz einfach zu zahlen. Ich hab mich mit ihm herumgestritten, bis mir die Puste ausging. Ich habe ihm vorgehalten, daß er sich ins eigene Fleisch schneidet. Er sagt, lieber bleibt er sein Leben lang im Gefängnis, als daß er ihr einen Penny zahlt. Ich sag ihm, er kann sie doch nicht hungern lassen, und er sagt bloß: ›Warum denn nicht?‹ Er beträgt sich tadellos, macht keinerlei Ärger, arbeitet gut, scheint ganz zufrieden zu sein, und der Gedanke, daß seine Frau es scheußlich schwer hat, macht ihm großen Spaß.«

»Was hat er denn gegen sie?«

»Sie hat seinen Drachen kaputtgeschlagen.«

»Was hat sie?« rief ich.

»Genau das. Sie hat seinen Drachen kaputtgeschlagen. Er sagt, das verzeiht er ihr nie, nicht solange er lebt.«

»Der muß wohl verrückt sein.«

»Nein, eben nicht, er ist ein völlig vernünftiger, ganz intelligenter, anständiger Kerl.«

Er hieß Herbert Sunbury, und seine Mutter, die piekfein war, hatte nie erlaubt, daß man ihn Herb oder Bertie nannte, genau wie sie ihren Mann niemals Sam nannte, sondern nur Samuel. Mrs. Sunburys Vorname war Beatrice, und als sie sich mit Mr. Sunbury verlobte und er sich herausnahm, sie mit ›Bea‹ anzureden, verbat sie sich das ein für allemal.

»Beatrice ist mein Taufname«, sagte sie, »und ich bin immer Beatrice gewesen und werde es immer bleiben, sowohl für dich als auch für meine anderen Nächsten und Liebsten.«

Sie war eine kleine Frau, aber kräftig, lebhaft und sehnig,

mit fahler Haut, scharfen, regelmäßigen Zügen und kleinen, runden Augen. Ihr Haar, für ihr Alter verdächtig schwarz, war stets sehr ordentlich, sie frisierte es immer im Stil der Töchter der Königin Victoria, den sie übernommen hatte, sobald sie alt genug war, das Haar aufzustecken, und sie hatte es nie für nötig befunden, diesen Stil zu ändern. Falls sie etwas tat, um ihrem Haar die ursprüngliche Farbe zu erhalten, war dies ihr einziges Zugeständnis an irgendwelche Frivolität; denn weit davon entfernt, Rouge oder Lippenstift zu benutzen, hatte sie sich nie im Leben auch nur die Nase gepudert. Sie trug nie etwas anderes als schwarze Kleider aus gutem Stoff, aber die wurden (von einer kleinen Frau, die um die Ecke wohnte) ohne jede Rücksicht auf die Mode nach einem Schnittmuster genäht, das zugleich praktisch und kleidsam war. Ihr einziger Schmuck war eine dünne, goldene Kette, an der ein kleines, goldenes Kreuz hing.

Samuel Sunbury war ebenfalls klein. Er war so dünn und mager wie seine Frau, aber er hatte sandfarbenes Haar, das nun schon ziemlich gelichtet war, so daß er es auf einer Seite sehr lang wachsen lassen mußte, um es sorgfältig über die kahle Stelle zu bürsten. Er hatte blaßblaue Augen und einen blassen Teint. Er war in einem Rechtsanwaltsbüro angestellt und hatte sich vom Laufjungen zu einer verantwortlichen Stellung heraufgedient. Sein Brotherr redete ihn mit ›Mr. Sunbury‹ an und gab ihm manchmal den Auftrag, mit einem unwichtigen Klienten zu verhandeln. Seit vierundzwanzig Jahren war Samuel Sunbury jeden Morgen mit demselben Zug in die City gefahren, außer natürlich sonntags und während des zweiwöchigen Urlaubs an der See, und jeden Abend war er mit demselben Zug in die Vorstadt zurückgefahren, in der er wohnte. Er war sehr korrekt gekleidet; zur Arbeit trug er unauffällige graue Hosen, einen schwarzen Rock und einen steifen Hut, und wenn er nach Hause kam, zog er Pantoffeln an und einen schwarzen Rock, der fürs Büro zu alt und blankgewetzt war; aber wenn er am Sonntag in die Kirche ging, der er und Mrs. Sunbury angehörten, trug er einen Cutaway zu seinem steifen Hut. Damit erwies er dem Ruhetag seine Ehrerbietung und erhob gleichzeitig Protest gegen die weltlichen Leute, die mit Fahrrädern herumfuhren oder sich auf der Straße herumtrieben, bis die Kneipen aufmachten. Im Prinzip waren die Sunburys Abstinenzler, aber sonntags, wenn Beatrice, um ihn für seinen spärlichen Mittagsimbiß während der Woche zu entschädigen – er bestand aus einem Scone mit Butter und einem Glas Milch –, ihm ein gutes Mittagsmahl mit Roastbeef und Yorkshire-Pudding vorsetzte, dann wollte sie aus gesundheitlichen Gründen, daß er ein Glas Bier dazu trank. Da sie um nichts in der Welt Alkohol im Hause halten wollte, schlüpfte er nach dem Morgengottesdienst mit einem Krug hinaus und holte ein Quart aus der Kneipe um die Ecke; aber allein wollte er absolut nicht trinken, und so trank sie auch ein Glas, um ihm Gesellschaft zu leisten.

Herbert war das einzige Kind, das der Herr ihnen gewährt hatte, und sicherlich hatten sie nicht versucht, Kindersegen zu verhüten. Es kam nur eben so. Sie waren ganz vernarrt in ihn. Er war ein reizendes Baby und dann ein hübsches Kind. Mrs. Sunbury erzog ihn sehr sorgfältig. Sie lehrte ihn, bei Tisch aufrecht zu sitzen und Messer und Gabel wie ein kleiner Gentleman zu gebrauchen. Sie brachte ihm bei, den kleinen Finger zu strecken, wenn er die Teetasse zum Trinken hob, und als er fragte, warum, sagte sie:

»Laß nur. So macht man es eben. Daran erkennt man gute Manieren.«

Mit der Zeit erreichte Herbert das schulpflichtige Alter. Mrs. Sunbury war besorgt, denn sie hatte ihn nie mit anderen Kindern auf der Straße spielen lassen.

»Böse Beispiele verderben gute Sitten«, sagte sie. »Ich bin immer für mich geblieben und werde es auch weiterhin so halten.«

Obwohl sie seit ihrer Heirat immer im gleichen Haus gewohnt hatten, hatte sie sich bemüht, zu ihren Nachbarn Distanz zu halten.

»In London weiß man nie, mit wem man es zu tun hat«, sagte sie. »Eines führt zum anderen, und ehe man's weiß, hat man sich mit irgendwelchem Gesindel eingelassen und kann es nicht mehr loswerden.«

Sie mochte es nicht, daß Herbert in der Schule mit lauter ungeschliffenen Jungen in Berührung kam, und sagte zu ihm:

»Also Herbert, mach es wie ich; bleibe für dich und gib dich nicht mehr mit denen ab, als du unbedingt mußt.«

Aber Herbert kam in der Schule sehr gut zurecht. Er arbeitete gut und war alles andere als dumm. Seine Zeugnisse waren hervorragend. Es stellte sich heraus, daß er gut im Rechnen war.

»Wenn das der Fall ist«, sagte Samuel Sunbury, »dann wird er am besten Bilanzbuchhalter. Die finden leicht eine gute Stellung.«

So wurde damals gleich beschlossen, was Herbert werden sollte. Er wuchs heran.

»Na, Herbert«, sagte seine Mutter, »bald bist du so groß wie dein Vater.«

Als er die Schule verließ, war er fünf Zentimeter größer.

»Gerade richtig«, sagte seine Mutter, »nicht zu groß und nicht zu klein.«

Er sah gut aus, hatte die regelmäßigen Züge seiner Mutter und dunkles Haar, aber er hatte die blauen Augen seines Vaters geerbt, und obwohl er ziemlich blaß war, besaß er doch eine glatte, klare Haut. Samuel Sunbury hatte ihn im Büro der Buchhalter untergebracht, die zweimal im Jahr die Bücher seiner Firma prüften, und als er einundzwanzig war, konnte er der Mutter jede Woche ein hübsches Sümmchen abliefern. Sie gab ihm drei halbe Kronen für sein Mittagessen zurück und zehn Shilling Taschengeld, den Rest zahlte sie auf sein Sparkonto ein, für alle Fälle.

Als Mr. und Mrs. Sunbury am Abend vor Herberts einundzwanzigstem Geburtstag zu Bett gingen – und nebenbei möchte ich erwähnen, daß Mrs. Sunbury nie zu Bett ging, sie ›zog sich zurück‹, Mr. Sunbury hingegen, der nicht ganz so piekfein war wie seine Frau, sagte immer: »Nach Bettenhausen mit mir« –, als also Mr. und Mrs. Sunbury zu Bett gingen, sagte Mrs. Sunbury:

»Manche Leute wissen nicht, wie gut sie dran sind. Gott sei Dank, ich weiß es. Niemand hat je einen besseren Sohn gehabt, als unser Herbert einer ist. Kaum einen Tag war er krank in seinem Leben, und nie hat er mir einen Augenblick Sorge gemacht. Da sieht man es, wenn man sie gut erzieht, dann machen sie einem Ehre. Stell dir vor, einundzwanzig ist er, ich kann es kaum glauben.«

»Ja, ehe wir's uns versehen, wird er heiraten und uns verlassen.«

»Warum sollte er das tun?« fragte Mrs. Sunbury scharf.

»Er hat hier ein gutes Zuhause, oder nicht? Fang du bloß nicht an, ihm Flausen in den Kopf zu setzen, Samuel, oder du und ich werden Streit bekommen, und du weißt, daß ich das am allerwenigsten will. Heiraten, lieber Himmel! Dazu ist er viel zu vernünftig. Der weiß schon, wo er es gut hat. Der hat Verstand, der Herbert.«

Mr. Sunbury schwieg still. Er hatte längst gelernt, daß er bei Beatrice nichts erreichte, wenn er ihr widersprach.

»Ich halte nichts davon, wenn einer heiratet, ehe er weiß, was er will. Und kein Mann weiß, was er will, ehe er dreißig oder fünfunddreißig ist.«

»Er hat sich über die Geschenke gefreut«, sagte Mr. Sunbury, um das Thema zu wechseln.

»Das wäre noch schöner, wenn er's nicht getan hätte«, sagte Mrs. Sunbury, immer noch aufgeregt.

Sie waren wirklich sehr hübsch gewesen. Mr. Sunbury hatte ihm eine silberne Armbanduhr geschenkt, deren Zeiger man im Dunkeln sehen konnte, und Mrs. Sunbury hatte ihm einen Drachen geschenkt. Es war keineswegs der erste, den sie ihm geschenkt hatte. Den ersten bekam er, als er sieben Jahre alt war, und das ergab sich so: Nicht weit von ihrer Wohnung war eine große Gemeindewiese, und Samstag nachmittags, wenn schönes Wetter war, führte Mrs. Sunbury Mann und Sohn dort spazieren. Sie sagte, es sei gut für Samuel, frische Luft zu atmen, nachdem er die ganze Woche in dem stickigen Büro eingesperrt gewesen war. Auf der Wiese waren immer eine Menge Leute, aber Mrs. Sunbury, die gern für sich blieb, ging ihnen soviel wie möglich aus dem Weg.

»Guck mal die Drachen, Mama«, sagte Herbert eines Tages plötzlich.

»*Sieh* mal, Herbert, nicht guck mal«, sagte Mrs. Sunbury.

»Möchtest du sehen, wo sie starten, Herbert?« fragte sein Vater.

»O ja!«

Mitten auf der Wiese war ein kleiner Hügel, und als sie herankamen, sahen sie Jungen und Mädchen und auch ein paar Männer hinunterrennen, um den Drachen den Start zu geben und den Wind zu fangen. Manchmal mißlang es, und sie fielen zu Boden. Gelang es aber, dann stiegen sie, und während der Besitzer seine Schnur abrollte, stiegen sie höher und höher. Herbert sah verzückt zu.

»Mama, darf ich einen Drachen haben?« rief er.

Er hatte bereits gelernt, daß es besser war, zuerst die Mutter zu fragen, wenn er etwas haben wollte.

»Wozu denn?« fragte sie.

»Zum Fliegenlassen, Mama.«

»Jetzt verschluck dich mal nicht vor lauter Aufregung«, sagte sie.

Mr. und Mrs. Sunbury lächelten einander über den Kopf des Kleinen hinweg zu. Man stelle sich vor, einen Drachen wollte er! Er war ja schon bald ein richtiger kleiner Mann.

»Wenn du brav bist und dir jeden Morgen die Zähne putzt, ohne daß ich's dir sage, dann würde ich mich gar nicht wundern, wenn dir der Weihnachtsmann am ersten Feiertag einen Drachen bringt.«

Bis Weihnachten war es nicht mehr lange, und der Weihnachtsmann brachte Herbert den ersten Drachen. Anfangs stellte er sich nicht sehr geschickt damit an, und Mr. Sunbury mußte selber den Hügel hinunterrennen, um den Drachen für den Jungen zu starten. Es war ein sehr kleiner Drachen, aber als Herbert ihn durch die Luft schweben sah und das leichte Zerren an seiner Hand spürte, war er begeistert; von da an bestürmte er jeden Samstagmittag, wenn der Vater aus der Stadt zurückkam, die Eltern, eiligst zur Gemeindewiese aufzubrechen. Schnell lernte er, wie man einen Drachen steigen läßt, und Mr. und Mrs. Sunbury sahen mit stolzgeschwellter Brust vom Hügel aus zu, wie er hinunterlief und der Schnur nachgab, sobald der Drachen den Wind gefangen hatte.

Bei Herbert wurde es zur Passion, und je älter und größer er wurde, desto größere Drachen kaufte ihm die Mutter. Er wußte bald sehr geschickt den Wind abzuschätzen und konnte seinen Drachen so sicher führen, wie man es kaum für möglich gehalten hätte. Es waren noch andere auf der Wiese, die Drachen steigen ließen, nicht nur Kinder, sondern auch Männer, und da nichts die Leute so selbstverständlich zusammenbringt wie eine gemeinsame Liebhaberei, dauerte es nicht lange, bis Mrs. Sunbury selbst, all ihrer Exklusivität zum Trotz, ihr Samuel und ihr Sohn mit jedermann ins Gespräch kamen. Sie verglichen die Drachen miteinander und prahlten mit deren Vorzügen.

Manchmal forderte Herbert, jetzt schon ein großer Junge von sechzehn Jahren, einen anderen Drachenbesitzer heraus. Dann lenkte er seinen Drachen vor den anderen in die Windrichtung, ließ seine Schnur gegen die des anderen treiben und brachte mit einem plötzlichen Ruck den feindlichen Drachen zu Fall. Aber lange zuvor schon war Mr. Sunbury der Begeisterung seines Sohnes erlegen, und oft bat er, es mal selber versuchen zu dürfen. Das muß ein drolliger Anblick gewesen sein, wenn er in seinen gestreiften Hosen mit schwarzem Rock und steifem Hut den Hügel hinunterlief. Mrs. Sunbury trottete gemessen hinter ihm her, und wenn der Drachen frei flog, nahm sie ihrem Mann manchmal die Schnur aus der Hand und sah dem Drachen zu, wie er hoch hinaufstieg. Samstagnachmittag wurde für sie alle zum wichtigsten Teil der Woche, und wenn Mr. Sunbury und Herbert morgens das Haus verließen, um den Zug in die City zu erreichen, dann blickten sie zuallererst zum Himmel hinauf, ob es Wetter zum Drachensteigenlassen war. Am liebsten waren ihnen stürmische Tage mit launischen Windstößen, denn die gaben ihnen die beste Gelegenheit, ihre Geschicklichkeit zu beweisen. Die ganze Woche lang redeten sie abends davon. Kleinere Drachen als den ihren verachteten sie, größere beneideten sie. Sie besprachen die Leistungen anderer Drachenbesitzer so hitzig und so geringschätzig, wie Boxer oder Fußballspieler über ihre Rivalen lästern. Ihr Ehrgeiz war, einen größeren Drachen zu haben als irgend jemand sonst, einen Drachen, der noch höher stieg. Längst schon benutzten sie keine Schnur mehr, denn der Drachen, den sie Herbert zum einundzwanzigsten Geburtstag geschenkt hatten, war sieben Fuß hoch, und sie verwendeten Klavierdraht, der um eine Trommel gewickelt war. Aber Herbert war noch nicht zufrieden. Irgendwoher hatte er von einem Kastendrachen gehört, den irgend jemand erfunden hatte, und die Idee leuchtete ihm sofort ein. Er meinte, so was könne er wohl selber machen, und da er ganz gut zeichnen konnte, machte er sich an verschiedene Entwürfe. Er ließ ein kleines Modell bauen und probierte es eines Nachmittags aus, aber es war kein Erfolg. Er war ein hartnäckiger Bursche, und würde sich nicht unterkriegen lassen.

Irgend etwas stimmte nicht, und er würde den Fehler finden.

Dann passierte etwas sehr Dummes. Herbert fing an, nach dem Abendbrot auszugehen. Mrs. Sunbury gefiel das gar nicht, aber Mr. Sunbury redete ihr vernünftig zu. Schließlich sei der Junge jetzt zweiundzwanzig, und es sei ihm sicher langweilig, immer zu Hause zu bleiben. Wenn er mal spazierengehen wolle oder sich einen Film ansehen, sei das doch nicht weiter schlimm. Aber Herbert hatte sich verliebt. An einem Samstagabend, nachdem sie auf der Wiese einen sehr vergnüglichen Nachmittag verbracht hatten, sagte er beim Abendessen plötzlich aus heiterem Himmel:

»Mama, ich habe für morgen zum Tee eine junge Dame eingeladen. Ist das in Ordnung?«

»Hast was?« sagte Mrs. Sunbury und vergaß für einen Augenblick ihre gepflegte Grammatik.

»Du hast es ja gehört, Mama.«

»Und darf ich fragen, wer das ist und wie du sie kennengelernt hast?«

»Bevan heißt sie. Betty Bevan, und ich habe sie an einem Samstagnachmittag im Kino kennengelernt, als es gerade regnete. Zufällig. Sie saß neben mir und ließ ihre Handtasche fallen, und ich hob sie auf, und sie dankte mir, und natürlich kamen wir dann ins Gespräch.«

»Willst du mir wirklich erzählen, daß du auf so einen uralten Trick hereingefallen bist? Handtasche fallen lassen!«

»Du irrst dich, Mama, sie ist ein sehr nettes Mädchen, wirklich, und gebildet ist sie auch.«

»Und wann ist das alles geschehen?«

»Vor ungefähr drei Monaten.«

»Oh, vor drei Monaten hast du sie kennengelernt und für morgen zum Tee eingeladen?«

»Also, natürlich habe ich sie in der Zwischenzeit gesehen. An jenem ersten Tag fragte ich sie nach der Vorstellung, ob sie am folgenden Dienstagabend mit mir ins Kino ginge, und sie sagte, sie wüßte es noch nicht, vielleicht, vielleicht auch nicht. Aber dann kam sie doch.«

»Na klar doch. Das hätte ich dir von vornherein sagen können.«

»Und seitdem sind wir ungefähr zweimal die Woche zusammen ins Kino gegangen.«

»Aha, deshalb hast du's dir angewöhnt, so oft auszugehen.«

»Stimmt, aber hör mal, ich will sie dir nicht aufdrängen, wenn du nicht willst, daß sie zum Tee kommt, dann sage ich, du hast Kopfschmerzen, und gehe mit ihr aus.«

»Mama will sie gern zum Tee hierhaben«, sagte Mr. Sunbury. »Nicht wahr, mein Liebes? Es ist ja nur, weil Mama keine fremden Leute mag. Das war immer schon so.«

»Ich bleibe gern für mich«, sagte Mrs. Sunbury verdrießlich. »Was macht sie denn?«

»Sie arbeitet in einem Schreibbüro in der Stadt und wohnt zu Hause, wenn man das ein Zuhause nennen kann; weißt du, ihre Mutter ist tot, und ihr Vater hat wieder geheiratet, sie haben drei Kinder, und sie verträgt sich nicht mit der Stiefmutter. Die nörgelt immer an ihr herum, sagt sie.«

Mrs. Sunbury deckte den Teetisch sehr vornehm. Sie räumte die Nippsachen von einem kleinen Tisch im Wohnzimmer ab, den sie sonst nie benutzten, und legte eine Teedecke auf den Tisch. Sie holte das Teeservice hervor und den versilberten Teekessel, den sie auch nie benutzten, sie backte Scones und einen Kuchen und schnitt ganz dünne Brotscheiben, die sie mit Butter bestrich.

»Sie soll sehen, daß wir nicht einfach irgend jemand sind«, sagte sie zu Samuel.

Herbert holte Miss Bevan ab, und Mr. Sunbury empfing die beiden an der Haustür, für den Fall, daß Herbert das Mädchen ins Eßzimmer führen wollte, wo sie für gewöhnlich aßen und saßen. Herbert blickte überrascht auf den Teetisch, als er das junge Mädchen ins Wohnzimmer führte.

»Das ist Betty, Mama«, sagte er.

»Miss Bevan, nehme ich an«, sagte Mrs. Sunbury.

»Ganz richtig, aber sagen Sie doch Betty, ja?«

»Vielleicht ist dafür unsere Bekanntschaft noch etwas zu kurz«, sagte Mrs. Sunbury und lächelte herablassend. »Wollen Sie nicht Platz nehmen, Miss Bevan?«

Sonderbarerweise, oder vielleicht war es gar nicht so sonderbar, sah Betty Bevan ziemlich genauso aus, wie Mrs. Sunbury ausgesehen haben mußte, als sie im gleichen Alter war. Sie hatte dieselben scharfen Gesichtszüge und dieselben ziemlich kleinen runden Augen, aber ihre Lippen waren scharlachrot angemalt, die Wangen leicht mit Rouge gefärbt, im kurzgeschnittenen, schwarzen Haar hatte sie eine Dauerwelle. Mrs. Sunbury sah das alles auf den ersten Blick, und sie rechnete sich bis auf den Penny aus, wieviel das hübsche kunstseidene Kleid gekostet hatte, die Schuhe mit den sehr hohen Hacken und der flotte Hut. Das Kleid war sehr kurz und ließ viel von den fleischfarbenen Strümpfen sehen. Mrs. Sunbury mißbilligte ihr Make-up und die Art, wie sie sich anzog, und konnte das Mädchen vom ersten Moment an nicht leiden; aber sie war entschlossen, sich damenhaft zu benehmen, und wenn sie nicht wußte, wie man sich damenhaft benahm, dann wußte es niemand, und darum ging zunächst alles glatt. Sie schenkte den Tee ein und bat Herbert, den ihm befreundeten Fräulein eine Tasse zu reichen.

»Frag Miss Bevan, ob sie ein Butterbrot haben will oder einen Scone, Samuel, mein Lieber.«

»Nehmen Sie beides«, sagte Samuel auf seine ungehobelte Art und bot die beiden Teller an. »Mich freut's, wenn die Leute zugreifen.«

Betty balancierte vorsichtig ein Butterbrot und einen Scone auf der Untertasse, und Mrs. Sunbury redete gefällig über das Wetter. Mit Genugtuung beobachtete sie, wie es Betty immer ungemütlicher wurde. Dann schnitt sie den Kuchen an und drängte ihrem Gast ein großes Stück auf. Betty biß hinein, und als sie es auf die Untertasse legen wollte, fiel es zu Boden.

»Oh, entschuldigen Sie bitte«, sagte das Mädchen und hob das Stück Kuchen auf.

»Das macht doch nichts, ich schneide Ihnen ein neues Stück ab«, sagte Mrs. Sunbury.

»Oh, bemühen Sie sich nicht, ich bin nicht so heikel. Der Boden ist sauber.«

»Das hoffe ich wohl«, sagte Mrs. Sunbury mit saurem Lächeln, »aber ich denke nicht im Traum daran zuzulassen, daß Sie ein Stück Kuchen essen, das auf dem Fußboden gelegen hat. Gib es her, Herbert, ich gebe Miss Bevan ein anderes.«

»Bitte nicht mehr, Mrs. Sunbury, wirklich nicht.«

»Tut mir leid, daß Sie meinen Kuchen nicht mögen. Ich

habe ihn extra für Sie gebacken.« Sie aß ein Stückchen. »Mir scheint er ganz gut zu sein.«

»Daran liegt es nicht, Mrs. Sunbury, es ist ein wunderbarer Kuchen, bloß bin ich nicht hungrig.«

Sie lehnte eine weitere Tasse ab, und Mrs. Sunbury merkte, daß sie erleichtert war, die Tasse abstellen zu dürfen. ›Ich glaube, die essen in der Küche‹, dachte sie bei sich. Herbert zündete sich eine Zigarette an.

»Mir auch eine, Herb«, sagte Betty. »Ich sterbe vor Sehnsucht nach einer Zigarette.«

Mrs. Sunbury mochte es nicht, wenn Frauen rauchten, aber sie zog nur leicht die Augenbrauen hoch.

»Wir nennen ihn lieber Herbert, Miss Bevan«, sagte sie.

Betty war schlau genug, um zu begreifen, daß Mrs. Sunbury die ganze Zeit ihr möglichstes tat, sie in Verlegenheit zu bringen, und jetzt sah sie eine Chance, sich zu rächen.

»Ich weiß«, sagte sie. »Als er mir gesagt hat, daß er Herbert heißt, bin ich fast losgeplatzt. Wie kann man nur jemanden Herbert nennen. Zum Schreien komisch.«

»Tut mir leid, daß Sie den Namen nicht mögen, den mein Sohn bei der Taufe erhalten hat. Ich finde, es ist ein hübscher Name. Aber wahrscheinlich kommt es darauf an, zu welcher Klasse von Leuten man gehört.«

Herbert versuchte, die Situation zu retten.

»Im Büro, Mama, da nennen sie mich Bertie.«

»Da kann ich nur sagen, daß das lauter ordinäre Leute sind.«

Mrs. Sunbury hüllte sich in würdevolles Schweigen, und die Unterhaltung, soweit es eine war, wurde von Mr. Sunbury und Herbert aufrechterhalten. Nicht ohne Befriedigung stellte Mrs. Sunbury fest, daß Betty beleidigt war. Sie merkte auch, daß das Mädchen fortwollte und nicht recht wußte, wie sie es anstellen sollte. Sie war fest entschlossen, ihr nicht zu helfen. Schließlich nahm Herbert selbst die Sache in die Hand.

»Na, Betty, ich glaube, es wird Zeit, daß wir gehen«, sagte er. »Ich begleite dich nach Hause.«

»Müssen Sie schon gehen?« fragte Mrs. Sunbury und stand auf. »Es war uns ein Vergnügen, gewiß doch.«

»Hübsches kleines Ding«, sagte Mr. Sunbury versuchsweise, als die jungen Leute gegangen waren.

»Die und hübsch! Nichts als Schminke und Puder. Verlaß dich drauf, die sähe ganz anders aus mit gewaschenem Gesicht und ohne Dauerwelle. Ordinär ist die, ordinär wie Dreck.«

Nach einer Stunde kam Herbert zurück. Er war wütend.

»Hör mal, Mama, was fällt dir ein, das arme Mädchen so zu behandeln? Ich habe mich einfach für dich geschämt.«

»Rede nicht so mit deiner Mutter, Herbert«, brauste sie auf. »So ein Frauenzimmer hättest du mir gar nicht ins Haus bringen sollen. Ordinär ist die, so ordinär wie Dreck.«

Wenn Mrs. Sunbury böse wurde, dann versagte nicht nur ihre Grammatik, sondern sie fiel auch in einen leichten Cockney-Akzent. Herbert kümmerte sich nicht um das, was sie sagte.

»Noch nie im Leben ist sie so beleidigt worden, hat sie gesagt. Es war verflixt schwer, sie zu besänftigen.«

»Hierher kommt sie mir nicht mehr, das sag ich dir gradheraus.«

»Denkst du! Ich bin mit ihr verlobt, schreib dir das hinter die Ohren.«

Mrs. Sunbury schnappte nach Luft. »Das ist nicht wahr.«

»Doch. Ich habe es mir schon lange überlegt, und dann war sie heute abend so aufgebracht, daß sie mir leid tat, darum hab ich ihr den Antrag gemacht, und es war verflixt schwer, sie zu überreden, das kann ich dir sagen.«

»Du Idiot!« schrie Mrs. Sunbury, »du Idiot!«

Dann gab es eine ziemliche Szene. Mrs. Sunbury und ihr Sohn stritten sich, daß die Fetzen flogen, und wenn der arme Samuel zu vermitteln versuchte, bekam er von beiden zu hören, er solle den Mund halten. Schließlich stürzte Herbert aus dem Haus, und Mrs. Sunbury brach in Zornestränen aus.

Am nächsten Tag erwähnte niemand den Vorfall. Mrs. Sunbury war gegen Herbert von eisiger Höflichkeit, und er war mürrisch und schweigsam. Nach dem Abendessen ging er aus. Am Samstag sagte er seinen Eltern, daß er nachmittags eine Verabredung habe und nicht mitkommen könne zur Wiese.

»Ich möchte behaupten, daß wir auch ohne dich auskommen können«, sagte Mrs. Sunbury grimmig.

Langsam wurde es Zeit für die üblichen zwei Wochen an der See. Sie gingen immer nach Herne Bay, da Mrs. Sunbury sagte, dort finde man die richtige Art von Leuten, und seit Jahren wohnten sie immer in derselben Pension. Eines Abends sagte Herbert so beiläufig wie möglich:

»Übrigens, schreib ihnen lieber, Mama, daß ich dieses Jahr mein Zimmer nicht brauche. Betty und ich heiraten, und wir fahren nach Southend auf Hochzeitsreise.«

Einen Augenblick lang herrschte tödliches Schweigen im Zimmer.

»Das kommt ein bißchen plötzlich, Herbert, nicht?« sagte Mr. Sunbury unsicher.

»Nun ja, in Bettys Büro schränken sie sich ein, und Betty hat ihre Stelle nicht mehr, da dachten wir, wir wollen lieber gleich heiraten. Wir haben in der Dabney Street zwei Zimmer gemietet, und die Möbel kaufen wir mit dem Geld auf meinem Sparkonto.«

Mrs. Sunbury sagte kein Wort. Sie war totenblaß geworden, und Tränen rollten ihr die schmalen Wangen hinunter.

»Ach komm, Mama, nimm es nicht so schwer«, sagte Herbert. »Jeder muß mal heiraten. Hätte Vater dich nicht geheiratet, dann wäre ich jetzt nicht hier, oder?«

Ungeduldig wischte Mrs. Sunbury die Tränen ab.

»Vater hat mich nicht geheiratet; ich hab ihn geheiratet. Ich wußte, daß er zuverlässig und anständig ist. Ich wußte, er würde ein guter Ehemann und Vater sein. Ich hab nie keinen Grund gehabt, das zu bereuen, und Vater auch keinen nicht. Stimmt's, Samuel, oder nicht?«

»Stimmt ganz genau, Beatrice«, sagte er schnell.

»Ich weiß, wenn du Betty mal richtig kennenlernst, wirst du sie gern haben. Sie ist ein nettes Mädchen, das ist sie wirklich. Ich glaube, ihr würdet herausfinden, daß ihr eine Menge gemeinsam habt. Du mußt ihr bloß eine Chance geben, Mama.«

»In dies Haus kommt sie nicht, nur über meine Leiche.«

»Das ist albern, Mama. Hör mal, alles bleibt doch, wie es war, wenn du nur vernünftig bist. Ich meine, wir können Samstag genau wie immer mit dem Drachen losgehen. Nur jetzt, seit ich verlobt bin, ist es so schwierig. Verstehst du, sie kann da nichts dran finden, am Drachensteigenlassen, aber sie wird es schon einsehen, und wenn ich erst verheiratet bin, dann ist es ganz anders, ich meine, ich kann herkommen und mit dir und Vater den Drachen steigen lassen; das ist doch selbstverständlich.«

»Das meinst du wohl. Also, eins sag ich dir: Wenn du das Frauenzimmer heiratest, dann läßt du meinen Drachen nicht steigen. Geschenkt hab ich dir den nicht, ich habe ihn vom Haushaltungsgeld gekauft, und deshalb gehört er mir, verstehst du.«

»Also gut, wie du willst. Betty behauptet sowieso, daß das ein Spiel für Kinder ist und daß ich mich schämen sollte, in meinem Alter noch einen Drachen steigen zu lassen.«

Er stand auf und stapfte wieder einmal wütend aus dem Haus. Vierzehn Tage später heiratete er. Mrs. Sunbury weigerte sich, zur Trauung zu kommen, und erlaubte auch nicht, daß Samuel hinging. Sie fuhren in den Urlaub und kamen wieder nach Hause. Sie nahmen das gewohnte Alltagsleben wieder auf. Samstag nachmittags gingen sie miteinander zur Gemeindewiese und ließen den riesigen Drachen steigen. Mrs. Sunbury erwähnte ihren Sohn nie. Sie war fest entschlossen, ihm nicht zu verzeihen. Aber Mr. Sunbury traf ihn für gewöhnlich im Morgenzug, den sie beide benutzten, und sie schwatzten ein bißchen, wenn sie im selben Wagen fahren konnten. Eines Morgens sah Mr. Sunbury zum Himmel hinauf.

»Gutes Drachenwetter heute«, sagte er.

»Laßt ihr den Drachen noch steigen, du und Mama?«

»Was meinst du denn? Sie kann's langsam so gut wie ich. Du solltest sie nur sehen, wie sie mit aufgesteckten Röcken den Hügel hinunterläuft. Mein Wort drauf, das hätte ich ihr nie zugetraut. Laufen? Und ob! Sie kann besser laufen als ich.«

»Daß ich nicht lache, Vater!«

»Warum kaufst du dir eigentlich nicht einen eigenen Drachen, Herbert? Du warst doch immer so scharf darauf.«

»Ja, ich weiß. Ich habe einmal so was angedeutet, aber du weißt ja, wie die Frauen sind. Betty hat gesagt: ›Verhalte dich deinem Alter entsprechend‹, und dergleichen mehr. Ich will natürlich keinen Kinderdrachen, und die großen Drachen sind teuer. Als wir die Möbel angeschafft haben, hat Betty gesagt, auf die Dauer ist es billiger, das Allerbeste zu kaufen, und da gingen wir zu so einem Abzahlungsladen, und mit den Raten jeden Monat und der Miete – na ja, da habe ich gerade noch soviel Geld, daß wir auskommen. Da heißt es immer, daß man für zwei Personen nicht mehr braucht zum Leben als für eine, aber davon habe ich bisher noch nichts gemerkt.«

»Arbeitet sie denn nicht?«

»Ach nein. Sie sagt, sie hat schon eine Ewigkeit gearbeitet, und jetzt ist sie verheiratet und will es sich auch mal gutgehen lassen, und natürlich muß ja auch jemand putzen und kochen.«

So ging es ein halbes Jahr lang, und dann, als an einem Samstagnachmittag die Sunburys wie üblich auf der Wiese waren, sagte Mrs. Sunbury zu ihrem Mann:

»Hast du gesehen, was ich gesehen habe, Samuel?«

»Ich habe Herbert gesehen, wenn du das meinst. Ich habe nichts gesagt, weil ich dachte, du würdest dich nur aufregen.«

»Sprich nicht mit ihm. Tu so, als hättest du ihn nicht gesehen.«

Herbert stand bei den müßigen Zuschauern. Er versuchte nicht, mit den Eltern zu sprechen, aber es entging Mrs. Sunbury nicht, daß er den Blick nicht von dem Flug des Drachens wandte, den er so oft hatte steigen lassen. Es wurde recht kühl, und die Sunburys gingen nach Hause. Mrs. Sunburys Gesicht leuchtete vor Bosheit.

»Ob er wohl nächsten Samstag wieder kommt?« sagte Samuel.

»Wenn ich nicht wüßte, daß Wetten Sünde ist, würde ich einen halben Shilling mit dir wetten, daß er kommt, Samuel. Darauf habe ich schon die ganze Zeit gewartet.«

»Wirklich?«

»Ich hab von Anfang an gewußt, daß er davon nicht lassen kann.«

Sie hatte recht. Am nächsten und an jedem folgenden Samstag, wenn schönes Wetter war, erschien Herbert auf der Wiese. Sie sprachen nicht miteinander. Er stand nur eine Weile da und sah zu und schlenderte dann davon. Nachdem das mehrere Wochen lang so weitergegangen war, hatten die Sunburys eine Überraschung für ihn. Sie ließen nicht den großen Drachen steigen, den er gewohnt war, sondern einen neuen, nach dem Modell gebaut, das er selbst entworfen hatte. Er sah, daß der Kastendrachen bei den anderen Drachensportlern großes Interesse erregte; sie standen alle drum herum, und Mrs. Sunbury redete wie ein Wasserfall. Als Samuel das erste Mal den Hügel hinunterlief, stieg das Ding nicht auf, sondern plumpste kläglich auf den Boden, und Herbert ballte die Fäuste und knirschte mit den Zähnen. Er konnte diesen Fehlschlag nicht mit ansehen. Mr. Sunbury stieg wieder den kleinen Hügel hinauf, und beim zweiten Mal stieg der Kastendrachen auf. Die Zuschauer schrien hurra. Nach einiger Zeit zog Mr. Sunbury den Drachen ein und ging damit zum Hügel zurück. Mrs. Sunbury ging zu ihrem Sohn hinüber.

»Möchtest du's versuchen, Herbert?«

Er hielt den Atem an.

»Ja, Mama, gern.«

»Das ist nur ein kleiner, man sagt, man muß es erst rauskriegen. Der ist anders als die altmodischen. Aber wir haben schon eine genaue Beschreibung von einem großen, und es heißt, wenn man damit umzugehen weiß, und der Wind steht richtig, dann steigt der dir zwei Meilen hoch.«

Mr. Sunbury kam dazu.

»Samuel, Herbert möchte den Drachen ausprobieren.«

Mr. Sunbury gab ihm den Drachen, er lächelte zufrieden, und Herbert gab seiner Mutter seinen Hut zu halten. Dann rannte er den Hügel hinab, der Drachen schwang sich wunderschön in die Luft, und wie er ihm beim Steigen zusah, jubelte sein Herz. Es war herrlich anzusehen, wie das kleine schwarze Ding so brav hinaufsegelte, aber während er noch zusah, dachte er an den riesengroßen Drachen, den sie bauen ließen. Den könnten sie niemals handhaben. Zwei Meilen hoch in der Luft, hatte Mutter gesagt. Heiliger Bimbam!

»Warum kommst du nicht mit auf eine Tasse Tee, Herbert«, sagte Mrs. Sunbury, »dann zeigen wir dir den Entwurf für den neuen, den die uns jetzt bauen. Vielleicht kannst du uns da beraten.«

Er zögerte. Er hatte Betty gesagt, er wolle nur spazierengehen, sich die Beine vertreten; sie wußte nicht, daß er jeden

Samstag zur Wiese gegangen war, und jetzt wartete sie wohl schon auf ihn. Aber die Versuchung war unwiderstehlich.

»Meinetwegen«, sagte er.

Nach dem Tee sahen sie sich die Pläne an. Der Drachen war ungeheuer groß und besaß Vorrichtungen, die er noch nie zuvor gesehen hatte, und er würde furchtbar teuer sein.

»Den könnt ihr allein nicht steigen lassen«, sagte er.

»Wir können es ja versuchen.«

»Ihr würdet wohl nicht wollen, daß ich euch zuerst mal helfe?« fragte er unsicher.

»Das wäre keine schlechte Idee«, sagte Mrs. Sunbury.

Es war spät, als er nach Hause kam, viel später, als er dachte, und Betty war sehr verärgert.

»Wo in Gottes Namen bist du gewesen, Herb? Ich dachte schon, du wärst tot. Das Abendessen ist längst fertig und überhaupt.«

»Ich hab ein paar Bekannte getroffen und mich verschwatzt.«

Sie sah ihn scharf an, aber sie antwortete nicht. Sie schmollte.

Nach dem Abendessen schlug er vor, zusammen ins Kino zu gehen, aber sie weigerte sich.

»Geh nur, wenn du Lust hast«, sagte sie. »Ich habe keine Lust.«

Am nächsten Samstag ging er wieder zur Wiese, und wieder erlaubte ihm die Mutter, den Drachen steigen zu lassen. Sie hatten den neuen bestellt und erwarteten ihn in drei Wochen. Gleich darauf sagte die Mutter zu ihm:

»Elizabeth ist hier.«

»Betty?«

»Sie spioniert dir nach.«

Das erschreckte ihn sehr, aber er stellte sich gleichgültig.

»Laß sie spionieren, das ist mir egal.«

Jedoch war er nervös und wollte nicht zum Tee mit zu den Eltern gehen. Er ging direkt nach Hause. Betty wartete schon auf ihn.

»Das sind also die Bekannten, mit denen du dich verschwatzt hast. Ich bin schon eine Zeitlang mißtrauisch gewesen wegen deiner Spaziergänge am Samstagnachmittag, und plötzlich bin ich draufgekommen. Eine Schande nenn ich das.«

»Es ist mir egal, wie du das nennst. Ich mag es nun mal, und wenn du es nicht magst, kannst du's ja bleibenlassen.«

»Ich lasse das nicht zu, das sage ich dir unumwunden. Ich lasse nicht zu, daß du dich zum Narren machst.«

»Ich hab jeden Samstagnachmittag meinen Drachen steigen lassen, seit ich ein Kind war, und das tu ich auch weiter, solange ich nur will.«

»Die alte Schlampe steckt dahinter, die versucht bloß, dich von mir wegzulotsen. Wenn du ein Mann wärst, würdest du niemals mehr ein Wort mit ihr reden, nachdem sie mich so behandelt hat.«

»Ich erlaube nicht, daß du so von ihr sprichst. Sie ist meine Mutter, und es ist mein gutes Recht, sie so oft zu sehen, wie ich will.«

Sie stritten sich stundenlang. Betty schrie ihn an, und Herbert brüllte sie an. Sie hatten sich schon gelegentlich um Kleinigkeiten gezankt, denn sie waren beide eigensinnig. Aber dies war der erste ernsthafte Streit. Am Sonntag redeten sie nicht miteinander, und während der Woche schwelte es noch in ihnen nach, wenngleich rein äußerlich Friede herrschte. Zufällig regnete es an den nächsten zwei Samstagen. Betty lächelte vor sich hin, als sie die Regengüsse sah; und falls Herbert enttäuscht war, so ließ er es sich nicht anmerken. Die Erinnerung an den heftigen Streit verblaßte. Wenn man zusammen in zwei Zimmern wohnt und ein Bett miteinander teilt, ist man unvermeidlich daran interessiert, Streitigkeiten zu vergessen. Betty gab sich besondere Mühe, sehr nett zu ihrem Herb zu sein, und sie glaubte, daß jetzt – da er einmal ihre scharfe Zunge kennengelernt hatte, da er wußte, daß sie entschlossen war, sich niemandem zu fügen –, daß er jetzt zur Vernunft kommen würde. Auf seine Art war er ein guter Ehemann, er knauserte nicht mit dem Geld und war zuverlässig. Nur ein bißchen Zeit, dann würde sie ihn schon zurechtkriegen.

Aber nach vierzehn Tagen schlechten Wetters klärte es sich auf.

»Sieht wohl so aus, als ob wir morgen gutes Drachenwetter kriegten«, sagte Mr. Sunbury, als sie sich auf dem Bahnsteig trafen und auf den Morgenzug warteten. »Der neue Drachen ist da.«

»Tatsächlich?«

»Deine Mutter sagt, daß wir uns natürlich freuen, wenn du kommst und uns dabei hilfst, daß aber niemand das Recht hat, sich zwischen Mann und Frau zu drängen, und wenn du Angst hast, daß Betty Krach schlägt, dann glaub ich, du solltest lieber nicht kommen. Wir haben auf der Wiese einen jungen Mann kennengelernt, der ist ganz verrückt darauf und sagt, wenn irgend jemand den Drachen steigen lassen kann, dann er.«

Herbert empfand plötzlich heftige Eifersucht.

»Laßt nur keine fremden Leute an unseren Drachen ran. Ich komme bestimmt.«

»Nun ja, überleg dir's, Herbert; und wenn du nicht kommst, verstehen wir das schon.«

»Ich komme aber«, sagte Herbert.

Am nächsten Tag also, als er aus der Stadt nach Hause kam, zog er den Büroanzug aus und eine Sporthose und eine alte Jacke an. Betty kam ins Schlafzimmer.

»Was machst du da?«

»Ich ziehe mich um«, sagte er vergnügt. Er war so aufgeregt, daß er das Geheimnis nicht für sich behalten konnte. »Der neue Drachen ist gekommen, und ich lasse ihn steigen.«

»O nein, das tust du nicht«, sagte sie. »Das laß ich nicht zu.«

»Sei nicht albern, Betty. Ich geh hin, sag ich dir, ob es dir paßt oder nicht.«

»Ich laß dich nicht hingehen, und dabei bleibt's.«

Sie schloß die Tür und stellte sich davor. Ihre Augen blitzten, und sie biß die Zähne zusammen. Sie war eine kleine Person, und er war groß und kräftig. Er packte sie an beiden Armen, um sie beiseite zu schieben, aber sie trat ihn heftig gegen das Schienbein.

»Soll ich dir einen Kinnhaken versetzen?«

»Wenn du gehst, dann brauchst du nicht zurückzukommen«, schrie sie.

Er hob sie in die Höhe, warf sie trotz allem Strampeln und Treten aufs Bett und ging hinaus.

Wenn der kleine Kastendrachen auf der Wiese schon Aufsehen erregt hatte, so war das nichts im Vergleich mit der

Wirkung des neuen. Aber er war schwierig zu handhaben, und soviel sie auch rannten und schnauften und auch andere Drachenenthusiasten ihnen halfen, konnte Herbert ihn doch nicht zum Steigen bringen.

»Macht nichts«, sagte er, »wir werden den Trick bald herausbaben. Der Wind steht heute nicht richtig, daran liegt es nur.«

Er ging mit seinen Eltern zum Tee, und sie besprachen alles wie in alten Zeiten. Er blieb so lange wie möglich, denn er freute sich durchaus nicht auf die Szene, die Betty ihm machen würde. Aber als Mrs. Sunbury in die Küche ging, um das Abendbrot zu machen, mußte er nach Hause gehen. Betty las die Zeitung. Sie blickte auf.

»Dein Koffer ist gepackt«, sagte sie.

»Mein was?«

»Du hast es schon richtig verstanden. Ich hab ja gesagt, wenn du gehst, brauchst du nicht wiederzukommen. Da hatte ich nicht an deine Sachen gedacht. Jetzt ist alles gepackt. Im Schlafzimmer.«

Er sah sie einen Augenblick überrascht an. Sie tat, als lese sie weiter. Er hätte sie gerne tüchtig verdroschen.

»Gut, wie du willst«, sagte er.

Er ging ins Schlafzimmer. Seine Kleider waren in einem Koffer verpackt, und dann war da noch ein Paket aus braunem Packpapier, in dem Betty die anderen Sachen verstaut hatte. Er nahm den Koffer in die eine Hand, das Paket in die andere, ging wortlos durchs Wohnzimmer und aus dem Haus. Er ging zu Fuß zu seiner Mutter und klingelte. Sie machte die Tür auf.

»Ich komme nach Hause, Mama«, sagte er.

»Wirklich, Herbert? Dein Zimmer ist bereit. Stell deine Sachen ab, und komm herein. Wir wollten gerade zu Abend essen.« Sie gingen ins Eßzimmer. »Samuel, Herbert ist nach Hause gekommen. Geh schnell, und hole ein Quart Bier.«

Während des Abendbrots und den Abend lang erzählte er ihnen, welche Schwierigkeiten er mit Betty hatte.

»Gut, daß du das nun hinter dir hast«, sagte Mrs. Sunbury, als er fertig war. »Ich habe dir ja gesagt, daß das keine Frau für dich ist. Ordinär ist die, ordinär wie Dreck, und du, du bist doch so gut erzogen.«

Er fand es herrlich, in seinem eigenen Bett zu schlafen, in dem Bett, das er sein Leben lang gewohnt war, und am Sonntagmorgen unrasiert und ungewaschen zum Frühstück herunterzukommen und die *News of the World* zu lesen.

»Heute gehen wir nicht in die Kirche«, sagte Mrs. Sunbury. »Es war doch ein ziemlicher Schock für dich, Herbert; heute gehen wir es mal gemütlich an.«

Während der Woche sprachen sie viel vom Drachen, aber sie sprachen auch viel von Betty. Sie erörterten, was sie wohl jetzt unternehmen würde.

»Sie wird versuchen, dich wiederzukriegen«, sagte Mrs. Sunbury.

»Da hat sie ja vortreffliche Aussichten«, sagte Herbert.

»Du wirst für ihren Unterhalt sorgen müssen«, sagte sein Vater.

»Warum sollte er das?« rief Mrs. Sunbury. »Sie hat ihn zur Heirat überlistet, und jetzt hat sie ihn aus dem Heim vertrieben, das er für sie eingerichtet hatte.«

»Ich gebe ihr, was ihr zusteht, solange sie mich in Ruhe läßt.«

Jeden Tag wurde ihm wohler zumute, eigentlich war es, als ob er nie fortgewesen wäre, er machte es sich bequem wie ein Hund in dem Korb, der nun mal sein eigener ist; es war schön, eine Mutter zu haben, die einem die Anzüge ausbürstete und die Socken stopfte; sie tischte ihm die Gerichte auf, die er zeitlebens gegessen hatte und am liebsten mochte; Betty kochte, was gerade da war, zuerst hatte das Spaß gemacht, etwa wie bei einem Picknick, aber es war nicht die Art von Essen, bei der ein Mann wirklich was zwischen die Zähne kriegt, und er vergaß nie die Ansicht seiner Mutter, daß frische Nahrungsmittel besser seien als das Büchsenzeug. Nur schon der Anblick von Lachs aus der Dose ekelte ihn. Und dann war es auch schöner, Platz zu haben und umhergehen zu können, als in zwei Zimmern eingesperrt zu sein, von denen das eine noch dazu als Küche dienen mußte.

Einmal sagte er zu seiner Mutter: »Nie im Leben habe ich einen größeren Fehler gemacht als den, von zu Hause fortzugehen.«

»Ich weiß, Herbert, aber jetzt bist du ja wieder da und hast keinen Grund, je wieder fortzugehen.«

Sein Gehalt wurde am Freitag ausgezahlt, und am Abend, als sie gerade mit dem Essen fertig waren, klingelte es.

»Das ist sie«, sagten sie wie aus einem Munde.

Herbert wurde blaß. Seine Mutter sah ihn an.

»Überlaß es mir«, sagte sie. »Ich rede mit ihr.«

Sie öffnete die Tür. Betty stand auf der Schwelle. Sie versuchte, sich hineinzudrängen, aber Mrs. Sunbury hinderte sie daran.

»Ich will Herb sprechen.«

»Das können Sie nicht. Er ist ausgegangen.«

»Nein, das ist er nicht. Ich habe gesehen, wie er mit seinem Vater nach Hause kam, und er ist nicht wieder herausgekommen.«

»Nun ja, er will Sie nicht sehen, und wenn Sie Krach machen, rufe ich die Polizei.«

»Ich will mein Geld für die Woche.«

»Das ist ja alles, was Sie je von ihm gewollt haben.« Sie zog ihren Geldbeutel heraus. »Hier haben Sie fünfunddreißig Shilling.«

»Fünfunddreißig Shilling? Die Miete kostet doch schon zwölf Shilling die Woche.«

»Mehr kriegen Sie nicht. Er muß ja auch hier für sein Essen bezahlen, nicht wahr?«

»Und dann noch die Raten für die Möbel.«

»Darüber werden wir zu gegebener Zeit nachdenken. Wollen Sie das Geld haben oder nicht?«

Verwirrt, unglücklich und eingeschüchtert stand Betty unentschlossen da. Mrs. Sunbury steckte ihr das Geld gewaltsam in die Hand und schlug ihr die Tür vor der Nase zu. Sie ging ins Eßzimmer zurück.

»Der hab ich's gegeben«, sagte sie.

Die Türglocke läutete wieder, sie läutete wiederholt, aber sie gingen nicht hin, und dann war es still. Sie nahmen an, daß Betty gegangen war.

Am nächsten Tag war schönes Wetter, der Wind hatte genau die richtige Stärke, und nachdem es Herbert zwei- oder dreimal mißglückt war, merkte er, daß er den Trick mit dem Kastendrachen heraushatte. Der schwang sich in die Luft hinauf, höher und höher, während Herbert den Draht abrollen ließ.

»Also der ist jetzt sicher eine Meile in der Höhe, wenn man mich fragt«, sagte er aufgeregt zu seiner Mutter.

Nie im Leben war er so aufgeregt und begeistert gewesen.

Einige Wochen vergingen. Sie entwarfen einen Brief, worin Herbert an Betty schrieb, daß sie, solange sie ihn und seine Familie nicht belästigte, jeden Samstagmorgen eine Postanweisung über fünfunddreißig Shilling erhalten und daß er die Ratenzahlungen für die Möbel jeweils am Fälligkeitstag leisten werde. Mrs. Sunbury war sehr dagegen gewesen, aber Mr. Sunbury, der in diesem Fall einmal nicht mit ihr einverstanden war, und Herbert stimmten überein, daß sich das so gehörte. Herbert hatte jetzt die Eigenarten des neuen Drachen erforscht und vollbrachte Wunderdinge mit ihm. Um den Wettbewerb mit anderen Drachensportlern kümmerte er sich nicht mehr. Er war eine Klasse für sich. Die Samstagnachmittage waren für ihn ein einziger Triumph. Er schwelgte in der Bewunderung der Zuschauer und genoß den Neid, den er – das wußte er genau – bei den weniger glücklichen Sportlern erregte. Dann lauerte ihm eines Abends, als er mit seinem Vater vom Bahnhof nach Hause ging, Betty auf.

»Hallo, Herb«, sagte sie.

»Hallo.«

»Ich möchte mit meinem Mann allein sprechen, Mr. Sunbury.«

»Wir haben uns nichts zu sagen, was mein Vater nicht auch hören könnte«, sagte Herbert trotzig.

Sie zögerte. Mr. Sunbury war nervös. Er wußte nicht, ob er bleiben oder gehen sollte.

»Also gut«, sagte sie. »Ich möchte, daß du wieder nach

Hause kommst, Herb. Ich hab's nicht so gemeint an dem Abend, als ich deinen Koffer gepackt hab. Ich hab's nur getan, weil ich dich erschrecken wollte. Ich war wütend. Es tut mir leid, daß ich das getan habe. Es ist doch alles so blöd, sich wegen eines Drachens zu zerstreiten.«

»Aber ich komme nicht zurück. Daß du mich rausgeworfen hast, das war die größte Wohltat, die du mir je erwiesen hast.«

Tränen rollten Bettys Wangen hinab.

»Aber ich liebe dich doch, Herb. Wenn du deinen dummen ollen Drachen steigen lassen willst, dann tu's nur, ich hab nichts dagegen, wenn du bloß wieder nach Hause kommst.«

»Vielen Dank, aber das reicht nicht. Ich weiß es wohl zu schätzen, wenn ich's wo gut habe, und vom Verheiratetsein hab ich auf Lebenszeit genug. Komm, Vater.«

Sie gingen schnell weiter, und Betty versuchte nicht, ihnen zu folgen. Am folgenden Sonntag gingen sie zur Kirche, und nach dem Essen ging Herbert zum Kohlenschuppen, um den Drachen zu betrachten, den er dort aufbewahrte. Er konnte sich nie lange von ihm trennen. Er war ihm einfach verfallen. Nach einer Minute kam er zurückgerannt, weiß im Gesicht, ein Beil in der Hand.

»Sie hat ihn kaputtgeschlagen!«

Die Sunburys schrien entsetzt auf und rannten zum Kohlenschuppen. Was Herbert gesagt hatte, war wahr. Der Drachen war ein Trümmerhaufen. Mit dem Beil hatte ihn jemand blindwütig zusammengeschlagen, die Trommel in Stücke zerhackt.

»Das muß sie getan haben, während wir in der Kirche waren.«

»Aber wie ist sie hereingekommen?« fragte Mr. Sunbury.

»Ich hab zwei Schlüssel gehabt. Als ich nach Hause zurückkehrte, merkte ich, daß einer fehlte, aber ich hab mir nichts dabei gedacht.«

»Du kannst nicht sicher sein, daß sie es getan hat, ein paar von den Burschen auf der Wiese sind schon ziemlich frech gewesen, denen würde ich so etwas auch zutrauen.«

»Nun ja, wir werden es bald herauskriegen«, sagte Herbert.

»Ich gehe hin und frage sie, und wenn sie es getan hat, bring ich sie um.«

Seine Wut war so fürchterlich, daß Mrs. Sunbury Angst bekam.

»Und dich wegen Mordes aufhängen lassen? Nein, Herbert, ich laß dich nicht gehen. Laß Vater gehen, und wenn er wiederkommt, werden wir beschließen, was wir tun.«

»Ja, das ist besser, Herbert, laß mich gehen.«

Es war nicht einfach, ihn zu überreden, aber schließlich ging Mr. Sunbury los. Und nach einer halben Stunde war er wieder da.

»Stimmt schon, sie hat es getan. Sie sagte es mir frei heraus. Sie ist stolz darauf. Ich will nicht wörtlich ihre Ausdrücke wiederholen, die haben mich einigermaßen schokkiert, aber es läuft darauf hinaus, daß sie eifersüchtig auf den Drachen war. Sie hat gesagt, Herbert liebt den Drachen mehr als sie, und darum hat sie ihn kaputtgeschlagen, und wenn sie's noch mal tun müßte, würde sie's wieder tun.«

»Ein Glück, daß sie das nicht zu mir gesagt hat. Ich hätte ihr den Hals umgedreht, und wenn ich dafür hätte baumeln müssen. Von mir kriegt sie keinen Penny mehr, dabei bleibt's.«

»Sie wird dich verklagen«, sagte sein Vater.

»Laß sie doch.«

»Nächste Woche ist die Rate für die Möbel fällig, Herbert«, sagte Mrs. Sunbury leise, »an deiner Stelle würde ich sie nicht bezahlen.«

»Dann holen sie die Möbel einfach ab«, sagte Samuel, »und das ganze Geld, das er schon bezahlt hat, ist verloren.«

»Na und?« fragte sie. »Er kann es sich leisten. Er ist sie ein für allemal los, und wir haben ihn wieder, und das ist die Hauptsache.«

»Auf das Geld pfeif ich«, sagte Herbert. »Ich stelle mir ihr Gesicht vor, wenn die kommen und die Möbel abholen. Auf die hält sie viel, und das Klavier erst, daran hängt sie wirklich, an dem Klavier.«

Also schickte er am nächsten Freitag Betty kein Geld für die Woche, und als sie ihm einen Brief von der Möbelfirma nachschickte, worin es hieß, wenn er die fällige Rate nicht am Soundsovielten bezahlt habe, werde man die Möbel abholen, antwortete er, er sei nicht in der Lage, weiter Raten zu bezahlen, und sie sollten die Möbel abholen, wann immer sie wollten. Betty wartete nun häufig am Bahnhof auf ihn, und wenn er sich weigerte, mit ihr zu sprechen, folgte sie ihm die Straße hinunter und schrie ihm Fluchworte hinterher. Abends kam sie immer wieder zum Haus und läutete an der Haustür, bis sie fast verrückt wurden, und Mr. und Mrs. Sunbury hatten die größte Mühe, Herbert daran zu hindern, daß er hinausging und sie gründlich verdrosch. Einmal warf sie einen Stein und zerbrach das Wohnzimmerfenster. Sie schrieb ihm unanständige und beleidigende Postkarten ins Büro. Schließlich ging sie zum Gericht und reichte Klage ein, ihr Mann habe sie verlassen und sorge nicht für ihren Unterhalt. Herbert erhielt eine Vorladung. Beide erzählten ihre Geschichte, und falls sie dem Richter sonderbar vorkam, so sagte er das nicht. Er versuchte, eine Versöhnung zwischen den beiden herbeizuführen, aber Herbert weigerte sich entschieden, zu seiner Frau zurückzukehren. Der Richter verurteilte ihn dazu, Betty wöchentlich fünfundzwanzig Shilling zu zahlen. Er sagte, das werde er nicht tun.

»Dann kommen Sie ins Gefängnis«, sagte der Richter. »Der nächste Fall.«

Aber Herbert meinte es ernst. Als Betty erneut klagte, wurde er wieder vor den Richter zitiert, der ihn fragte, aus welchem Grund er den Befehl nicht befolge.

»Ich habe gesagt, ich werde ihr nichts zahlen, und ich werde es nicht tun, nicht nachdem sie meinen Drachen zerschlagen hat. Und wenn Sie mich ins Gefängnis schicken, dann gehe ich eben ins Gefängnis.«

Der Richter war diesmal streng mit ihm.

»Sie sind ein törichter junger Mann«, sagte er. »Ich werde Ihnen eine Woche Zeit geben, die Rückstände zu bezahlen, und wenn ich noch mehr Unsinn von Ihnen zu hören kriege, dann kommen Sie ins Gefängnis, bis Sie Vernunft annehmen.«

Herbert zahlte nicht, und so kam mein Freund Ned Preston zu dieser Bekanntschaft, und ich erfuhr diese Geschichte.

»Wie erklärst du dir das?« fragte Ned, als er zu Ende erzählt hatte. »Weißt du, Betty ist kein schlechtes Mädchen. Ich habe sie ein paarmal gesehen, sie ist ganz in Ordnung, abgesehen von der verrückten Eifersucht auf Herberts Drachen. Und er ist weiß Gott nicht dumm. Tatsächlich ist er überdurchschnittlich intelligent. Was meinst du, was ist wohl das Besondere am Drachensport, daß dieser verflixte Idiot so verrückt danach ist?«

»Ich weiß nicht«, antwortete ich. Ich überlegte es mir einige Zeit. »Siehst du, ich verstehe nichts vom Drachensport. Vielleicht gibt es ihm ein Gefühl von Macht, wenn er den Drachen zu den Wolken hinaufsteigen sieht, und von Herrschaft über die Elemente, wenn er die Winde des Himmels nach seinem Willen nutzt. Mag sein, daß er sich auf seltsame Weise wie der Drachen selbst vorkommt, der so frei und hoch über ihm fliegt, das ist dann wie eine Flucht aus der Eintönigkeit des Lebens. Mag sein, daß auf irgendeine dumpfe, verwirrte Weise der Drachen ein Ideal von Freiheit und Abenteuer für ihn darstellt. Und weißt du, wenn einer mal mit dem Virus des Ideals angesteckt wird, dann können alle Internisten und Chirurgen des Königs ihn nicht davon befreien. Aber das sind alles Hirngespinste, ich muß wohl sagen, es ist einfach Gerede und Blödsinn. Ich glaube, du solltest dein Problem jemandem vorlegen, der von der Psychologie des menschlichen Wesens viel mehr versteht als ich.«

Die Unvergleichliche

Richard Harenger war ein glücklicher Mann. Allen Pessimisten seit Ekklesiastes zum Trotz kommt das in unserer unglücklichen Welt gar nicht so selten vor; aber Richard Harenger wußte es, und das kommt wirklich sehr selten vor. Die im Altertum so hochgepriesene goldene Mitte ist nicht mehr modern, und wer sie sich zum Ideal setzt, wird von allen freundlich verspottet, denen Genügsamkeit nichts gilt und gesunder Menschenverstand keine Tugend bedeutet. Höflich belustigt hob Richard Harenger die Schultern. Sollten die anderen gefährlich leben, sollten sie sich in loderndem Feuer verzehren, ihr Schicksal mit einer Karte verwetten, auf hohem Seil der Ehre oder dem Grab entgegenbalancieren, sollten sie ihr Leben für ein hehres Ziel, für eine Leidenschaft oder ein Abenteuer wagen – er beneidete sie weder um den Ruhm ihrer Heldentaten, noch verschwendete er sein Mitleid an sie, wenn ihr Unternehmen fehlschlug.

Aber man darf daraus nicht schließen, Richard Harenger sei egoistisch oder gar gefühllos gewesen. Das war er keineswegs. Er war rücksichtsvoll und großmütig, stets bereit, einem Freund beizuspringen, und er war wohlhabend genug, sich dieses Vergnügen zu leisten. Er besaß etwas Kapital, und seine Stellung im Innenministerium wurde angemessen bezahlt. Seine Arbeit gefiel ihm, sie war gleichmäßig, verantwortungsvoll und angenehm. Jeden Tag ging er nach Dienstschluß in seinen Klub und spielte ein paar Stunden Bridge, samstags und sonntags spielte er Golf. Seine Ferien verbrachte er im Ausland, dann wohnte er in guten Hotels und besuchte Kirchen, Galerien und Museen. Theaterpremieren ließ er fast nie aus. Er wurde häufig zu einem Dinner eingeladen. Seine Freunde mochten ihn, man konnte so gut mit ihm reden. Er war belesen, gebildet und unterhaltsam, dazu von stattlichem Äußeren: nicht auffällig schön, aber groß, schlank und sehr aufrecht, dazu ein hageres, kluges Gesicht. Allmählich lichteten sich seine Haare, denn er näherte sich den Fünfzigern, doch die braunen Augen hatten ihr Lächeln nicht verloren, und er besaß noch alle seine Zähne. Er war von Natur aus kerngesund und hatte seit je auf sich achtgegeben. Auf der ganzen lieben Welt hinderte ihn nichts daran, glücklich zu sein, und wenn er nur im mindesten zu Selbstgefälligkeit neigte, hätte er dieses Verdienst vielleicht sich selbst zugeschrieben.

Mit Glück umsegelte er auch die gefährlichen und sturmumtosten Klippen der Ehe, an denen so viele weise und tüchtige Männer Schiffbruch erlitten haben. Seine Frau und er – sie hatten Anfang Zwanzig aus Liebe geheiratet – trieben nach ein paar Jahren beinah vollkommener Seligkeit langsam auseinander. Da beide sich nicht wieder verheiraten wollten, sprachen sie nicht von Scheidung – schon wegen seiner Stellung im Staatsdienst nicht –, sondern arrangierten zu ihrer größeren Annehmlichkeit mit Hilfe des Anwalts eine Trennung, um frei und ungestört vom anderen ihr Leben nach den eigenen Wünschen einzurichten. Sie gingen unter wechselseitigen Versicherungen auseinander, wie sehr sie einander voll Wohlwollen schätzten.

Richard Harenger verkaufte sein Haus in St. John's Wood und bezog eine Wohnung, von der aus er Whitehall bequem zu Fuß erreichen konnte. Das Wohnzimmer füllte er mit seinen Büchern, in das Eßzimmer paßten seine Chippendale-Möbel gerade hinein, sein Schlafzimmer war angenehm groß, und hinter der Küche gehörten noch ein paar Dienstbotenräume dazu. Er brachte die Köchin, ein bewährtes Faktotum, von St. John's Wood mit, entließ die übrigen Angestellten, da er für so viel Personal keine Verwendung mehr hatte, und wandte sich auf der Suche nach einer Wirtschafterin an eine Stellenvermittlung. Er wußte genau, was er wollte, und beschrieb der Leiterin dieses Büros seine Wünsche haarklein: Die Wirtschafterin durfte nicht zu jung sein, denn erstens hätten junge Frauen ihren Kopf nie bei der Sache, und zweitens geriete er, obwohl ein reifer Mann mit Grundsätzen, ins Gerede, zumindest beim Hausmeister und den Lieferanten. Um also seinen eigenen Ruf wie den der in Frage kommenden Person zu schonen, halte er ein gesetztes Alter für eine unerläßliche Bedingung. Zudem mußte sie sich aufs Silberputzen verstehen. Er liebte altes Silber von jeher und hielt es für eine gerechte Forderung, daß die Gabeln und Löffel, die eine Dame von Stand zur Zeit der Königin Anne benutzt hatte, sanft und achtungsvoll behandelt wurden. Von Natur aus gesellig, lud er gerne einmal in der Woche zum Abendessen Gäste ein, nicht weniger als vier, nicht mehr als acht. Er konnte sich darauf verlassen, daß die Köchin ein Essen zubereitete, das seine Gäste mit Vergnügen verspeisten, von seiner Wirtschafterin verlangte er adrettes und schnelles Servieren. Dann mußte sie die Fähigkeiten eines tadellosen Kammerdieners mitbringen. Er kleidete sich gut, seinem Alter und seiner Stellung entsprechend, und wünschte seine Garderobe tipptopp instand gehalten. Die gesuchte Person mußte Hosen und auch Krawatten bügeln können und – worauf er großen Wert legte – seine Schuhe blitzblank putzen. Er hatte kleine Füße und verwendete viel Zeit darauf, gutgeschnittene Schuhe zu finden. Er besaß eine beträchtliche Anzahl, und selbstverständlich waren die Spanner hineinzuschieben, sobald er sie ausgezogen hatte. Zu guter Letzt mußte die Wohnung saubergemacht und aufgeräumt werden. Wer sich um diese Stellung bewarb, sollte natürlich ein angenehmes Äußeres und einen einwandfreien, besonnenen, ehrlichen und zuverlässigen Charakter aufweisen. Dafür war er bereit, guten Lohn, angemessene Selbständigkeit und reichlich Freizeit zu bieten. Die Stellenvermittlerin hörte ihm zu, ohne mit der Wimper zu zucken, und versicherte, sie finde gewiß die Richtige, worauf sie eine Reihe von Bewerberinnen zu ihm schickte, die ihm nur bestätigten, daß sie bei seinen Wünschen überhaupt nicht aufgepaßt hatte. Er sah sich alle an: Einige taugten ganz offensichtlich nichts, einige wirkten leichtlebig, einige waren zu alt, andere zu jung, einigen fehlten die nötigen Manieren. Es gab nicht eine, die er auch nur auf Probe nehmen mochte. Er war zuvorkommend und höflich und lehnte ihre Dienste mit einem Lächeln und einem freundlichen Bedauern ab. Nie wurde er ungeduldig, er hatte sich darauf eingestellt, so lange Wirtschafterinnen zu begutachten, bis er der richtigen begegnete.

Nun geht es ja im Leben merkwürdig zu: Wenn man sich darauf versteift, nur das Beste zu bekommen, dann bekommt man auch oft das Beste; wenn man entschlossen ablehnt, sich mit dem zu begnügen, was man bekommen kann, dann bekommt man auf die eine oder andere Weise, was man will – als ob Fortuna sagte: Dieser Mann, der Vollkommenheit sucht, ist ein vollkommener Dummkopf, und ihm dann mit weiblicher Willkür die Erfüllung seines Wunsches doch in den Schoß würfe. Eines Tages fragte der Hausverwalter Richard Harenger: »Sie suchen doch eine Hausangestellte? Ich kenne da jemanden, der frei ist und vielleicht für Sie in Frage kommt.«

»Können Sie sie mir empfehlen?«

Richard Harenger glaubte nämlich fest daran, daß die Empfehlung eines Angestellten durch einen Kollegen viel schwerer wog als die des Arbeitgebers.

»Ich kann für ihren Ruf einstehen. Sie war in ein paar sehr guten Stellungen.«

»Gegen sieben komme ich nach Hause, um mich umzuziehen. Wenn es ihr recht ist, könnte ich sie um diese Zeit sprechen.«

»Gerne. Ich werd's ihr ausrichten lassen.«

Bereits fünf Minuten nach seiner Heimkehr meldete ihm die Köchin, die auf ein Klingeln hin die Wohnungstür geöffnet hatte, daß die vom Hausverwalter empfohlene Frau gekommen sei.

Er drehte etwas mehr Licht an, um sich die Bewerberin genau anzusehen, und stellte sich mit dem Rücken zum Kamin. Eine Frau trat ein, die bei der Tür in respektvoller Haltung stehenblieb.

»Guten Abend«, sagte er, »wie heißen Sie?«

»Pritchard, Sir.«

»Und wie alt sind Sie?«

»Fünfunddreißig.«

»Ein vernünftiges Alter.«

Er zog an seiner Zigarette und schaute sie nachdenklich an. Sie war groß, beinahe so groß wie er, aber er schob das ihren hohen Absätzen zu. Sie trug ein zu ihrer Stellung passendes schwarzes Kleid und hielt sich gerade. Ihr Gesicht mit den angenehmen Zügen zeigte eine blühende Farbe.

»Könnten Sie Ihren Hut abnehmen?« fragte er.

Sie nahm ihn ab, und er musterte ihr hellbraunes, geschmackvoll und kleidsam frisiertes Haar. Sie wirkte kräftig und gesund, weder dick noch dünn, und würde mit Schürze und Häubchen sehr gut aussehen. Sie war nicht aufregend hübsch, doch ganz gewiß anmutig und würde in einer anderen Gesellschaftsschicht wohl fast als eine Schönheit gelten. Er befragte sie weiterhin und erhielt befriedigende Antwort. Sie hatte ihre letzte Stelle aus einem triftigen Grund verlassen, sie hatte unter einem Butler gelernt und schien mit ihren Pflichten vertraut; in ihrer letzten Stelle hatte sie als Hauptwirtschafterin drei Dienstmädchen vorgestanden, aber es machte ihr nichts aus, die Wohnung allein zu besorgen. Sie hatte sich schon früher um Kleidung und Wäsche eines Gentleman gekümmert, der sie bei einem Schneider unterweisen ließ, Anzüge zu bügeln. Sie antwortete ein bißchen schüchtern, aber keineswegs ängstlich oder befangen. Richard erkundigte sich liebenswürdig und geruhsam, wie es seine Art war, und sie gab bescheiden Auskunft. Da er einen ausgezeichneten Eindruck von ihr gewann, bat er sie um ihre Referenzen, die ihn außerordentlich befriedigten.

»Sehen Sie«, sagte er, »ich bin durchaus geneigt, Sie zu engagieren. Aber ich kann Wechsel nicht leiden; meine Köchin ist schon zwölf Jahre bei mir. Sollten Sie mir gefallen und die Stellung Ihnen, so hoffe ich, Sie bleiben auch. Nicht daß Sie mir in drei oder vier Monaten kündigen, um zu heiraten.«

»Da brauchen Sie nichts zu fürchten, Sir, ich bin Witwe. Heiraten bringt unsereins nicht viel ein. Mein Mann hat vom Tage unserer Hochzeit bis zu seinem Tod keinen Streich gearbeitet, und ich mußte ihn aushalten. Jetzt wünsche ich mir ein gutes Heim.«

»Ich möchte Ihnen zustimmen«, sagte er und lächelte, »nichts gegen das Heiraten, aber man sollte keine Gewohnheit daraus machen.«

Sie schwieg, ganz wie es sich schickte, und wartete auf seine Entscheidung. Sie wirkte nicht unruhig und wußte bestimmt genau, daß sie bei ihrer Tüchtigkeit ohne weiteres eine Stelle finden würde. Er erwähnte das Gehalt, das er ihr bot, und sie schien damit einverstanden. Als er die notwendigen Erläuterungen zu ihrem Posten aufzählte, gab sie ihm zu verstehen, daß sie bereits im Bilde war, und er erhielt den Eindruck, sie habe vor ihrer Bewerbung über ihn Erkundigungen eingezogen, was ihn mehr erheiterte als störte. Es zeugte von Vorsicht und gesundem Menschenverstand.

»Wann könnten Sie denn kommen? Im Augenblick habe ich niemanden, und die Köchin behilft sich mit einer Putzfrau. Aber ich möchte gern so schnell wie möglich geordnete Verhältnisse.«

»Eigentlich wollte ich eine Woche Ferien machen, aber ich kann es auch bleibenlassen, um einem Gentleman einen Gefallen zu tun. Ich kann morgen anfangen, wenn das recht ist.«

Richard Harenger lächelte ihr gewinnend zu.

»Ich möchte nicht, daß Sie auf Ihre Ferien verzichten, auf die Sie sich gewiß gefreut haben. Eine Woche kann ich noch gut so bewerkstelligen. Genießen Sie Ihre Ferien, und kommen Sie nachher zu mir.«

»Vielen Dank, Sir. Paßt es Ihnen, wenn ich morgen in einer Woche anfange?«

»Sehr gut!«

Als sie ging, war Richard Harenger überzeugt, er habe einen guten Fischzug und idealen Fang getan. Er klingelte der Köchin und teilte ihr mit, endlich sei eine Wirtschafterin engagiert.

»Sie wird Ihnen gefallen, Sir«, meinte sie. »Sie ist heute nachmittag angerückt und hat mit mir geschwatzt. Ich hab gleich gemerkt, daß sie etwas kann. Die hat ihren Kopf bei der Sache.«

»Versuchen wir's, Mrs. Jeddy. Hoffentlich haben Sie mir ein gutes Zeugnis ausgestellt.«

»Ich hab ihr gesagt, daß Sie etwas eigen sind, Sir. Daß Sie ein sehr penibler Herr sind, der alles tipptopp haben will.«

»Das gebe ich gerne zu.«

»Sie sagte, daß ihr das nichts ausmacht, und sie hat gern einen Gentleman, der genau ist. Sie sagte, es befriedigt sie nicht, alles sauberzuhalten, wenn niemand etwas davon merkt. Sicher ist sie gewaltig stolz auf ihre Arbeit.«

»Das soll sie auch. Ich glaube, wir hätten es schlechter treffen können.«

»Da ist was dran, Sir. Und probieren geht über studieren. Aber wenn Sie meine Meinung wissen wollen, so kann ich nur sagen, sie ist eine Perle.«

Und genau das war Mrs. Pritchard: Kein Mann wurde je

besser bedient als Richard Harenger. Seine Schuhe glänzten wundervoll, und wenn die Sonne schien, eilte er beschwingteren Schrittes in sein Büro, weil man sich fast darin spiegeln konnte. Seine Garderobe hielt sie mit solcher Sorgfalt instand, daß seine Kollegen ihn bereits neckten, er sei der bestangezogene Mann im Staatsdienst. Als er eines Tages unerwartet nach Hause kam, fand er im Badezimmer eine Wäscheleine vor, an der Socken und Taschentücher zum Trocknen hingen. Er klingelte Mrs. Pritchard.

»Waschen Sie meine Socken und Taschentücher etwa selber? Ich nahm an, daß Sie auch ohne das genug zu tun haben.«

»In der Wäscherei werden sie so strapaziert, daß ich sie lieber zu Hause besorge, wenn Sie nichts dagegen haben.«

Sie war genau im Bilde, was man bei jedem Anlaß trug, und wußte ohne zu fragen, ob sie ihm für den Abend seinen Smoking mit schwarzem oder den Frack mit weißem Binder herauslegen sollte. Ging er zu einem Empfang, an dem Orden erwünscht waren, so fand er automatisch die elegante schmale Reihe seiner Auszeichnungen an den Rockaufschlag geheftet. Er ließ es bald bleiben, jeden Morgen selber eine Krawatte auszuwählen, denn die Erfahrung lehrte ihn, daß sie unfehlbar die richtige für ihn bereitlegte. Sie besaß einen hervorragenden Geschmack. Wahrscheinlich las sie seine Briefe, denn sie wußte über seinen Tagesablauf Bescheid, und wenn er vergessen hatte, um welche Zeit er verabredet war, so brauchte er gar nicht in seinem Notizbuch nachzusehen, Mrs. Pritchard konnte ihm helfen. Am Telefon traf sie jedesmal den richtigen Ton: Sie war immer höflich – ausgenommen bei Geschäftsleuten, die sie gerne kurz abfertigte –, aber sie unterschied deutlich zwischen einem literarischen Freund von Mr. Harenger und einer Frau Minister. Eine innere Stimme sagte ihr, wen er sprechen wollte und wen nicht. Vom Wohnzimmer aus hörte er sie manchmal mit gelassener Offenheit versichern, er sei ausgegangen, dann kam sie zu ihm herein und bestellte Mrs. Soundsos Anruf, dessentwegen sie ihn aber nicht habe stören mögen.

»Ganz recht«, meinte er lächelnd.

»Sie wollte Sie ja doch nur mit diesem Konzert belästigen«, erläuterte Mrs. Pritchard.

Seine Freunde verabredeten mit ihr, wann sie ihn treffen wollten, und sie würde ihm sagen, was sie ausgemacht hatte, wenn er abends heimkehrte. »Mrs. Soames hat angerufen und fragte, ob Sie am Donnerstag, dem Achten, zum Abendessen kommen könnten. Ich sagte, es tue Ihnen sehr leid, aber Sie seien bei Lady Versinder eingeladen. Mr. Oakley hat angerufen, ob Sie am nächsten Dienstag um sechs zu der Cocktail-Party im Savoy gingen. Ich sagte, möglicherweise, aber vielleicht müßten Sie zum Zahnarzt.«

»Ganz recht.«

»Ich dachte, Sie könnten sich dann immer noch entscheiden.«

Die Wohnung hielt sie blitzblank. Als sie erst kurz in seinen Diensten stand, holte sich Richard nach den Ferien ein Buch aus dem Regal und bemerkte sofort, daß es abgestaubt worden war.

Er klingelte.

»Vor meiner Abreise vergaß ich zu erwähnen, daß Sie unter keinen Umständen meine Bücher anrühren sollen. Sobald die Bücher zum Abstauben herausgenommen werden, ist die ganze Ordnung dahin. Meinetwegen dürfen sie ruhig schmutzig sein, aber ich hasse es, wenn ich nichts finde.«

»Verzeihen Sie bitte«, sagte Mrs. Pritchard, »ich weiß, daß einige Herren in dieser Beziehung sehr eigen sind, und deshalb habe ich die Bücher sorgfältig auf ihren alten Platz zurückgestellt.«

Richard Harenger warf einen Blick auf seine Bibliothek. Soviel er sehen konnte, stand jedes Buch am gewohnten Ort. Er lächelte. »Ich muß mich entschuldigen, Mrs. Pritchard.«

»Es sah fürchterlich aus, Sir. Sie konnten ja kein Buch öffnen, ohne rabenschwarze Finger zu bekommen.«

Sein Silber blinkte wie nie zuvor, so daß er sich zu einem besonderen Lob aufgerufen fühlte. »Die meisten Sachen stammen aus der Zeit von Königin Anne und George I.«, erklärte er ihr.

»Ja, ich weiß. Wenn man etwas so Schönes zu pflegen hat, ist's ein Vergnügen, es in ordentlichem Zustand zu halten.«

»Sie sind sehr geschickt darin. Ich kenne keinen Butler, der das Silber so gut putzt wie Sie.«

»Männer sind eben nicht so geduldig wie Frauen«, entgegnete sie bescheiden.

Sobald Mrs. Pritchard sich eingewöhnt hatte, begann er wieder, einmal die Woche seine geliebten kleinen Abendgesellschaften zu geben. Er hatte bereits herausgefunden, daß sie bei Tisch bedienen konnte, doch durchströmte ihn warmes Behagen, als er feststellte, wie kunstvoll sie eine Einladung bewältigte. Sie war gewandt, geräuschlos und aufmerksam. Kaum spürte ein Gast, daß ihm etwas fehlte, stand Mrs. Pritchard neben ihm und bot das Gewünschte an. Sie merkte sich schnell die Gewohnheiten seiner engeren Freunde und dachte daran, daß der eine seinen Whisky lieber mit Wasser als mit Soda mischte und ein anderer für das Wadenstück einer Lammkeule schwärmte. Sie wußte, wie man einen Weißwein kalt stellte, ohne die Blume zu beeinträchtigen, und wie lange Rotwein zur Entfaltung seines Bouquets im Zimmer sein sollte. Es war ein Genuß, ihr beim Einschenken eines Burgunders zuzusehen, wobei sie vermied, den Bodensatz aufzuwirbeln. Einmal servierte sie abends nicht den von Richard ausgesuchten Wein. Ziemlich scharf wies er sie darauf hin.

»Als ich die Flasche öffnete, roch der Wein leicht nach dem Korken. So nahm ich den Chambertin, ich hielt's für sicherer.«

»Ganz recht, Pritchard.«

Nach kurzer Zeit überließ er ihr den Keller; sie hatte sich nämlich gut gemerkt, welche Weine seine Gäste bevorzugten. Ohne Auftrag schleppte sie das Beste herbei und grub seinen ältesten Cognac aus, wenn sie der Meinung war, die Eingeladenen wüßten es verständnisvoll zu schätzen. Frauen traute sie nichts zu, und waren sie mit von der Gesellschaft, tischte Mrs. Pritchard gerne solchen Champagner auf, den man trinken mußte, solange er noch heftig perlte. Mit dem einem englischen Dienstboten angeborenen Instinkt erkannte sie gesellschaftliche Rangnuancen, und weder Stellung noch Geld täuschten sie darüber hinweg, daß einer kein Gentleman war. Unter seinen Freunden standen ein paar hoch in ihrer Gunst, und wenn einer ihrer Lieblinge zum Abendessen kam, schenkte sie ihm mit der Miene einer Katze, die einen Kanarienvogel verschlungen hat, einen Wein ein, den Harenger für besondere Gelegenheiten reserviert hatte. Das erheiterte ihn.

»Du hast dich aber gut gestellt mit Mrs. Pritchard, Alter«, rief er aus. »Nicht viele Leute beehrt sie mit diesem Tropfen.« Mrs. Pritchard wurde eine Institution und hieß sehr bald ›die Unvergleichliche‹. Man beneidete Harenger um sie wie um nichts sonst. Sie war ihr Gewicht in Gold wert, ihr Preis nicht mit Rubinen aufzuwiegen. Wenn man sie lobte, strahlte Richard Harenger vor Selbstgefälligkeit.

»Wie der Herr, so der Knecht«, bemerkte er heiter.

Als er eines Abends mit Freunden beim Portwein saß und sie das Zimmer verließ, wandte sich das Gespräch ihr zu.

»Das wird ein Schlag für dich sein, wenn sie einmal kündigt.«

»Warum sollte sie? Ein oder zwei Leute wollten sie mir abwerben, aber sie ist nicht darauf eingegangen. Sie weiß, wo sie's gut hat.«

»Sie wird eines Tages heiraten.«

»Ich glaube nicht, daß sie eine von denen ist.«

»Sie ist hübsch.«

»Sicher, eine ganz angenehme Erscheinung.«

»Was redest du! Sie sieht phantastisch aus. Wenn sie zur guten Gesellschaft gehörte, wäre sie eine Schönheit, deren Foto in allen Zeitungen erschiene.«

In diesem Augenblick kam Mrs. Pritchard mit dem Kaffee herein. Richard Harenger schaute sie an. Obwohl er sie seit vier Jahren Tag für Tag vor Augen hatte – mein Gott, wie die Zeit verfliegt –, wußte er wahrhaftig nicht, wie sie aussah. Sie schien sich nicht sehr verändert zu haben seit jenem Abend, als sie sich vorstellte. Sie war nicht voller als damals, ihre Backen waren noch genauso rot, die regelmäßigen Züge zeigten denselben zugleich aufmerksamen und leeren Ausdruck. Das schwarze Kleid, das sie zum Servieren trug, stand ihr gut zu Gesicht. Sie verließ wieder den Raum.

»Sie ist zweifellos unvergleichlich.«

»Ich weiß«, antwortete Harenger, »sie ist die Vollkommenheit selber, ohne sie wäre ich verloren. Doch es ist ganz merkwürdig – ich kann mit ihr nicht viel anfangen.«

»Und warum nicht?«

»Sie langweilt mich ein bißchen, sie macht nämlich keine Konversation. Ich habe oft versucht, mich mit ihr zu unterhalten, doch sie antwortet nur auf meine Fragen – mehr nicht. In vier Jahren hat sie nie von sich aus eine persönliche Bemerkung gewagt. Ich weiß überhaupt nichts von ihr, nicht einmal, ob sie mich mag oder nicht. Sie ist der reinste Roboter. Ich schätze und achte sie und schenke ihr mein Vertrauen. Sie besitzt alle Vorzüge der Welt, und ich habe mich oft gewundert, warum ich ihr gegenüber trotzdem so eiskalt bleibe. Es liegt wohl daran, daß sie nicht den geringsten Charme ausstrahlt.«
Man ließ es dabei bewenden.

Zwei oder drei Tage danach aß Richard Harenger abends allein in seinem Klub, da Mrs. Pritchard Ausgang hatte und er nichts unternehmen mochte. Ein Page meldete ihm, daß man soeben aus seiner Wohnung angerufen habe, er sei ohne Schlüssel weggegangen und ob man sie ihm in einer Taxe bringen solle. Harenger fuhr mit der Hand in die Tasche. Tatsächlich, durch einen seltenen Zufall hatte er vergessen, sie wieder einzustecken, als er vor dem Essen zu Hause den Anzug wechselte. Eigentlich hatte er Bridge spielen wollen, aber der Klub war leer, seine Hoffnung auf eine anständige Partie schwand, und ihm fiel ein, daß sich jetzt eine gute Gelegenheit bot, einen vieldiskutierten Film anzusehen. So ließ er dem Pagen ausrichten, daß er in einer halben Stunde die Schlüssel selber hole.

Er klingelte an seiner Wohnungstür, und Mrs. Pritchard machte auf. Sie hielt die Schlüssel in der Hand.

»Sie sind hier, Mrs. Pritchard?« fragte er. »Sie haben doch heute frei, oder nicht?«

»Ja, Sir. Aber ich hatte keine Lust, etwas zu unternehmen. Darum sagte ich Mrs. Jeddy, sie könne meinetwegen gerne ausgehen.«

»Sie sollten aber die Nase hinausstecken, wenn Sie die Möglichkeit haben«, meinte er mit der ihm eigenen Fürsorge, »das tut nicht gut, sich die ganze Zeit in der Wohnung einzusperren.«

»Ich komme beim Einkaufen ein bißchen an die Luft, und abends bin ich schon seit vier Wochen nicht mehr weggewesen.«

»Um Himmels willen! Warum denn nicht?«

»Ach, allein ausgehen macht mir keinen Spaß, und im Augenblick kenne ich niemanden, mit dem ich das Ausgehen besonders nett fände.«

»Sie sollten sich ab und zu amüsieren, das heitert Sie auf.«

»Das bin ich schon lange nicht mehr gewohnt.«

»Hören Sie mal, ich gehe jetzt ins Kino, wollen Sie nicht mitkommen?«

Er fragte freundlich, einer plötzlichen Eingebung folgend, doch kaum waren ihm die Worte entschlüpft, bereute er sie bereits halb.

»Ja, gerne.«

»Dann machen Sie sich schnell fertig.«

»Ich bin gleich soweit.«

Sie verschwand, und Richard Harenger zündete sich im Wohnzimmer eine Zigarette an. Seine Einladung vergnügte und erquickte ihn. Wohlig durchrieselte es ihn bei dem Gedanken, jemandem ohne große Mühe eine Freude zu machen. Es war typisch für Mrs. Pritchard, weder Überraschung noch Unschlüssigkeit zu zeigen. Er mußte ungefähr fünf Minuten warten, und als sie eintrat, fiel ihm auf, daß sie sich umgezogen hatte: Sie trug ein blaues Kleid, vermutlich aus Kunstseide, einen kleinen schwarzen Hut mit blauer Nadel und um den Hals einen Fuchspelz. Er atmete auf, als sie weder schäbig noch aufgedonnert vor ihm stand. Niemand würde je auf die Idee kommen, daß hier ein hoher Beamter des Innenministeriums seine Hausangestellte ins Kino schleppte.

»Entschuldigen Sie, daß ich Sie hab warten lassen, Sir.«

»Das macht doch nichts«, sagte er gnädig.

Er hielt ihr die Tür auf, und sie schritt vor ihm hinaus, was ihn an die berühmte Anekdote von Ludwig XIV. und dem Höfling erinnerte. Auch gefiel ihm, daß sie ohne Zögern den Vortritt genommen hatte. Das Kino lag nahe bei Mr. Harengers Wohnung, so gingen sie zu Fuß dorthin. Er sprach über das Wetter, den Straßenzustand und Adolf Hitler, und Mrs. Pritchard gab die passenden Antworten. Sie kamen gerade recht für den Mickymausfilm, der sie beide in die munterste Stimmung versetzte. Während der vier Jahre, die sie bei ihm in Stellung war, hatte Richard Harenger Mrs. Pritchard kaum je lächeln sehen, darum belustigte es ihn sehr, sie ein um das andere Mal fröhlich auflachen zu hören, und er freute sich an ihrem Vergnügen. Dann lief der Hauptfilm, und da er gut war, folgten sie ihm mit atemloser Spannung.

Als er sein Zigarettenetui hervorholte, bot er es ohne nachzudenken Mrs. Pritchard an.

Sie sagte: »Danke, Sir« und nahm eine.

Er gab ihr Feuer. Sie hielt den Blick auf die Leinwand gerichtet und merkte kaum etwas davon. Sobald der Film zu Ende war, strömte das Publikum auf die Straße. Unter einem sternklaren Himmel schlenderten sie heimwärts.

»Gefiel es Ihnen?« fragte er.

»Und wie! Ich habe es so genossen!«

Da fiel ihm ein: »Haben Sie zu Abend gegessen?«

»Nein, mir blieb keine Zeit dazu.«

»Kommen Sie nicht um vor Hunger?«

»Ich mache mir zu Hause ein Käsebrot und trinke eine Tasse Kakao.«

»Das klingt ja schrecklich!« Die Luft prickelte vor Fröhlichkeit, die Passanten, die sich an ihnen vorbeischoben, schienen angeregt und heiter. Wer A sagt, muß auch B sagen – er gab sich einen Ruck. »Hören Sie, Mrs. Pritchard, würden Sie nicht mit mir irgendwo eine Kleinigkeit essen?«

»Wie Sie wollen, Sir.«

»Gut.« Als echter Menschenfreund – und auch keineswegs zu seinem eigenen Mißvergnügen – winkte er ein Taxi herbei. Er nannte dem Fahrer ein gepflegtes Restaurant in der Oxford Street, wo er sicher sein konnte, keine Bekannten zu treffen. Eine Kapelle spielte dort, man tanzte, das würde Mrs. Pritchard Spaß machen. Kaum hatten sie Platz genommen, reichte ihnen ein Ober die Karte.

»Wir könnten das Menü wählen«, schlug er vor, weil er dachte, daß das ihren Geschmack treffen würde. »Und was möchten Sie trinken? Einen Weißwein?«

»Am liebsten ein Glas Bier«, erklärte sie.

Richard Harenger bestellte sich einen Whisky mit Soda. Sie aß mit gutem Appetit, und obwohl er keinen Hunger verspürte, langte auch er zu, um keine Befangenheit aufkommen zu lassen. Der eben gesehene Film bot genügend Gesprächsstoff. Worüber sie letzthin beim Portwein gesprochen hatten, stimmte wirklich: Mrs. Pritchard war keineswegs häßlich, und es würde ihn nicht weiter stören, falls ein Bekannter sie zusammen anträfe. Und für seine Freunde würde es eine aparte Geschichte abgeben, wenn er ihnen schilderte, wie er seine unvergleichliche Wirtschafterin ins Kino und dann noch zum Essen eingeladen hatte. Mrs. Pritchard betrachtete mit einem leichten Lächeln auf den Lippen die tanzenden Paare.

»Tanzen Sie gerne?« fragte er.

»Als junges Mädchen war ich ganz versessen darauf. Aber in meiner Ehe habe ich nicht viel getanzt. Mein Mann war etwas kleiner als ich, und ich finde, das sieht nicht gut aus; Sie verstehen doch, wie ich es meine. Und bald werde ich sowieso zu alt dafür sein.«

Richard überragte seine Wirtschafterin um ein weniges, sie würden also zusammenpassen, er tanzte sehr gut und gern – dennoch schwankte er, weil er Mrs. Pritchard mit seiner Aufforderung nicht in Verlegenheit bringen wollte. Und man sollte sich nicht auf zuviel einlassen. Doch was spielte das für eine Rolle? Ihr Alltag war grau, und zudem besaß sie die Vernunft, mit einer stichhaltigen Entschuldigung abzulehnen, wenn sie es unpassend fand.

»Möchten Sie einen Versuch wagen, Mrs. Pritchard?« fragte er, als die Kapelle von neuem einsetzte.

»Ich bin schrecklich aus der Übung, Sir.«

»Was macht das schon aus?«

»Wie Sie meinen, Sir«, entgegnete sie ruhig und stand auf. Sie war nicht im mindesten befangen, nur etwas ängstlich, ob sie seinen Figuren folgen könnte. Hintereinander schlängelten sie sich zum Parkett durch, und er stellte fest, daß sie sehr gut tanzte.

»Ausgezeichnet, Mrs. Pritchard«, sagte er.

»Ich erinnere mich wieder.«

Trotz ihrer Größe bewegte sie sich leicht und schwerelos im Rhythmus. Er fand es angenehm, sie im Arm zu halten. Als er einen Blick auf die Spiegel warf, welche die Wände säumten, mußte er zugeben, daß sie zusammen ein schönes Paar bildeten. Ihre Augen begegneten einander im Spiegel, und er fragte sich, ob sie dasselbe dachte. Nach zwei weiteren Tänzen schien es Richard Harenger an der Zeit aufzubrechen. Er bezahlte die Rechnung, und sie schritten zum Ausgang, wobei ihm wieder auffiel, wie gelassen sie sich ihren Weg durch die Leute bahnte. Sie erwischten ein Taxi und waren in zehn Minuten zu Hause.

»Ich gehe durch den Dienstboteneingang nach oben«, sagte Mrs. Pritchard.

»Warum denn? Kommen Sie ruhig mit mir zum Lift.«

Er ließ sie einsteigen, den Hausverwalter mit einem eisigen Blick bändigend, damit der Mann nicht die späte Heimkehr mit seiner Wirtschafterin bekrittle, und schloß ihr mit seinem Schlüssel die Wohnungstür auf.

»Gute Nacht, Sir«, verabschiedete sie sich, »und vielen Dank, ich fand es herrlich.«

»Ich danke Ihnen, Mrs. Pritchard, allein hätte ich einen

recht langweiligen Abend vertrödelt. Hoffentlich hat es Ihnen ein bißchen Spaß gemacht.«

»Und wie.«

Der erfolgreiche Abend stimmte Richard Harenger zufrieden mit sich. Er hatte sich gütig gezeigt – wie wohl tat es ihm, jemandem eine große Freude bereitet zu haben. In seinem Hochgefühl packte ihn eine grenzenlose, allumfassende Nächstenliebe.

»Gute Nacht, Mrs. Pritchard«, sagte er, und weil ihm so froh und menschenfreundlich zumute war, legte er den Arm um ihre Taille und küßte sie auf den Mund. Ihre Lippen waren sehr weich und gaben seinen Kuß mit sanftem Druck zurück, eine blühende Frau in den besten Jahren antwortete ihm. Er fand das sehr angenehm und zog sie ein wenig enger an sich. Sie legte ihre Arme um seinen Hals.

Er pflegte gewöhnlich erst aufzuwachen, wenn Mrs. Pritchard mit der Post eintrat, aber am nächsten Morgen schlug er schon um halb acht die Augen auf. Ihn plagte ein seltsames Gefühl, das er sich nicht erklären konnte. Plötzlich merkte er, daß er nur auf einem Kopfkissen geschlafen hatte statt auf zweien, wie es seine Gewohnheit war, und dann erinnerte er sich. Er schaute erschrocken zur Seite: das zweite Kopfkissen lag neben dem seinen. Gott sei Dank ruhte kein schlafender Kopf darauf, aber offensichtlich hatte einer dort gelegen. Ein zentnerschwerer Stein legte sich ihm aufs Herz, und der Schweiß brach ihm aus allen Poren.

»Ich Esel!« sagte er laut vor sich hin.

Wie konnte er sich nur so danebenbenehmen? Was in aller Welt hatte ihn so benebelt? Er war doch der letzte, der mit einer Angestellten anbändelte. Was für eine Schande, in seinem Alter und seiner Stellung! Mrs. Pritchard mußte sich weggeschlichen haben, während er schlief. Dabei mochte er sie nicht einmal besonders, sie war absolut nicht sein Typ. Und was er kürzlich beim Portwein gesagt hatte, stimmte: Sie langweilte ihn. Er kannte nicht einmal ihren Vornamen. Einfach verrückt! Und was sollte er jetzt tun? Er hatte sich in eine unmögliche Situation hineinmanövriert. Er konnte sie nun nicht mehr behalten, aber es schien ihm wiederum schrecklich unfair, ihr zu kündigen, denn seine Schuld wog ebenso schwer wie die ihre. Es war eine Oberdummheit, die beste Wirtschafterin, die ein Mann je gehabt hatte, für das Blendwerk einer Stunde herzugeben.

»Ich mit meinem verflixten weichen Herz«, seufzte er.

Nie wieder würde er jemanden finden, der seine Anzüge so hervorragend pflegte oder so ausgezeichnet Silber putzte. Sie wußte die Telefonnummern all seiner Freunde auswendig, sie verstand etwas von Wein – und dennoch würde er sie wegschicken. Sie mußte einsehen, daß nach der letzten Nacht nicht mehr alles beim alten bleiben konnte. Er wollte ihr eine ansehnliche Summe in die Hand drücken und ein vorzügliches Zeugnis schreiben. Jede Sekunde konnte sie hereinkommen. Wie würde sie sich benehmen? Kokett? Plump vertraulich? Von oben herab? Vielleicht würde sie sich auch gar nicht herbemühen mit seiner Post. Wie peinlich, wenn er klingeln mußte und Mrs. Jeddy ihm ausrichtete: »Mrs. Pritchard ist noch nicht aufgestanden, Sir. Sie ruht sich aus von den Strapazen von gestern abend.«

»Ich Esel! Ich elender Schuft!«

Da klopfte es an die Tür. Ihm wurde schlecht vor Angst.

»Herein.«

Richard Harenger war jetzt todunglücklich.

Mrs. Pritchard kam mit dem Glockenschlag, sie trug wie stets für die morgendliche Hausarbeit ihr Baumwollkleid.

»Guten Morgen, Sir«, sagte sie.

»Guten Morgen.«

Sie zog die Vorhänge auf und reichte ihm mit ausdrucklosem Gesicht seine Post und die Zeitungen. Sie sah genauso aus wie immer, sie bewegte sich so sicher und gewandt wie immer, und ihre Augen suchten weder Richards Blick noch mieden sie ihn.

»Tragen Sie heute den grauen Anzug, Sir? Er ist gestern vom Schneider zurückgekommen.«

»Ja.«

Er schien in seine Briefe vertieft, aber er beobachtete sie unter den gesenkten Lidern. Sie hatte ihm den Rücken zugedreht und holte Unterhemd und Unterhose, um sie sauber gefaltet über einen Stuhlrücken zu hängen. Dann entfernte sie die Manschettenknöpfe aus dem Hemd von gestern und knöpfte sie in das frische ein. Sie legte saubere Socken auf den Stuhl, nahm den grauen Anzug heraus, befestigte die Hosenträger hinten am Bund, öffnete den Kleiderschrank und wählte mit Überlegung die passende Krawatte. Schließlich warf sie den getragenen Anzug über den Arm und hob seine Schuhe auf.

»Möchten Sie jetzt das Frühstück, Sir, oder erst das Bad?«

»Das Frühstück, bitte.«

»Gerne.«

Still und gemessen verließ sie das Zimmer mit dem gewohnten leeren Blick gesammelter Ehrerbietigkeit.

Dieses Abenteuer hätte ebensogut ein Traum sein können: in Mrs. Pritchards Benehmen deutete nichts darauf hin, daß sie auch nur die leiseste Erinnerung an die vergangene Nacht bewegte.

Er seufzte erleichtert auf. Alles hatte sich eingerenkt. Sie mußte nicht weg, sie mußte nicht weg, die Unvergleichliche. Jetzt wußte er, daß seine Wirtschafterin mit keinem Wort und keiner Geste je darauf anspielen würde, daß sie einen Augenblick aus der Rolle von Herr und Magd gefallen waren. Richard Harenger strahlte vor Glück.

Die Winterkreuzfahrt

Kapitän Erdmann kannte Miss Reid nur flüchtig, bis die ›Friedrich Weber‹ Haiti erreichte. Sie war in Plymouth an Bord gekommen, aber da hatte er bereits eine Anzahl von Passagieren aufgenommen, Franzosen, Belgier und Haitianer, von denen viele schon früher mit ihm gereist waren, und sie erhielt einen Platz am Tisch des Ersten Ingenieurs. Die ›Friedrich Weber‹ war ein Frachter, der regelmäßig von Hamburg nach Cartagena an der kolumbianischen Küste fuhr und auf dem Weg einige westindische Inseln anlief. Sie brachte Phosphate und Zement aus Deutschland und nahm Kaffee und Bauholz mit zurück, aber ihre Eigentümer, die Gebrüder Weber, waren jederzeit bereit, sie einen Umweg machen zu lassen, wenn es sich für eine Ladung irgendwelcher Art lohnte. Die ›Friedrich Weber‹ war darauf eingestellt, Vieh, Maultiere, Kartoffeln oder sonst etwas aufzunehmen, wenn dabei nur die Möglichkeit bestand, einen Pfennig ehrlich zu verdienen. Sie nahm auch Passagiere auf. Sechs Kajüten waren auf dem Oberdeck und sechs unten. Die Einrichtung war nicht luxuriös, aber das Essen war gut, einfach und reichlich, und das Fahrgeld niedrig. Die Rundreise nahm neun Wochen in Anspruch und kostete Miss Reid nicht mehr als fünfundvierzig Pfund. Sie freute sich nicht nur darauf, viele interessante Gegenden von historischer Bedeutung kennenzulernen, sondern sich auch viel

Wissenswertes anzueignen, das ihren Geist bereichern konnte.

Der Agent hatte sie darauf vorbereitet, daß sie bis zur Ankunft in Port-au-Prince in Haiti die Kajüte mit einer anderen Dame teilen müsse. Miss Reid störte das nicht; sie hatte Gesellschaft gern, und als der Steward ihr sagte, daß Madame Bollin ihre Reisegefährtin sei, dachte sie sofort, dies würde eine willkommene Gelegenheit sein, ihr Französisch aufzufrischen. Sie geriet nur ganz leicht aus der Fassung, als sie entdeckte, daß Madame Bollin kohlrabenschwarz war. Sie sagte sich, daß man die Dinge nehmen müsse, wie sie kämen, und daß es nun einmal so'ne und solche gebe. Miss Reid war seefest, wie es nicht anders erwartet werden konnte, da ihr Großvater Marineoffizier gewesen war, aber nach einigen stürmischen Tagen wurde das Wetter gut, und bald kannte sie ihre sämtlichen Reisegefährten. Sie fand leicht Kontakt mit den Leuten. Das war eine der Ursachen dafür, daß sie in ihrem Geschäft erfolgreich war. Sie besaß eine Teestube in einem berühmten Erholungsort im Westen Englands, und sie hatte für jeden Gast, der hereinkam, ein Lächeln und ein freundliches Wort. Im Winter schloß sie, und die letzten vier Jahre hatte sie immer eine Kreuzfahrt unternommen. Man treffe dabei so interessante Menschen, meinte sie, und man lerne immer etwas. Die Passagiere auf der ›Friedrich Weber‹ waren zwar nicht von so guter Klasse wie jene, die sie im Jahr zuvor auf ihrer Mittelmeerfahrt getroffen hatte, aber Miss Reid war kein Snob, und obwohl die Tischmanieren von einigen Leuten sie schockierten, war sie doch entschlossen, die gute Seite von allem zu sehen und sich mit ihnen abzufinden. Sie las sehr gern und freute sich, als sie bei der Durchsicht der Schiffsbücherei viele Bücher von Philip Oppenheim, Edgar Wallace und Agatha Christie entdeckte. Aber da es so viele Leute zum Plaudern gab, fand sie gar keine Zeit zum Lesen und beschloß, damit zu warten, bis sich das Schiff in Haiti leeren würde.

»Schließlich«, sagte sie, »ist die menschliche Natur wichtiger als die Literatur.«

Miss Reid hatte immer im Ruf gestanden, gute Konversation zu machen, und während der vielen Tage auf See stellte sie mit Genugtuung fest, daß die Tischgespräche dank ihrer Bemühung kein einziges Mal stockten. Sie verstand die Leute auszufragen, und jedesmal, wenn ein Thema erschöpft schien, hatte sie eine Bemerkung bereit, um es wieder zu beleben, oder ein neues Thema lag ihr schon auf der Zungenspitze, um die Konversation wieder in Gang zu bringen. Ihre Freundin, Miss Price, Tochter des verstorbenen Vikars von Campden, die sie in Plymouth ans Schiff begleitet hatte – denn sie wohnte dort –, hatte oft zu ihr gesagt:

»Weißt du, Venetia, du hast einen männlichen Geist. Du bist nie in Verlegenheit, was du sagen sollst.«

»Nun, ich glaube, wenn du dich für jedermann interessierst, wird sich auch jedermann für dich interessieren«, erwiderte Miss Reid bescheiden. »Übung macht den Meister, und ich habe die unendliche Fähigkeit, mich zu bemühen, von der Dickens sagte, daß sie Genie bedeute.«

Miss Reid hieß nicht wirklich Venetia; ihr Name war Alice, aber da er ihr nicht gefiel, hatte sie schon als junges Mädchen den poetischen Namen angenommen, der ihrer Meinung nach so viel besser zu ihrer Persönlichkeit paßte.

Miss Reid hatte viele interessante Gespräche mit ihren

Mitreisenden, und sie bedauerte es aufrichtig, als das Schiff schließlich Port-au-Prince anlief und die letzten von ihnen an Land gingen. Die ›Friedrich Weber‹ lag zwei Tage dort, so daß Miss Reid die Stadt und die Umgebung besichtigen konnte. Als sie wieder abfuhren, war sie der einzige Passagier. Das Schiff fuhr an der Küste der Insel entlang und legte in verschiedenen Häfen an, um Ladung zu löschen oder an Bord zu nehmen.

»Hoffentlich geraten Sie allein mit so vielen Männern nicht in Verlegenheit, Miss Reid«, sagte der Kapitin scherzhaft, als sie sich zum Mittagessen niederließen.

Sie hatte ihren Platz zu seiner Rechten, und am Tisch saßen außerdem noch der Erste Maat, der Erste Ingenieur und der Arzt.

»Ich bin eine Frau von Welt, Kapitän. Ich habe immer gefunden, wenn eine Dame wirklich eine Dame ist, dann benehmen sich Herren auch wie Herren.«

»Wir sind nur rauhe Seemänner, Madam, Sie dürfen nicht zuviel erwarten.«

»Gütige Herzen sind mehr als Adelskronen und schlichter Glaube mehr als Normannenblut, Kapitän«, erwiderte Miss Reid.

Er war ein kleiner, untersetzter Mann, mit glattrasiertem Kopf und einem roten, glattrasierten Gesicht. Er trug ein weißes Trikothemd, das aber außer bei den Mahlzeiten aufgeknöpft war und seine behaarte Brust zeigte. Er war ein jovialer Bursche. Er konnte nur polternd reden. Miss Reid hielt ihn für einen Kauz, aber sie hatte einen ausgesprochenen Sinn für Humor und war bereit, ihm dies zugute zu halten. Sie nahm das Gespräch in die Hand. Sie hatte auf der

Hinreise sehr viel über Haiti erfahren und noch mehr während der zwei Tage, die sie dort verbracht hatte, aber sie wußte, daß Männer lieber sprechen als zuhören, und darum stellte sie ihnen eine Reihe von Fragen, zu denen sie die Antworten schon kannte; seltsamerweise aber kannten sie sie nicht. Zuletzt sah sie sich gezwungen, einen richtigen kleinen Vortrag zu halten, und bevor das Mittagessen zu Ende war, hatte sie ihnen eine Menge interessanter Informationen übermittelt: über die Geschichte und die wirtschaftliche Lage der Republik, die Probleme, denen die Regierung zu begegnen hatte, und ihre Zukunftsaussichten. Sie sprach ziemlich langsam, mit vornehmer Stimme, und ihr Wortschatz war beträchtlich.

Bei Einbruch der Nacht gingen sie in einem kleinen Hafen vor Anker, wo sie dreihundert Säcke Kaffee laden sollten, und der Agent kam an Bord. Der Kapitän forderte ihn auf, zum Abendessen dazubleiben, und bestellte Cocktails. Als der Steward sie gerade brachte, kam Miss Reid in den Salon geschwebt. Ihre Bewegungen waren gelassen, elegant und selbstsicher. Sie behauptete immer, daß man am Gang einer Frau sofort erkennen könne, ob sie eine Dame sei. Der Kapitän stellte ihr den Agenten vor, und sie setzte sich.

»Was trinken denn die Herren?« fragte sie.

»Einen Cocktail. Wollen Sie einen haben, Miss Reid?«

»Das wäre gar nicht übel.«

Sie trank ihn, und der Kapitän fragte sie etwas zögernd, ob sie noch einen haben wolle.

»Noch einen? Nun, der Kameradschaft wegen – ja.«

Der Agent, der viel weißer war als manche, aber zugleich auch sehr viel dunkler als viele andere, war der Sohn eines früheren Gesandten von Haiti am deutschen Hof, und da er lange Jahre in Berlin gelebt hatte, sprach er gut deutsch. Er hatte tatsächlich aus diesem Grund den Posten bei einer deutschen Schiffahrtsgesellschaft bekommen. Dies veranlaßte Miss Reid, ihnen beim Abendessen die ganze Geschichte einer Rheinreise zu erzählen, die sie einmal gemacht hatte. Nachher saß sie mit dem Agenten, dem Kapitän, dem Arzt und dem Maat um einen Tisch herum, und alle tranken Bier. Miss Reid hielt es für ihre Aufgabe, den Agenten aus der Reserve zu locken. Die Tatsache, daß sie Kaffee luden, erweckte in ihr den Gedanken, es müsse interessant für ihn sein, wie der Tee auf Ceylon angebaut wurde; ja, sie war auf einer Kreuzfahrt in Ceylon gewesen, und die Tatsache, daß sein Vater Diplomat war, machte sein Interesse für die königliche Familie von England zur Gewißheit. Sie verbrachte einen äußerst angenehmen Abend. Als sie sich schließlich zurückzog, denn es wäre ihr nie eingefallen zu sagen, daß sie ins Bett gehen wolle, sagte sie zu sich selber:

›Es besteht kein Zweifel darüber, daß Reisen eine große erzieherische Wirkung hat.‹

Es war wirklich ein Erlebnis, mit all diesen Männern alleine zu sein. Wie sie zu Hause lachen würden, wenn sie nach ihrer Heimkehr alles darüber erzählte! Sie würden sagen, daß so etwas nur Venetia passieren könne. Sie lächelte, als sie den Kapitän auf Deck mit seiner starken, dröhnenden Stimme singen hörte. Die Deutschen waren so musikalisch. Er hatte eine drollige Art, mit seinen kurzen Beinen auf und ab zu stolzieren, während er Wagnersche Melodien zu Worten eigener Erfindung sang. Es war aus *Tannhäuser*, was er jetzt sang (dieses entzückende Lied vom Abendstern); doch da Miss Reid kein Deutsch verstand, konnte sie sich nur wundern, was für seltsame Worte er dazu fand. Das war auch gut so.

»Oh, welche Pest ist dieses Weib, ich bringe es um, wenn das so bleibt!« Dann ging er zu Siegfrieds Schwertlied über. »Furchtbar, furchtbar, furchtbar ist sie! Ich werfe sie in die See!«

Und das traf natürlich auf Miss Reid zu. Sie war entsetzlich, geradezu erstaunlich und qualvoll langweilig. Sie redete mit steter Eintönigkeit, und es hatte keinen Zweck, sie zu unterbrechen, denn dann fing sie nur wieder von vorn an. Sie hatte einen unstillbaren Drang zu belehren, und keine flüchtige Bemerkung konnte über den Tisch hinüber gemacht werden, ohne daß sie unzählige Fragen daran knüpfte. Sie träumte sehr lebhaft, und sie berichtete über diese Träume mit unerträglicher Langatmigkeit. Es gab keinen Gegenstand, über den sie nicht etwas Banales zu sagen wußte. Sie hatte einen Gemeinplatz für jede Gelegenheit bereit. Sie zielte auf das Abgedroschene, wie ein Hammer den Nagel in die Wand hineintreibt. Sie tauchte im Augenfälligen unter, wie ein Zirkusclown durch den Reifen springt. Schweigen konnte sie nicht aus der Fassung bringen. Diese armen Männer, so weit von ihren Heimen und dem Trippeln kleiner Füße entfernt, und Weihnachten vor der Tür, kein Wunder, daß sie in gedämpfter Stimmung waren! Sie verdoppelte ihre Bemühungen, ihr Interesse zu wecken und sie zu unterhalten. Sie war entschlossen, ein wenig Frohsinn in ihr trübes Dasein zu bringen. Denn das war das Schreckliche an der Sache: Miss Reids Absichten waren gut. Sie unterhielt sich nicht nur selber gut, sie wollte, daß alle sich gut unterhielten. Sie war überzeugt, daß alle sie so gern hatten, wie sie selber sie gern hatte. Sie fühlte, daß sie ihr Teil dazu beitrug, der Gesellschaft zum Erfolg zu verhelfen, und sie war naiv glücklich bei dem Gedanken, daß ihr dies gelang. Sie erzählte ihnen alles von ihrer Freundin Miss Price, und wie oft diese zu ihr gesagt hatte: »Venetia, niemand hat eine langweilige Minute in deiner Gegenwart.« Es war die Pflicht des Kapitäns, einem Passagier gegenüber höflich zu sein, und wenn er ihr auch noch so gern gesagt hätte, sie solle ihren törichten Mund halten – er konnte es nicht. Selbst wenn er seine Meinung frei hätte äußern dürfen, wußte er doch, daß er sie niemals so hätte kränken können. Nichts hemmte ihren Redestrom. Er war so unaufhaltsam wie eine Naturgewalt. Einmal begannen sie, in ihrer Verzweiflung deutsch zu sprechen, aber Miss Reid machte dem sofort ein Ende.

»Nein, das kann ich nicht dulden, daß Sie etwas sagen, das ich nicht verstehe. Sie sollten alle Nutzen daraus ziehen, daß Sie mich alleine für sich haben und sich im Englischen üben können.«

»Wir sprachen von technischen Sachen, die Sie nur langweilen würden, Miss Reid«, sagte der Kapitän.

»Ich langweile mich nie. Und darum, auch wenn Sie mich für ein klein wenig eingebildet halten mögen, bin ich nie langweilig. Sehen Sie, ich weiß gerne Bescheid. Alles interessiert mich, und man kann nie wissen, wann ein bißchen Kenntnis einem von Nutzen sein könnte.«

Der Doktor lächelte trocken.

»Der Kapitän hat das nur gesagt, weil er verlegen war. Er hat nämlich eine Geschichte erzählt, die für die Ohren einer unverheirateten Dame nicht geeignet war.«

»Ich bin zwar eine unverheiratete Dame, aber ich bin auch eine Frau von Welt; ich erwarte nicht, daß Seeleute Heilige sind. Sie brauchen nie ängstlich zu sein, was Sie vor mir sagen, Kapitän, ich werde nicht entsetzt sein. Ich möchte Ihre Geschichte sehr gerne hören.«

Der Doktor war ein Mann von sechzig Jahren, mit dünnem grauem Haar, einem grauen Schnurrbart und kleinen, scharfen blauen Augen. Er war ein schweigsamer, verbitterter Mann, und so sehr sich Miss Reid auch bemühte, ihn ins Gespräch zu ziehen, war es doch fast unmöglich, ein Wort aus ihm herauszubekommen. Aber sie war nicht die Frau, die kampflos aufgab, und eines Morgens auf offener See, als sie ihn mit einem Buch auf Deck sitzen sah, zog sie ihren Stuhl neben den seinen und ließ sich neben ihm nieder.

»Lesen Sie gerne, Doktor?« fragte sie munter.

»Ja.«

»Ich auch. Und ich vermute, daß Sie wie alle Deutschen musikalisch sind.«

»Ich höre Musik gern.«

»Ich auch. Als ich Sie zum erstenmal sah, dachte ich sofort, daß Sie klug aussehen.«

Er warf ihr einen kurzen Blick zu, verzog die Lippen und las weiter. Dies schreckte Miss Reid nicht ab.

»Aber lesen kann man natürlich jederzeit. Ich ziehe immer ein gutes Gespräch einem guten Buch vor. Sie nicht?«

»Nein.«

»Das ist sehr interessant. Sagen Sie mir, warum?«

»Ich kann Ihnen keinen Grund nennen.«

»Das ist sehr merkwürdig, nicht? Aber ich finde die menschliche Natur überhaupt sehr merkwürdig. Ich interessiere mich schrecklich für Menschen, wissen Sie. Ärzte habe ich immer gern, sie wissen so viel über die menschliche Natur, aber ich könnte Ihnen einige Dinge erzählen, die sogar Sie erstaunen würden. Man erfährt viel über die Leute, wenn man wie ich eine Teestube leitet, das heißt, wenn man die Augen offenhält.«

Der Doktor erhob sich.

»Ich muß Sie bitten, mich zu entschuldigen, Miss Reid. Ich muß jetzt einen Patienten besuchen.«

›Jedenfalls ist es mir gelungen, das Eis zu brechen‹, dachte sie, während er sich entfernte. ›Ich glaube, er war nur schüchtern.‹

Ein paar Tage später fühlte sich der Doktor gar nicht wohl. Er hatte ein inneres Leiden, das ihn von Zeit zu Zeit plagte, aber er war daran gewöhnt und nicht geneigt, darüber zu reden. Wenn er einen seiner Anfälle hatte, wollte er nur allein gelassen werden. Seine Kajüte war klein und dumpf; darum legte er sich auf Deck in einen Liegestuhl und schloß die Augen. Miss Reid spazierte gerade auf und ab, um sich wie jeden Morgen und Abend eine halbe Stunde Bewegung zu machen. Er dachte, wenn er sich schlafend stellte, würde sie ihn nicht stören. Als sie aber ein halbes Dutzend Mal an ihm vorbeigekommen war, blieb sie vor ihm stehen. Obwohl er die Augen geschlossen hatte, wußte er, daß sie ihn betrachtete.

»Kann ich etwas für Sie tun, Doktor?« fragte sie.

Er zuckte zusammen.

»Warum, was denn?«

Er schaute sie an und bemerkte ihren tiefbekümmerten Blick.

»Sie sehen schrecklich krank aus«, sagte sie.

»Ich habe große Schmerzen.«

»Ich weiß. Das kann ich sehen. Kann man nichts dagegen tun?«

»Nein, es geht nach einiger Zeit vorbei.«

Sie zögerte einen Augenblick und ging dann fort. Nach einer Weile kam sie zurück.

»Sie sehen so unbehaglich aus, ohne Kissen oder irgend etwas. Ich habe Ihnen mein Reisekissen gebracht, das ich immer mitnehme. Lassen Sie es mich Ihnen doch unter den Kopf schieben.«

Er fühlte sich im Augenblick zu elend, um zu protestieren. Sie hob seinen Kopf sanft auf und schob das weiche Kissen darunter. Es war wirklich bequemer für ihn. Sie strich ihm mit der Hand, die kühl und weich war, über die Stirn.

»Armer Mann«, sagte sie. »Ich weiß, wie Ärzte sind. Ärzte haben keine Ahnung, wie sie sich selber pflegen sollen.«

Sie verließ ihn, kam aber nach wenigen Minuten mit einem Stuhl und einem Beutel zurück. Als der Doktor sie bemerkte, zuckte er gequält zusammen.

»Nun werde ich Ihnen nicht erlauben zu sprechen; ich werde nur neben Ihnen sitzen und stricken. Ich finde, es ist immer tröstlich, wenn man sich nicht wohl fühlt, jemanden in der Nähe zu haben.«

Sie setzte sich, zog einen angefangenen Schal aus ihrem Beutel und begann, emsig mit den Nadeln zu klappern. Sie sprach kein Wort. Und merkwürdigerweise empfand der Doktor ihre Gegenwart als Trost. Niemand an Bord hatte überhaupt bemerkt, daß er krank war; er hatte sich einsam gefühlt, und die Teilnahme dieser hoffnungslos langweiligen Person war wohltuend für ihn. Es beruhigte ihn, sie da schweigend arbeiten zu sehen, und bald schlief er ein. Als er wieder aufwachte, arbeitete sie noch. Sie sah ihn mit einem leichten Lächeln an, sagte aber nichts. Der Schmerz war vergangen, und er fühlte sich viel wohler.

Er ging erst am Spätnachmittag in den Salon. Dort fand er den Kapitän und Hans Krause, den Maat, die zusammen Bier tranken.

»Setzen Sie sich, Doktor«, sagte der Kapitän. »Wir halten eben Kriegsrat. Sie wissen, daß übermorgen Silvester ist.«

»Natürlich.«

Der Silvesterabend bedeutet den Deutschen viel, und sie hatten sich schon alle darauf gefreut. Sie hatten den ganzen Weg von Deutschland einen Weihnachtsbaum mitgebracht.

»Beim Essen heute war Miss Reid gesprächiger denn je. Hans und ich haben beschlossen, daß etwas dagegen geschehen muß.«

»Sie hat heute vormittag zwei Stunden schweigend neben mir gesessen. Da hat sie wohl das Versäumte nachholen wollen.«

»Es ist schlimm genug, gerade jetzt von zu Hause weg zu sein, und es bleibt uns nichts anderes übrig, als das Beste draus zu machen. Wir wollen unseren Heiligen Abend genießen, und wenn wir wegen Miss Reid nichts unternehmen, ist das ausgeschlossen.«

»Wir können es nicht gemütlich haben, wenn sie dabei ist«, sagte der Maat. »Sie würde todsicher alles verderben.«

»Was schlagen Sie vor, um sie loszuwerden, wenn wir sie nicht über Bord werfen können?« sagte der Doktor lächelnd. »Sie ist keine üble Seele; alles, was ihr fehlt, ist ein Liebhaber.«

»In ihrem Alter?« rief Hans Krause.

»Gerade in ihrem Alter. Diese ausschweifende Redseligkeit, diese Sucht nach Auskünften, die zahllosen Fragen, die sie stellt, ihre Banalitäten, die Art, wie sie kein Ende findet – das ist alles ein Zeichen ihrer rebellierenden Jungfräulichkeit. Ein Liebhaber würde ihr Frieden bringen. Ihre überreizten Nerven würden sich entspannen. Sie hätte dann wenigstens eine Stunde lang gelebt. Die tiefe Befriedigung, die ihr Wesen verlangt, würde durch diese gereizten Sprachzentren fließen, und wir hätten Ruhe.«

Es war immer etwas schwer festzustellen, wieviel der Doktor von dem, was er sagte, wirklich meinte und wann er sich lustig machte. Aber die blauen Augen des Kapitäns funkelten übermütig.

»Na, Doktor, ich setze großes Vertrauen in Ihre Diagnosen. Das Rezept, das Sie vorschlagen, ist sicher einen Versuch wert, und da Sie Junggeselle sind, ist es klar, daß seine Anwendung Ihnen obliegt.«

»Verzeihen Sie, Kapitän, es ist meine berufliche Pflicht, den Patienten, die mir auf diesem Schiff anvertraut sind, Arzneien zu verordnen, aber nicht, sie ihnen persönlich zu verabreichen. Außerdem bin ich sechzig.«

»Ich bin ein verheirateter Mann mit erwachsenen Kindern«, sagte der Kapitän. »Ich bin alt und dick und asthmatisch; es ist klar, daß mir eine solche Aufgabe nicht zugemutet werden kann. Die Natur hat mich für die Rolle eines Ehemannes und Vaters bestimmt, nicht für die eines Liebhabers.«

»In diesen Dingen ist Jugend eine Voraussetzung und gutes Aussehen von Vorteil«, sagte der Doktor ernst.

Der Kapitän schlug mit der Faust krachend auf den Tisch.

»Sie denken an Hans. Sie haben ganz recht. Hans muß es sein.«

Der Maat sprang auf die Füße.

»Ich? Niemals.«

»Hans, du bist groß, hübsch, stark wie ein Löwe, tapfer und jung. Wir werden noch dreiundzwanzig Tage auf See sein, bevor wir nach Hamburg kommen. Du willst doch einen vertrauten alten Kapitän in solcher Notlage nicht im Stich lassen, oder deinen guten Freund, den Doktor?«

»Nein, Kapitän, das ist zuviel von mir verlangt. Ich bin noch kein ganzes Jahr verheiratet, und ich liebe meine Frau. Ich kann es kaum erwarten, nach Hamburg zurückzukommen. Sie sehnt sich ebenso nach mir wie ich mich nach ihr. Ich will ihr nicht untreu werden – vor allem nicht mit Miss Reid.«

»Miss Reid ist gar nicht so übel«, sagte der Doktor.

»Manche Leute würden sie sogar hübsch finden«, sagte der Kapitän.

Und wirklich, wenn man Miss Reids Züge einzeln betrachtete, war sie keineswegs unschön. Wohl hatte sie ein langes, dummes Gesicht, aber ihre braunen Augen waren groß, und sie hatte sehr dichte Wimpern; ihr braunes Haar war kurzgeschnitten und lockte sich recht gefällig im Nacken; ihre Haut war nicht schlecht, und sie war weder zu dick noch zu dünn.

Sie war nach heutigen Begriffen nicht alt, und wenn sie gesagt hätte, sie sei vierzig, so hätte man das ohne weiteres geglaubt. Das einzige, was an ihr auszusetzen blieb, war, daß sie hausbacken und langweilig war.

»Muß ich also weitere dreiundzwanzig Tage die Weitschweifigkeit dieser lästigen Person ertragen? Muß ich noch geschlagene dreiundzwanzig Tage ihre törichten Fragen beantworten und ihre albernen Bemerkungen anhören? Muß ich alter Mann mir meinen Heiligen Abend, den schönen Abend, auf den ich mich gefreut hatte, durch die Gesellschaft dieser unerträglichen Jungfer verderben lassen? Und nur weil niemand gefunden werden kann, der ein wenig Galanterie, ein wenig menschliche Güte, einen Beweis von Mildtätigkeit einer einsamen Frau gegenüber aufbringen kann! Ich werde das Schiff auflaufen lassen.«

»Es bleibt immer noch der Funker«, sagte Hans.

Der Kapitän stieß einen lauten Schrei aus.

»Hans, mögen die zehntausend Jungfrauen von Köln sich erheben und dich segnen. Steward«, donnerte er, »sag dem Funker, daß ich ihn sprechen will.«

Der Funker kam in den Salon und stand stramm. Die drei Männer betrachteten ihn schweigend. Er überlegte beunruhigt, ob er etwas angestellt habe, wofür er nun zur Rechenschaft gezogen werden sollte. Er war recht groß, mit breiten Schultern und schmalen Hüften, kerzengerade und schlank; seine gebräunte, glatte Haut sah aus, als habe ein Rasiermesser sie nie berührt, er hatte große, auffallend blaue Augen und eine Mähne von lockigem, goldblondem Haar. Er war ein Prachtexemplar junger teutonischer Männlichkeit. Er war so gesund, so kräftig und voller Leben, daß man selbst auf eine gewisse Entfernung die Vitalität spürte, die von ihm ausstrahlte.

»Wie alt bist du, mein Junge?« sagte der Kapitän.

»Einundzwanzig, Herr Kapitän.«

»Verheiratet?«

»Nein, Herr Kapitän.«

»Verlobt?«

Der Funker kicherte. Es lag etwas anziehend Knabenhaftes in seinem Lachen.

»Nein, Herr Kapitän.«

»Du weißt, daß wir einen weiblichen Passagier an Bord haben?«

»Ja, Herr Kapitän.«

»Kennst du sie?«

»Ich habe sie einmal auf Deck gegrüßt.«

Der Kapitän nahm seine offiziellste Haltung an. Seine Augen, die meistens vor Humor zwinkerten, waren jetzt streng, und er legte einen bellenden Ton in seine tiefe, volle Stimme.

»Obwohl dies ein Frachtdampfer ist und wir wertvolle Ladung mitführen, nehmen wir auch die Passagiere auf, die wir kriegen können, und das ist eine Abteilung unseres Geschäftes, an deren Entwicklung der Schiffahrtsgesellschaft sehr viel liegt. Die Weisungen an mich lauten dahingehend, alles nur mögliche für die Zufriedenheit und das Behagen der Passagiere zu tun. Miss Reid benötigt einen Liebhaber. Der Doktor und ich sind zu der Überzeugung gekommen, daß du geeignet bist, den Anforderungen von Miss Reid zu entsprechen.«

»Ich, Herr Kapitän?« Der Funker wurde feuerrot und begann dann zu kichern, beherrschte sich aber gleich wieder, als er die entschlossenen Mienen der drei Männer ihm gegenüber sah.

»Aber sie ist alt genug, um meine Mutter zu sein.«

»In deinem Alter hat das gar nichts zu sagen. Sie ist eine vornehme Dame und mit allen großen Familien in England verwandt. Wenn sie Deutsche wäre, wäre sie mindestens eine Gräfin. Daß du für diesen verantwortungsvollen Posten ausgewählt worden bist, ist eine Ehre, die du hoch einschätzen solltest. Außerdem ist dein Englisch mangelhaft. Du bekommst also eine glänzende Gelegenheit, es zu verbessern.«

»Das ist allerdings wahr«, sagte der Funker. »Ich weiß, daß es mir an Übung fehlt.«

»Es kommt im Leben nicht so oft vor, daß man Vergnügen mit geistiger Entwicklung verbinden kann, und du darfst dir zu diesem Glücksfall gratulieren.«

»Aber wenn ich diese Frage stellen darf, Herr Kapitän: Warum benötigt Miss Reid einen Liebhaber?«

»Es scheint eine alte englische Sitte zu sein, daß unverheiratete Frauen von hohem Rang sich zu dieser Jahreszeit den Umarmungen eines Liebhabers hingeben. Die Schiffahrtsgesellschaft wünscht dringend, daß Miss Reid genauso behandelt wird, wie das auf einem englischen Schiff der Fall gewesen wäre, und wenn sie zufrieden ist, dürfen wir damit rechnen, daß sie bei ihren aristokratischen Beziehungen vielen ihrer Freunde diese Schiffahrtslinie empfehlen wird.«

»Herr Kapitän, ich bitte mich zu entschuldigen.«

»Dies ist keine Bitte, die ich ausspreche, sondern ein Befehl. Du wirst dich heute abend um elf Uhr bei Miss Reid in ihrer Kajüte melden.«

»Was soll ich tun, wenn ich dort bin?«

»Tun?« donnerte der Kapitän. »Tun? Dich natürlich verhalten.«

Er winkte mit der Hand und entließ ihn. Der Funker schlug die Hacken zusammen, salutierte und ging hinaus.

»Jetzt wollen wir noch ein Glas Bier trinken«, sagte der Kapitän.

Beim Abendessen war Miss Reid ganz auf der Höhe. Sie war wortreich. Sie war neckisch. Sie war vornehm. Es gab keinen Gemeinplatz, den sie nicht ausgesprochen hätte. Es gab keine abgedroschene Redensart, die sie vermieden hätte. Sie bombardierte alle mit törichten Fragen. Das Gesicht des Kapitäns wurde immer röter bei der Bemühung, seine Wut zu unterdrücken; er fühlte, daß er ihr nicht länger mit Höflichkeit begegnen konnte, und wenn das Rezept des Doktors nicht half, würde er sich eines Tages vergessen und ihr nicht nur ein wenig, sondern restlos die Meinung sagen.

›Ich werde meinen Posten verlieren‹, dachte er dabei, ›aber ich glaube fast, daß es sich lohnen würde.‹

Am nächsten Tag saßen sie schon alle am Tisch, als sie zum Mittagessen hereinkam.

»Morgen ist Silvester«, sagte sie munter. Dieser Hinweis entsprach ihr durchaus. Sie fuhr fort: »Nun, was haben Sie alle heute vormittag getrieben?«

Da sie jeden Tag genau das gleiche taten und sie genau wußte, was das war, war das eine Frage, die sie ärgerte. Der Kapitän verlor den Mut. Er sagte dem Doktor kurz, was er von ihm hielt.

»Jetzt aber bitte kein Deutsch«, sagte Miss Reid schalkhaft. »Sie wissen, daß ich das nicht gestatte, und warum, Kapitän, haben Sie den armen Doktor so verdrießlich angesehen? Es ist doch Weihnachtszeit, bedenken Sie, Frieden auf Erden und den Menschen ein Wohlgefallen. Ich bin schon ganz aufgeregt im Gedanken an morgen. Werden an dem Weihnachtsbaum Kerzen sein?«

»Natürlich.«

»Wie wunderbar! Ich finde immer, daß ein Weihnachtsbaum ohne Kerzen kein Weihnachtsbaum ist. Ach, übrigens, denken Sie nur, ich hatte gestern abend ein so komisches Erlebnis. Ich kann es gar nicht verstehen.«

Eine betroffene Stille trat ein. Alle blickten gespannt auf Miss Reid. Ausnahmsweise hingen sie einmal an ihren Lippen.

»Ja«, fuhr sie in dem ihr eigenen monotonen und gezierten Ton fort, »ich wollte mich gestern abend gerade zur Ruhe begeben, als es an meine Türe klopfte. ›Wer ist da?‹ fragte ich. ›Der Funker‹, war die Antwort. ›Was gibt es?‹ fragte ich. ›Kann ich Sie sprechen?‹ sagte er.«

Sie hörten mit atemloser Aufmerksamkeit zu.

»›Nun, ich will schnell einen Morgenrock anziehen‹, sagte ich, ›und dann die Tür aufmachen.‹ Also zog ich den Morgenrock an und öffnete die Tür. Der Funker sagte: ›Entschuldigen Sie, Miss, aber wollen Sie nicht vielleicht eine Funkbotschaft senden?‹ Nun, ich fand es schon sehr komisch, daß er um diese Stunde kam, um mich zu fragen, ob ich eine Funkbotschaft senden möchte; ich lachte ihm gerade ins Gesicht, denn es regte meinen Sinn für Humor an, wenn Sie verstehen, was ich damit meine, aber ich wollte ihn nicht kränken, darum sagte ich: ›Vielen Dank, aber ich glaube nicht, daß ich eine Funkbotschaft senden will.‹ Er stand da und sah so komisch aus, als sei er ganz verlegen, darum sagte ich: ›Vielen Dank trotzdem für das Angebot‹, und dann sagte ich: ›Gute Nacht und angenehme Träume‹ und schloß die Tür.«

»Der verdammte Narr«, rief der Kapitän aus.

»Er ist noch jung, Miss Reid«, warf der Doktor ein. »Das war übertriebener Eifer. Wahrscheinlich dachte er, daß Sie gern Ihren Freunden Glückwünsche schicken möchten, und da wollte er Ihnen den Vorteil einer verbilligten Gebühr vermitteln.«

»Ach, es hat mir gar nichts ausgemacht. Ich habe diese komischen kleinen Erlebnisse auf Reisen gern. Ich lache nur herzlich darüber.«

Sobald das Essen vorüber war und Miss Reid sie verlassen hatte, ließ der Kapitän den Funker kommen.

»Du Esel, warum in aller Welt hast du Miss Reid gestern abend gefragt, ob sie einen Funkspruch senden wolle?«

»Herr Kapitän, Sie haben mir gesagt, ich solle mich natürlich verhalten. Ich bin Funker. Ich dachte, es sei natürlich, wenn ich sie frage, ob sie einen Funkspruch senden wolle. Ich wußte nicht, was ich sonst sagen sollte.«

»Gott im Himmel!« schrie der Kapitän. »Als Siegfried Brunhilde auf dem Felsen liegen sah und ausrief: ›Das ist kein Mann!‹« (der Kapitän sang die Worte zwei- oder dreimal, weil er seine Stimme gern hörte, bevor er fortfuhr), »hat Siegfried sie dann, nachdem sie erwachte, gefragt, ob sie einen Funkspruch senden möchte, um vielleicht ihrem Papa mitzuteilen, daß sie sich von ihrem langen Schlaf erhoben habe und jetzt wach sei?«

»Ich möchte Sie respektvoll darauf aufmerksam machen, daß Brunhilde Siegfrieds Tante war. Miss Reid ist mir völlig fremd.«

»Er hat nicht darüber nachgedacht, daß sie seine Tante war. Er wußte nur, daß sie eine schöne und wehrlose Frau war, allem Anschein nach aus guter Familie, und er benahm sich so, wie jeder Gentleman es getan hätte. Du bist jung und hübsch, arisch bis in die Fingerspitzen, die Ehre Deutschlands liegt in deiner Hand.«

»Zu Befehl, Herr Kapitän. Ich werde mir Mühe geben.«

An diesem Abend wurde wieder an Miss Reids Tür geklopft.

»Wer ist da?«

»Der Funker. Ich habe eine Funknachricht für Sie, Miss Reid.«

»Für mich?« Sie war erstaunt, aber es fiel ihr sofort ein, daß einer ihrer Mitreisenden, der in Haiti an Land gegangen war, ihr einen Neujahrsgruß geschickt haben konnte. ›Wie freundlich sind doch die Menschen‹, dachte sie. »Ich bin zu Bett. Legen Sie es vor die Tür.«

»Es ist mit Rückantwort. Zehn Worte vorausbezahlt.«

Dann konnte es kein Festgruß sein. Ihr Herzschlag stockte.

Es konnte nur eins bedeuten: Ihr Geschäft war bis auf den Boden niedergebrannt. Sie sprang aus dem Bett.

»Schieben Sie es unter der Türe durch, dann schreibe ich die Antwort und schiebe es Ihnen zurück.«

Der Umschlag wurde unter der Tür durchgeschoben, und als er auf dem Teppich erschien, hatte er wirklich ein unheilvolles Aussehen. Miss Reid nahm ihn rasch und riß ihn auf. Die Worte schwammen ihr vor den Augen, und sie konnte ihre Brille nicht gleich finden. Dies war es, was sie las:

Frohes neues Jahr. Stop. Frieden auf Erden und den Menschen ein Wohlgefallen. Stop. Sie sind sehr schön. Ich liebe Sie. Stop. Ich muß mit Ihnen sprechen. Stop. Unterzeichnet: der Funker.

Miss Reid las es zweimal durch. Dann nahm sie langsam ihre Brille ab und versteckte sie unter einem Schal. Sie öffnete die Tür.

»Kommen Sie herein«, sagte sie.

Am nächsten Tag war Silvester. Die Offiziere waren heiter und ein wenig sentimental, als sie sich zum Mittagessen setzten. Die Stewards hatten den Salon mit tropischen Schlingpflanzen geschmückt, als Ersatz für Stechpalme und Misteln, und der Weihnachtsbaum stand auf dem Tisch; seine Kerzen sollten beim Abendessen angezündet werden. Miss Reid kam erst herein, als die Offiziere schon saßen, und als sie ihr guten Morgen wünschten, neigte sie nur schweigend den Kopf. Alle schauten sie neugierig an. Sie sprach dem Essen mit gutem Appetit zu, sagte aber kein Wort. Ihr Schweigen war unheimlich. Endlich konnte der Kapitän es nicht mehr aushalten und sagte:

»Sie sind heute sehr still, Miss Reid.«

»Ich denke nach«, erwiderte sie.

»Und wollen Sie uns Ihre Gedanken nicht mitteilen, Miss Reid?« fragte der Doktor scherzend.

Sie warf ihm einen kühlen, beinahe hochmütigen Blick zu.

»Ich ziehe vor, sie für mich zu behalten, Doktor. Ich hätte aber gerne noch etwas von dem Ragout, ich habe großen Appetit.«

Sie beendeten das Mahl unter wohltuendem Schweigen. Der Kapitän stieß einen Seufzer der Erleichterung aus. Dazu war eine Mahlzeit da: zum Essen, nicht zum Schwatzen. Als sie fertig waren, ging er auf den Arzt zu und drückte ihm die Hand.

»Es ist etwas geschehen, Doktor.«

»Es ist geschehen. Sie ist wie verwandelt.«

»Aber wird es andauern?«

»Man kann nur das Beste hoffen.«

Miss Reid zog für die Feier ein Abendkleid an, ein ganz schlichtes schwarzes Kleid, mit künstlichen Rosen an ihrem Busen und einer langen imitierten Jadekette um den Hals. Das Licht war gedämpft, und an dem Weihnachtsbaum brannten die Kerzen. Es war ein wenig wie in der Kirche. Die jüngeren Offiziere speisten an diesem Abend auch im Salon, und sie sahen sehr flott aus in ihren weißen Uniformen. Es gab Sekt auf Kosten der Schiffahrtsgesellschaft und nach dem Abendessen Punsch. Sie zogen an Knallbonbons. Sie sangen Lieder zur Grammophonbegleitung: *Deutschland, Deutschland über alles, Alt-Heidelberg* und *Lang, lang ist's her*. Sie schmetterten die Melodien kräftig hinaus, die Stimme des Kapitäns übertönte alle anderen, und Miss Reid fiel mit einer angenehmen Altstimme ein. Der Doktor beobachtete, daß Miss Reids Augen von Zeit zu Zeit auf dem Funker ruhten, und er las in ihnen den Ausdruck einer leichten Verwirrung.

»Er ist ein hübscher Bursche, nicht wahr?« sagte der Doktor.

Miss Reid drehte sich um und schaute ihn kühl an.

»Wer?«

»Der Funker! Ich dachte, Sie hätten ihn eben betrachtet.«

»Welcher ist es?«

»Die Doppelbödigkeit der Frauen«, brummte der Doktor vor sich hin, erwiderte aber mit einem Lächeln: »Er sitzt neben dem Ersten Ingenieur.«

»Ach, natürlich, jetzt erkenne ich ihn wieder. Wissen Sie, ich finde nie, daß es so wichtig ist, wie ein Mann aussieht. Ich interessiere mich soviel mehr für den Geist eines Mannes als für sein Äußeres.«

»Oh«, sagte der Doktor.

Sie hatten alle einen kleinen Schwips, auch Miss Reid, aber sie verlor dabei nichts von ihrer Würde, und als sie ihnen gute Nacht sagte, geschah es nach allen Regeln der Kunst.

»Ich habe einen ganz reizenden Abend verbracht. Ich werde niemals meinen Silvesterabend auf einem deutschen Schiff vergessen. Es war sehr interessant. Ein richtiges Erlebnis.«

Sie ging aufrecht zur Tür, und das war ein gewisser Triumph, denn sie hatte den ganzen Abend hindurch Zug um Zug mit ihnen ihr Glas geleert.

Sie waren am nächsten Tag alle ein wenig mitgenommen. Als der Kapitän, der Doktor und der Erste Ingenieur zum Mittagessen herunterkamen, saß Miss Reid schon am Tisch. Vor jedem Gedeck lag ein kleines, mit rosa Band umwickeltes Päckchen. Auf jedem stand geschrieben: ›Frohes neues Jahr.‹ Sie schauten Miss Reid fragend an.

»Sie sind alle so freundlich zu mir gewesen, deshalb wollte ich jedem von Ihnen ein kleines Geschenk machen. Es gab nicht viel Auswahl in Port-au-Prince, Sie dürfen nicht zuviel erwarten.«

Für den Kapitän waren es zwei Pfeifen aus Rosenholz, für den Doktor sechs seidene Taschentücher, ein Zigarrenetui für den Maat und zwei Krawatten für den Ersten Ingenieur. Sie nahmen die Mahlzeit ein, und Miss Reid zog sich in ihre Kajüte zurück, um auszuruhen. Die Offiziere schauten einander unbehaglich an. Der Maat spielte mit dem Zigarrenetui, das sie ihm gegeben hatte.

»Ich schäme mich ein bißchen«, sagte er endlich.

Der Kapitän war nachdenklich; offenbar fühlte auch er sich etwas unsicher.

»Ich frage mich, ob wir Miss Reid diesen Streich hätten spielen dürfen«, sagte er. »Sie ist eine gute Seele, und sie ist nicht reich; sie ist eine Frau, die sich ihren Unterhalt verdient. Sie hat sicher annähernd hundert Mark für diese Geschenke ausgegeben. Ich wollte beinahe, wir hätten sie in Ruhe gelassen.«

Der Doktor zuckte die Achseln.

»Sie wollten, daß sie verstummen sollte, und ich habe sie zum Schweigen gebracht.«

»Wenn man es näher überlegt, hätte es uns nichts geschadet, ihrem Geschwätz noch weitere drei Wochen zuzuhören«, sagte der Maat.

»Ich bin ihretwegen nicht ganz glücklich«, fügte der Kapitän hinzu. »Ich finde ihr Schweigen unheimlich.«

Sie hatte während der ganzen Mahlzeit kaum ein Wort gesagt. Sie schien kaum darauf zu hören, was sie sprachen.

»Meinen Sie nicht, daß Sie sich bei ihr erkundigen sollten, ob sie sich ganz wohl fühlt, Doktor?« schlug der Kapitän vor.

»Natürlich fühlt sie sich wohl. Sie hat einen Wolfshunger.

Wenn Sie Erkundigungen einholen wollen, sollten Sie sich lieber an den Funker wenden.«

»Vielleicht haben Sie es noch nicht bemerkt, Doktor, aber ich bin ein Mann von großem Zartgefühl.«

»Ich habe selber auch ein Herz«, sagte der Doktor.

Während der restlichen Fahrt verwöhnten die Männer Miss Reid in ganz übertriebener Weise. Sie behandelten sie mit der Rücksicht, die sie einer von langer gefährlicher Krankheit Genesenden entgegengebracht hätten. Obwohl ihr Appetit glänzend war, bemühten sie sich, sie mit neuen Gerichten zu verlocken. Der Doktor bestellte Wein und bestand darauf, daß sie die Flasche mit ihm teilte. Sie spielten Domino mit ihr. Sie spielten Schach mit ihr. Sie spielten Bridge mit ihr. Sie zogen sie ins Gespräch. Aber es gab keinen Zweifel, daß sie, obwohl sie dem Entgegenkommen höflich begegnete, innerlich für sich blieb. In ihrem Blick lag beinahe etwas wie Verachtung; man hätte fast denken können, daß diese Männer und ihre liebenswürdigen Bemühungen ihr angenehm lächerlich erschienen. Sie sprach selten, wenn sie nicht angeredet wurde. Sie las Detektivromane und saß abends auf Deck und betrachtete die Sterne. Sie lebte ein Leben für sich.

Endlich nahte das Ende der Reise. Sie dampften an einem ruhigen, grauen Tag den Ärmelkanal hinauf; sie erblickten Land. Miss Reid packte ihre Koffer. Um zwei Uhr nachmittags legten sie in Plymouth an. Der Kapitän, der Maat und der Doktor kamen herbei, um sich von ihr zu verabschieden.

»Nun, Miss Reid«, sagte der Kapitän in seiner herzhaften Weise, »es tut uns leid, Sie zu verlieren, aber wahrscheinlich freuen Sie sich, nach Hause zu kommen.«

»Sie sind sehr freundlich zu mir gewesen, Sie alle sind sehr freundlich gewesen. Ich weiß gar nicht, wodurch ich das verdient habe. Ich war sehr glücklich bei Ihnen. Ich werde Sie nie vergessen.«

Sie sprach ein wenig zittrig, sie versuchte zu lächeln, aber ihre Lippen bebten, und Tränen liefen ihr über die Wangen. Der Kapitän wurde dunkelrot. Er lächelte verlegen.

»Darf ich Ihnen einen Kuß geben, Miss Reid?«

Sie war um einen halben Kopf größer als er. Sie beugte sich herunter, und er drückte ihr einen dicken Kuß auf die eine nasse Wange und einen weiteren dicken Kuß auf die andere. Sie wandte sich zu dem Doktor und dem Maat. Und beide küßten sie.

»Was für eine alte Närrin bin ich«, sagte sie. »Alle sind so gut.«

Sie trocknete sich die Augen und ging dann langsam, in ihrer graziösen, leicht komischen Art den Laufsteg hinunter. Der Kapitän hatte feuchte Augen. Als sie den Kai erreichte, blickte sie auf und winkte jemandem auf dem Bootsdeck.

»Wem winkt sie?« fragte der Kapitän.

»Dem Funker.«

Miss Price wartete schon am Kai, um sie willkommen zu heißen. Als sie den Zoll passiert hatten und Miss Reid ihr großes Gepäck losgeworden war, gingen sie zu Miss Price und tranken dort einen frühen Tee. Miss Reids Zug fuhr erst um fünf Uhr. Miss Price hatte Miss Reid viel zu berichten.

»Aber es ist schlimm von mir, so ins Reden zu geraten, wo du gerade erst nach Hause gekommen bist. Ich habe mich schon so darauf gefreut, alles über deine Reise zu hören.«

»Ich fürchte, daß es gar nicht viel zu erzählen gibt.«

»Das kann ich nicht glauben. Deine Reise ist doch gelungen, oder nicht?«

»Sehr gelungen. Es war sehr nett.«

»Und es war dir nicht unangenehm, mit all diesen Deutschen zusammenzusein?«

»Natürlich sind sie nicht wie Engländer. Man muß sich an ihre Art gewöhnen. Sie tun manches, was – nun, was Engländer nicht tun würden, weißt du. Aber ich finde immer, daß man die Dinge nehmen muß, wie sie kommen.«

»Was meinst du damit?«

Miss Reid blickte ihre Freundin gelassen an. Ihr langes, dummes Gesicht hatte einen milden Ausdruck, und Miss Price bemerkte das eigentümlich schalkhafte Blinken in ihren Augen nicht.

»Eigentlich nur ganz bedeutungslose Ereignisse. Einfach komische, unerwartete, recht nette Erlebnisse. Zweifellos wirkt Reisen wunderbar bildend.«

Glossar

aficionado – Fan, Zuschauer

Alma de mi corazón – Seele meines Herzens

Au nom du peuple français justice est faite – Im Namen des französischen Volkes wurde Gerechtigkeit geübt

Baju – tunikaähnliches Hemd

bargueño – Möbelstück in der Art eines Sekretärs

Betel – Genußmittel aus der Betelnuß

carai – Ausruf des Erstaunens

C'est le premier pas qui coûte – Der erste Schritt ist immer der schwerste

chemin de fer – hier eine Version des Kartenspiels Bakkarat

Dayak – Angehörige einer Volksgruppe auf Borneo

Dingi – kleines Beiboot

Dispense Usted por Dios – Um Himmelswillen

Dragoman – Dolmetscher im Nahen Osten

gallego – Galicier

Espadrilles – Leinenschuhe mit geflochtener Sohle

Hasta luego – Bis bald

Il faut souffrir – Es geht nicht ohne Leiden

Keno – eine Art von Zahlenlotterie

Kris – Dolch mit glatter oder gewellter Klinge

Kuli – Tagelöhner in Südostasien, oft chinesischen Ursprungs

La garde meurt mais ne se rend pas – Die Garde stirbt, aber sie ergibt sich nicht (Angebliche Worte General Cambronnes in der Schlacht von Waterloo)

La Gorda – Spitzname: die Dicke

la petit fils de mon femme – fehlerhaftes Französisch, etwa: Die kleine Sohn von mein'e Frau

Maître d'Hôtel – Oberkellner

Moa, proprietarre cirque. Vous avez visité – fehlerhaftes Französisch, etwa: Ich Besitzer von Zirkus. Sie haben besucht

Monsoo – Monsieur

nouveaux riches – Neureiche

officier de marine en retraite – Marineoffizier im Ruhestand

pardessus le marché – obendrein

Peer – Mitglied des englischen Oberhauses

petit déjeuner – Frühstück

Picador – berittener Stierkämpfer mit Lanze

Prahu – langes, schmales Flußboot

Qu'est-ce que vous prenez? – Was nehmen Sie?

Qué tal? – Wie geht's?

Que tu es bête, mon ami – Du bist unmöglich, mein Lieber

reja – schmiedeeisernes Eingangstor

Resident – Verwaltungsbeamter im britischen Kolonialreich

rijstafel – Reisgericht mit Fleisch-, Gemüse- und Fischbeilagen

Sahib – indische Anrede (»Herr«) für Europäer

sala principal – Salon

Sampan – Ruderkahn mit Verdeck, auch als Wohnboot verwendet

Sarong – rockähnliches Kleidungsstück der Malaien

scaloppina – in Butter gebratenes Kalbsschnitzel

Scone – britisches Teegebäck

Toque – kleiner barettartiger Damenhut

Tresillo – spanisches Kartenspiel

Tuan – indonesisch für »Herr«

Une petite verre de porto? – fehlerhaftes Französisch, etwa: Eine kleine Glas Porto?

Vaya Usted con Dios – Gehen Sie mit Gott

virgo intacta – Jungfrau

Zut! – Mist!

W. Somerset Maugham
Die halbe Wahrheit

Keine Autobiographie
Aus dem Englischen von Matthias Fienbork

Vierundsechzigjährig und längst berühmt, begibt sich W. Somerset Maugham auf die Suche nach dem eigenen Standort und eröffnet seinen Lesern in diesem Buch zum erstenmal seine private Gedankenwelt. *Die halbe Wahrheit* ist ein Spektrum jener Themen, die das Leben dieses »Weltbestsellers, des Auflagenmillionärs« (Der Spiegel) geprägt haben: Maughams Überlegungen zu Literatur, Kunst, Musik, Philosophie, Theater und Kino, seine Erfahrungen als Arzt, Spion und Schriftsteller. Es ist auch die Darstellung von Maughams Wesen als Künstler und die Deutung seines Lebensentwurfes.

»Brillant-lakonische Beschreibungen, spitzzüngige (Selbst-)Ironie und trockener Humor machen *Die halbe Wahrheit* zum ganzen Lesevergnügen.«
Alexandra M. Kedves/Neue Zürcher Zeitung

»W. Somerset Maugham begnügt sich nicht mit den Fetzen der Erinnerung. Er schenkt uns auch ein Stück Ästhetik, umrahmt von literarischen Betrachtungen.«
Elisabeth Endres/Südwestfunk, Baden-Baden

»Mit diesem Buch und einer Reihe von Erzählungen ist der anhaltende Ruhm Maughams gut begründet.«
Elke Schmitter/Die Zeit, Hamburg